ÉCRITS SUR L'ART

Du même auteur
dans la même collection

POÉSIES

Stéphane MALLARMÉ

ÉCRITS SUR L'ART

Présentation, notes,
bibliographie et chronologie

par

Michel DRAGUET

GF Flammarion

ISBN : 2-08-071029-X

PRÉSENTATION

D'ÉCUME ET DE SILENCE

> L'encrier, cristal comme une conscience, avec sa goutte au fond, de ténèbres relative à ce que quelque chose soit.
>
> Stéphane Mallarmé

Sans doute y a-t-il quelque paradoxe à regrouper l'ensemble des textes de Mallarmé ayant trait aux arts décoratifs, à la peinture ou à la musique sous la forme classique d'une critique d'art. La tentative pourrait laisser à penser que l'auteur d'*Igitur* et du *Coup de dés* a occupé sur la scène artistique du XIXe siècle une position comparable à celle de Baudelaire, de Zola ou de Huysmans. Tant s'en faut. Mallarmé ne semble guère s'intéresser à l'actualité. Avant 1874, il paraît même étrangement sourd aux événements quels qu'ils soient. Les arts décoratifs et la peinture l'intéressent peu. Sa correspondance ne se fait l'écho d'aucun fait majeur. Ni la mort de Delacroix en 1863 – malgré les textes de Baudelaire que Mallarmé vénère –, ni le banquet en l'honneur de Daumier un an plus tard, ni l'Exposition universelle de 1867, ni même la guerre qui éclate ne semblent avoir de prise sur lui. Et lorsque, en janvier 1872, il rédige un texte en mémoire d'Henri Regnault, tué au combat de Buzenval un an auparavant, il n'y fait aucune mention de l'œuvre de cet élève de Cabanel devenu prix de Rome en 1866.

Mallarmé n'a été qu'un critique occasionnel. Sa pensée s'accorde mal à la fulgurance d'une écriture qui devrait accompagner l'événement sans en creuser le sens ni en détourner la destination. La critique d'art de Mallarmé relève davantage de l'épisodique adéquation entre l'actualité et la réalité travaillée à long terme par un poète attaché aux significations multiples de l'image comme à celles de l'objet dans une perspective unique : le silence.

Quelques textes signalent, à l'intérieur de l'œuvre du poète, ce dialogue avec ceux que René Char nommera ses « alliés substantiels » : le plaidoyer pour Manet publié en 1874 et amplifié deux ans plus tard, l'hommage à Wagner donné à la *Revue wagnérienne* en 1885 ainsi que la préface au catalogue de la rétrospective posthume de Berthe Morisot (1896) en seront les expressions les plus abouties. Limiter Mallarmé à ces rares pages ne peut épuiser l'implication du poète dans la vie artistique de son temps. Outre quelques articles et autres *gossips* repris ici, Mallarmé a été un témoin attentif de l'évolution des arts plastiques. Au contact de Manet, l'homme s'est intéressé à la peinture et a suivi l'évolution de ceux dont il reconnaissait l'importance : Manet, Whistler, Morisot, Monet, Renoir, Degas, Redon ou Vuillard.

À l'inverse d'un Baudelaire, Mallarmé n'a jamais éprouvé le besoin de revendiquer une tribune pour imposer publiquement ses idées. Au contraire, l'essentiel de sa pensée esthétique a trouvé refuge dans la correspondance. Sans doute celle-ci rend-elle compte d'une réalité aujourd'hui perdue : la réflexion picturale de Mallarmé relevait du quotidien, de la discussion d'atelier, des propos échangés dans le salon de la rue de Rome ou dans les nombreuses expositions visitées par le poète. À la critique d'art systématique de Baudelaire, Mallarmé a substitué une démarche orale partagée seulement avec ceux pour lesquels le poète se reconnaissait quelque affinité.

Cette critique, fondée sur l'expérience partagée, ne s'est pourtant pas totalement évanouie. La correspondance en offre de nombreux jalons. L'œuvre en a conservé plusieurs témoignages et la poésie de Mallarmé s'en est profondément nourrie. Cette fluidité atteste une permanence qui justifie pleinement l'intérêt porté aujourd'hui à la critique d'art de Mallarmé et, plus encore, à sa culture esthétique.

Magie

Texte de jeunesse, *Hérésies artistiques. L'Art pour tous* trahit l'influence de Baudelaire jusque dans ses allusions à Rubens et à Delacroix alors qu'en 1862 la critique d'art de l'auteur des *Fleurs du mal* restait éparpillée. En baudelairien convaincu – et parfois transi – Mallarmé jette néanmoins les bases d'une pensée personnelle. Ainsi, à l'ouverture de son texte qui dresse un réquisitoire sévère à l'encontre de la trop large diffusion de l'art poétique, répond une démonstration qui, sous couvert de pédagogie et de science, érige la poésie en principe central de la création restée l'apanage des « gens de métier ». Et de renverser l'ordre même du credo aristocratique de Baudelaire : « Rappelons que le poète (qu'il rythme, chante, peigne, sculpte) n'est pas le niveau au-dessous duquel rampent les autres hommes ; c'est la foule qui est le niveau, et il plane [1]. »

Mallarmé distingue l'art de la connaissance. Incarnée dans la figure du philosophe, celle-ci vise à élargir la compréhension du monde qui est son objet. Le philosophe est donc investi d'une mission de représentation. L'artiste n'obéit pas à la même fonction. Son œuvre se fonde sur un « mystère accessible à de rares individualités ». Ce mystère – résumé selon la formule entendue du « beau inaccessible au vulgaire » – impose une idée de participation (encore régie par l'ambition transcendantale de l'Idéal) à l'intérieur du champ de la réalité.

Le Mallarmé de 1862 ne se tient pas plus à l'écart du monde que celui qui, en 1893, livrera *Magie*. Sa

1. « Hérésies artistiques. L'Art pour tous », p. 73.

profession de foi élitiste elle-même en témoigne. Lorsqu'il déclare que « l'homme peut être démocrate, l'artiste se dédouble et doit rester aristocrate [1] », le poète se détache de cette culture de la différence qui régissait le dandysme esthétique cher à Baudelaire. Il ouvre deux perspectives : celle de l'homme et celle de l'artiste dont la position relève de la permanence (il *reste* aristocrate) alors que celle de l'individu *doit* s'ouvrir aux changements du temps. Intériorisant l'esprit de la double nature de la modernité baudelairienne, Mallarmé crée des pôles que le texte de 1876, publié en soutien à Manet, réunira en une même conception liée à l'émergence de ceux qu'on nomme alors « intransigeants ».

Dès le début de son analyse, Mallarmé – s'appuyant sur *Les Fleurs du mal* de Baudelaire – regrette l'évidence plastique du caractère typographique qui dévoile le mot dans sa nudité immédiate. Fort de son incapacité à lire une partition, le jeune poète revendique pour l'écriture poétique l'hermétisme de la notation musicale. Il esquisse cette « langue immaculée » dont le tracé relève à la fois du sens dans la dynamique d'une lecture et de la présence plastique dans le statisme d'une forme fermée sur elle-même.

L'allusion à l'écriture hiéroglyphique puise peut-être son information dans l'amitié qui lia le poète à Eugène Lefébure, futur égyptologue et auteur, en 1868, d'une traduction comparée des hymnes au soleil [2]. L'exposé s'articule avec logique : à travers l'écriture rendue à sa qualité non figurative, le poète n'ouvre pas seulement la voie à une conception qui, au-delà du symbolisme, débouchera sur l'abstraction du début du XXᵉ siècle, il fait du signe poétique une présence plastique. À la profondeur du sens, Mallarmé superpose le déploiement à fleur de papier d'une écriture solaire. Ainsi surgissent naturellement l'image de la dentelle et celle du vitrail chères au poète.

1. « Hérésies artistiques. L'art pour tous », p. 74.

2. Voir W. R. Dawson et E. P. Uphill, *Who was who in Egyptology*, Londres, 1972, p. 168-169.

Imaginant l'idéogramme poétique moderne, Mallarmé ouvre non seulement la voie à Victor Segalen, Guillaume Apollinaire, Filippo Tommaso Marinetti, Henri Michaux ou Christian Dotremont, il trace aussi une perspective dans laquelle viendront s'intégrer des artistes aussi différents que Paul Klee, René Magritte, Mark Tobey, Robert Motherwell, Marcel Broodthaers ou Ian Hamilton Finlay. Cette histoire qui rassemble en une même perspective peinture et poésie est connue [1].

Mais Mallarmé se crée d'autres possibilités sans doute plus singulières. L'effet de surface ainsi magnifié réifie l'écriture et met en place une culture de l'objet que le poète explore ici sous le registre du livre comme « cassette spirituelle ». En invoquant « les fermoirs d'or des vieux missels », Mallarmé superpose à l'opacité du signe désormais abstrait l'écran d'un décor tissé d'artifices. Cette « réification » des dispositifs d'écriture règlera aussi bien l'organisation de *La Dernière Mode* que celle du projet repris sous le terme générique – et peu approprié – de *Livre*.

Sous sa couverture orfévrée, le livre se « déconstruit » dans le geste qui le feuillette. L'écriture s'y évente, affirmant la page comme étendue spirituelle. *Pages*, que Mallarmé publiera en 1891, témoigne de cette conception plastique. L'image du feuillet détermine l'attachement à l'album par opposition au « Livre » dont l'ambition globalisante relève du projet philosophique [2]. Ainsi, ramenée à l'effet de surface, l'écriture autorise l'opération de mise en volume suivant la logique sérielle du « pli selon pli ». Surface contre surface, l'image du texte gagne en densité et devient volume tandis que la continuité de l'écriture – sa durée narrative – souligne sa qualité d'événement. L'éclat abstrait du champ calligraphique passe d'une apparente « superficialité » au rayonnement d'une présence devenue objet.

1. Voir, parmi d'autres, le catalogue de l'exposition, *Poésure et Peintrie. « D'un art, l'autre »*, Marseille, Centre de la Vieille-Charité, 12 février-23 mai 1993.

2. J. Scherer, *Le « Livre » de Mallarmé. Premières recherches sur des documents inédits*, Paris, Gallimard, 1957, p. 18-21.

Poétique de la circonstance

L'opération qui impose l'*objet* poétique chargé de sacralité au sein du monde « profane » n'est pas sans intérêt puisqu'elle consacre, au centre de la réalité et de ses contingences, l'irruption du fait littéraire. Analysant ce qui se tient derrière l'idée du « Livre », Jacques Scherer a montré avec quelle rigueur et avec quelle cohérence Mallarmé avait indéfectiblement lié une conception absolue de la poésie, dont le *Coup de dés* sera l'emblème, à une culture de l'événement dont témoigne l'ensemble des courts poèmes réunis, de façon posthume, dans *Vers de circonstance.* C'est dans ce registre que se situent quelques-uns des textes ici repris : les hommages rendus à Whistler, Manet, Morisot ou Wagner – à côté de ceux voués à Baudelaire et à Verlaine – ont été dictés par les événements. Ces textes, essentiels, rendent compte d'une profession de foi *et* d'un engagement. Ils valent à la fois sur le plan d'une *intimité* partagée avec certains et d'un désir de s'inscrire *publiquement* aux côtés d'autres. La « circonstance » oscille donc du don d'intimité à l'affirmation publique selon une logique qui, de nouveau, unit l'écriture dans son étendue (du caractère typographique aux constellations de mots) à l'objet (éventails, enveloppes, marrons glacés...). La correspondance joue ici pleinement son rôle de genre littéraire [1]. Mallarmé en use avec une exceptionnelle intelligence. Ses lettres à Degas, à Monet ou à Redon font pleinement partie d'un projet intégral qui ne distingue pas l'écriture privée du domaine public. Elles mériteraient un volume spécifique.

Le point de convergence relève d'une volonté d'inclure la discontinuité inhérente à la circonstance dans le champ littéraire. Le poète s'inscrit ainsi dans un mouvement culturel qui déborde la littérature : celui qui prend conscience de la relativité temporelle inhérente à toute chose une fois que surgit la conscience du

1. Voir R. Dragonetti, *Un fantôme dans le kiosque. Mallarmé et l'esthétique du quotidien*, Paris, Le Seuil (La couleur des idées), 1992.

caractère épars de la réalité. Le manuscrit du « Livre » portera la marque de cette unité éclatée que l'œuvre de circonstance explore méthodiquement. L'intérêt de la tentative relève sans doute de l'impossibilité à la réaliser. Aussi vaut-il mieux ne pas publier de livre et s'en tenir à l'évidence naturelle de l'album ou des pages. Mallarmé l'annoncera en préface à ses *Divagations*, parlant d'« un livre comme je ne les aime pas, ceux épars et privés d'architecture [1] ».

Le « Livre » constituera pour le poète un point de fuite à partir duquel s'esquisse un projet impossible qui, pourtant, influencera durablement la littérature et l'art du XXe siècle. En deçà de cet horizon, le constat livré par *Divagations* apparaît – faussement ? – désabusé : « Nul n'échappe, décidément, au journalisme [2] » conclut le poète.

Mallarmé construit une pensée qui, depuis la crise de Tournon (1866-1867), a renoncé aux perspectives inaccessibles de l'Idéal. Au cours de ces deux années, durant lesquelles il entame la composition d'*Hérodiade* et celle de *L'Après-Midi d'un faune*, le poète mène une réflexion centrée sur le néant. La correspondance livre la synthèse de cette recherche radicale. À Henri Cazalis, Mallarmé fait part, en date du 28 avril 1866, des « deux abîmes » qui se sont ouverts devant lui. Avant d'évoquer son état de santé, le poète évoque sa quête métaphysique :

> [...] en creusant le vers à ce point, j'ai rencontré deux abîmes, qui me désespèrent. L'un est le Néant, auquel je suis arrivé sans connaître le Bouddhisme, et je suis encore trop désolé pour pouvoir croire même à ma poésie et me remettre au travail, que cette pensée écrasante m'a fait abandonner. Oui, *je le sais*, nous ne sommes que de vaines formes de la matière, – mais bien sublimes pour avoir inventé Dieu et notre âme. Si sublimes, mon ami ! que je veux me donner ce spectacle de la matière, ayant conscience d'elle, et, cependant,

1. « Préface à *Divagations* », in : *Igitur, Divagations, Un coup de dés*, préface d'Y. Bonnefoy, Paris, Gallimard (Poésie), 1976, p. 69.
2. *Ibid.*

> s'élançant forcenément dans le Rêve qu'elle sait n'être pas, chantant l'Âme et toutes les divines impressions pareilles qui se sont amassées devant le Rien qui est la vérité, ces glorieux mensonges ! Tel est le plan de mon volume Lyrique, et tel sera peut-être son titre, La Gloire du Mensonge, ou le Glorieux Mensonge. Je chanterai en désespéré [1] !

Le poète inaugure une métaphysique qui échappe aux visées azuréennes tant prisées par la peinture idéaliste, de Moreau à Puvis de Chavannes, à laquelle Mallarmé ne s'intéresse que de loin [2].

Aux échappées vers un hypothétique ailleurs, aux rêveries mélancoliques tournées vers les « Paradis perdus », aux fantasmes décadentistes auxquels il ne souscrit pas, Mallarmé oppose une réflexion ancrée dans la réalité. *La Dernière Mode* en dressera l'inventaire pour mieux en fixer les limites :

> Liste de danseurs perdue avec les fleurs effeuillées, programme du concert ou carte des dîneurs composent, certes, une littérature particulière, ayant en soi l'immortalité d'une semaine ou de deux [3].

Cette sensibilité « impressionniste » fait de Mallarmé un spectateur attentif de la réalité. Conscient de la superficialité de ce qui constitue l'objet de sa *Dernière Mode*, il sait à quoi se résumera ce *theatrum mundi* une

1. Lettre à Henri Cazalis, in : *Correspondance. Lettres sur la poésie*, édition de B. Marchal, préface d'Y. Bonnefoy, Paris, Gallimard, 1995, p. 297-298.

2. Puvis est régulièrement cité dans la correspondance de Mallarmé. Ce dernier lui dédiera un poème d'hommage, publié dans le numéro spécial que *La Plume* consacrera au peintre en janvier 1895. Ce poème figurera dans un album remis à Puvis lors d'un banquet organisé en son honneur. Mallarmé n'y participera pas (*OC*, p. 1497). En ce qui concerne Moreau, les mentions sont plus rares. Mallarmé ne semble pas s'attacher à l'œuvre de cette figure tutélaire du symbolisme, pas plus qu'il ne donnera suite aux hommages rendus par des artistes comme Khnopff. Partageait-il l'opinion de Manet à propos de Moreau : « Il marche dans une voie mauvaise… Il nous ramène à l'incompréhensible, nous qui voulons que tout se comprenne. » C'est l'opinion de Henri Mondor, *Vie de Mallarmé, op. cit.*, p. 393.

3. « La Dernière Mode », p. 123.

fois réduit à l'état de souvenir : un tracé noir sur blanc qui ramènera l'éparpillement de la réalité à la présence concentrée de l'écriture.

Les Lettres de Londres

L'ensemble des lettres rédigées en 1871 et 1872 à l'occasion de l'Exposition internationale de Londres se signale par un caractère superficiel qui annonce l'aventure singulière de *La Dernière Mode.* Mallarmé ne tente pas de définir de nouvelles orientations artistiques ni de livrer une réflexion personnelle sur l'objet en tant que tel. Niant toute innovation moderne, il affirme en 1871 la « décadence visible » du mobilier moderne. Ce recours à l'idée de décadence frappe chez celui qui a nié cette notion au bénéfice de celles, plus dynamiques, de « chaste crise [1] » ou d'« orage lustral [2] ».

L'articulation des trois lettres de 1871 ne suit pas la simple visite de l'exposition industrielle. Détaillant ce qu'il nomme la « garniture de l'ameublement », le critique suit le poète dans l'inventaire des objets intimes. La première lettre met ainsi en exergue un objet cher à Mallarmé, l'horloge, alors que la deuxième s'ouvre sur un autre objet fétiche, « la Lampe, à qui la fonction de verser la lumière dans la chambre paraît plus remarquable que celle d'y jeter des heures retentissantes [3] ». Contrairement à l'opinion générale, on retrouve ici l'univers imaginaire de Mallarmé, tel que Jean-Pierre Richard l'a analysé. La critique renvoie donc directement à une philosophie de l'objet et à une conception de la décoration comme environnement que l'on retrouvera dans la poésie mallarméenne.

Paradoxalement, la visite à laquelle Mallarmé nous convie se refuse à l'art. Pas un mot n'est dit quant à la section de peinture que le critique se borne à mentionner en 1871 et dont, un an plus tard, il se contente de dire

1. « Quant au Livre », in : *OC*, p. 372.
2. « Crise de vers », in : *OC*, p. 361.
3. « Trois lettres de l'Exposition internationale de Londres », p. 89.

qu'elle est composée « de très beaux tableaux connus, achetés par notre gouvernement dans ces derniers temps [1] ». L'accent est mis sur l'intimité quotidienne à travers la vocation industrielle des arts décoratifs. Le cas de la sculpture décorative se veut exemplaire. Devant « ces personnages muets, qui ont pour rôle de résumer toute l'aspiration vers le "grand art" des vivants dont les regards s'éprennent d'inutiles statues, tandis que leurs mains consentent au contact quotidien d'objets hideux ou dénués du charme intime que pourraient revêtir les emblèmes de notre vie [2] », Mallarmé réduit la sculpture à l'ornement utilitaire d'un environnement. Placées sous le signe du renouveau des arts décoratifs, les sculptures ne relèvent plus du « fétiche esthétique », mais s'affirment comme « les véritables serviteurs de notre intérieur [3] ». L'objet ainsi soumis à l'espace qui l'accueille annonce la « fulgurante console » entrevue dans *Tout orgueil fume-t-il du soir*, premier des trois sonnets publiés par la *Revue indépendante* en 1887. L'assimilation du regard à la torche révèle une présence dans un lieu déserté par la vie. L'objet se résume alors à l'embrasement solitaire de sa surface.

Sous le marbre lourd qu'elle isole
Ne s'allume pas d'autre feu
Que la fulgurante console [4].

Cette conception s'enracine bien dans ce que le texte de 1871 qualifiait de « garniture de l'ameublement ». Elle ne concerne en rien l'idée de meuble que Mallarmé définit, dans le même texte, comme une « apparition étrange et séductrice [5] ». Celle-ci occupera une place centrale dans l'œuvre poétique. *Igitur* en témoigne :

1. « L'Exposition internationale de Londres », p. 103.
2. « Trois lettres de l'Exposition internationale de Londres », p. 90.
3. *Ibid.*, p. 91.
4. « Tout orgueil fume-t-il du soir », in : *OC*, p. 73.
5. « Trois lettres de l'Exposition internationale de Londres », p. 91.

Voici en somme *Igitur*, depuis que son idée a été complétée ; – Le passé compris de sa race qui pèse sur lui en la sensation de fini, l'heure de la pendule précipitant cet ennui en temps lourd, étouffant, et son attente de l'accomplissement du futur, forment du temps pur, ou de l'ennui, rendu instable par la maladie d'idéalité : cet ennui, ne pouvant être, redevient ses éléments, tantôt, tous les meubles fermés, et pleins de leur secret ; et Igitur comme menacé par le supplice d'être éternel qu'il pressent vaguement, se cherchant dans la glace devenue ennui et se voyant vague et près de disparaître comme s'il allait s'évanouir en le temps, puis s'évoquant ; puis lorsque de tout cet ennui, temps, il s'est refait, voyant la glace horriblement nulle, s'y voyant entouré d'une raréfaction, absence d'atmosphère, et les meubles tordre leurs chimères dans le vide, et les rideaux frissonner invisiblement, inquiets ; alors, il ouvre les meubles pour qu'ils versent leur mystère, l'inconnu, leur mémoire, leur silence, facultés et impressions humaines, – et quand il croit être redevenu lui, il fixe de son âme l'horloge, dont l'heure disparaît par la glace, ou va s'enfouir dans les rideaux, en trop-plein, ne le laissant même pas à l'ennui qu'il implore et rêve. Impuissant de l'ennui.

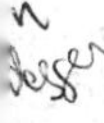

Il se sépare du temps indéfini et il est ! Et ce temps ne va pas comme jadis s'arrêter en un frémissement gris sur les ébènes massifs dont les chimères fermaient les lèvres avec une accablante sensation de fini, et, ne trouvant plus à se mêler aux tentures saturées et alourdies, remplir une glace d'ennui où, suffoquant et étouffé, je suppliais de rester une vague figure qui disparaissait complètement dans la glace confondue ; jusqu'à ce qu'enfin, mes mains ôtées un moment de mes yeux où je les avais mises pour ne pas la voir disparaître, dans une épouvantable sensation d'éternité, en laquelle semblait expirer la chambre, elle m'apparaît comme l'horreur de cette éternité. Et quand je rouvrais les yeux au fond du miroir, je voyais le personnage d'horreur, le fantôme de l'horreur absorber peu à peu ce qui restait de sentiment et de douleur dans la glace, nourrir son horreur des suprêmes frissons des chimères et de l'instabilité des tentures, et se former en raréfiant la glace jusqu'à une pureté inouïe, – jusqu'à ce qu'il se détachât, permanent, de la glace absolument pure, comme pris dans son froid, – jusqu'à ce qu'enfin les meubles, leurs monstres ayant succombé avec leurs anneaux convulsifs, fussent morts avec une attitude isolée et sévère, projetant leurs lignes dures dans l'absence d'atmosphère, les monstres figés dans leur effort dernier, et que les rideaux cessant d'être inquiets tombassent, avec une attitude qu'ils devaient conserver à jamais[1].

Le meuble, « plein de ses secrets », se définit par une intériorité qui fait mémoire pour opérer parallèlement au miroir. Alors que la « garniture de l'ameublement » relevait de l'effet de surface dans l'articulation d'un espace fermé sur lui-même (marbre lourd que la torche isolera « dans un branle étouffée »), la magie du meuble relève d'un surgissement comme si la forme de son tracé nominal dépendait de ce vide intérieur que le miroir fige en image. Les meubles de la chambre d'*Igitur* sont donc les héritiers de ces apparitions « étranges et séductrices » découvertes à Londres en 1871.

Cette vision conduira à « l'éphémère verrerie » de *Jailli de la croupe et du bond* – deuxième sonnet publié par la *Revue indépendante* en 1887 – ainsi qu'au « creux néant musicien » de la mandore d'*Une dentelle s'abolit* – troisième volet du triptyque. S'il ne s'arrête pas au vide intérieur en 1871, Mallarmé magnifie l'éclat d'une surface, le travail sur champlevé des émaux et le « cloisonné authentique, qui s'éparpille sur des encriers, des jardinières, des flambeaux, des brûle-parfum, des coffrets et des coupes [2] ».

L'idée d'éparpillement s'avère centrale. Elle constitue, comme l'a montré Jean-Pierre Richard [3], un des foyers de l'imaginaire poétique mallarméen. Mieux, apparentée à l'idée de lourdeur, elle traduit une condamnation de la matière qui n'est pas parvenue à se spiritualiser. Mallarmé rejette l'épars, le discontinu et le chaotique. Si le poète récuse cette « confusion perverse

1. « Igitur », in : *OC*, p. 440-441.

2. « Trois lettres de l'Exposition internationale de Londres », p. 91.

3. J.-P. Richard, *L'Univers imaginaire de Stéphane Mallarmé*, Paris, Le Seuil, 1965, p. 345-359.

et inconsciente des choses [1] », le critique n'est pas loin de partager ce sentiment dès 1872. La visite de l'exposition se révèle désormais paradoxale. Elle s'ouvre comme un récit de voyage en Angleterre. Mallarmé analyse l'art du jardin anglais avant de fixer son attention sur la brique « sanguine et vivante » de l'Albert-Hall. Le critique se laisse bercer par ses sensations mêlant la Renaissance à l'évocation du Colisée romain, l'impression laissée par la couleur des façades à l'évocation du « potier ninivite ». Introduction singulière qui n'ouvre que sur le vide : « Maintenant nous avons tout vu ! Je ne plaisante pas. Le reste n'est rien [...] [2] ». Au-delà de l'effet de style pompeux qui ne sert qu'à célébrer la participation française (encore se contente-t-il de résumer l'essentiel de ce qu'il avait vu et dit un an auparavant), Mallarmé a transformé la foire aux objets en un enchaînement de sensations poétiques.

Alors que les objets apparaissent juxtaposés sans logique unitaire, dans la répétition abstraite de typologies sans usage, le poète, par son regard, forge un sens dans le rythme de sa promenade. Il a renoncé à la nomenclature éparse de 1871. Il s'est détourné des objets accumulés dans leur « hardiesse criarde » de bibelot neuf [3]. Aux yeux de Mallarmé, l'environnement dominé par la profusion relève de l'anarchie terrestre. À la foire industrielle correspondra, dans l'œuvre poétique, l'envol brisé du cygne. N'y subsiste qu'un chaos incertain qui retombe interminablement et s'éparpille dans l'horizon de la matière.

L'épars renvoie à l'éclectisme et la lourdeur à un matérialisme qui masque sous son horreur du vide l'exigence sociale d'un luxe ostentatoire. Pour Mallarmé, au contraire, il s'agit de recomposer un environnement unitaire selon une méthode dont la logique influencera l'expérience scénique, qu'elle soit théâtrale

1. « Igitur », in : *OC*, p. 450.
2. « L'Exposition internationale de Londres », p. 103.
3. « Frisson d'hiver », in : *OC*, p. 272.

ou littéraire [1]. L'idéalité s'affirme dans la théâtralité. Il conviendra d'abord d'« objectiver l'objet », de l'isoler face à un regard qui y distinguera « un aspect nécessaire, évident, simple, qui serve de type [2] ». L'objet doit donc *visuellement* se détacher du chaos de la réalité matérielle pour se constituer en signe. Et Mallarmé de préciser : « [...] signe de l'éparse beauté générale, fleur, onde, nuée et bijou [3] ».

Ainsi douée d'une ambition synthétique, la forme tend à une simplicité spontanée. Le processus visuel vise à l'abstraction dans le sens premier du terme : dégager méthodiquement un fragment de réalité pour le transfigurer et l'isoler en concept ou, pour citer *Le Nénuphar blanc*, « résumer d'un regard la vierge absence éparse en cette solitude [4] ».

Cette conception touche immédiatement à l'intériorité. Celle-ci se définira en 1887 à l'instar de ce « creux néant » d'où le son, métaphore de l'être, pourra éventuellement jaillir. Mallarmé bâtit donc la présence de l'objet sur un vide intérieur qui allie densité du silence et blancheur virginale. L'*incipit* du sonnet témoigne de sa signification plastique : « une dentelle s'abolit » peut se lire comme l'abolition du dessin en tant que tracé nominal afin que le rêve puisse déployer son espace mouvant :

> Mais, chez qui le rêve se dore
> Tristement dort une mandore
> Au creux néant musicien
>
> Telle que vers quelque fenêtre
> Selon nul ventre que le sien,
> Filial on aurait pu naître [5].

1. Ces aspects, développés, d'une part, dans *Crayonné au théâtre* et, d'autre part, dans l'ensemble des textes relatifs à la question du Livre (*Crise de vers*, *Quant au Livre*, préface à *Un coup de dés*, ainsi que les feuillets rassemblés par Jacques Scherer sous la dénomination *Le Livre*...) ne sont pas repris dans la présente édition. Ils constituent en eux-mêmes un corpus unitaire qui complétera la lecture proposée ici.
2. « Un spectacle interrompu », in : *OC*, p. 276.
3. « Crayonné au théâtre », in : *OC*, p. 295.
4. *Ibid.*, p. 286.
5. « Une dentelle s'abolit », in : *OC*, p. 74.

De l'objet à l'espace, une cohérence s'esquisse dans une intimité rêvée. La conférence rédigée en mémoire de Villiers de l'Isle-Adam en portera la marque :

> N'est-il de fêtes que publiques : j'en sais de retirées aussi et qu'en l'absence d'aucune célébration par la rue, cortèges, gloires, entrées, un cérémonial, en effet, peu de mise parmi notre strict décorum ou prudemment relégué aux symphonies, quelqu'un peut parfois se donner. Grotte de notre intimité ! par exemple l'ameublement aujourd'hui se résume, c'est même – et que fait d'autre, sinon plus subtilement, avec rien, que soi, un écrivain comme celui-ci [Villiers] – une quotidienne occupation de rechercher, où qu'ils expirent en le charme et leur désuétude, pour aussitôt mettre, dessus, la main, des bibelots abolis, sans usage, quelquefois mais devant qui l'ingéniosité de la femme découvre une appropriation à son décor, et l'on se meuble de chimères, pourvu qu'elles soient tangibles : les morceaux d'étoffes d'Orient placent au mur un vitrage incendié pareil à de la passion, ou l'amortissent en crépuscules doux, et tels que, sans infirmer en rien son goût pour ces symboles, la dame d'aucun salon ne saurait aisément et même tout bas et seule, peut-être par l'esprit les traduire. Sa robe stricte de soie, probablement avec un acier très dur la cuirasse contre le maléfice si elle ne ressent pas jusqu'à l'âme, à de certaines crises d'extinction ou d'avivement du trop riche mobilier, comme un petit orage où s'agite la colère des bibelots, bouderie d'étagères, renfrognement aux encoignures ; et la revendication bizarre, qui s'exhale, y flotte à leur luxe analogue, l'atmosphère mentale. Voyez l'usage d'un livre, si par lui se propage le rêve : il met l'intérieure qualité de quiconque habite des milieux, autrement banals, je le dis et pardon ! si n'y éclatent que les entretiens d'une visite ou ceux ordinaires à des *five o'clock*, en rapport avec ce délicieux entourage, qui sinon ment.
>
> Sur la table, autel dressant l'offrande du séjour, cela convient que le volume, je ne dis pas anime incessamment les lèvres, figurées bien dans leur jolie inoccupation par un loisir de bouquet de roses issu de quelque beau vase à côté : mais – soit là – simplement – avec un air de compagnon feuilleté – on ne sait quand – et au besoin – pour que vraisemblablement le tapis où ce coffret

> spirituel aux cent pages, entr'ouvert, avec intention fut posé, en fasse comme tomber authentiquement ses plis brodés d'arabesques significatives et de monstres.
>
> Ainsi se conjure la susceptibilité d'honnêtes lares, dépositaires d'un sens particulier, ombrageux à toute intrusion, même celle de la maîtresse de céans, si elle n'était pas au fond de soi, leur égale [1].

Aux yeux de Mallarmé, l'Exposition internationale de 1872 dut pâtir de ce manque d'intériorité alors que les objets accumulés y aspirent. Dévolue aux « fastes du progrès », la manifestation souligne la portée économique d'une industrie alors en pleine transformation. Et le poète d'insister sur ce point en souhaitant que « la médaille supprimée soit remplacée par une abondance véritable de *sovereigns*, de *shillings* et de *pence* [2] ». Sa critique de l'Exposition donne aussi la primauté à la rue. Mallarmé n'hésite pas à dire que « les magasins du boulevard ou de Picadilly sont infiniment plus somptueux [3] » que le bric-à-brac bibelotant de la foire industrielle. Si le raisonnement renvoie à une logique poétique dont *La Dernière Mode* sera l'illustration, il relève aussi d'une politique qui fait des articles de Mallarmé le témoin d'un projet plus large initié sous le second Empire.

Au-delà de l'exposition même, Mallarmé entend magnifier une production nationale qui, depuis l'Exposition universelle de 1851, était consciente de ses lacunes face à l'Angleterre industrielle. Le chauvinisme patent de Mallarmé y puise sa justification. La critique s'intègre à cette tranche d'histoire qui, depuis l'événement de Crystal Palace, tentait de favoriser, en France, l'essor d'un artisanat d'art converti à la logique industrielle. Dans le cadre de l'Exposition universelle de 1855, cette aspiration avait conduit les pouvoirs publics français à créer une galerie pour les arts industriels. L'initiative avait révélé le retard enregistré par l'industrie d'art en France. Les expositions de 1861 et de 1863

1. « Villiers de l'Isle-Adam. Conférence », in : *OC*, p. 499-500.
2. « L'Exposition internationale de Londres », p. 107.
3. *Ibid.* p. 103.

organisées au palais de l'Industrie s'étaient donné pour but de résorber l'écart creusé par l'Angleterre et, bientôt, par l'Allemagne et les États-Unis. La création, en 1864, de l'Union centrale des beaux-arts appliqués à l'industrie allait donner une armature idéologique à ce programme économique.

À travers la synthèse du *beau* et de l'*utile* défendue par l'Union, s'esquisse une volonté de remédier à la faible qualité de la production industrielle française en ouvrant à l'artisanat de nouvelles perspectives en termes de débouchés et de consommation. Le double programme visant l'esthétisation de l'industrie et l'industrialisation de l'art apparaît ainsi sous un jour politique que Deborah Silverman a récemment analysé [1]. Celui-ci relève d'une aspiration démocratique inscrite dans le principe industriel. Il conduira vers 1889 à une réaction dictée par l'échec de ce programme et par l'effondrement de l'artisanat. Il ne s'agira plus de vulgariser le sens de la beauté ni de démocratiser l'art, mais de restaurer le sentiment du beau en revivifiant la conscience aristocratique d'un savoir-faire artisanal assimilé aux fastes de l'Ancien Régime.

Dans ses textes de 1871 et de 1872, Mallarmé revendique moins l'alliance de l'art et de l'industrie qu'il n'évoque la splendeur passée des arts décoratifs. La vision qu'il offre sous-tend en filigrane l'idée de retour aux traditions anciennes, principe qu'il récusera dans le domaine littéraire ou pictural. En témoigne ici ou là la référence à « l'épithète démodée de "royales" ». En 1872, la question est débattue :

> [...] nous sommes à même de poser, presque absolument, cet axiome : que toute invention ayant cessé, dans les arts décoratifs, à la fin du siècle dernier, le rôle critique de notre siècle est de collectionner les formes usuelles et curieuses nées de la Fantaisie de chaque peuple et de chaque époque. Quant à l'Industrie, qui est la préoccupation visible de ce temps, son but, actif et

1. D. Silverman, *L'Art Nouveau en France. Politique, psychologie et style fin de siècle*, Paris, Flammarion, 1994.

> généreux, sera la multiplication populaire de ces merveilles, célèbres ou uniques, enfouies longtemps dans quelques résidences héréditaires. Tout est rétrospectif : et la nouveauté, ce sont les importations maritimes, celles du Japon, notamment, que nous imitons maintenant de main de maître [1].

Tout en affirmant que l'unique perspective moderne relève de l'industrie et de la culture du multiple qu'elle engendrera, Mallarmé vide l'avenir de toute originalité et résume le présent à l'assimilation des cultures qui lui sont étrangères dans l'espace (japonisme oblige) et dans le temps (« rétrospection »). Celle-ci dégage la production de l'objet de la création artistique et substitue au critère d'authenticité (« Je le prédis : le mot d'*authentique*, qui fut, pendant maintes années, le terme sacramentel de l'antiquaire, avant peu n'aura plus de sens [2] ») celui de décoration théâtrale.

> [...] le Grand Art est banni de nos appartements intimes par la vertu irrésistible de la seule Décoration. Les réductions d'après l'antique retournent aux ateliers et aux musées, qu'elles n'auraient pas dû abandonner : et si nous accueillons auprès de nous des statues, ce sont, maintenant, celles d'esclaves portant sur leur tête l'urne de la lampe, ou relevant d'un geste familier la lourdeur des rideaux de velours qui forment une portière [3] [...].

Le développement est conséquent. Il récuse le principe d'éclectisme dans ce qu'il s'impose comme rapport à l'art pour n'en conserver que la théâtralité dévolue à l'espace intérieur. Mallarmé ébauche ainsi une perspective nouvelle : celle de *La Dernière Mode*.

La Dernière Mode

Dans son œuvre poétique, Mallarmé donne à l'objet sa signification symbolique. Les trois volets du triptyque publié en 1887 dans la *Revue indépendante* en illustrent la profondeur en mettant en scène une

1. « L'Exposition internationale de Londres », p. 104.
2. *Ibid.* p. 105.
3. *Ibid.* p. 105.

synthèse de l'objet mallarméen. De la conscience à la chose reléguée dans l'espace indéterminé, le regard va et vient selon un mouvement qui est à la fois éclat et profondeur, surface et interstice. L'espace ainsi tracé donne sens à ses points limites : conscience et objet s'éclairent et s'inventent mutuellement dans une dynamique qui va de l'anéantissement au surgissement.

Mais l'objet ne vit pas solitaire dans l'en-deçà de son tracé nominal. Il appartient aussi au monde dans son actualité. Cette résonance sociologique évoque la mode à laquelle tout objet répond selon des modalités propres. Miroir ontologique, l'objet est ornement d'un espace qui relève d'une durée qui lui échappe.

L'idée même de mode introduit l'exigence du décor. Celui-ci a ses lois et obéit à une logique historique qu'illustraient les deux séries de lettres rédigées à l'occasion des premières éditions de l'Exposition internationale de Londres. Mallarmé n'y faisait pas œuvre de critique d'art. Au contraire, il écartait d'emblée la question de la création pour dresser, en 1871, une nomenclature des producteurs de « beaux objets » puis pour s'en évader en une rêverie itinérante. Le compte-rendu de l'exposition permet de mieux imaginer cet espace que la conférence consacrée à Villiers qualifiera de « grotte de notre intimité ». Introduisant le numéraire, l'industrie tend à la mode au sens baudelairien. Mallarmé y découvre cette capacité à écarter toute profondeur pour n'exister que dans l'instant désormais multipliable à l'infini.

Il n'est pas jusqu'à l'éclectisme qui, chez Mallarmé, ne rejoigne cet effet de surface. Loin des implications politiques des retours à l'Ancien Régime, loin des résonances idéologiques données à l'alliance de l'art et de l'industrie, Mallarmé exalte une conception ontologique de la décoration. Dans une lettre adressée à Léon Valade datée du 23 janvier 1878, il déclare : « Je m'intéresse surtout aux œuvres poétiques comme qui dirait décoratives, c'est-à-dire formant un ensemble spécial et adapté aux besoins modernes [1]. »

1. « Lettre à Léon Valade », 23 janvier 1878, in : *Cor.* II, p. 301-302.

Ceux-ci ne participent pas tant d'un confort matériel que du désir d'introduire dans le principe de réalité une dimension sensible qui en élargirait les limites.

Mallarmé renoue ainsi avec la tradition du XVIIIe siècle français pour lequel la notion de *décoration* recouvrait deux acceptions que le Dictionnaire de l'Académie détaillait dans son édition de 1762. La décoration opère d'abord comme embellissement d'une architecture, tant intérieure qu'extérieure, par le développement esthétique d'un ornement qui vient s'intégrer à un espace qui trouve en lui son « supplément d'âme ». Le second aspect relève d'une dignité accordée à quelqu'un en vue de l'honorer.

La notion de *meuble* avait connu une évolution parallèle. À l'origine, le vocable désignait un bien transportable. Avec le XVIIe siècle, cette acception sera réservée à la notion de *mobilier*. Déclinée en de nombreux dérivés, celle-ci est passée de l'individu à l'espace [1]. Ce glissement qui conduit de l'homme au lieu n'est pas sans conséquence. Il témoigne d'une évolution qui donne à la notion de décoration sa richesse et son ambiguïté. Celle-ci ressortit à une dialectique qui lie indéfectiblement la recherche d'identité individuelle à la société qui l'englobe.

La double acception de la décoration n'est pas absente des préoccupations artistiques. Elle correspond au XVIIIe siècle à une conscience sociale dont la nature ne relève pas seulement de l'exercice d'un pouvoir, mais aussi d'un théâtre d'attitudes et d'apparences régi par le rang à tenir. La décoration devient ainsi un élément à la fois d'identité et de discrimination qui concourt à une organisation de la vie sociale autour de principes comme la magnificence et la modestie tout en

1. A. Rey (Dir.), *Dictionnaire historique de la langue française*, Paris, Dictionnaires Le Robert, 1992, II, p. 1238. De la même manière, le sens de *meubler*, après avoir signifié au XIVe siècle « s'enrichir », en se présentant sous une forme exclusivement pronominale, devait passer au XVIe siècle à une forme transitive pour désigner l'action de garnir un espace.

condamnant la prodigalité ou l'effacement [1]. Simplicité et modestie y font figure de qualités rationnelles. Elles témoignent du respect d'un ordre où tout a sa juste place. L'excès nuit à cette évidence ordinaire. Il relève d'une politique somptuaire réservée aux rois et aux grands du royaume. Dans ce cas, l'ornement ne relève plus d'une identification aux conditions imposées par le groupe social, mais apparaît comme l'emblème d'une personnalité d'exception dont le décorum, pour reprendre les termes employés par Pascal, célèbre une présence que mademoiselle de Scudéry qualifiait d'« héroïque ».

Cette conscience distincte des droits et des obligations de chaque classe n'a pas survécu au discours universaliste et égalitaire des Lumières ni à la révolution qui a transformé en profondeur l'ordre social. Les positions ne varient cependant pas. Elles ne recouvrent plus une logique de caste, mais répondent à des attitudes multiples qui iront du souci de se distinguer aristocratiquement chez le dandy baudelairien à la jubilation mallarméenne éprouvée devant le spectacle d'une société d'élus qui ne vit que dans l'éclat de la fête [2].

Récusant l'aspiration au modèle bourgeois prôné par Balzac, Baudelaire en appelait, à travers la mode, à une picturalisation de l'apparence qui renouerait avec l'idée de « célébration de la présence » réservée, sous l'Ancien Régime, aux seuls êtres d'exception. Ceux-ci ne se définissent plus seulement par la naissance, mais par un état d'esprit singulier qui caractérise ce qui deviendra à la fin du siècle l'intellectuel moderne [3]. Le poète allie, en un même « art d'attitude », désir de se distinguer et besoin de s'affirmer. L'intérêt que Baudelaire éprouve pour la mode relève d'un désir de vivre l'instant présent dans

1. K. Scott, *The Rococo interior. Decoration and Social Spaces in Early Eighteenth-Century Paris*, New Haven-Londres, 1997, p 81-99.

2. M. Lemaire, *Le Dandysme de Baudelaire à Mallarmé*, Montréal, Presses Universitaires de Montréal, 1978.

3. J. Seigel, *Paris bohème. Culture et politique aux marges de la vie bourgeoise 1830-1930*, Paris, Gallimard, 1991, p. 256-271.

l'intensité de sensation. Fugace, cette perception nourrit néanmoins l'élaboration d'une beauté nouvelle vouée à l'intemporalité. Cette double nature fait du dandysme à la fois une attitude sans lendemain et un objet de contemplation lié aux catégories traditionnelles du beau. Au-delà de la pose, elle conditionne en profondeur la relation à l'objet que définit la mode.

Comme l'a montré Walter Benjamin [1], Baudelaire lie le dandysme à l'expérience de la marchandise en opposant au capitalisme triomphant la « vaporisation du moi » inhérente au flâneur. Absorbé par la foule, celui-ci devient anonyme et s'oublie. En opposition au matérialisme qui régit les échanges en fonction de leur valeur, le poète consacre, par sa glorification de la mode, le vide comme seule réalité de l'homme moderne. Noyé par la ville, l'individu cesse de revendiquer quelque gravité philosophique pour évoluer, immatériel, dans un jeu d'apparences rythmé par la foule [2].

Baudelaire ne peut concevoir le dynamisme de cette démarche, étroitement lié à celui d'un regard individuel toujours mobile, indépendamment de la mode comme mise en scène sociale. Pour paradoxale qu'elle paraisse, cette position fait de la mode un écran qui masque un vide intérieur en même temps qu'un lieu de contestation par l'affirmation de sa différence. La mode métamorphose l'homme en objet ; l'art devient question d'attitude et la société se transforme en théâtre.

Analysant la mode, Baudelaire avait instauré une position extrême qui vidait le signifiant de tout signifié et qui débordait le travail conventionnel de la mode en transformant sa mission unificatrice en attitude de défi

1. W. Benjamin, *Charles Baudelaire, un poète lyrique à l'apogée du capitalisme*, traduction de J. Lacoste, Paris, Payot, 1982, p. 72.

2. J'ai développé, en préface aux écrits esthétiques de Baudelaire, cette conception de la mode qui nourrit, parallèlement à la caricature, une vision de la modernité attachée à l'instant éphémère. Voir *Au-delà du romantisme*, Paris, GF-Flammarion, 1998, p. 33-38.

poétique : s'affirmer seul face au monde et face à l'histoire comme une image vide de sens qui ne renverrait qu'à elle-même dans un éclat démonstratif. Cette dilatation de la mode dans l'instant présent trouvera ses formes sinon son style. Au-delà du vêtement que l'on porte, celle-ci connaît dans le dernier quart du siècle un élargissement exceptionnel de son champ d'action. Les journaux et revues de mode en constituent la tribune. Sans sortir des conventions, la presse de mode, telle qu'elle est apparue au XVIIIe siècle avec le *Mercure galant* ou le *Cabinet des modes*, détaillait les innovations qui permettaient de se distinguer. Au XIXe siècle, la multiplication de ces gazettes témoigne d'une économie qui se met en place. Le second Empire en consacre le triomphe dans l'apparente neutralité d'un discours frivole dégagé de toute implication morale ou politique. Ce type de revue – auquel *La Dernière Mode* appartient – ne survivra pas au changement de régime. La nouvelle typologie qui s'ébauche au tournant des années 1880 vise davantage le « grand public ». À travers le journal de mode, la tournure trouve sa publicité. L'image se diffuse et se généralise jusqu'à incarner, dans sa fugacité, le reflet le plus parfait de l'instant présent.

Mais la revue réduit aussi la mode à l'état d'icône. L'image prend le pas sur la réalité. Ainsi s'explique sans doute cette revue virtuelle que Mallarmé placera à l'origine de *La Dernière Mode* : une suite de lithographies dépourvue de texte et publiée de manière éparse en 1873. Le principe contenu dans la mode déploie l'illusion d'une unité qui devrait se loger dans les moindres détails quotidiens. Du vêtement au fusil, de l'automobile au vase, de la robe au livre, de la maison au service à café, la même logique doit opérer afin d'ancrer le présent dans son espace propre comme si ce dernier devait lui garantir la pérennité. L'instant a pris une consistance nouvelle qui en fait l'expression matérielle de l'aspiration idéaliste à l'œuvre d'art total.

Cette ambition, Mallarmé lui donne forme avec cette revue qui inscrit dans le champ du journalisme et de la circonstance le pendant du vaste projet spirituel que l'on a pris l'habitude de qualifier de « Livre ». Dans la lettre autobiographique qu'il adresse à Verlaine en novembre 1885 [1], Mallarmé témoigne de son attachement pour une aventure dont les huit ou dix livraisons (il ne s'en souvient plus réellement), « une fois dévêtues de leur poussière » le feront encore rêver. Sans en avoir l'air, Mallarmé reprend, plus de dix ans plus tard, la thématique du fané, du dédoré, de l'écorné et du fatigué, sans cesse répétée au fil des livraisons de *La Dernière Mode. Gazette du monde et de la famille*.

Pour Mallarmé, la mode consacre le rejet de toute visée transcendantale. Par abandon volontaire ou impossibilité ontologique. Vivre dans la mode équivaut à ses yeux à accepter l'immanence – c'est la leçon de Baudelaire. Tout y recouvre une forme d'égalité puisque rien n'y trouve réellement de signification. La logique combinatoire du « Livre » peut dès lors se déployer dans ce va-et-vient de l'image au texte qui prend le ton futile du bavardage. Au centre du projet journalistique réside une conscience du néant dont le bibelot (en marge de l'œuvre poétique qui tentera de l'abolir) témoigne avec honnêteté. Un même vide intérieur réunit dans le monde l'objet et l'homme. Contrairement à ce qu'avaient entrepris Balzac, Gautier ou Baudelaire, cette *Gazette du monde et de la famille* ne prend plus la mode pour objet de réflexion. Elle en manifeste, de l'intérieur, la signification dans une succession théâtrale calculée [2]. Au discours dandy de Baudelaire qu'il a attentivement étudié, Mallarmé ajoute ce

1. Lettre à Verlaine, in : *Correspondance. Lettres sur la poésie*, *op. cit.*, p. 587.

2. Le poète met en scène sa métaphysique de l'objet pour donner sa formulation onirique du présent. La signification dévolue à l'objet d'art telle qu'elle avait été esquissée dans les *Lettres de Londres* est approfondie. Mallarmé lui adjoint sa conception du vêtement féminin ébauchée dans la correspondance entretenue avec Marie (*Cor.* I, p. 181-182).

principe d'honnêteté par lequel l'objet dévoile la réalité du monde. Il ne peut être question d'y échapper. La première livraison de *La Dernière Mode* sera l'occasion d'une mise au point d'autant plus essentielle qu'elle justifiera bientôt l'intérêt porté par Mallarmé à la peinture impressionniste :

> Rien n'est à négliger de l'existence d'une époque : tout y appartient à tous. Un sourire ! mais il circule déjà, à peine formé, dans les salles aux lourdes portières, attendu, détesté, béni, remercié, jalousé ; extasiant, crispant ou apaisant les âmes ; et c'est en vain que l'éventail, qui crut d'abord le cacher, éperdu maintenant, tente de le ressaisir ou de dissiper son vol. Pardon ! cet épanouissement de vos deux lèvres, j'en noterai la grâce, à laquelle d'autres lèvres, suivant tout bas cette lecture déjà s'essaient. Ainsi les choses, et justement : le monde n'a-t-il pas comme un droit de reprise sur la manifestation la plus profonde de nos instincts ? il la provoque, il l'affine. Tout s'apprend sur le vif, même la beauté, et le port de tête, on le tient de quelqu'un, c'est-à-dire de chacun, comme le port d'une robe. Fuir ce monde ? on en est [1].

La sensation domine et l'imagination se nourrit d'impressions. On pressent ici la défiance qu'affectera Mallarmé à l'égard des grandes machineries de la peinture symboliste ou idéaliste qui promettent, dans un perpétuel ailleurs, le triomphe de l'Idée sur la nature. Fort de l'expérience de Tournon, le poète préfère l'art hautement métaphysique du *gossip* qui sera à l'esprit théorique ce que la mode est à la philosophie [2].

La Dernière Mode est un lieu de mondanité qui se nourrit d'éclats et d'échos, de rumeurs et de reflets. La cohérence y est inconnue, la durée bannie. Les menaces qui pèsent sur le poème s'y résolvent naturellement et sans le moindre effort. Au vase qui échoue à jaillir « de la croupe et du bond », au cygne qui reste prisonnier de la glace répond, ironique, ce

1. « La Dernière Mode », p. 123.
2. *Les « gossips » de Mallarmé, « Athenaeum » 1875-1876*, textes présentés et annotés par H. Mondor et L. J. Austin, Paris, 1962.

sourire volé dont rien ne parviendra à dissiper le souvenir. La nature ici se résume à la béatitude mondaine. Si toutes deux partagent la même instantanéité, la mondanité apparaît riche d'une tradition qui réveille l'idée de « double nature de la modernité » chère à Baudelaire. La mode, comme tentative de vivre humainement sans avoir à prendre en compte un au-delà, ne fait l'économie ni de l'histoire qu'elle répète et transforme ni d'un avenir qu'elle esquisse à chaque instant : « La Mode, entrouvrant les rideaux ! se montre, subitement à nous, métamorphosée, neuve, future... [1] ». Elle consacre le projet de « rattacher [les] paroles de maintenant à l'écho d'une causerie lointaine, en même temps qu'à celles de bientôt [2] ».

Tissée de reflets et de fictions, la mode reste un projet permanent dans lequel la conscience s'abîme au rythme du Paris moderne, « métropole audacieusement neuve, riche et splendide [3] ». Le regard que Mallarmé porte sur la ville n'a plus cette lucidité désespérée qui faisait la marque du spleen baudelairien. Conscient du vide qui sous-tend l'existence, Mallarmé jouit de l'éclat d'une aristocratie privée de sens et qui vit dans une oisiveté idéale comparable à celle que Puvis de Chavannes déploie sur ses sévères compositions monumentales et que Seurat livrera bientôt sous la trame scientifique de son chromo-luminarisme. Ainsi s'inverse le radicalisme conservateur qui anime nombre de tenants du retour aux fastes de l'Ancien Régime. Le sentiment de décadence et l'idée de progrès se dissolvent dans cette conscience du vide que masque l'effulgence d'une « foule brillante ». Mallarmé ignore le monde et ses tensions pour ne voir qu'une classe d'élus dont l'existence serait synonyme de fête. *La Dernière Mode* dresse l'inventaire de cet espace privilégié voué au superlatif. Elle l'opère non sur le plan de l'idée et de ses implications éthiques, mais dans le registre de la sensation pure. Le paysage

1. « La Dernière Mode », p. 267.
2. *Ibid.* p. 143.
3. *Ibid.* p. 139.

qu'y brosse Mallarmé tient du mythe [1] tant il substitue à une réalité de classe la vision mythique d'un Olympe aussi fulgurant que la console de *Tout orgueil fume-t-il du soir*.

L'ivresse de la mondanité ne livre aucune signification. Elle ne débouche sur aucune révélation. L'objet ne s'ouvre plus à ces perspectives poétiques qui, par un jeu de reflets, débouchaient sur une prise de conscience. Il se contente de s'interposer entre les rêveries du lecteur et « le double azur maritime et terrestre [2] ». La mode témoigne d'un besoin de masquer le vide qui s'anime sous toute apparence au même titre que le plus futile bavardage conjure l'angoisse du silence. L'entreprise journalistique de Mallarmé relève donc d'une exaltation de la surface dont l'éclat anesthésie la conscience et endort la lucidité philosophique pour inviter à une extase sans fin.

Celle-ci aspire au délire visuel qui glisse de reflet en illusion, d'illumination en aveuglement. Le regard devient une fête permanente hors de toute durée. Jean-Pierre Richard y perçoit « la nudité de la durée elle-même [3] », c'est-à-dire le présent qui jaillit et se métamorphose perpétuellement sans jamais devenir forme. Les *Lettres de Londres* invitent à fixer « l'insaisissable esprit qui préside à la fabrication du décor familier de notre existence quotidienne [4] ». Complice de la mondanité, la décoration constitue une forme de narcose que Mallarmé place au centre de son dispositif [5]. Désacralisé, l'espace urbain est voué à la fête dans la conjonction de la richesse et de l'élégance. Si l'expérience poétique exalte sa propre luminosité dans un jeu de transparence, l'ivresse mondaine rayonne d'ors nombreux qui étincellent et aveuglent. Comme le signale *Bucolique* dans *Grands faits divers*, « chaque accessoire,

1. J.-P. Richard, *op. cit.*, p. 301.
2. « La Dernière Mode », p. 124.
3. J.-P. Richard, *op. cit.*, p. 336.
4. « Lettres de Londres », p. 100.
5. « *La Décoration !* tout est dans ce mot », « La Dernière Mode », p. 115.

carrosserie ou les toilettes, étincelle et écume luxueusement, dehors [1] ». Cette ambition, Mallarmé la cultive pour son œuvre propre. Ainsi, en novembre 1875, envisagera-t-il la publication d'« un petit poème » – il s'agit en fait de *L'Après-Midi d'un Faune* – dans « des conditions de luxe absolument folles [2] ».

La « Notion pure »

La circonstance, par sa gratuité, offre à Mallarmé le lieu privilégié d'une recherche qui réaliserait cette transmutation de l'écriture espérée dans le texte de 1862. « Creuser le vers », comme y invite Mallarmé, équivaut parallèlement à creuser le réel pour en tirer une image d'où jaillirait autre chose que l'évidence : la conscience de son vide central et, concurremment, l'affirmation d'une « vérité » dans l'évidence de la surface. Pour Mallarmé, cette opération permettra de conjurer le sort d'un monde aboli en tant qu'unité symbolique garantie par Dieu et de montrer qu'au-delà de la « terrible lumière » répandue par les sciences, une vérité peut surgir hors de toute raison [3]. Mallarmé assimile la jouissance du néant à un état de suspension de la pensée comme si l'homme pouvait un instant oublier l'harmonie qui devait lier le ciel à la terre et dont la perte n'a été compensée par aucune certitude scientifique. Cette aspiration chargée de négativité résonne comme un renoncement absolu à toute représentation. Le thème de la chevelure – que Mallarmé associera plus tard à l'audition musicale – développé dans le sonnet *Tristesse d'été* en témoigne :

> Mais ta chevelure est une rivière tiède,
> Où noyer sans frissons l'âme qui nous obsède
> Et trouver ce Néant que tu ne connais pas [4] !

1. « Bucolique », in : *OC*, p. 403.
2. Lettre à Arthur O'Shaughnessy, 7 novembre 1875, in : *Cor.* II, p. 80.
3. On trouvera un développement de cette idée in : Y. Bonnefoy, « L'Or du futile », préface aux *Vers de circonstance*, édition de B. Marchal, Paris, Gallimard, 1996, p. 12-13.
4. « Tristesse d'été », in : *OC*, p. 37.

À l'instar de l'Ophélie de Shakespeare, la conscience s'oublie dans une profonde rêverie qui abolit toute distance. Et la jouissance de s'immerger dans l'épaisse toison anéantit concept et représentation. Ce surgissement du vide et l'évidence du non-savoir ne relèvent pas d'une simple déduction philosophique, mais d'une expérience vécue à Tournon. Celle-ci maintiendra définitivement Mallarmé à distance des dévôts de l'Idée pour leur préférer ceux dont la pensée se fonde sur le sentiment et la sensation.

Cette conscience permet de définir la principale qualité de la circonstance : les choses rencontrées au hasard ne s'offrent jamais totalement. La sensation naît de l'affleurement fugace, indépendant du langage. Mallarmé achèvera de le comprendre au contact de Manet, qu'il semble avoir rencontré en 1873. L'objet d'abord (depuis 1871), l'image impressionniste ensuite (à partir de 1874) libèrent un sens au-delà des pièges du langage. Ce sens, Mallarmé l'assimile intimement au surgissement lumineux de la surface. L'opération constitue l'ultime débâcle du dessin classique. Il le précisera en poète : il ne s'agit pas de nommer, mais de suggérer [1]. Mallarmé donne à ce mouvement constitutif du principe de symbole une double orientation qui nous permet de lier en une perspective unique le rapport à l'objet et l'image « expressive » du peintre :

> C'est le parfait usage de ce mystère qui constitue le symbole : évoquer petit à petit un objet pour montrer un état d'âme, ou, inversement, choisir un objet et en dégager un état d'âme, par une série de déchiffrements [2].

Le travail du peintre consiste donc à « creuser la représentation » pour rendre à l'illusion mimétique – qui à travers le dessin se bornait à nommer – cette puissance de suggestion qui « creuse le sens », de façon

1. « *Nommer* un objet, c'est supprimer les trois quarts de la jouissance du poème qui est faite de deviner peu à peu : le *suggérer*, voilà le rêve. » « Enquête de Jules Huret sur l'évolution littéraire », in : *OC*, p. 869.

2. *Ibid.*

paradoxale, en affirmant la surface. Ce travail s'impose comme une nécessité. Il réfute l'accusation de « simplisme » proféré contre l'impressionnisme en y exaltant l'émergence de la « notion pure ». Comme l'a montré Yves Bonnefoy, celle-ci ne peut se réaliser qu'à la condition de reconnaître et d'accepter l'impossibilité dans laquelle nous nous trouvons de connaître la chose en soi [1]. L'absolu a ainsi glissé de registre. Il ne relève plus de l'Idée en soi, mais du sujet parlant. Cette expérience de l'oralité, la peinture de Manet l'a incarnée en métamorphosant l'inflexion de la voix en mouvement lumineux.

À l'origine, Mallarmé n'est pas particulièrement intéressé par la peinture [2]. Tout au plus pourra-t-on mentionner l'amitié avec Henri Regnault [3]. Le rapport à la vision qui s'ébauche au contact de Manet renonce au discours pour affirmer la chose non comme présence nominale, mais comme rapport à soi, dans la profondeur d'une conscience, de sa mémoire et de son vécu. Cette conception rejoint celle de la mode dans l'affirmation du principe de décoration assimilé à l'éclat mondain. L'effondrement de la représentation consacre la « notion pure [4] ». L'anéantissement du discours signifiant n'efface pas pour autant l'objet du regard. Dégagé de l'idée, celui-ci se révèle en fait tel qu'il n'avait jamais été perçu : érigée en « notion pure », la chose devient *visible* dans son infini.

L'infini prolonge la poétique de l'inachevé telle que Baudelaire l'avait développée par opposition au « fini » académique. Il se révèle double en s'ébauchant désormais comme étendue et comme nature. *La Dernière Mode* en avait livré le panorama fragmenté dans l'éblouissement mondain de la surface. La peinture ouvre à Mallarmé une autre voie : le regard accède

1. Y. Bonnefoy, « L'Or du futile », *op. cit.*, p. 13.
2. H. de Régnier, « Mallarmé et les peintres », in : *Nos rencontres*, Paris, Mercure de France, 1931, p. 195.
3. « L'Anniversaire de la mort d'Henri Regnault », in : *OC*, p. 687.
4. *Épouser la notion*, Fontfroide, Bibliothèque artistique et littéraire, 1992.

désormais à l'immédiateté d'une présence sensible. Celle-ci dévoile l'ordre des choses dans leurs relations aussi inépuisables qu'improbables. La connaissance qui s'esquisse restera nécessairement « inachevée » puisqu'elle résidera dans un rapport d'« évidence silencieuse » : celle qui règle le surgissement du son et de la couleur jusque dans leur « disparition vibratoire [1] ». Le mouvement qui s'ébauche relève d'un geste. Il émancipe la chose de son tracé nominal. La théorie du Beau que Mallarmé tente de formuler dans l'ensemble de ses écrits ne se fonde plus sur l'ordre de la signification formelle, mais jaillit d'une conscience hantée par son renoncement à la pensée :

> Narrer, enseigner, même décrire, cela va et encore qu'à chacun suffirait peut-être pour échanger la pensée humaine, de prendre ou de mettre dans la main d'autrui en silence une pièce de monnaie, l'emploi élémentaire du discours dessert l'universel *reportage* dont, la littérature exceptée, participe tout entre les genres d'écrits contemporains [2].

Peinture et poésie nient le principe de représentation et déjouent la pensée pour restaurer par le rythme l'expérience vécue de la beauté naturelle. Dans ce registre, le peintre n'a-t-il pas quelque avance sur le poète qui ne peut facilement se dégager du concept puisqu'il doit s'exprimer *par* et *dans* le langage ? L'exemple de Manet a sans doute été aussi déterminant pour Mallarmé que l'inverse le fut pour Manet. Leur fréquentation quasi quotidienne a sans doute révélé au poète cette « simplicité » de l'acte pictural étrangère au concept. Elle lui a également montré à quel point la pensée, dans sa dimension objective, limitait de façon dramatique la plénitude de l'existence. Au contact de Manet, Mallarmé a découvert dans la peinture un « acte naturel » intransitif, pourrait-on dire, et donc nécessairement étranger à la représentation dans sa restriction mimétique. Ramené dans le champ

1. « Avant-dire au *Traité du Verbe* », in : *OC*, p. 857.
2. « Crise de vers », in : *OC*, p. 368.

poétique, ne tient-on pas ici l'explication de ce que Mallarmé qualifie de « représentation nue » ? À savoir une représentation naturelle dégagée de toute mimique et donc sans ouverture conceptuelle. Une représentation au sens de l'improvisation théâtrale ; une représentation qui récuse la distance contemplative et invite à l'immersion.

L'impressionnisme n'apparaîtra « simpliste » que dans la mesure où le sens (dans son « lucide contour [1] ») est reconnu comme seul critère de valeur. Peinture de la « notion pure », l'impressionnisme n'apparaît pas à Mallarmé comme la représentation de quelque chose *par* la peinture, mais comme la mise en scène de la peinture en soi. Manet n'est plus seulement un œil. Il s'impose, lumineux, dans la formule « l'œil, une main [2] ». Le geste, tant analysé par Mallarmé, donne à la peinture une densité existentielle non dénuée d'une dimension théâtrale. Le texte consacré à Manet – et cité d'après une traduction contemporaine de la version anglaise – en témoigne :

> Quand, libéré des soucis de la création, Manet bavarde dans l'atelier avec un ami, à la clarté des lampes, ce brillant causeur expose ce qu'il entend par peinture, les nouvelles destinées qui lui sont réservées, pourquoi et comment il peint par irrépressible instinct et comme il peint. Chaque fois qu'il attaque un tableau, nous dit-il, il y plonge la tête la première, partageant le sentiment que la plus sûre méthode, bien que dangereuse en apparence, pour devenir bon nageur, est de se jeter à l'eau [3].

Les voies de la création que Mallarmé nous livre sont les mêmes que celles offertes au spectateur. La seule méthode qui vaille relève de l'immersion. L'horizon qui s'ouvre sous la plume de Mallarmé conduit en droite ligne aux avant-gardes du XXe siècle.

La peinture impressionniste, telle que Manet l'a initiée et telle que Monet ou Degas la développeront, offre une

1. « Prose pour Des Esseintes », in : *OC*, p. 56.
2. « Médaillons et portraits. Édouard Manet », p. 325.
3. « Les impressionnistes et Édouard Manet », p. 308.

synthèse de la perception et de la possession. Par sa matérialité, elle rend au regard sa puissance tactile. Spontanée, elle voit cela même qu'elle crée dans l'instant de son surgissement. Peinture de l'origine, du *percipio*, elle est à la fois visualité pure dégagée de tout concept et possession heureuse. Elle incarne de façon absolue ce « rire du regard [1] » découvert au contact de Manet.

Mallarmé-Manet

La visite de l'Exposition internationale de Londres en 1871 s'était consumée dans la multiplicité de la sensation : « légèreté du verre », « richesse multicolore de l'orfèvrerie princière », « luxe de soieries et de dentelles déployées » annonçaient les constellations lumineuses de *La Dernière Mode*. En 1873, Mallarmé rencontre Manet [2]. Dans quelles circonstances ? En 1941, Mondor évoque le retour d'Avignon et le désir probable de connaître le peintre que Baudelaire appréciait tellement et qui réalisa les portraits qui illustrèrent l'édition de 1868. Après avoir déjà offert à Mallarmé un Constantin Guys en avril 1873, Philippe Burty a peut-être servi d'intermédiaire [3]. À moins que le contact n'ait été Nina de Callias, amie de Manet et de Mallarmé. En mars 1874, celle-ci figure, dans le premier numéro de *La Revue du Monde nouveau* fondée par Charles Cros, sous les traits de la *Parisienne* de Manet [4]. Dans la

1. « Médaillons et portraits. Édouard Manet », p. 325.

2. Une lettre à Cazalis de juillet 1868 (*Correspondance. Lettres sur la poésie, op. cit.*, p. 393) évoque le projet d'un volume édité par Philippe Burty chez Lemerre. *Sonnets et Eaux-fortes* devait regrouper des poèmes de Verlaine, Sainte-Beuve ou Banville et des gravures de Bracquemont, Jongkind et Manet. Des artistes mineurs y étaient aussi intégrés. Finalement, l'éditeur préférera un sonnet d'Eugène Emmanuel à celui de Mallarmé.

3. Th. Duret, *Histoire d'Édouard Manet et de son œuvre*, Paris, Floury, 1902, p. 90.

4. Cette *Parisienne* est en fait tirée de *La Dame aux éventails*, un portrait de Nina de Callias (1873-1874, huile sur toile, 113,3 x 166,5, Paris, Musée d'Orsay) posant, allongée sur un canapé, dans un décor qui servira, en 1876, pour le portrait de Mallarmé.

même livraison, Mallarmé publie son *Démon de l'analogie*. Quelles qu'en aient été les circonstances, la rencontre Manet-Mallarmé semble s'être placée sous le signe de Baudelaire.

Le poète et le peintre se lient rapidement. Mallarmé fréquente avec assiduité l'atelier de Manet, comme en témoigne une lettre de John Payne datée du 30 octobre 1873. Projetant de consacrer un article au peintre de l'*Olympia*, Payne demande à Mallarmé de lui adresser ses notes relatives aux tableaux vus dans l'atelier de Manet [1]. Cet atelier deviendra pour Mallarmé un havre quotidien. Au retour du lycée, il s'y arrête, discute avec le peintre ou rencontre des personnalités comme Berthe Morisot, Émile Zola ou Antonin Proust. L'amitié qui unit les deux artistes est profonde. Près de dix ans après la mort de Manet, Mallarmé y fait allusion dans sa lettre à Verlaine : « J'ai, dix ans, vu tous les jours mon cher Manet, dont l'absence aujourd'hui me paraît invraisemblable [2]. »

La relation prendra une forme triple. D'abord, le plaisir des jours partagés dont l'histoire n'a gardé que de rares traces. Ensuite, les collaborations autour des livres comme la traduction du *Corbeau* de Poe (1875, illustrations de Manet, chez Lesclide à Paris) ou *L'Après-Midi d'un faune* (1876, avec frontispice, fleurons et cul-de-lampe de Manet, chez Derenne) [3]. Enfin, Mallarmé prendra la plume à plusieurs reprises pour défendre Manet.

L'essai de 1874 ne s'offre pas comme un article « spécialisé ». Son auteur réclame pour lui sa qualité d'amateur. Il appartient à la foule qui regrettera de ne pas « étudier [...] la manifestation totale d'un talent exceptionnel [4] ». Face à l'acceptation, par le jury, d'une partie seulement des œuvres du peintre, Mallarmé

1. « Lettre de J. Payne à Mallarmé » citée in : H. Mondor, *Vie de Mallarmé, op. cit.*, p. 344.

2. Lettre à Paul Verlaine, 16 novembre 1885, in : *OC*, p. 661.

3. On y ajoutera des projets avortés comme *La Cité de la mer*. À propos de la collaboration Manet-Mallarmé, voir : J. H. Rubin, *Manet's Silence and the Poetics of Bouquets*, Londres, Reaktion Book, 1994, chapitre III.

4. « Le jury de peinture pour 1874 et M. Manet », p. 297.

s'interroge : « Pourquoi n'a-t-on pas refusé tout l'envoi ? » Le poète reconnaît en Manet l'attrait du mot neuf. Il souligne dans la modernité du peintre cette qualité mise en exergue dans *Hérésies artistiques. L'Art pour tous*. L'esthète aurait dû se réjouir de ce refus qui conservait aux seuls initiés la jouissance de l'œuvre. Mallarmé ne peut suivre cette position qui renverrait Manet au contenu de la lettre que Baudelaire lui avait adressée de Bruxelles le 11 mai 1865 [1]. Car le peintre n'est pas refusé pour ce qu'il est. Il est victime d'une stratégie qui vise à juger pièce par pièce ses œuvres selon une logique qualitative qui fausse le sens de ce refus. Mallarmé attaque l'incohérence de cette position. Il s'en prend à l'institution qui opte pour un « jugement » au détriment de ses principes fondamentaux qui auraient dû conduire à prononcer un rejet catégorique. Ce faisant, le poète rejoint paradoxalement la position de Baudelaire. Par ce qu'il refuse en même temps que par ce qu'il accepte, le jury a témoigné de sa fragilité face à l'œuvre de Manet que Mallarmé qualifie de « dangereuse ». Le jury n'a pas refusé Manet parce que telle était sa mission, mais parce que ce « groupe de peintres habiles avant d'être des hommes maladroits [2] » était incapable de comprendre *tout* Manet. Pour Mallarmé, la confusion des valeurs dont témoigne le jury n'est toutefois pas sans danger pour le peintre. « Conciliabule officiel », l'Académie ne peut accepter partiellement ce dernier sans amoindrir la signification de l'œuvre. La reconnaissance partielle sonne donc comme une menace pour Manet qui, dans l'esprit de Mallarmé – comme dans celui de Baudelaire aupararavant –, doit rester un « danger public ».

Dans son texte de 1874, Mallarmé a le mérite de mettre en évidence sa définition de la modernité picturale :

> La simplification, apportée par un regard de voyant, tant il est positif ! à certains procédés de la peinture dont le tort principal est de voiler l'origine de cet art fait

1. Voir Ch. Baudelaire, *Au-delà du romantisme*, p. 301-302.
2. « Le jury de peinture pour 1874 et M. Manet », p. 298.

> d'onguents et de couleurs, peut tenter les sots séduits par une apparence de facilité. Quant au public, arrêté, lui, devant la reproduction immédiate de sa personnalité multiple, va-t-il ne plus jamais détourner les yeux de ce miroir pervers ni les reporter sur les magnificences allégoriques des plafonds ou les panneaux approfondis par un paysage, sur l'Art idéal et sublime [1].

Le regard de Manet est un regard de voyant qui récuse l'ordre de la tradition pour affirmer la modernité comme état de conscience. Les mots employés par Mallarmé renvoient à sa propre évolution depuis Tournon : voile, onguent, apparence, miroir pervers, Art idéal, plafond allégorique et paysage sublime évoquent l'effondrement de l'azur dans l'expérience du Néant.

Comme le voulait Baudelaire, Manet reste un « intrus ». Son œuvre n'appartient pas à la mondanité du Salon, mais à l'espace de l'intimité. Mallarmé le souligne en renvoyant les tableaux refusés aux « galeries particulières où les attend leur place [2] ». Il analyse ensuite finement les toiles incriminées en les ancrant dans l'univers baudelairien de la mode et de la foule moderne pour le *Bal masqué à l'opéra*, du pleinairisme de l'âme vagabonde pour *Les Hirondelles*. Le poète en profite pour reprendre à son compte la critique du « pas assez poussé » en reprenant à Baudelaire le principe de son argumentation : « il y a entre tous ses éléments un accord par quoi elle tient et possède un charme facile à rompre par une touche achevée [3] ». La qualité d'achèvement relève pour Mallarmé de « la dose d'impressions » que le tableau concentre.

Le fait d'avoir accepté *Le Chemin de fer*, « important lui-même sous un aspect trompeur et riche en suggestions [4] », sort le jury de son cadre légitime. Pour Mallarmé, deux instances s'opposent : le jury qui croit avoir institutionnellement « charge d'âme » et la foule qui,

1. « Le jury de peinture pour 1874 et M. Manet », p. 298.
2. *Ibid.*, p. 299.
3. *Ibid.*, p. 301.
4. *Ibid.*, p. 299.

consciente de sa multiplicité, reste seule juge de la gloire à octroyer à chacun. Le critique définit sa conception du jury : « Dire que : ceci est un tableau, ou encore : voilà qui n'est point un tableau [1]. » Avec en contre-partie l'interdiction d'en cacher un. Distinct de cette identification sommaire, le jugement reste l'apanage de la foule qui viendra au Salon pour y trouver ce qu'il y cherche. La perspective surprendra. Elle s'inscrit dans cette démarche nouvelle de l'offre et de la demande qui conduira à l'émergence de galeries privées. La leçon du *Jury de peinture pour 1874 et M. Manet* dépasse les idées avancées par Baudelaire dans sa lettre du 11 mai 1865 [2]. Mallarmé dégage la création moderne de l'orbite institutionnelle. Et de prévenir que, tôt ou tard, le public se lassera de ne pas trouver de quoi se reconnaître aux cimaises du Salon.

Le texte de 1876 diffère de celui de 1874. Mallarmé abandonne le point de vue sociologique non sans souligner que Manet lui-même est arrivé à des conclusions identiques à celles formulées deux ans auparavant en se détournant du Salon pour exposer dans son atelier, loin des jeux institutionnels et des conventions mondaines. L'angle d'attaque choisi renvoie à nouveau à Baudelaire, « notre dernier poète [3] » affirme Mallarmé qui a composé son essai dans le prolongement du « Peintre de la vie moderne ». En remplaçant l'obscure personnalité de Constantin Guys par celle de Manet, Mallarmé a-t-il conscience de poursuivre le dessein caressé par Baudelaire lui-même ? Comme y invitait le « Peintre de la vie moderne », Mallarmé exalte dans l'œuvre de « voyant » de Manet (et de ses émules impressionnistes) une nouvelle sensibilité que la conclusion érige en vérité historique : « la transition de l'artiste imaginatif et rêveur du passé créateur, tourné vers l'action, du présent, passe par l'impressionnisme [4] ». Celle-ci témoigne de l'évolution

1. « Le jury de peinture pour 1874 et M. Manet », p. 302.
2. Ch. Baudelaire, *Au-delà du romantisme, op. cit.*, p. 301-302.
3. « Les impressionnistes et Édouard Manet », p. 307.
4. « Les impressionnistes et Édouard Manet », p. 321.

même de la société française qui assiste à « la participation de couches sociales jusque-là ignorées à la vie politique [1] ». Mallarmé soutient ainsi l'appellation d'« intransigeants » qui résuma, dans un premier temps, ce mouvement d'émancipation sensible [2]. Il repousse vers le passé romantique ceux qui, comme Gustave Moreau ou Puvis de Chavannes, annoncent la floraison d'un mouvement attaché à représenter l'Idée. Son propos mérite qu'on s'y arrête pour être replacé dans la perspective de la critique de « l'art pour tous » formulée en 1862 :

> Les nobles visionnaires des époques révolues, dont les œuvres dépeignent les choses de ce monde vues de l'au-delà du monde (et non les représentations réelles d'objets existants) font figure de rois et de dieux dans l'âge rêveur de l'humanité. À ces solitaires avait été donné le génie d'exercer leur pouvoir sur une foule ignorante. Mais aujourd'hui la multitude réclame de voir avec ses propres yeux. Et si l'art de nos derniers temps est moins glorieux, moins intense et moins riche, ce n'est pas sans la compensation de la sincérité, de la simplicité et d'un charme comme d'enfance [3].

Grâce à l'œuvre de voyant (et non de visionnaire) de Poe – que Mallarmé a traduit et que Manet a illustré en 1875 – et de Baudelaire, la foule a trouvé sa conscience. Elle en revendique désormais l'expression instantanée. La peinture impressionniste exprime une vérité que le poète entend démontrer en jouant de « la preuve par la foule [4] » : le regard impressionniste est individuel. Il traduit la conscience de « n'être qu'une unité inconnue dans la puissante multitude d'un suffrage universel [5] ». Il est en soi représentatif du surgissement de ce sujet multiple. Il

1. *Ibid.*, p. 322.
2. Voir S. F. Eisenman, « The intransigent artist or how the Impressionists got their name », in : *The New Painting. Impressionism 1874-1886*, San Francisco, The Fine Arts Museum, 1986, p. 51-59.
3. « Les impressionnistes et Édouard Manet », p. 322.
4. J.-P. Richard, *op. cit.*, p. 356-360.
5. « Les impressionnistes et Édouard Manet », p. 322.

ne peut en aucune manière se résoudre à représenter un objet désormais absent sur le mode philosophique de l'abstraction.

L'essai de Mallarmé se place surtout sur le terrain de l'esthétique. L'auteur remonte le cours récent de l'histoire de l'art. Même si sa connaissance se révèle lacunaire (il situe l'essentiel de l'œuvre de Courbet dans les années 1860), le critique positionne Manet par rapport à ses véritables enjeux et par rapport à la critique esquissée par Zola en 1866 et développée méthodiquement en 1867. D'emblée, le réalisme est invoqué : « se graver dans l'esprit par une vivante description de la réalité selon l'apparence, à la vigoureuse exclusion de toute ingérence de la part de l'imagination [1] ». Passant à Zola, Mallarmé va plus loin : il dégage la réalité qui fonde le réalisme de toute emprise humaine pour circonscrire l'étendue d'une « réalité qui s'impose abstraitement à nous [2] ». Cette mise en retrait renvoie au corpus critique de Baudelaire que Mallarmé cite en « amateur éclairé » attaché à Manet comme à son « artiste favori ». Institutionnellement, celui-ci demeure un « intrus ». Mais là où la solitude de Baudelaire rejaillissait, péremptoire, sur Manet comme un ultime défi romantique, Mallarmé souligne la constitution d'un front « impressionniste » qui révolutionnera l'esthétique en se fondant sur une nouvelle conscience.

Pour asseoir cette légitimité, Mallarmé analyse la méthode propre à Manet. La dialectique qui unit la main à l'œil permet au critique d'enfoncer un coin dans la doctrine de Zola :

> La main, il est vrai, gardera certains secrets acquis de manipulation, mais l'œil doit oublier tout ce qu'il a vu ailleurs et réapprendre à partir de ce qui le conforte. Il doit rompre avec la mémoire, ne voyant que ce qui s'offre au regard comme pour la première fois, et la main doit se faire un organe d'abstraction impersonnel, dirigée seulement par la volonté oublieuse de toute dextérité

1. *Ibid.*, p. 306.
2. *Ibid.*, p. 307.

> antérieure. Quant à l'artiste, ses sentiments personnels, ses goûts particuliers sont pour le moment résorbés, ignorés ou mis à l'écart pour jouir de son autonomie personnelle [1].

Zola avait voulu dégager l'œuvre de Manet d'une lecture poétique par laquelle Baudelaire faisait de la peinture une question d'idée. Marqué par l'œuvre de Castagnary et par celle de Taine ainsi que par les recherches dans le domaine de la psychophysiologie, Zola avait mis en place, à partir de 1865, une critique normative qui entendait dégager le tempérament du culte romantique de l'imagination. Les mécanismes de la vision, tels que Zola les définit, ne s'épuisent ni dans les stéréotypes photographiques ni dans l'obsession du détail sur lesquels Baudelaire s'était acharné. Au contraire, l'œuvre de Manet trouve sa signification historique dans l'assimilation des connaissances contemporaines relatives au processus visuel. Et Zola bâtit sur elle une critique objective qui devient « le récit de la vision ». Celui-ci ne s'attache plus à la circonstance, c'est-à-dire à la dialectique qui lie le sujet au monde qui l'entoure. Au contraire, il semble entièrement intériorisé dans l'affirmation du regard comme principe naturel autonome. Pour Zola, l'inachèvement, comme expression de la vérité de la sensation, équivaut à reconnaître l'impossibilité de fonder objectivement la visualité. Rejetant le primat de l'imagination, Zola récusera, en 1879, l'évolution de Manet pour cela même que Mallarmé encense dans l'œuvre de son ami.

Mallarmé, en poète, se reconnaît dans le caractère épique du regard de Manet. Il réduit la tradition aux « secrets acquis de *manipulation* [2] ». Celle-ci n'est plus là pour exprimer la progression méthodique d'une objectivité du regard. Elle relève de l'œil vierge. La tradition semble intériorisée pour n'apparaître que sur le

1. « Les impressionnistes et Édouard Manet », p. 308-309.
2. *Ibid.*, p. 308.

mode de l'envoûtement exercé par Vélasquez et par les Flamands. Non sans cultiver le paradoxe, Mallarmé trouve, dans ces références au passé, le support d'une libération de la sensation immanente. Cette première « manière » n'en est pas réellement une, signale Mallarmé, puisqu'elle a libéré Manet de l'emprise de la tradition au bénéfice d'une quête personnelle dont l'objectivité n'est pas extérieure à la démarche comme le voulait Zola.

Ce contexte polémique explique que Mallarmé ait pris soin de situer Manet dans une perspective évolutive qui aboutit, *in fine*, à cette situation éminemment mallarméenne d'une absolue impersonnalité fondée sur l'« isolation en soi-même [1] ».

Pour y parvenir, Mallarmé retrace les étapes nécessaires. Il insiste sur l'inspiration baudelairienne qui a porté Manet vers l'exploration de la vie moderne. L'explication permet au poète de rapprocher la démarche de Manet de celle que lui-même a eu l'occasion d'explorer en 1874-1875 avec *La Dernière Mode*. Soumise à l'éclairage électrique et aux artifices de la mode, l'apparition féminine se résorbe en une présence superficielle que Mallarmé ne peut se résoudre à accepter comme une forme supérieure d'art. La peinture doit résister aux conditions de la vie moderne avec sa théâtralité et ses effets de scène pour s'incarner dans « ce pollen de chair » qui réclame la lumière du jour « c'est-à-dire l'espace avec la transparence de l'air seule [2] ». Prenant à témoin l'*Olympia* de 1863, *Le Linge* – une des deux toiles refusées en 1876 – exalte l'air bien plus que la lumière. « Et quel air, un air qui s'impose despotiquement à tout le reste [3].» L'analyse du tableau permet de préciser :

> L'air règne en réalité absolue, comme possédant une existence enchantée, à lui conférée par la sorcellerie de l'art, une vie qui n'est ni de l'individu ni des sens mais de

1. « Les impressionnistes et Édouard Manet », p. 309.
2. *Ibid.*, p. 313
3. *Ibid.*, p. 311.

> l'ordre des phénomènes conjurés par la science, et montrés à nos yeux étonnés avec ses métamorphoses perpétuelles et son invisible action, rendue visible. Et comment ? Par le mélange ou le conflit entretenu entre surface et profondeur, couleur et lumière [1].

Cette qualité atmosphérique, Mallarmé en fait la caractéristique centrale de l'impressionnisme, qu'il aborde dans la foulée de son analyse du *Linge* [2]. Les œuvres de Monet, Sisley et Pissarro sont placées sous l'influence immédiate de Manet.

Monet apparaît comme le peintre de l'eau mobile et transparente : « Je n'ai jamais vu de bateau plus légèrement suspendu sur l'eau que dans ses tableaux [3] », signale le critique. Sisley s'attache davantage à rendre « les moments fugitifs de la journée [4] » dans l'éblouissement d'un soleil printanier alors que Pissarro semble plutôt enclin à rechercher les contrastes profonds propres à l'été dans des effets de matière qui visualisent l'air et la brume « saturés de rayons solaires [5] ».

Pour Mallarmé, l'unité historique de l'impressionnisme est scellée par « l'infaillible, quoique merveilleusement rapide, exécution [6] » qui reprend l'argument de l'inachevé comme fini. Loin de constituer un mouvement, l'impressionnisme, tel que Mallarmé le définit en 1876, procède d'une communion sensible. Le poète y détaille les participants en reconnaissant en chacun d'eux tout ou partie de sa propre sensibilité. Degas apparaît ainsi comme le peintre de *La Dernière Mode* tant par la suavité et par l'éclat de ses effets de matière que par sa conception de la forme comme « signe de l'éparse beauté ». Berthe Morisot incarne cette sensibi-

1. « Les impressionnistes et Édouard Manet », p. 313.
2. En ce qui concerne les relations que Mallarmé a entretenues avec les peintres impressionnistes, le lecteur se reportera aux remarques et aux références introduites en notes de l'article « Les impressionnistes et Édouard Manet » repris *infra*.
3. « Les impressionnistes et Édouard Manet », p. 318.
4. *Ibid.*, p. 318.
5. *Ibid.*, p. 318.
6. *Ibid.*, p. 319.

lité intimiste que Mallarmé retrouvera plus tard chez Vuillard [1]. Renoir illustre les combinaisons infinies de la « réflexion mouvante de lumières [2] ».

L'objet impressionniste

La peinture a les limites de sa fixité qui apparaît à Mallarmé sous le signe du voile : « tout tableau, peint ou brodé, a comme un voile d'immobilité jeté sur la vie mystérieuse [3] ». En s'attachant à la mode, Mallarmé trahit un désir auquel l'image ne répondra pas : l'univers appréhendé se fixe en « décoration » alors que le regard exige la pleine possession véritable de son flux vital [4]. Mallarmé métamorphose ici le thème classique de la représentation vampirique inauguré par Gogol et repris par Poe puis Wilde. Mais l'auteur du *Toast funèbre* illustre moins le mythe qu'il ne l'interroge. De la métaphore picturale, Mallarmé n'a conservé que l'espace vitrifié par la transparence. L'expérience de l'aquarium renvoie à la mise en scène de l'image dans la clôture de son cadre et derrière la vitre. La même transparence est à l'œuvre pour révéler une profondeur que la peinture exprime, sur le mode du ténu et de la surface essentielle, dans sa matière. À propos de Berthe Morisot, Mallarmé y revient en privilégiant, de façon révélatrice, le pastel : « La poudre fragile du coloris se défend par une vitre, divination pour certains [5]. » En imposant sa distance, la vitrification de la transparence s'impose

1. Pour les relations Mallarmé-Vuillard, voir A. Chastel, « Vuillard et Mallarmé » (1947), repris in : *Fables, formes, figures*, Paris, Flammarion (Idées et Recherches), II, p. 413-423.

2. « Les impressionnistes et Édouard Manet », p. 320.

3. « La Dernière Mode », p. 255.

4. « À quelles tentures demanderons-nous ce monde aquatique, monstrueux, frêle, riche, obscur et diaphane d'herbages et de poissons, si décoratifs ! […] comment ce fond de mer ou de fleuve le posséder véritablement », *Ibid*, p. 255.

Est-ce un hasard si Mallarmé choisit le monde sous-marin pour illustrer son questionnement ? S'agissant de dévoiler ce qui se dérobe sous la surface, le poète s'attache au monde des profondeurs que recouvre, à l'identique de la toile une surface fluide et rayonnante.

5. « Berthe Morisot », p. 354.

comme condition du dévoilement de la peinture en tant que telle. Ce qui reste de l'image investit l'espace privé et le transforme en féerie. Le « décor » sous-marin s'épanche derrière une vitre dans le va-et-vient prisonnier des « dorades, rascasses, polypes, étoiles, poissons-télescopes du Japon [1] ».

Au-delà de l'image digne de Des Esseintes ou de Montesquiou, cet « aquarium [...] magique, vivant, mouvant, extraordinaire [2] » définit et précise la valeur de l'image comme objet d'art. Entre ces deux termes – objet *versus* art – Mallarmé déploie la lumière comme « instrument spirituel » de transposition. Pour laisser rayonner son flot vivant, l'objet revendique la lumière à l'instar de l'aquarium « éclairé simplement du dehors par la lumière diurne ou *a giorno*, le soir, par le gaz [3] ».

Cette expansion lumineuse métamorphose l'espace et transforme le regard porté sur l'objet. À l'instar de la peinture, celui-ci sera jaillissement d'« une plénitude d'être », d'« une richesse ouverte de signification [4] ». Émergeant d'une profondeur sans ombre, l'objet prend forme dans l'expansion d'une matière sublimée par la lumière. Ses qualités fondamentales seront sa fluidité et sa nitescence [5]. Dans cette entreprise, Mallarmé trouve les termes d'un dépassement de l'instantanéité sensible. La fluidité rend au monde sa vitalité originelle et sa virginité. La toile, par sa texture, devient le lieu privilégié d'un « dévoilement volatile des essences [6] ». Au-delà de la frivolité attachée à la mode, l'objet s'immobilise en ses limites – cadre ou murs – comme un « suspens de perpétuité chatoyante [7] ».

L'expression picturale de la fluidité relève du chromatisme comme logique alternative au dessin nominal.

1. « La Dernière Mode », p. 256.
2. *Ibid.*, p. 256.
3. *Ibid.*, p. 256.
4. J.-P. Richard, *op. cit.*, p. 479.
5. « Berthe Morisot », p. 356.
6. J.-P. Richard, *op. cit.*, p. 480.
7. « Berthe Morisot », p. 356.

De l'impressionnisme, Mallarmé retient l'affirmation de la couleur pure et du mélange optique qui rend à cette dernière sa vibration existentielle. À ce mouvement sonore venu des profondeurs de la couleur modulable selon sa tonalité, sa matité ou sa brillance, répond un traitement des formes et de leurs reflets. Celui-ci s'organise horizontalement dans la succession continue des rapports lumineux. À la couleur-lumière inscrite dans la matière même s'ajoute cette magie des effets lumineux qui obéissent à une instrumentation comparable à celle, verbale, développée par René Ghil dans un jeu d'équivalence musicale. Pour traduire « la vibration de tout [1] », Mallarmé multiplie les impressions d'opalisation, de scintillement, de papillotement, d'irisation, de diaprure ou de vaporisation sans jamais rompre la « subtile fluidité contemporaine [2] » d'une lumière en perpétuelle métamorphose.

Arrivé à ce stade, l'objet comme forme définie par son tracé s'abolit dans une progression lumineuse. Si l'objet nommé s'évanouit dans la vibration de la parole, l'objet, cristallisé dans un jaillissement lumineux, s'évanouit alors qu'il prend forme. L'image d'éparpillement se mue en constellation [3] pour réaliser cette « distribution plénière » annoncée par *La Dernière Mode* [4].

Quelque chose du fané se déploie désormais dans l'objet : le souvenir d'un regard qui a donné vie et lumière à la matière avant de la déserter en la privant de ce don de soi annoncé : « le soleil, qui a fait fleurir le jardin, l'a fané » signale le poète [5]. Une parade s'esquisse : la lumière ne viendra plus, objective, de l'extérieur mais rayonnera de la couleur elle-même en assimilant la lumière au silence.

1. « Propos », in : *OC*, p. 169.
2. *Ibid.*, p. 156.
3. « Igitur », in : *OC*, p. 435.
4. « La Dernière Mode », p. 280.
5. *Ibid.*, p. 124.

La couleur des jours

L'impressionnisme révèle picturalement la texture de l'air, qui sépare moins les objets les uns des autres qu'il ne les unit en un flux à la fois lumineux et mental. Moteur de la continuité dans l'univers fragmenté dont *La Dernière Mode* avait dressé le panorama urbain, la sensibilité atmosphérique donne à l'espace une opacité que Mallarmé inscrit dans l'étendue de la toile peinte. Dans cet ample mouvement, l'objet apparaît comme pivot de la sensation. Ici ou là, Mallarmé lui octroie même la possibilité d'aspirer à lui ces effluves vaporeux. À l'instar d'un instrument de musique, l'objet se mue alors en foyer de rayonnement. Dissonant, il « tache de splendeur la brume monotone [1] » et son surgissement rompt l'étendue de la surface. Cette qualité de point fixe accordée à l'objet pictural prend corps alors que la chose en soi tend à s'évaporer dans sa « disparition vibratoire ».

L'impressionnisme, tel que Mallarmé le fréquente et l'étudie de 1874 à 1896, du premier texte consacré à Manet jusqu'à l'ultime dédié à Berthe Morisot, lie l'expérience de la mode à celle de la peinture. À propos d'une œuvre de Morisot, le poète décrit l'instant fragile qui voit l'objet illuminer l'espace intérieur :

> Loin ou dès la croisée qui prépare à l'extérieur et maintient, dans une attente verte d'Hespérides aux simples oranges et parmi la brique rose d'Eldorados , tout à coup l'irruption à quelque carafe, éblouissement du jour, tandis que multicolore il se propage en perses et en tapis réjouis [2] [...].

La frénésie visuelle qui anime l'imaginaire mallarméen érotise le regard. Elle exige son incarnation dans un support qui partagerait la même présence immatérielle et la même puissance de révélation. Cette matière sera la lumière. Si Mallarmé s'attache à l'œuvre de Manet puis à celle de Redon, s'il s'enthousiasme pour

1. « La Dernière Mode », p. 273.
2. « Berthe Morisot », p. 356.

les marines de Monet ou pour les danseuses de Degas, c'est d'abord parce que les œuvres découvertes dans l'atelier ou aux cimaises de Durand-Ruel exaltent la matérialité du regard dans la texture papillotante, incertaine et humaine de la lumière.

Cette opération se déploie au-delà de toute représentation dans un geste de monstration qui touche à la féerie du théâtre. Pour Mallarmé, la scène avec ses artifices qui rendent irréel le lieu qu'investit le regard souligne le rôle central de la lumière. La « crudité électrique » des éclairages artificiels donne au spectacle cette irréalité fondatrice dans laquelle le poète perçoit « un je ne sais quel impersonnel ou fulgurant regard absolu [1] ». Celui-ci embrase les surfaces pour révéler l'objet dans son « enchantement scénique [2] » que la Loïe Fuller, en danseuse électrique, érigera en œuvre d'art total.

Plus fondamentalement, la structure traditionnelle de l'espace se détend et entame sa métamorphose. Au vide qui enferme chaque objet dans son contour se substitue l'atmosphère. La sensation gagne en mobilité. Cet élan lumineux consacre en une égale présence l'objet et son espacement. Tous deux acquièrent une porosité à l'atmosphère qui unifie le spectacle en une de ces orgies visuelles chères au rédacteur de *La Dernière Mode*. La lumière, devenue « or ambiant [3] », vaut comme musique.

Mallarmé s'appuie sur cette transparence de l'air célébrée dans le plaidoyer de 1876 en faveur de Manet pour élaborer une conception de l'espace impressionniste dont rendra compte l'hommage à Berthe Morisot de 1896. L'œil enveloppe la surface, la fond à l'entre-deux des choses et transforme l'espace en un tissu « élyséennement savoureux [4] ». La volupté du regard devient sans limite tant sa liberté est totale. De Manet à

1. « Ballets », in : *OC*, p. 306.
2. *Ibid.*
3. « Propos », in : *OC*, p. 119.
4. « Berthe Morisot », p. 354.

Monet, Mallarmé a assisté à la révélation d'une lumière qui ne dépend plus d'une situation spatiale objective, mais d'une luminosité émancipée de l'ombre, du jeu signifiant du clair-obscur ou d'une lumière déployée par-delà toute représentation. Celle-ci s'est défaite du ton local et de l'inscription dans l'objet. Elle a perdu son poids relatif pour gagner en texture. Celle-ci sera sculpturale chez Monet, vaporeuse chez Redon. Pour Mallarmé, cette lumière exprime, par son antériorité fondamentale à tout objet, l'homogénéité féerique du sensible révélée dans un regard « vierge et abstrait [1] ». L'irradiation de la lumière impressionniste ne relève d'aucun foyer. Sa puissance lumineuse est celle du regard, « visible expiration subjective liée à une "inspiration" [2] ». « Immédiate fraîcheur » d'un contact sensible qui éclate en « rire du regard [3] ». L'œil déverse sur le monde sensible un torrent de lumière dont la puissance dissout tout contour pour rendre à la matière sa fluidité première. Le regard, comme la pluie, lave le monde et en restaure « le sens, vierge [4] ».

Cette unité, Mallarmé la coule dans la notion d'atmosphère. Dégagée de toute fonction éclairante due à l'objet, la lumière se fond à l'espace dans une vibration atmosphérique qui révolutionne le rôle traditionnellement dévolu à la couleur. La lucidité n'est plus dès lors l'apanage de quelque contour. Elle réside dans l'intensité d'un regard désormais assimilé au jaillissement de la couleur pure [5].

Cette libération du regard, l'impressionnisme l'a anticipée en termes mallarméens en exaltant l'intervalle comme lieu privilégié de la mobilité de l'image. Les objets en soi intéressent moins les peintres impressionnistes que les relations qu'ils entretiennent

1. « Médaillons et portraits. Édouard Manet », p. 325.
2. J.-P. Richard, *op. cit.*, p. 503.
3. « Médaillons et portraits. Édouard Manet », p. 325.
4. « Berthe Morisot », p. 355.
5. Et Mallarmé de souligner : « Je chanterai le voyant qui, placé dans ce monde, l'a regardé, ce qu'on ne fait pas ». « Toast funèbre », in : *OC*, p. 1470.

les uns avec les autres. Le dynamisme du regard nie ce vide qui enveloppe des objets réduits au statut de jalons dans un espace abstrait. Perpétuellement mobile, immergé dans l'espace qu'il parcourt, le regard met au contact les objets et les confond en un même état de conscience.

Se déploie ainsi une définition nouvelle de la peinture qui vise à « établir les identités secrètes par un deux à deux qui ronge et use les objets, au nom d'une centrale pureté [1] ». L'entre-deux unit les objets par un vide « solitaire en soi [2] » comparable à celui qui emplit la conscience.

L'hommage rendu à Berthe Morisot offre à Mallarmé l'occasion d'élaborer une « philosophie de l'espacement » qui synthétise, à ses yeux, l'essentiel de la révolution impressionniste. Le texte nous renseigne sur un des aspects de la page-image que Mallarmé met en scène dans son *Coup de dés*. L'espace vaut comme étendue. Celle-ci n'existe que par rapport à ses propres limites. « Dès la conception initiale de l'œuvre, l'espace destiné à contenir l'atmosphère a été indiqué [3]. » Sans avoir été préparés, la disposition des formes et l'équilibre des masses relèvent de cette relation permanente avec la marge. Mallarmé récuse la perspective « entièrement et artificiellement classique, qui fait de nos yeux les dupes d'une éducation civilisée [4] » au bénéfice d'une vision inspirée de l'Extrême-Orient qui

1. « Propos », in : *OC*, p. 174. Cette définition de l'espace impressionniste constitue un brillant démenti de la vision conservatrice qu'un Panofsky offrira dans son essai célèbre *La Perspective comme forme symbolique.* Constatant l'éclatement du système perspectif, Panofsky écrit : « En effet, par sa nature même [la perspective] est en quelque sorte une arme à double tranchant, car si elle procure au corps la place d'un déploiement et d'une dynamique mimique, elle procure à la lumière la possibilité de se diffuser dans l'espace et de dissoudre les corps picturalement » (E. Panofsky, *La Perspective comme forme symbolique*, Paris, Éditions de Minuit (Critique), 1975, p. 28).

2. S. Mallarmé, *Le Livre, instrument spirituel, op. cit.*, 20 (A).

3. « Les impressionnistes et Édouard Manet », p. 315.

4. Lettre à E. Roberty, novembre 1893, in : *Cor.* VI, p. 180.

conduit à « une raréfaction des images en quelques signes comptés [1] ». Ces figures peuvent alors glisser dans le champ spatial et errer de bord à bord dans l'en-deçà d'un cadre qui les isolent du monde. Mallarmé a déduit cette conception de ce qui fait le regard de Manet : un regard photographique moins obsédé par la saisie du détail, comme le pensait Baudelaire, que par le cadrage à l'intérieur duquel la circonstance surgira trahissant la vérité profonde de la nature.

Chair de songe

Pour Jean-Pierre Richard [2], Mallarmé a fixé l'impressionnisme dans une vision monolithique qui répondrait davantage à sa propre aspiration qu'aux œuvres nées de personnalités différentes sinon antagonistes.

Chez Mallarmé, toute analyse part « des propriétés les plus matériellement lumineuses d'un monde [3] ». Tout est lumière, mais une progression vers l'irréalisation de la sensation s'esquisse de Manet à Redon en passant par Monet, Renoir ou Berthe Morisot. Même l'œuvre de Whistler, dont l'univers semble habité par son harmonie rêvée, éclate avec insolence lorsqu'il s'agit d'observer les mouvements de la lumière. Le « rire du regard [4] » devient « sarcastique » voire « poësque », allant jusqu'à balayer la femme en un « tourbillon de mousseline ou fureur éparses en écumes [5] ».

L'art est illumination. Et l'œuvre du voyant, dégagé du contour comme des mots, s'offre lucide : « clairvoyance d'un homme qui a, exceptionnellement, dans le regard, notre monde [6] ». Ce regard n'est pas chargé ici d'idéalisme ; le génie est celui du monde que l'artiste pénètre et auquel il appartient lorsqu'il abandonne toute idée de distance. Toute la tendresse que Mallarmé exalte dans les œuvres de Berthe Morisot

1. « Lettre à E. Roberty » novembre 1893, in : *Cor.* VI, p. 180.
2. J.-P. Richard, *op. cit.*, p. 504.
3. *Ibid.*, p. 504.
4. « Médaillons et portraits. Manet », p. 325.
5. « Billet à Whistler », p. 347.
6. « Le Genre », in : *OC*, p. 319.

témoigne de cette intimité de l'homme au monde. La peintre « dévêt, en négligé idéal, la mondanité fermée au style, pour que jaillisse l'intention de la toilette dans un rapport avec les jardins et la plage, une serre, la galerie [1] ». Au centre du tableau se déploie un réseau de relations qui n'isole plus l'être en son individualité close. Pas de portrait solitaire dans quelque lieu abstrait ; plus de fond dont se détacherait une hypothétique figure, mais le spectacle mouvant de la vie, dans cette intimité ordinaire que Vuillard et les Nabis magnifieront : fragments élémentaires de la vie éphémère érigés en métaphores silencieuses.

L'immédiateté affirmée par la peinture impressionniste – et dont Proust déjouera l'apparente évidence – ne peut faire l'économie d'une certaine brutalité. Il s'agit de réveiller les moyens qui sont ceux du peintre. En une formule synthétique, Jean-Pierre Richard a défini l'apport de l'impressionnisme à l'univers poétique de Mallarmé : « L'impressionnisme utilise le pur afin de produire l'ambiance, et l'ambiance afin de dégager le pur [2]. »

L'inscription dans la matière préserve l'artiste d'une dérive onirique qui conduirait à l'informel. « Car je crois, déclare Mallarmé à Marius Roux, que les arts manuels (comme la peinture, à moins qu'on n'y soit un génie) comportent toujours une certaine brutalité et quelque chose de matériel qui rattrapent un homme prêt à sombrer ou à s'évanouir dans trop de rêves [3]. » Tout le mérite de Redon réside dans cet équilibre

1. « Berthe Morisot », p. 356.

2. J.-P. Richard, *op. cit.*, p. 506.

3. « Lettre à Marius Roux », [30] avril 1878, in : *Cor.* II, p. 174. Et d'ajouter : « Mais le roman y perdrait justement en intérêt, chez le lecteur qui ne croit qu'aux arts spéciaux et ouvriers ; et vous traitez après tout votre sujet avec assez de généralité pour qu'on y voie un des accidents menaçant l'artiste, quel qu'il soit. – Vous devinez que je vous en veux un peu de n'avoir pas cherché, en dehors des Impressionnistes (dont quelques-uns sont des êtres miraculeusement doués et ayant trouvé leur voie tardivement à travers maints travaux), une bande à part extravagante et sotte, comme celle que vous décrivez : pourquoi cela ? »

subtil : équilibre de la forme suggérée et du mouvement vaporeux des couleurs ; équilibre des mots associés dans des titres poétiques et de l'image incertaine qui semble flotter en deçà du langage. Redon opère le plus pleinement ce mouvement qui conduit de l'impression à l'expression selon une dialectique déjà éprouvée poétiquement [1]. Le regard n'est plus cet organe sensible qui capte des impressions, mais un « jet visuel [2] », une « vue jetée au loin [3] » comme un feu d'artifices ou un éclat de rire. Dès la « Prose pour Des Esseintes », Mallarmé avait prévenu que le paysage se chargerait désormais « de vue et non de visions [4] ».

Brumes musicales

Mallarmé tire de sa fréquentation de l'objet une exigence de « disparition vibratoire » qui, touchant les matières, passe à la forme. Celle-ci s'atomise en constellations irisées et impalpables tout au long de *La Dernière Mode.* Mais le mot résiste et le langage conserve une opacité de texture sourde aux magies de la dentelle et aux évanescences du rêve. Pour Jean-Pierre Richard, la recherche poétique de Mallarmé réside dans cette énigme : « Comment volatiliser le mot, là est le vrai problème. Où trouver la puissance capable d'aérer la lourdeur commune du langage, et de rendre ce dernier transparent, perméable à toutes les fantaisies du songe [5] ? »

Si l'attention de la critique s'est rapidement portée vers la musique de Wagner à laquelle Mallarmé s'intéresse à partir de 1885 [6], elle s'est moins attachée à la valeur plastique du silence en musique tel que Mallarmé l'élabore.

Au-delà de l'engouement wagnérien assez passager, la musique occupe une place centrale dans le

1. Voir J.-P. Richard, *op. cit.*, p. 325-326.
2. « Villiers de l'Isle-Adam », in : *OC*, p. 487.
3. « Richard Wagner, rêverie d'un poète français », p. 363.
4. « Prose pour Des Esseintes », in : *OC*, p. 56.
5. J.-P. Richard, *op. cit.*, p. 391.
6. S. Bernard, *Mallarmé et la Musique*, Paris, Nizet, 1959.

cheminement poétique de Mallarmé. Elle oriente un processus d'abstraction qui substitue à la présence concrète de l'objet une suggestion qui s'élève « musicalement » au terme d'un jeu d'escamotage « vibratoire » de l'apparence. La formule de l'*Avant-Dire au Traité du Verbe* de René Ghil est connue :

> Je dis : une fleur ! et, hors de l'oubli où ma voix relègue aucun contour, en tant que quelque chose d'autre que les calices sus, musicalement se lève, idée même et suave, l'absente de tous bouques [1].

Mallarmé confronte la fixité du dessin à la puissance de suggestion de la musique. Le son partage avec la couleur cette fluidité dans laquelle se dissout la forme arrêtée. L'instrument de musique lui-même s'y soumet selon un processus évoqué, en 1887, dans *Une dentelle s'abolit*. Joué, il disparaît en tant qu'objet et se dissout dans l'espace en sensations lumineuses [2].

Pour Mallarmé, toute musique se résout en une « argumentation de lumière [3] ». Elle acquiert ainsi une puissance d'évidence au sens premier du terme par illumination [4] et rayonnement [5]. Jaillie du corps, elle devient or pour s'assimiler au regard qui embrase le paysage. Mallarmé projette sur l'univers des sons des qualités qui rapprochent ceux-ci de la peinture par la métaphore du regard : sensualité du chromatisme, vitalité de la ligne, aspiration à l'envol et suggestion des objets évoqués qui « s'exhale par bouffée pure – comme si ces objets brûlaient d'eux-mêmes, sur un trépied, vers la beauté [6] ». La musique partage avec le regard ce caractère brûlant et excessif qui offre au poète autant d'orgies sonores que visuelles.

1. « Avant-dire au *Traité du Verbe* », in : *OC*, p. 857.
2. « Le piano scintille, le violon donne aux fibres déchirées la lumière, mais l'orgue de Barbarie, dans le crépuscule du souvenir, m'a fait désespérément rêver », « Plainte d'automne », in : *OC*, p. 270.
3. « Le mystère dans les Lettres », in : *OC*, p. 385.
4. « Plaisir sacré », in : *OC*, p. 390.
5. « La Musique et les Lettres », p. 383-384.
6. « Avant-dire au *Traité du Verbe* », in : *OC*, p. 860.

Mallarmé réorganise la synesthésie baudelairienne. Il exalte un sentiment océanique dans la jouissance d'un flux continu. L'objet dissout, l'espacement se détend et l'univers – jusque-là ramené à la surface – gagne en profondeur [1]. Le poète pressent ici un mécanisme qui délite la conscience et ouvre un abîme. Une origine se dévoile dans ce foyer virginal que célèbre l'opéra wagnérien, ressenti par Mallarmé comme une liturgie primitive avec son rituel initiatique [2]. L'explosion tragique (comme dans l'ouverture de *Tannhäuser*) qui, par la magie de la scène, réveille le mythe des origines, se dissipe ensuite dans un papillotement musical qui restaure l'être dans l'intimité de son audition.

Dans son essai consacré à Wagner, Mallarmé prend soin de préciser que, si l'opéra wagnérien, « neuf et barbare », laisse s'épancher le « ruisseau primitif » où tout viendra se retremper, le mouvement originel ne remonte toutefois pas jusqu'à sa source [3]. Pour le poète, le peu de place accordé au mot dans l'opération de transfiguration musicale arrête l'ascèse au seuil du langage. Initié, sans doute, aux seules traductions françaises, Mallarmé semble totalement méconnaître les recherches de Wagner sur la musicalité du texte. Si le maître de Bayreuth reste attaché à la tradition métrique allemande, il enrichit sa langue d'un « chromatisme lexical [4] » qui va dans le sens souhaité par Mallarmé.

1. « Le mystère dans les Lettres », in : *OC*, p. 385.

2. « Richard Wagner, rêverie d'un poète français », p. 363.

3. *Ibid*, p. 366. Peut-être Mallarmé adapte-t-il ici sa vision du monde préraphaélite auquel il associe la mythologie wagnérienne. Pour Mallarmé, le « préraphaélisme anglais est [...] revenu à la simplicité primitive du Moyen Âge » (« Les impressionnistes et Édouard Manet », p. 323). Il ne s'agit donc pas d'une remontée à la source, mais seulement d'un retour vers un passé dont la valeur d'harmonie ne se déterminerait que par rapport à la réalité urbaine du monde moderne.

4. « Les mots se juxtaposent avec des effets de variations minimes de sens, des phénomènes d'écho sémantique très spécifiques à la langue allemande auxquels vient se combiner l'alchimie subtile des allitérations », J.-L. Jam et G. Loubinoux, « Les productions francophones des opéras de Wagner à La Monnaie », in : M. Couvreur (dir.), *La Monnaie wagnérienne*, Bruxelles, ULB-GRAM, 1998, p. 221.

Par ailleurs, la formidable énergie déployée reste trop souvent confinée à l'illustration d'un récit dont Mallarmé regrette l'occultisme de convention [1]. La musique reste pure excitation, vitalité explosive, rayonnement incandescent et Mallarmé travaillera à intégrer dans le champ de la poésie cette capacité d'enthousiasme inhérente à la musique. *Le Mystère dans les Lettres* esquissera la méthode par laquelle capter cette vitalité profonde pour l'infuser au langage. Jaillissement, repli, éclat, suprise, densité, vaporisation sont autant de principes qui, accordés au verbe, assignent au rythme son rôle central : instiller dans les méandres du langage un souffle qui témoigne de l'émergence d'un être. Par ses silences, le rythme restaure l'espacement et ébauche, en creux, une existence qui s'affirmera au-delà de toute forme.

En sens inverse, Mallarmé exalte le progressif surgissement d'un sujet à partir de cette mélodie constituée d'une « successive stagnance amassée et dissoute avec art [2] ». Assimilée à la phrase écrite, la mélodie élabore sa propre fiction. Mallarmé aboutit à la mise en scène d'analogies qui restaurent dans l'univers sonore les motifs fétichistes du poète. N'évoque-t-il pas à l'intention de Berthe Morisot la musique entendue aux Concerts Lamoureux sur le mode de la transposition visuelle ? « […] Mallarmé me dit que la musique lui fait l'effet d'une dame qui témoignerait de sa joie par sa chevelure, une énorme chevelure avec des ondulations [3] ». La musique devient récit par ses arabesques : récit intériorisé qui se déploie dans l'obscurité, en deçà de tout objet, sans recourir à l'idée, mais en l'investissant, comme par sortilège, d'une luminosité éclatante [4].

1. On retrouve chez Mallarmé cette somme de préjugés qui marquent la réception de l'œuvre et des idées de Wagner en France après 1870. Voir A. Cœuray, *Wagner et l'Esprit romantique*, Paris, Gallimard (Idées), 1965, p. 116-131.

2. « Le mystère dans les Lettres », in : *OC*, p. 384.

3. B. Morisot, *Correspondance*, p. 178.

4. « La Musique et les Lettres », p. 384.

La couleur des sons

Mallarmé joue des niveaux de correspondance selon l'instrumentation. Plutôt qu'objet surgissant pour mieux se défaire de sa forme, le son pourra être « vaine et monotone ligne » pour autant que ce soit d'une flûte qu'il s'agisse. À l'arabesque du Faune répondra l'atomisation pointilliste du piano. Celle-là devra décider de sa durée entre songe et mensonge ; celle-ci se dissoudra instantanément dans l'atmosphère pour ne subsister qu'à l'état de thème.

Du langage à la musique, Mallarmé oscille entre deux pôles présents tout au long de son œuvre poétique et critique. Si le langage transcende l'objet en idée, la musique le dissout en atmosphère. L'un tend au contour qui définit la notion, l'autre déroule un espace dans la fluidité de ses nuances. L'exigence de la netteté le dispute au désir du vague comme si la forme devait s'évader de son tracé pour devenir fugace et fluide. Les termes de cette biparité conditionneront souvent le rapport de Mallarmé à l'image : aspiration au dessin dans la clarté d'une ligne qui se définit et volupté brumeuse des masses chromatiques qui offrent au regard leurs échappées sonores. Le dessin jaillit en un trait pour y fixer l'idée, la peinture se dissipe en nuages dans un espace évanescent. Cette dialectique s'accomplira à l'intérieur de l'image comme s'il fallait que dans un dessin de Redon le trait, comme le vers, « résume toute émanation flottant autour [1] ». Pour Mallarmé, les effluves chromatiques, à l'image des élans sonores, ne peuvent se déployer sans l'appui du sens. La *Prose pour Des Esseintes* l'atteste. Il faut donc que le coloriste qui embrasse l'étendue d'un paysage en rêverie reste attentif à ramener les « impressions subtiles et fuyantes » à leur « logique et originel groupement [2] » car l'expansion des impressions reste menace de dispersion si le peintre ne s'impose pas la rigueur d'une structure [3]. Celle-ci ne

1. « Avant-dire au *Traité du Verbe* », in : *OC*, p. 860.
2. « Propos », in : *OC*, p. 178.
3. *Ibid.*, p. 140.

relève pas de l'architecture morne et froide de l'idéal classique, mais plutôt d'une capacité synthétique qui sera tantôt résumé [1], tantôt affirmation du motif [2]. L'exigence de la structure ne s'impose que pour mieux préparer la dilution de la forme en suggestion infinie.

L'esthétique de Mallarmé s'organise donc selon un mouvement proche de celui de l'éventail souvent sollicité dans le registre poétique : la dispersion entraîne une crispation, la transparence lumineuse provoque l'acuité d'un tracé, la teinte précise requiert les infinies nuances de ses tonalités, la surface ne peut se départir de la profondeur de ses matières. Toute notion impose l'affirmation de son contraire. Pareille esthétique vise à l'harmonie dans la fragmentation des perceptions et de leur recomposition fragile et arbitraire.

Pour Wagner

Mallarmé se range volontiers aux côtés des wagnériens. Est-ce par souci musical ou par volonté théâtrale ? Mallarmé reconnaît que Wagner « mobilise la merveille [3] » même s'il déplore la profusion mythologique, un certain manque de contrôle dans l'effusion, la brutalité de l'expression ainsi que l'« occultisme facile aux extases inscrutables [4] ». Plus fondamentalement, Mallarmé reproche à Wagner sa faiblesse d'abstraction. Le mot lui semble sous-employé en regard du rôle central attribué à la voix [5]. La présence exclusive de la musique sur scène ne va d'ailleurs pas de soi [6]. Pour le

1. « Propos », in : *OC*, p. 226.
2. S. Mallarmé cité in : *Empreintes*, n° 10-11, p. 91.
3. « Richard Wagner, rêverie d'un poète français », p. 363.
4. « La Cour », in : *OC*, p. 416.
5. Pour Mallarmé, le héros résiste par sa voix seule à la dissolution musicale. Le chant dompte ainsi la musique pour restaurer sa « notion perdue ». Il est donc resaisissement qui rompt avec le mouvement symphonique. Le chant déchire le tissu sonore pour restaurer un contour aboli, pour rendre une forme et repousser l'espace dans l'espacement. Voir J.-P. Richard, *op. cit.*, p. 410 et « Richard Wagner, rêverie d'un poète français », p. 366.
6. « Le Seul », in : *OC*, p. 312.

poète, la musique renvoie au verbe sur lequel elle l'emporte en puissance d'émotion [1] quoiqu'elle n'accède jamais à la signification. Encore doit-elle son apparente supériorité au recours à des « artifices que l'on veut croire interdits à la parole [2] », mais que le poète tentera d'instrumentaliser au bénéfice du langage.

Mallarmé se livre par ailleurs à une critique de la musique. Instrument privilégié de cette « disparition vibratoire » du tracé nominal, la musique se voit menacer de dilution. L'enthousiasme dionysiaque n'a de sens que si la pulsion existentielle de la musique atteint sa propre conscience. Ainsi, l'opéra wagnérien – mais Mallarmé reste ici tributaire des traductions – reléguant trop catégoriquement le mot au bénéfice de la sonorité laisse la musique aux prises avec « les forces de la vie [...] aveugles à leur propre splendeur, latentes ou sans issue [3] ». Sans la présence physique du mot, la musique se déploie comme « un très subtil nuage [4] » et, privée du sens, elle apparaît dénuée de finalité et de pouvoir [5].

Symphonique ou lyrique, la musique déploie un ample tissu sonore dont la luxuriance se déroule aussi bien dans le temps que dans l'espace. De Wagner à la Loïe Fuller, la même légèreté se joue dans les circonvolutions fleuries de la gaze ou dans le tumulte des « sonorités, transfusibles, encore en du songe [6] ». Mallarmé attribue à la musique une qualité de texture dont l'origine est à rechercher dans l'objet « lumineux à l'éblouissement [7] » ainsi que dans l'image impressionniste dégagée de la représentation classique.

La réalité renouée ne s'accorde plus avec la forme fixe. Désormais, la structure se transforme en rythme [8]

1. « La Dernière Mode », p. 250.
2. *Ibid.*
3. « La Musique et les Lettres », p. 385.
4. *Ibid.*, p. 391.
5. *Ibid.*, p. 384.
6. *Ibid.*, p. 384.
7. « Mimique », in : *OC*, p. 311.
8. Voir « Crise de vers », in : *OC*, p. 365.

pour conserver au sens la fluidité de la forme évasive [1]. La profession de foi de *La Musique et les Lettres* règle pour Mallarmé l'écriture comme le dessin, rendu « au silence impartial, pour que l'esprit essaie à se rapatrier, de tout – chocs, glissements, les trajectoires illimitées et sûres, tel état opulent aussitôt évasif, une inaptitude délicieuse à finir, ce raccourci, ce trait – l'appareil [2] ». L'esthétique de Mallarmé relève de la métaphore.

Celle-ci trouve dans le corps tel qu'il apparaît en scène un des lieux de résistance privilégiés de l'être face au tourbillon musical en même temps que son plus puissant support. Et la danseuse comme le mime opposent à la fluidité sonore l'« écriture sommaire [3] », mais immédiatement déchiffrable, d'un corps déployé dans l'espace. Par sa « perfection de rendu [4] », elle transpose la musique dans le registre du langage et de l'idée. Elle fait de la mélodie un dessin dans la mise en scène de formules abstraites dont le corps sera l'incarnation.

> Le jugement, ou l'axiome, à affirmer en fait de ballet !
> À savoir que la danseuse *n'est pas une femme qui danse*, pour ces motifs juxtaposés qu'elle *n'est pas une femme*, mais une métaphore résumant un des aspects élémentaires de notre forme, glaive, coupe, fleur, etc., et *qu'elle ne danse pas*, suggérant, par le prodige de raccourcis ou d'élans, avec une écriture corporelle ce qu'il faudrait des paragraphes en prose dialoguée autant que descriptive, pour exprimer, dans la rédaction : poème dégagé de tout appareil du scribe [5].

Jacques Derrida a insisté sur la dimension essentiellement théâtrale de l'œuvre de Mallarmé [6]. Le poète y

1. Voir J.-L. Scherer, *op. cit.*, p. 254-255. Dans sa lettre à Gosse du 10 janvier 1895, Mallarmé définit la musique comme « rythme entre des rapports ».
2. « La Musique et les Lettres », p. 385.
3. « Richard Wagner, rêverie d'un poète français », p. 363.
4. *Ibid.*, p. 363.
5. « Crayonné au théâtre », in : *OC*, p. 304.
6. J. Derrida, « La double séance », in : *La Dissémination*, Paris, Le Seuil (Points [Essais]), 1972.

consomme l'abolition de toute imitation dans une représentation qui n'a d'autre objet qu'elle-même. Ainsi, Mallarmé a-t-il puisé dans la puissance d'effusion de l'opéra wagnérien pour signifier l'impersonnalité de l'action théâtrale désormais émancipée de toute représentation [1].

Tout en insistant sur la dimension visuelle de l'opération telle que développée dans *Mimique* [2], le philosophe a tenu pour subsidiaire le fondement pictural de l'opération. Celui-ci ne constitue en soi qu'une première transposition de l'expérience de l'objet inscrite dans *La Dernière Mode*.

Cette progression méthodique donne sa cohérence finale à la critique d'art de Mallarmé. Celle-ci est moins critique objective – et donc à distance – qu'immersion dans les champs de la création contigus à l'expérience poétique. La critique d'art de Mallarmé constitue une esthétique qui tend à multiplier les possibilités d'insertion d'une forme d'expression dans une autre jusqu'à atteindre ce « creux néant » où son, couleur et mot s'affirmeraient dans un silence définitif. Là réside pour Mallarmé cette « idéale représentation » dont Odilon Redon a sans doute livré l'expression la plus aboutie tant par ses œuvres que par son impossibilité à illustrer ce qui était en soi représentation : l'ultime *Coup de dés* [3].

> Évoquer, dans une ombre exprès, l'objet tu, par des mots allusifs, jamais directs, se réduisant à du silence égal, comporte tentative proche de créer [4].

Michel DRAGUET

1. « […] l'acte scénique, maintenant, vide et abstrait en soi, impersonnel, a besoin, pour s'ébranler avec vraisemblance, de l'emploi du vivifiant effluve qu'épand la Musique ». (« Richard Wagner, rêverie d'un poète français », p. 364.). Voir Ph. Sollers, « Littérature et totalité », in : *L'Écriture et l'expérience des limites*, Paris, Le Seuil, 1968, p. 76.
2. J. Derrida, *op. cit.*, p. 258-259.
3. Voir la remarquable étude de Penny Florence, *Mallarmé, Manet and Redon. Visual and aural Signs and the Generation of Meaning*, Cambridge, Cambridge University Press, 1986.
4. « Magie », in : *OC*, p. 400.

HÉRÉSIES ARTISTIQUES
L'ART POUR TOUS

Ce texte, qui a paru le 15 septembre 1862 dans *L'Artiste*, n'a jamais été repris par Mallarmé, que ce soit dans *Pages, vers et prose* ou dans *Divagations*. Est-ce, comme le laisse entendre Mondor, parce que le poète en regrettait le ton trop proche de l'invective [1], est-ce, comme invite à le penser Émilie Noulet [2], parce que le texte, trop explicite, aurait jeté un jour trop direct sur des idées désormais serties et mises en scène par l'écriture ? À moins que ce texte, profondément teinté de baudelairisme, ne livre un rapport à la réalité qui ne correspondra bientôt plus totalement aux conceptions de Mallarmé. Fondement de l'esthétique que le poète constituera après la crise de Tournon, *Hérésies artistiques. L'Art pour tous* mérite d'être comparé aux thèses présentes, bien qu'à l'état diffus, dans *La Dernière Mode* que Mallarmé compose en 1874-1875.

1. *OC*, p. 1543.
2. É. Noulet, *L'Œuvre poétique de Stéphane Mallarmé*, Paris, Droz, 1940, p. 36-37.

HÉRÉSIES ARTISTIQUES

L'ART POUR TOUS

Toute chose sacrée et qui veut demeurer sacrée s'enveloppe de mystère. Les religions se retranchent à l'abri d'arcanes dévoilés au seul prédestiné : l'art a les siens.

La musique nous offre un exemple. Ouvrons à la légère Mozart, Beethoven ou Wagner, jetons sur la première page de leur œuvre un œil indifférent, nous sommes pris d'un religieux étonnement à la vue de ces processions macabres de signes sévères, chastes, inconnus. Et nous refermons le missel vierge d'aucune pensée profanatrice.

J'ai souvent demandé pourquoi ce caractère nécessaire a été refusé à un seul art, au plus grand. Celui-là est sans mystère contre les curiosités hypocrites, sans terreur contre les impiétés, ou sous le sourire et la grimace de l'ignorant et de l'ennemi.

Je parle de la poésie. *Les Fleurs du mal,* par exemple, sont imprimées avec des caractères dont l'épanouissement fleurit à chaque aurore les plates-bandes d'une tirade utilitaire, et se vendent dans des livres blancs et noirs, identiquement pareils à ceux qui débitent de la prose du vicomte du Terrail ou des vers de M. Legouvé.

Ainsi les premiers venus entrent de plain-pied dans un chef-d'œuvre, et depuis qu'il y a des poètes, il n'a pas été inventé, pour l'écartement de ces importuns, une langue immaculée, – des formules hiératiques dont l'étude aride aveugle le profane et aiguillonne le patient fatal ; – et ces intrus tiennent en façon de carte d'entrée une page de l'alphabet où ils ont appris à lire !

Ô fermoirs d'or des vieux missels ! ô hiéroglyphes inviolés des rouleaux de papyrus !

Qu'advient-il de cette absence de mystère ?

Comme tout ce qui est absolument beau, la poésie force l'admiration ; mais cette admiration sera lointaine, vague, – bête, elle sort de la foule. Grâce à cette sensation générale, une idée inouïe et saugrenue germera dans les cervelles, à savoir, qu'il est indispensable de l'*enseigner* dans les collèges, et irrésistiblement, comme tout ce qui est enseigné à plusieurs, la poésie sera abaissée au rang d'une science. Elle sera expliquée à tous également, égalitairement, car il est difficile de distinguer sous les crins ébouriffés de quel écolier blanchit l'étoile sibylline.

Et de là, puisque à juste titre est un homme incomplet celui qui ignore l'histoire, une science, qui voit trouble dans la physique, une science, nul n'a reçu une *solide* éducation s'il ne peut *juger* Homère et *lire* Hugo, gens de science.

Un homme, – je parle d'un de ces hommes pour qui la vanité moderne, à court d'appellations flatteuses, a évoqué le titre vide de citoyen, – un citoyen, et cela m'a fait penser parfois, confesser, le front haut, que la musique, ce parfum qu'exhale l'encensoir du rêve, ne porte avec elle, différente en cela des arômes sensibles, aucun ravissement extatique : le même homme, je veux dire le même citoyen, enjambe nos musées avec une liberté indifférente et une froideur distraite, dont il aurait honte dans une église, où il comprendrait au moins la nécessité d'une hypocrisie quelconque, et de temps à autre lance à Rubens, à Delacroix, un de ces regards qui sentent la rue. – Hasardons, en le murmurant aussi bas que nous pourrons, les noms de Shakespeare ou de Goethe : ce drôle redresse la tête d'un air qui signifie : « Ceci rentre dans mon domaine. »

C'est que, la musique étant pour tous un art, la peinture un art, la statuaire un art, – et la poésie n'en étant plus un (en effet chacun rougirait de l'*ignorer,* et je ne sais personne qui ait à rougir de n'être pas expert en art), on abandonne musique, peinture et statuaire aux *gens du métier,* et comme l'on tient à sembler instruit, on apprend la poésie.

Il est à propos de dire ici que certains écrivains, maladroitement vaillants, ont tort de demander compte à la foule de l'ineptie de son goût et de la nullité de son imagination. Outre qu'« injurier la foule, c'est s'encanailler soi-même, » comme dit justement Charles Baudelaire, l'inspiré doit dédaigner ces sorties contre le Philistin : l'exception, toute glorieuse et sainte qu'elle soit, ne s'insurge pas contre la règle, et qui niera que l'absence d'idéal ne soit la règle ? Ajoutez que la sérénité du dédain n'engage pas seule à éviter ces récriminations ; la raison nous apprend encore qu'elles ne peuvent être qu'inutiles ou nuisibles : inutiles, si le Philistin n'y prend garde ; nuisibles, si, vexé d'une sottise qui est le lot de la majorité, il s'empare des poètes et grossit l'armée des faux admirateurs. – J'aime mieux le voir profane que profanateur. – Rappelons-nous que le poète (qu'il rythme, chante, peigne, sculpte) n'est pas le niveau au-dessous duquel rampent les autres hommes ; c'est la foule qui est le niveau, et il plane. Sérieusement avons-nous jamais vu dans la Bible que l'ange raillât l'homme, qui est sans ailes ?

Il faudrait qu'on se crût un homme complet sans avoir lu un vers d'Hugo, comme on se croit un homme complet sans avoir déchiffré une note de Verdi, et qu'une des bases de l'instruction de tous ne fût pas un art, c'est-à-dire un mystère accessible à de rares individualités. La multitude y gagnerait ceci qu'elle ne dormirait plus sur Virgile des heures qu'elle dépenserait activement et dans un but pratique, et la poésie, cela qu'elle n'aurait plus l'ennui, – faible pour elle, il est vrai, l'immortelle, – d'entendre à ses pieds les abois d'une meute d'êtres qui, parce qu'ils sont savants, intelligents, se croient en droit de l'estimer, quand ce n'est point de la régenter.

À ce mal, du reste, les poètes, et les plus grands, ne sont nullement étrangers.

Voici.

Qu'un philosophe ambitionne la popularité, je l'en estime. Il ne ferme pas les mains sur la poignée de vérités radieuses qu'elles enserrent ; il les répand, et cela est juste qu'elles laissent un lumineux sillage à chacun de ses doigts. Mais qu'un poète, un adorateur du beau inaccessible au vulgaire, – ne se contente pas des suffrages du sanhédrin de l'art, cela m'irrite, et je ne le comprends pas.

L'homme peut être démocrate, l'artiste se dédouble et doit rester aristocrate.

Et pourtant nous avons sous les yeux le contraire. On multiplie les éditions à bon marché des poètes, et cela au consentement et au contentement des poètes. Croyez-vous que vous y gagnerez de la gloire, ô rêveurs, ô lyriques ? Quand l'artiste seul avait votre livre, coûte que coûte, eût-il dû payer de son dernier liard la dernière de vos étoiles, vous aviez de vrais admirateurs. Et maintenant cette foule qui vous *achète* pour votre bon marché vous comprend-elle ? Déjà profanés par l'enseignement, une dernière barrière vous tenait au-dessus de ses désirs, – celle des sept francs à tirer de la bourse, – et vous culbutez cette barrière, imprudents ! Ô vos propres ennemis, pourquoi (plus encore par vos doctrines que par le prix de vos livres, qui ne dépend pas de vous seuls) encenser et prêcher vous-mêmes cette impiété, la vulgarisation de l'art ! Vous marcherez donc à côté de ceux qui, effaçant les notes mystérieuses de la musique, – cette idée se pavane par les rues, qu'on ne rie pas, – en ouvrent les arcanes à la cohue, ou de ces autres qui la propagent à tout prix dans les campagnes, contents que l'on joue faux, pourvu que l'on joue. Qu'arrivera-t-il un jour, le jour du châtiment ? Vous aussi, l'on vous enseignera comme ces grands martyrs, Homère, Lucrèce, Juvénal !

Vous penserez à Corneille, à Molière, à Racine, qui sont populaires et glorieux ? – Non, ils ne sont pas populaires : leur nom peut-être, leurs vers, cela est faux. La foule les a lus une fois, je le confesse, sans les comprendre. Mais qui les relit ? les artistes seuls.

Et déjà vous êtes punis : il vous est arrivé d'avoir, parmi des œuvres adorables ou fulgurantes, laissé échapper quelques vers qui n'aient pas ce haut parfum de distinction suprême qui plane autour de vous. Et voilà ce que votre foule admirera. Vous serez désespérés de voir vos vrais chefs-d'œuvre accessibles aux seules âmes d'élite et négligés par ce vulgaire dont ils auraient dû être ignorés. Et s'il n'en était déjà ainsi, si la masse n'avait défloré ses poèmes, il est certain que les pièces auréolaires d'Hugo ne seraient pas *Moïse* ou *Ma fille, va prier…*, comme elle le proclame, mais le *Faune* ou *Pleurs dans la nuit.*

L'heure qui sonne est sérieuse : l'éducation se fait dans le peuple, de grandes doctrines vont se répandre. Faites que s'il est une vulgarisation, ce soit celle du bon, non celle de l'art, et que vos efforts n'aboutissent pas – comme ils n'y ont pas tendu, je l'espère – à cette chose, grotesque si elle n'était triste pour l'artiste de race, le *poète ouvrier.*

Que les masses lisent la morale, mais de grâce ne leur donnez pas notre poésie à gâter.

Ô poètes, vous avez toujours été orgueilleux ; soyez plus, devenez dédaigneux.

L'OBJET ET LA DERNIÈRE MODE

Lettres de Londres

Sous l'appellation « Lettres de Londres », nous avons regroupé un ensemble d'articles que Mallarmé a rédigés en 1871 et 1872 à l'occasion des Expositions internationales qui s'y tenaient annuellement.

L'année 1871 correspond au départ des Mallarmé d'Avignon et à l'installation à Sens. Le poète, en congé sur demande de son poste d'enseignant, espère entamer une activité journalistique qui le délivrerait pour une part de ses charges professorales. Comme pour Baudelaire, l'activité de critique prend sens dans la recherche d'une autonomie financière. C'est à cette fin que Mallarmé quitte Paris – où le jeune Anatole a vu le jour le 16 juillet – pour Londres où, le 9 août, il s'installe au numéro 1 de l'Alexander Square. Il y séjournera jusqu'au 21 août.

Dans sa biographie de Mallarmé, Henri Mondor n'a accordé qu'une place marginale aux lettres, ne voyant dans l'activité journalistique de Mallarmé qu'un intérêt financier et le prétexte à un séjour à Londres chez son ami irlandais Bonaparte Wyse [1].

L'activité de critique ne constitue pas en 1871 un dérivatif de circonstance. Mallarmé en fait un des éléments centraux de sa démarche. Dans une lettre datée

1. H. Mondor, *Vie de Mallarmé*, Paris, Gallimard, 1941, p. 320.

d'Avignon, le 3 mars 1871, le poète dégageait trois axes pour l'œuvre à venir : un volume de contes, un volume de poésies et un volume de critiques [1]. La correspondance en a conservé la marque. Dans une lettre du 12 août, Mallarmé annonce qu'il entamera dès le lendemain le premier article relatif à l'Exposition internationale [2]. Il livre l'étendue de son projet en programmant la rédaction de vingt articles destinés aux quatre journaux avec lesquels il était entré en relation grâce à l'intervention de Mendès. Les espoirs de Mallarmé seront déçus. Le premier ensemble repris ici se compose des trois seules lettres parues, sous le pseudonyme de L. S. Price, dans les numéros des 29 octobre, 14 et 29 novembre 1871 du *National.*

L'échec du vaste projet journalistique caressé en 1871 justifie sans doute le peu de temps consacré, un an plus tard, au compte rendu de la deuxième édition de l'Exposition internationale de Londres. Mallarmé, qui a réintégré l'enseignement au lycée Fontanes, quitte en effet Paris le 14 juillet pour y revenir quatre jours plus tard. Le 20 juillet, jour de parution de l'article dans *L'Illustration*, Mallarmé le propose à Armand Gouzien afin que celui-ci, moyennant quelques coupures, puisse le publier dans *Le Courrier de France*.

La Dernière Mode

Depuis son installation à Paris en novembre 1871, Mallarmé espère prendre part à la direction d'une revue et même en fonder une. N'étant pas parvenu à se faire engager comme journaliste, il caresse le souhait de créer son propre support. Celui-ci n'est pas abstrait. L'expérience des deux Expositions internationales de Londres, qu'il a couvertes en 1871 et 1872 dans des styles rigoureusement différents, donne à Mallarmé une claire vision de son projet. Le 7 avril 1872, il en expose l'état d'avancement à José Maria de Hérédia : « Je recueille maintenant, dans les différents coins de

1. Lettre à Henri Cazalis, 3 mars 1871, in : *Cor.* I, p. 341-344.
2. Lettre à Catulle et à Judith Mendès, 12 août 1871, in : *Cor.* II, p. 19.

Paris, la souscription qu'il faut pour commencer une belle et luxueuse revue dont la pensée me domine : *L'Art Décoratif, gazette mensuelle*, Paris, 1872 [1]. » Ce projet, comme d'autres, n'aboutira pas.

L'étude archivistique fouillée à laquelle s'est livré Jean-Pierre Lecercle [2] permet de retracer la genèse de *La Dernière Mode. Gazette du monde et de la famille.* Trois périodes peuvent en être dégagées :

– L'édition Marasquin, imprimée chez Lemercier, sans texte, se compose de 6 planches lithographiées publiées en 4 livraisons datées du 11 août, du 12 septembre, du 17 novembre et du 12 décembre 1873. Il ne s'agit donc pas à proprement parler d'une « gazette » comme l'édition due à Mallarmé le laissera supposer.

– L'édition Marasquin-Mallarmé, imprimée pour ses six premières livraisons chez Berthier et pour les 7e et 8e chez Leclère, qui paraîtra les dimanches 6 et 20 septembre, 4 et 18 octobre, 1er et 15 novembre, 6 et 20 décembre 1874.

– L'édition de la baronne de Lomaria, dont les 7 livraisons imprimées par Kugelman paraîtront le 23 février, les 1er et 31 mars, 12 et 19 avril, 7 et 20 mai 1875. Entre le 25 et le 29 janvier de cette année, Mallarmé avait averti collaborateurs et amis (Zola, Coppée, Mérat...) de la reprise, en des termes sévères :

« J'ai été volé de toute la besogne faite par moi au journal de Modes où vous aviez été assez charmant pour me permettre de vous *reproduire*. Je ne sais au juste entre les mains de qui va tomber cette feuille, mais tout me fait croire qu'elle va servir à de vagues chantages, à des mariages et à d'autres combinaisons. Refusez donc à tout prix votre collaboration, gratuite du reste si une personne inconnue vous demandait la faveur personnelle que vous m'avez faite : dépositaire de noms d'amis, j'ai naturellement, lors de la cession du journal, interdit qu'on s'en servît sans moi et je vous

1. Lettre à José Maria de Hérédia, 7 avril 1872, in : *Cor.* II, p. 26.

2. J.-P. Lecercle, *Mallarmé et la Mode*, Paris, Séguier, 1989.

prémunis contre toute entreprise mauvaise. Toutefois, une ligne de réponse de vous me donnerait quelque force, en supposant qu'on veuille passer outre mes précautions [1]. »

Mallarmé fait circuler cette lettre parmi les écrivains qu'il avait intégrés au sommaire de ses livraisons. Figuraient ainsi, dans le premier numéro : *La Dernière Pensée de Weber* de Théodore de Banville et *L'Aveu* de François Coppée ; dans le deuxième numéro : *Conseil* de Sully Prudhomme et la seconde partie de la nouvelle de Coppée ; dans le troisième numéro : *Inquiétude* de Léon Valade et *Les Voies de fait* d'Alphonse Daudet ; dans le quatrième : *Poème* d'Ernest d'Hervilly avec la fin de la nouvelle de Daudet ; dans le cinquième : *Le Veilleur de nuit* d'Emmanuel des Essarts et *La Petite Servante* de Catulle Mendès ; dans le sixième : *Marguerite d'Écosse* de Banville, *L'Hercule* de Léon Cladel et une page musicale d'Augusta Holmès sur un poème de Catulle Mendès ; dans le septième : *Menuet* de Coppée et la seconde partie de la nouvelle de Cladel ; dans le huitième : *La Vierge à la crèche* d'Alphonse Daudet ainsi que la première partie d'*Eudose Cléaz*, un conte du jour de l'an de Banville qui restera inachevé.

Chaque numéro se compose de huit pages in-folio. La couverture bleu pâle accueille cinq vignettes (le théâtre, l'équitation, la natation, la table et la couture) et un titre signé par Louis Morin. D'après les indications portées en sous-titre de la première page, *La Dernière Mode. Gazette du monde et de la famille* est éditée « avec le concours des Grandes Faiseuses, de Tapissiers-décorateurs, de Maîtres-queux, de Jardiniers, d'Amateurs de Bibelots et du Sport ». L'entièreté de la revue, des annonces aux recettes en passant par l'ensemble des articles, était l'œuvre de Mallarmé. Ce dernier organisa les huit livraisons de sa revue selon l'ordre suivant : reproduction d'une robe ; article intitulé *La Mode* signé Marguerite de Ponty ; *Gazette de la* Fashion (à partir du numéro quatre signée Miss

1. Lettre à Albert Mérat, 29 janvier 1875, in : *Cor.*, II, p. 52-55.

Satin) ; *Chronique de Paris* signée Ix ; *Nouvelles et vers* ouverte aux collaborateurs invités ; *Gazette et Programme de la Quinzaine* ; *Correspondance avec les Abonnés* ; *Annonces.*

Mallarmé semble avoir pris contact en mai 1874 avec Charles Wendelen, le « financier » de la gazette qui, en date du 4 juillet 1873, avait demandé au ministre de l'Intérieur l'autorisation de « publier un journal de Modes, absolument étranger aux matières politiques et d'économie sociales [1] ». Le poète n'entre pas dans la combinaison financière qui constituera le capital de la revue. Tout au plus contribue-t-il à sa promotion en se fondant sur son propre réseau de correspondants. Encore Mallarmé intervient-il tardivement – près d'un mois et demi après la première livraison – sans doute pour solliciter une aide alors que surviennent les premiers problèmes de trésorerie. Car *La Dernière Mode* ne trouvera jamais son public. Comme l'a montré Jean-Pierre Lecercle, la décennie qui s'ouvre avec la Commune sera fatale à cette catégorie de revues de mode qui avait fleuri avec le second Empire [2]. L'évolution rend compte à la fois de modifications dans le domaine de la presse et de nouvelles habitudes de consommation dans le registre de la mode avec l'apparition de la haute couture. Telle que Mallarmé l'élabore, *La Dernière Mode* rend compte de ce « présent rétrospectif » souligné dans l'article de 1872, comme si la revue tentait de prolonger, à l'instar de la peinture d'Alfred Stevens, l'image éblouissante d'une société privée de profondeur et de sens. Mallarmé ne se tourne pas vers le public féminin dans sa généralité. Il reste attaché à une élite mondaine.

La revue, en tant qu'objet, avait été conçue par Mallarmé avec un soin à la fois visuel et littéraire. *La Dernière Mode* se veut une « cassette spirituelle » d'une

1. Lettre reproduite in : J.-P. Lecercle, *Mallarmé et la Mode, op. cit.*, p. 193.
2. *Ibid.*, p. 26-28.

délicatesse que l'édition de poche ne peut, hélas, que trahir. Nous avons donc conservé le texte de l'édition de Mondor et Jean-Aubry malgré l'amputation des bandes-annonces, de la liste des services assurés et des cartons publicitaires. *La Dernière Mode* a fait l'objet d'une édition en fac-similé en 1978, à Paris, chez Ramsay. Bien qu'imparfaite, celle-ci offrira au lecteur un support visuel plus fidèle que la simple nomenclature d'un texte.

TROIS LETTRES SUR L'EXPOSITION INTERNATIONALE DE LONDRES
(Annexe française)

PREMIÈRE LETTRE

Monsieur le Rédacteur en chef,

Je me suis rendu à Londres pour assister à la clôture de l'Exposition, croyant à une cérémonie. Rien. Notre annexe française a été fermée le soir d'un jour ordinaire, c'est-à-dire au milieu de son succès perpétué. Cela vaut une fête.

Mes premiers remerciements présentés à l'homme dont ce résultat merveilleux raconte la volonté opiniâtre et sympathique (vous avez prononcé, avant que je n'eusse la satisfaction de l'écrire, le nom de M. du Sommerard), je tiens à exprimer une autre gratitude.

Oui, je suis redevable, particulièrement à Monsieur le Commissaire du Gouvernement français, près de l'Exposition de Londres, de m'avoir impartialement ouvert tous les chemins qui mènent aux belles choses rassemblées, pour quelques jours encore, par l'Angleterre et l'Europe.

Mais je ne vous sais pas un moindre gré à vous, Monsieur le Rédacteur en chef, qui, lorsque des préoccupations politiques et judiciaires accaparent l'attention donnée par le journal aux correspondances étrangères, savez trouver un instant et de la place, et me recommander de m'occuper spécialement avant qu'elle ne disparaisse, de notre exposition admirée par l'Europe entière.

Nos exposants ne s'étonneront pas de notre sollicitude pour leur tentative – vraiment celle de l'âge moderne tout entier – d'une fusion de l'art et de l'industrie. N'est-ce pas un réciproque devoir, que l'art décore les produits requis par nos besoins immédiats, en même temps que l'industrie multiplie par ses procédés hâtifs et économiques ces objets embellis autrefois par leur seule rareté ? Je me propose de rechercher, sous l'heureuse inspiration de votre programme, qui est celui que je viens d'abréger, toutes choses participant de ce double aspect.

Je groupe nos meubles divers de la façon qu'ils se présentent dans la vie, tous les jours ; car où trouver les spécimens véritables de la tendance que nous encourageons, sinon dans le *Mobilier* usuel ?

Le *Grand Mobilier,* quoique les spécimens exposés soient rares, répond à votre désir.

La maison *Degas* nous retient parmi les fauteuils et les canapés, inévitablement empruntés aux derniers règnes du siècle passé : garnitures assez pâles et dorures assez éteintes, pour que le charme inhérent aux choses neuves ne nuise pas aux réminiscences surannées qui évoquent ces styles perpétués.

Nous admirons de beaux cabinets Renaissance, exposés : l'un par la même maison, – tout d'ébène aux rares médaillons d'émail, avec statuettes d'argenture oxydée ; l'autre, par *Fourdinois,* – bois ancien incrustré de marbres, que supportent de ravissantes chimères sculptées dans le meuble.

Des tendances moins rétrospectives sont indiquées par une somptueuse table de métal et de pierre, cuivres dorés et rouges, marbres bleus et rouges, ornementation d'amour et de guirlandes de M. *Christofle.* Une console de métal également, et de marbre, supporte quelques-uns des articles de goût, réunis par MM. *Raingo* frères. Une autre, au décor nouveau : bois pâle, pareil à celui que découpent les paysans Badois, toute de cupidons et de couronnes, réfléchis obscurément par un miroir situé sous la plaque d'onyx qui recouvre le meuble, supporte un coffre superbe d'ébène, d'ivoire et de ce même bois naturel.

Je regrette de ne pas savoir le nom de l'exposant, auquel j'adresse les éloges mérités pour ces deux pièces véritablement modernes placées dans un des étalages de M. *Bleuze.*

Les trouvailles sont rares par ce temps et valent qu'on les remarque. Nous le savons : à l'exception de quelques sièges confortables, connus sous la désignation de « crapauds », et de « puff », nous n'avons rien inventé, en fait de mobilier, depuis la fin du siècle dernier. Pourtant, le premier Empire, avec un style désolant, avait encore son style ; mais, depuis la Restauration, nos mobiliers, d'intimité ou de parade, ont été affectés d'une *décadence* visible.

Je passe à ce que j'appelle, faute d'une dénomination préférable, la *Garniture de l'ameublement.*

Premièrement, ce meuble solennel, l'horloge. N'avait-on pas eu, depuis la fin du XVIIIe siècle, l'idée, gauche et bizarre, de le défaire en deux fragments : un bloc de marbre dans lequel était encastré le cadran, comme par hasard, et pour que ce marbre devînt le piédestal de quelque personnage, allégorique ou non, qui ne fut que rarement Saturne ou l'une des Parques. De plus – et par-dessus le marché – c'était, si on le voulait, une pendule. J'en connais encore et non loin de moi : leur irrémédiable malheur demeure précisément que le sujet – un sujet pour un meuble chargé de nous avertir de l'heure ! – accuse une facture magistrale, et le socle la recherche d'un marbre rare. Mais quelles revanches dédaigneuses, cependant, prennent déjà nos artistes, affranchis de cette tradition mauvaise. Presque tous nous rendent les anciennes horloges architecturales : une, vrai monument Renaissance, fouillé et massif, d'argenture oxydée ; une, temple byzantin, construit en or avec des vitraux d'émail.

Cette grosse montre exagérée, comme pour l'œil enfantin d'un nabab, indienne, s'agrémente d'arabesques découpées dans de l'argent mat et jouant à l'entour d'un cadran, où l'émail jaune et l'émail noir se marient à de l'émail blanc. *(Barbedienne.)*

Et cette pendule ! précieux édifice de la Renaissance, tout portes et fenêtres, fouillées, dont les interstices voudraient les ornements massifs, en supposant que ces derniers fussent d'argent même, et non d'argenture, comme je le crois.

Celle-là, massive, de style Louis XIII, destinée à sonner des heures graves, avec un cadran compliqué sur lequel défilent et les jours personnifiés et les phases lunaires des mois parmi l'émail constellé d'un ciel, nous séduit principalement par sa masse ornementale de cuivre que surmonte une figure du temps. *(Denière.)* Telle autre, cartel applicable au mur, en ciselure de cuivre poli : j'aperçois un Amour qui souffle dans une conque, auprès d'une Pallas dominant un dernier cartel, mais comme une déesse consent à se poser sur la cime de son petit temple : ces pièces, de cuivre poli encore. *(Susse.)*

En bronze incrusté d'une nielle d'argent, secret dérobé aux Japonais, comme aux Chinois, l'émail cloisonné, par un fabricant obstiné, voici le cadran d'une exquise pendule de l'Inde, dont la partie postérieure, ornementée avec un soin jaloux, captivera le passant même qui, au-dehors, jette un regard à travers la glace sans tain. Les anses des flambeaux qui composent la garniture sont des chevaux-de-mer épineux, et les vases ont pour parure plusieurs pendeloques fines que je destinerais à une oreille féminine. *(Christofle.)*

Mais la merveille (passons du charmant au beau) est cette horloge grandiose, globe horaire de marbre rouge, qui porte la couronne royale que chaque souverain abdique en faveur du Temps, accoudant à son porphyre deux figures d'ivoire, au bracelet de métal, dont une draperie d'or revêt les jambes. Rarement nous avons considéré meuble qui nous comblât d'une impression plus solennelle. (MM. *Marnyhac.)*

Nous avons fait, Monsieur le Rédacteur en chef, connaissance avec certains étalages, rehaussés de noms illustres, qui composent nos trois salons, et, pour mettre le doigt sur tous ces chefs-d'œuvre d'une même sorte, il a fallu en examiner maint autre, familier maintenant à notre regard.

L.-S. PRICE.

DEUXIÈME LETTRE

Monsieur le Rédacteur en chef,

Si j'ai accordé à la Pendule un privilège excessif, en lui assignant la première place dans la garniture de notre mobilier, le reproche émane à coup sûr de quelque amateur studieux de la Lampe, à qui la fonction de verser la lumière dans la chambre paraît plus remarquable que celle d'y jeter des heures retentissantes.

Je continue donc, sans autre préambule, par l'examen du luminaire, notre investigation, réduite à un regard usuel promené sur les objets de nécessité journalière.

La fabrication des lampes, différant de celle des pendules, n'a jamais avoisiné l'absurde ; par ce motif, peut-être que le modèle a été sauvegardé par la forme imposée d'un vase. Vraiment, depuis quelques années, nous n'avons eu que très discrètement à nous plaindre, devant certains bariolages à prétentions rétrospectives, si nous omettons toute allusion à l'oignon disgracieux et, je l'espère définitivement vide, du modèle adopté pour l'éclairage spécial par le pétrole.

Aujourd'hui, nous ne pouvons que hautement féliciter l'ingéniosité exacte de nos exposants. Il y a entre eux une entente véritablement charmante dans la réussite de ce meuble.

On nous présente, comme lampes : des bouquetiers en émaux cloisonnés (de Chinois, de Japonais, de Persans) reposant sur un pied de bambou qui est de bronze dédoré ; – une buire d'ivoire sculpté, montée sur argent ; – une coupe de bronze de la Chine que soulève un enlacement de monstres. Tantôt, c'est une paire de vastes urnes de marbre griotte, que touchent de l'aile, ainsi que du feuillage naissant à leur croupe deux chimères, les seins levés, faites d'argent oxydé ;

puis de délicieuses armes de la Renaissance à mascarons, dont les anses sont des bergers-faunes et des faunesses-bergères qui, de cette éminence, regardent au loin les mains sur les genoux. Vous voyez quelle variété pittoresque et charmante ! Ce dernier chef-d'œuvre est exposé par MM. *Marnyhac.*

Je laisse au visiteur qu'attirera cette incomplète nomenclature le plaisir de placer sur chacun de ces meubles utiles, et sur le nombre plus grand de ceux dont il n'est pas fait mention, les noms répétés de *Barbedienne, Denière, Cornu, Susse* et *Raingo.* Qu'il s'arrête devant cet encombrement de choses précieuses qui affluent dans la montre de MM. *Christofle.* Non loin de ses émaux cloisonnés parisiens, sont des incrustations d'une arabesque d'argent dans le bronze, travail exceptionnel revêtant toutes les formes usuelles que nous manions chaque jour, avec assez de bonheur pour me paraître appelé à jouer un rôle multiple dans la métamorphose attendue de l'ameublement.

Je passe aux bronzes proprement dits, à savoir : ces personnages muets, qui ont pour rôle de résumer toute l'aspiration vers le « grand art » des vivants dont les regards s'éprennent d'inutiles statues, tandis que leurs mains consentent au contact quotidien d'objets hideux ou dénués du charme intime que pourraient revêtir les emblèmes de notre vie [1]. Non, vraiment, nous ne parlerions pas de telles œuvres, souvent admirables, hélas ! si MM. *Marnyhac* n'étaient arrivés à renouveler miraculeusement un art démodé, à la faveur du mélange le plus exquis des métaux, qui permet de conserver par exemple, à ces esclaves nubiens ou maures que voici, une portion de leur parure exotique, éclat de cuivre, monotonie d'argenture.

Nous espérons cependant que ces brillantes tentatives s'appliqueront à des figures purement décoratives, et, pour revenir à notre monographie des lampes, hasardons, retenus par les limites autorisées de notre étude présente, un regard d'entière satisfaction vers ces deux femmes fellahs, de grandeur naturelle, placées par M. *Cordier* sur l'escalier qui mène à la galerie de la

Peinture. Ce sont de parfaits exemples. Je ne dis rien du beau geste oriental avec lequel elles portent leur cruche remplie à une fontaine : mais indépendamment même de leur costume mêlant à la fantaisie de métaux différents, les plis souples d'une pierre presque transparente, que des rayures jaunes traversent irrégulièrement, à la façon de poils grossiers de chameaux, quelle ingéniosité et quel parfait sentiment de la décoration dans l'adaptation au luminaire de ces vases devenus lampes !

Ces véritables serviteurs de notre intérieur, et non ses fétiches esthétiques comme l'ont été trop souvent les figures sculptées, nous les retrouvons sur presque toutes les estrades remarquables, et notamment chez M. *Denière,* sous l'apparence d'un couple superbe de nègres de bronze foncé, porteurs de candélabres en cuivre poli, métal où se découpe et se frange leur costume des îles. C'est, du reste, la merveilleuse garniture de la belle horloge Louis XIII, dont nous avons parlé précédemment.

Je sais que je contriste, par un blasphème adressé à leur seule présence déplacée dans un appartement, un grand fabricant du boulevard, qui a acquis avec la fabrication de ces simulacres inoccupés une spécialité presque européenne.

Mais je louerai bientôt de tout mon cœur ses véritables meubles, apparition étrange et séductrice. Si vous voulez admirer près de leur travail splendide sur champ-levé (ce sont de vastes émaux) un autre travail, cloisonné authentique, qui s'éparpille sur des encriers, des jardinières, des flambeaux, des brûle-parfum, des coffrets et des coupes, de la maison *Christofle,* vous grouperez du regard un décor familier et riche.

Bientôt vous aurez à rapprocher de ce premier choix les verreries peintes de M. *Brocard* et les vases d'or émaillé de M. *Duron.*

Enfin, vous n'éviterez pas une comparaison involontaire entre la légèreté du verre où circule une arabesque délicate et ces dentelles de M. *Verdé-Delisle* ou ces broderies de Nancy ; entre la richesse multicolore de cette orfèvrerie princière et le brocart à fleurs de soie, étalé entre des étoffes toutes plus luxueuses les unes que les autres que nous présentent MM. *Duplan* et *Cartier, Tassinari* et *Châtel.*

Immédiatement, passons aux bijoux.

Nous serons libres de les renfermer, alors que leur tentation sera tout épuisée, dans ces prestigieux coffrets, coffres et guéridons, œuvres récentes que nous contemplons encore pendant quelques instants, satisfaits de leur avoir assigné le seul emploi digne de leur somptuosité extérieure. Quel conte oriental osa enrichir ses féeries d'un beau cabinet pareil à celui-ci, vaste émail unissant à l'or les nuances riches et complexes d'une étoffe ! Notre tribut d'éloge est, enfin, accordé à M. *Barbedienne.*

Maintenant ces bracelets ! une vigne vierge d'or ; – une succession de fermoirs, panneaux et arabesques, perles et diamants, or mat et émeraudes. *(Froment-Meurice.)*

Ces broches ! une fleur massive d'or ; – une branche ornementale de roseaux d'or. *(Froment-Meurice.)*

Ces colliers ! l'un d'émail, rose comme la chair, mais plus froid, suspendant des pierreries de ton pâle, animé cependant. *(Froment-Meurice.)*

Pourquoi nos souvenirs reviennent-ils invinciblement à cette glorieuse vitrine de MM. *Marnyhac,* nom nouveau et consacré qui s'allie, alors qu'il s'agit de joaillerie, à celui de l'artiste illustre dont nous venons de noter les œuvres précédentes, comme il s'accoupla au nom de Clésinger, quand nous regardâmes (trop brièvement, par malheur) des bustes de terre cuite et des animaux de bronze verdi.

À côté du maître ciseleur, le maître du repoussé ; et de l'aiguière Renaissance en or placée au milieu des bijoux décrits, passons aux coupes, aux hanaps, aux coffres d'argent frappé, signés Philippe, que les orfèvres de l'univers convié admirèrent à l'Exposition de 1867. Ces pièces uniques, pour lesquelles nous évoquons l'épithète démodée de « royales », dominent une pluie éblouissante de diamants que consentent à enchâsser des montures plus précieuses par la seule main-d'œuvre.

Les étiquettes, que nous transcrivons avec le respect d'un collectionneur pour des inscriptions retrouvées, portant ces noms : *Philippi, Rouvenat, Fanières,* qui signifient, selon la mode de cette année que je n'hésite pas à rattacher aux tentatives de décorations exotiques reconnues dans le mobilier : goût parisien, renouvelé par une inspiration particulièrement orientale et égyptienne ou antique (grecque, latine, non classique), attribuable à l'influence, persistante pendant ces quelques années, de la collection Campana.

Je suis heureux, Monsieur le Rédacteur en chef, que vous m'ayez donné, à l'intention de vos lectrices, l'occasion de répandre, sur ce luxe de soieries et de dentelles déployées, l'écrin de nos bijoux exposés. C'est réunir, sous l'admiration d'un même regard, deux séductions spéciales que le monde, dans nos rues comme dans les allées de l'Exposition, envie traditionnellement au commerce parisien.

L.-S. PRICE.

TROISIÈME ET DERNIÈRE LETTRE

Monsieur le Rédacteur en chef,

Les objets différents de parure et de décoration que j'ai énumérés dans les deux lettres précédentes composent l'apport stable de chaque pays dans les Expositions annuelles inaugurées par l'Angleterre, si l'on se plaît à les réunir avec l'envoi de la Peinture et de la Sculpture, sous une dénomination générale d'Arts Industriels et Beaux-Arts. Les inventions nouvelles de la Science viennent compléter cette section permanente du musée contemporain que ramènera chaque été.

Hélas ! on sait à la découverte de quels engins spéciaux la science s'est adonnée chez nous depuis une année : notre participation au concours des machines est restreinte, pour ne pas dire nulle.

Les deux branches particulières d'Industrie qu'admit la présente tentative d'Exposition partielle, pendant la saison de 1871, sont la fabrication de la Poterie et de la Laine.

Nous nous rattacherons autant que possible, pour ce qui concerne la France, à l'idée qui préside à la disposition générale, en étudiant, simultanément, dans cette dernière promenade notre Céramique et nos étoffes d'ameublement.

Je vise à une certaine exactitude dans la description des œuvres récentes, car plus d'une est maintenant acquise aux intérieurs anglais. Cela, grâce à l'insistance de la Commission, qui n'a pas voulu que nos commerçants dépaysés se vissent privés du légitime appât d'une vente immédiate, interdite dans le reste de l'édifice.

Les Faïences, car la France semble avoir momentanément oublié la porcelaine, Sèvres n'étant pas représenté par une jarre ou par un bouquetier, nous initient à une véritable renaissance de la fabrication ancienne.

Notamment, du Palissy (MM. *Saupireau et Fournier*). Tous les poissons, épineux et contournés, requis pour les soupes de poisson remarquables, se retrouvent, mêlés à des salamandres chimériques et à des blasons ; mais, ressemblance plus difficile, c'est le relief et c'est la couleur même des plats originaux. J'avoue que, devant ces reproductions admirables, le mot d'*authentique,* fréquemment prononcé par le collectionneur exigeant, perd singulièrement de sa valeur à nos yeux.

Deux nobles chercheurs se concèdent mutuellement la palme, qui, souvent, mêle ses feuillage vigoureux et hardis aux fonds délicats de leur œuvre.

Deck, qui, *le premier,* rénova (que cette revendication proférée à voix haute se répercute à travers l'enfilade des galeries de la Céramique anglaise !) le splendide bleu turquoise revêtu par ses vases à forme d'alcarazas, incomparable avec d'exquises arabesques. Mais cette nuance même ne l'emporte pas sur ce céladon ivoirin, nu ou paré de branches de pêches et d'herbages pleins de fraîcheur : et cette décoration accepte, toutefois, le voisinage d'un cornet de porcelaine craquelée, transparente comme les doigts féminins qui seront dignes de le manier [2].

Tout ce qui porte la signature de ce maître acquiert dès maintenant une valeur unique en Europe ; mais quand une œuvre sortie de son atelier ne serait pas signée, je défierais encore le regard le moins habitué, de se tromper sur sa provenance reconnaissable et rare.

Exception, cependant, pour les reproductions italiennes et persanes, fonds ordinaire de son exposition, qui rivalisent avec la fabrication ancienne, et autorisent une confusion plausible.

Rousseau, qui peut orgueilleusement, lui aussi, ne pas signer ses plaques de pâtes rapportées, vols ou poses de nymphes, au corps charmant et long, dans le soulèvement nuageux ou le repos diaphane de l'étoffe qui les voile. Le connaisseur qui les regardera, même encastrées dans un meuble de bois rare, n'hésitera aucunement quant à leur origine française. Si je ne craignais d'inscrire un nom étranger dans le court paragraphe consacré à cet excellent fabricant, je sais de quelle célèbre manufacture anglaise je désignerais les contrefaçons à la comparaison facile de la foule : dures, opaques, en admettant que le dessin soit consciencieusement volé : – du plâtre sur de l'émail.

Je m'étais refusé toute allusion forcément trop brève à cet admirable et unique service, décoré par *Bracquemond* de motifs japonais empruntés à la basse-cour et aux réservoirs de pêche, la plus belle vaisselle récente qu'il me soit donné de connaître. Chaque pièce, les assiettes même, veut sa description spéciale. Je me contente, une dernière fois, de revendiquer la priorité de l'œuvre parisienne, pittoresque et spirituelle, sur le plagiat britannique qui, toutefois, présenterait cette excuse plausible que l'artiste étranger ne l'a que grossièrement et inhabilement copiée.

L'un et l'autre de ces inventeurs infatigables ont demandé aux terres imitant le grès le secret de leur fabrication particulièrement mauresque ou japonaise. À côté des plats décoratifs du premier, il y a, sous la dénomination technique d'*émaux incrustés,* un groupe de brocs et de vases frais, relevés par de minces filets de coloration diverse, qui s'enchevêtrent habilement en des caractères inextricables d'écriture arabe. Ou bien, des poissons nagent dans les tiges supérieures de roseaux verts et rouges. Ou bien, des grues filent sous une lune écornée : ces deux exemples dans la collection du second.

Enfin, voici toutes les anciennes faïences célèbres : Nevers, Rouen, Moustiers, Marseille, etc. dont les précieux spécimens, possédés jadis par les amateurs, servent maintenant de modèles ordinaires à M. *Signores* et à M. *Jean :* aux manufactures de *Gien,* de *Saint-Clément près de Nancy,* de *Choisy-le-Roi* même.

Passons à la céramique facile et d'usage journalier. Que de progrès accomplis, notamment par la manufacture de *Gien,* depuis l'Exposition universelle de 1867 ! Elle y était alors vaillamment et très simplement représentée par M. *Belard* aîné, fabricant lui-même à ses heures, qui nous montrait, il y a peu de jours, à Paris, dans un entrepôt placé à l'intersection des rues Richer et Trévise, une intéressante collection empruntée non plus à cette unique marque célèbre, mais à toutes nos marques nationales et de date récente. Ce sont celles d'abord que nous venons d'examiner : puis *Strasbourg* (dont je persiste à regarder les produits comme français), – *Sarreguemines* également, qui a parfois ce seul défaut d'être trop joli dans des reproductions anciennes, – *Montereau,* lequel se hasarde à des réminiscences lointaines du *moustier bleu,* – et *Bordeaux* remarquable et trop peu connu.

Plus encore dans notre vitrine remarquable de la rue Richer que dans nos bâtiments de l'*Exhibition Road,* où plusieurs spécimens de la province manquent à l'Annexe française, tout ce concours de faïence indigène signifie pour nous : Renouvellement prochain de la vaisselle dénuée de caractère usitée pendant la première portion du siècle, et vulgarisation des modèles plus anciens, dont le prix de fabrication seul baissera, la fabrication visant à rester la même. À quoi nous répondions, félicitant le dépositaire intelligent de merveilles contemporaines, par cette vérité que nous formulons fréquemment : « Ceux-là seuls qui ont le goût inné du laid ou de l'ordinaire ont, depuis ces quelques années, le droit de s'entourer d'autre chose que d'objets aimables et de goût certain. »

Cette monographie exacte de la faïence moderne commencée à l'exposition de Londres et finie dans une galerie d'une maison parisienne, j'invite le lecteur, à qui j'ai donné, d'une façon sommaire, les indications désirables à regarder un instant nos étoffes et nos tapisseries.

Dès notre entrée dans les salles de l'Annexe, nos yeux se sentaient invinciblement attirés par ces beaux tapis mentaux importés par la maison *Dalsème*. Voici ceux qui viennent de *Turquie*, de proportions telles, que leurs bordures riches se fussent relevées en plinthes au bas des murs du vaste harem originaire qu'ils devaient revêtir de leurs complications de mosaïque profondes et luxueuses. Voilà ceux qui arrivent de *Perse*, déjà moins éloignés de la manufacture de Cachemire, où l'arabesque le cède à un dessin ramifié et pyriforme, marque distinctive des beaux châles de l'*Inde* à peine plus fins au premier regard que ces tentures aux tons fondus. – Parfois, surprise éclatante pour l'œil habitué à l'enlacis des lignes tissées ou brodées, s'étale une large surface blanche ou brune qui nous captive par sa nuance unie.

Une importation précieuse pour nos logis moins ambitieux, que celle de ces petits tapis de foyer. Le mélange savant de leurs couleurs, très harmonieux, fait qu'ils se trouvent immédiatement au diapason d'une belle chambre ; que la décoration de cette dernière soit empruntée aux magasins de choses anciennes ou aux bazars acclimatés d'objets exotiques. Du reste, par un accord tacite, les fabriques européennes, même celles anglaises, qui renoncent à dissimuler nos parquets sous des parterres diaprés, adoptent presque invariablement ces modèles purement ornementaux, dans lesquels se montre rarement une imitation exacte des formes naturelles.

Je voudrais dire : J'ai fini. Je ne l'ose pas sans mériter les reproches de négligence de MM. *Tassinari, Châtel, Braquenié* et *Portier Duplan ;* tapisseries allégoriques, soieries ramagées, tentures luxueuses, d'Aubusson et de Lyon.

Et l'ameublement même ! Il n'était, à vrai dire, – ce sera l'excuse de mon silence, – représenté que par l'envoi d'une seule maison de Paris, – si l'on excepte un beau bahut de *Fourdinois,* supporté par des chimères, de noyer comme le meuble entier, et incrusté de marbres de couleur. La maison de tapisserie *Degas* nous montre un autre bahut, original et précieux ; d'ébène avec plaque d'émaux incrustés dans les panneaux, les figurines ornementales étant d'argenture anciennement ciselée.

Ce meuble de haut goût est accompagné de plusieurs sièges de styles différents, échantillons d'appartements somptueux que l'imagination peut facilement compléter : deux fauteuils Louis XVI, magnifiques bois dorés, mais d'une façon calme, et riches tapisseries – l'une avec un médaillon terre cuite, – mais savamment éteintes, de manière à conserver à ces styles leur charme suranné. Un troisième fauteuil, cardinal : drap rouge, galons effilés noirs ; bois d'ébène et forme carrée d'une belle allure théâtrale. Puis, près d'un divan de brocart saumon argenté – l'unique meuble moderne – une dernière petite chaise délicieuse du siècle passé, appelée une Marie-Antoinette.

Nous citons scrupuleusement, parce que c'étaient là les *seuls meubles français* qui pussent rivaliser avec l'ample apport de l'Angleterre, et encore pour constater que la tendance de notre époque composite se montre, dans cette portion la plus importante de notre décor intime, comme dans les autres par nous étudiées, uniquement et absolument rétrospective, ou quelquefois exotique.

À nos tapissiers, maintenant que les mobiliers authentiques des vieux siècles ont presque tous passé par le magasin du marchand d'antiquités et que les trouvailles de l'amateur se font rares, de nous présenter des ameublements qui, neufs et presque gais, perpétuent cependant cette apparence un peu fanée et si charmante des nobles pièces anciennes. M. *Degas* me semble exceller à saisir cette nuance délicate, ce qui montre une intelligence de son art et de cette époque. Je le félicite, en outre, de son courage à affronter les mauvaises chances possibles de l'Exposition de 1871, qui lui a valu l'honneur, nullement exagéré, de représenter à Londres sa spécialité, si singulièrement parisienne.

Maintenant : un mystère. Voici un piano fermé de la maison *Pleyel-Wolf.* Il se tient seul parmi notre grand salon, comme aux yeux ou, plutôt, à l'oreille des musiciens il demeure sans rival. Mais cela ne motive pas sa présence en ces lieux. Est-ce comme meuble, est-ce comme instrument de musique, qu'il est exposé ? Le meuble se montre simple et de goût parfait : mais l'instrument est, incontestablement, supérieur.

Cependant, ceci encore, ne suffirait pas ; il n'est personne entre les personnes qu'intéresse un piano long à queue qui ne connaisse et reconnaisse l'excellence de la marque illustre.

Soyons indiscrets ! Une virtuose remarquable des concerts de l'Exposition s'arrête, et, penchée sur une voisine, chuchote ces mots, que je traduis parfois au vol : « Cordes croisées – invention américaine – perfectionnement apporté par Pleyel-Wolf. Plus d'étendue (je crois, dans les cordes) et sonorité magnifique et approfondie. – Enfin, ce piano, pareil à celui dont se sert habituellement la cantatrice, appartient au représentant à Londres de la manufacture de Paris. »

Qu'on me pardonne ces détails espacés. J'ai la certitude que je retrouverai ce piano, l'an prochain, dans le concours spécial des instruments de musique, et je disserterai cette fois, de moi-même et à loisir.

Des concerts, que je n'ai pas le temps d'aller entendre, ne passons pas au Salon de peinture et de sculpture, que je n'ai pas mission d'aller voir, en critique, du moins. Cependant, j'aimerais à parler d'une collection unique de tableaux, admirablement disposés sous les yeux, de M. Ernest Fillonneau, attaché à la Commission française.

Elle est non seulement le Salon différé de l'année 1870, mais une galerie où, pensée charmante de l'Angleterre, croyant à l'impossibilité de notre envoi, se sont donné rendez-vous, hors de ses châteaux et de ses résidences impénétrables, nombre de toiles célèbres et déjà invisibles des trente dernières années.

Toutefois, Monsieur le Rédacteur en chef, je pense que le lecteur nous saura gré d'avoir été presque complets dans notre programme restreint.

Nous songeâmes simplement, il nous en souvient, à noter parfois, en les évoquant sous le regard de chacun, les transformations heureuses ou les hésitations de cet insaisissable esprit qui préside à la fabrication du décor familier de notre existence quotidienne.

L.-S. PRICE.

EXPOSITION INTERNATIONALE DE LONDRES

Deuxième saison

DE MAI À OCTOBRE 1872

L'Exposition de Londres, qui a maintenant atteint toute sa splendeur, présente, à qui lit les éloges prodigués par les journaux anglais à notre haute industrie de luxe parisienne, la préface authentique de l'Exposition de Lyon. Par intérêt ou par caprice, c'est l'Angleterre que, cette année, Paris préfère éblouir.

Nous profitons de l'instant qui nous reste avant la solennité du parc de la Tête-d'Or, pour nous rendre en grande hâte dans le verdoyant quartier de Kensington, et tromper quelque peu l'impatience publique.

Muni des Catalogues et du Guide Officiel, nous avons pris le train de marée de la gare du Nord à Charing-Cross, ne quittant de l'œil ces documents que sur le bateau de Boulogne à Folkestone, pour regarder la mer pendant une heure. Quelle admirable route de terre, suivie par les deux lignes de chemins de fer française et anglaise, nous omettons de voir ! Mais nous savons, maintenant, ce que nous allons étudier et ce que nous allons ne pas étudier ; et c'est moins en touriste qu'en amateur préparé, que nous alignerons sur notre carnet les notes suivantes. Avant tout, donnons-leur pour titre ce cri dont les gamins, vendeurs de livrets, nous rebattent les oreilles aux abords du palais : *How to see the Exhibition in one visit.* « La façon de voir l'Exposition dans une visite. »

Peu importe par où nous soyons entrés et si je vous ai violemment arrachés à votre première admiration devant des objets de provenance reconnue : vous êtes avec moi, lecteurs, dans les jardins de la Société Royale d'Horticulture, qui occupent le centre des constructions de l'Exposition. Je ne vous laisserai pas, non plus, vous attarder, dans ce parterre, avec un étonnement dont je devine la cause. « Cela un jardin anglais ! » dites-vous. « Mais que sont devenus les accidents nécessaires du terrain ; les pentes de gazon, au haut desquelles apparaissent subitement et disparaissent, selon la magie de notre marche ascendante ou descendante, des massifs de fleurs naturelles, placés aux intersections d'allées sinueuses et à celles de cours d'eau perdus ! Il n'y a plus rien de tel. Les pelouses affectent des formes linéaires, les allées un parcours symétrique. Quant aux fleurs, courtes et de couleurs tranchées, ce sont, n'est-ce pas ? des imitations, artificielles, et faites pour jouer la mosaïque. Avons-nous acclimaté en France, pendant la première moitié de ce siècle, le jardin pittoresque que l'Angleterre nous céda en échange de la solennité régulière de nos parcs ?

Cependant, il y a, dans l'étonnement causé par ce site, une impression toute nouvelle : celle d'un tapis turc ou persan, au dessin et au coloriage fragmenté et intense.

Levez les yeux maintenant, s'il vous plaît.

Ne trouvez-vous pas une analogie certaine entre l'architecture de féerie qui retient votre regard, dans ce moment, et ce parterre oriental et multicolore ?

À travers l'humidité lumineuse, inséparable même d'une matinée d'été, à Londres, voyez se détacher, à droite, à gauche, au fond surtout, de vastes panneaux d'une brique sanguine et vivante et des arêtes d'édifice, à la fois imprégnées de vapeur et resplendissantes, ces dernières présentant ce charme de la pierre africaine ou provençale pâlie et comme refroidie par le climat du Nord. Il faut remonter à vos plus anciennes notions historiques (car la Renaissance italienne n'employa la singulière matière en question que dans des constructions restreintes) pour trouver un exemple de la terre cuite, prodiguée dans d'aussi vastes proportions, celles d'un monument entier.

Nous nous croirions aux temps où le potier ninivite ou babylonien construisait, seul, les palais, si la brume transparente, maintenant distribuée dans l'atmosphère avec égalité et installée pour la journée, ne laissait étinceler une toiture toute moderne et industrielle, réminiscence des palais de cristal et de fer inaugurés presque à cette même place, en 1851, à l'occasion de la première Exposition.

La tentative la plus glorieuse faite par l'Angleterre, en quête d'une architecture appropriée à son ciel, nous offre certainement, dans ces monuments des nouvelles expositions, son spécimen le plus parfait. Le jour ne s'annonce ni trop limpide ni trop vague. Très bien. Le monument polychrome apparaît dans toute sa grandiose et familière beauté.

Une rotonde colossale, qui n'a d'égal que le vieux Colisée romain, occupe le fond : c'est l'*Albert-Hall*, salle de concert d'une nation. De la vaste serre de vitres qui interrompt, sur le devant, le double cordon formé par les innombrables fenêtres de l'édifice et surmonté d'un balcon et d'une frise processionnelle se détachent, à la faveur d'arcs volants, deux Galeries élégantes, qui descendent de l'un et de l'autre côté du jardin : la double enfilade des salles de l'Exposition.

À la gravure que l'*Illustration* donne avec l'étude présente, joignons, car la beauté consiste dans cette fête des deux couleurs alternées, la chromolithographie rouge et jaune, que nous tentons de présenter à l'esprit par quelques phrases rapides. On aura une idée exacte de ce spectacle nouveau.

Le style, appréciable dans le luxe seul de l'ornementation, est celui de la Renaissance italienne à laquelle nous faisions allusion précédemment.

– Maintenant, nous avons tout vu ! Je ne plaisante pas. Le reste n'est rien, absolument, même en faisant abstraction de l'attente émerveillée que nous cause cette première surprise architecturale, magnifique et délicieuse, qui vaut le voyage outre-mer.

Mais l'intérieur de cet Albert-Hall ? Du reps terne et de pâles détrempes. Il faut considérer cet intérieur avec sa véritable décoration confuse de têtes humaines ; et ce n'est pas l'heure du « *Recital* ».

Quant aux Galeries artistiques et industrielles, elles contiennent, outre des spécimens désolants de peinture anglaise inférieure, et un Salon français composé de très beaux tableaux connus, achetés par notre gouvernement dans ces derniers temps, des machines ordinaires : sauf un canon qui intéresse les princes et les souverains et une charmante et exacte machine à composer, à l'usage d'une imprimerie. Cela sous la rubrique : Beaux-Arts et Inventions Scientifiques, qui forment le fonds permanent des dix *seasons.* On remarque enfin plusieurs bijoux, quelques vitrines avec du papier à lettre et d'autres avec des serviettes pour le bain, et une rangée de pianos immobiles et pareils. Ce sont les quatre sections manufacturières inscrites pour 1872 : Bijouterie, Papeterie, Coton, Instrument de Musique. Les magasins du boulevard ou de Picadilly sont infiniment plus somptueux.

Toute l'Exposition, nous la connaissons ; elle consiste, amplement, dans l'apparition, au regard étonné, de l'attrayante architecture céramique. Il ne nous resterait plus qu'à jeter, des jardins, un dernier regard sur le palais, et à partir, si nous n'avions gardé le souvenir d'un éblouissement subi, dès l'entrée, dans quelque coin, vers lequel nous éprouvons, maintenant, de la difficulté à nous orienter. Soyez tranquilles, ce coin s'appelait l'*Annexe française,* et si c'est par convenance patriotique que vous avez choisi, pour vous introduire dans le palais, sa porte intime, vous n'avez, cette fois, qu'à ne pas suivre la foule, jalouse sottement de notre splendeur. Venez avec moi. L'annexe française n'appartient pas, du reste, à l'ordonnance du monument. Ce sont trois salons, autour d'une cour à café parisien, laquelle est séparée du parc et de la verdure par la vitre transparente d'un vestibule aéré. Mais cette limite fragile isole un monde d'un autre monde. Nous régnons en maîtres, soustraits au mélange international, et sans autre loi que le goût, qui préside au groupement décoratif de notre envoi. Il le fallait, car dans les choses de l'ameublement, qui sont notre triomphe, un objet, vu à part, perd une partie notable de sa valeur. Bronzes, Céramiques et Tentures (c'est la division essentielle de notre sujet), tout correspond et se pare d'un lustre réciproque. Quelle réunion de richesses ! Nous n'avons que deux choses à faire : ou songer une demi-journée devant chaque œuvre exquise, ou promener un de ces regards ravis et sagaces qui contiennent toute la somme de vision dont notre œil est capable pendant un instant, pour ne conserver, ensuite, que quelques notions exactes et générales. Par exemple, nous sommes à même de poser, presque absolument, cet axiome : que toute invention ayant cessé, dans les arts décoratifs, à la fin du siècle dernier, le rôle critique de notre siècle est de collectionner les formes usuelles et curieuses nées de la Fantaisie de chaque peuple et de chaque époque. Quant à l'Industrie, qui est la préoccupation visible de ce temps, son but, actif et généreux, sera la multiplication populaire de ces merveilles, célèbres ou uniques, enfouies longtemps dans quelques résidences héréditaires. Tout est rétrospectif : et la nouveauté, ce sont les importations maritimes, celles du Japon, notamment, que nous imitons maintenant de main de maître [3]. Vous retrouverez partout ce double courant archaïque et exotique. J'omets l'Antiquité classique : la dernière tentative néo-grecque m'apparaît comme irrévocablement oubliée. Le vestige le plus incontestable de l'Antiquité classique, antérieur au passé immédiat des nations modernes, demeure dans l'architecture, qui est, certes, composite, mais pour longtemps encore tributaire de la Renaissance.

Je le prédis : le mot d'*authentique,* qui fut, pendant maintes années, le terme sacramentel de l'antiquaire, avant peu n'aura plus de sens. Voici les cuivres polis de Louis XIII, Louis XIV, Louis XV ; et j'avoue que le ton du métal est assez beau pour que je préfère cet éclat au voile factice de crasse ancienne, dont le fabricant dédaigne, aujourd'hui, de revêtir ses pièces admirables. Voilà les bronzes japonais, incrustés de fines lignes d'argent et d'or, motifs strictement ornementaux ou traits délicats qui sont toujours l'eau, le roseau et l'oiseau aquatique ; les émaux cloisonnés, avec leur travail jadis inconnu de nos races, comme leur éclat le fut de nos climats, montrant des grappes de fleurs jeunes et des oiseaux libres, dans le trait de cuivre qui les cerne. Tout cela emprunte la forme quotidienne de nos lampes, de nos horloges, de nos plateaux, des baguiers ou des brûle-parfum. Ô joie ! le *sujet* de notre *pendule* est détrôné : et le Grand Art est banni de nos appartements intimes par la vertu irrésistible de la seule Décoration. Les réductions d'après l'antique retournent aux ateliers et aux musées, qu'elles n'auraient pas dû abandonner : et si nous accueillons auprès de nous des statues, ce sont, maintenant, celles d'esclaves portant sur leur tête l'urne de la lampe, ou relevant d'un geste familier la lourdeur des rideaux de velours qui forment une portière ; enfin si nous préférons le bronze c'est parce qu'il revêt de sa patine sombre le corps de ces Nubiennes ou de ces Mauresques, avivé par la parure multiple de l'argenture, de la dorure, ou des fausses pierreries et drapé dans le sayon diaphane et rayé de jaune qu'imite l'onyx algérien. Quant à la glorieuse statuaire de marbre, elle appartient, absolument, à l'architecture monumentale. Ce très beau et très intelligent mouvement de notre art somptuaire, que tout, dans ces trois salles et dans le vestibule, concourt à révéler, est dû à MM. *Barbedienne, Christofle, Denière* (et *Marnyhac,* qui n'expose pas cette année) ;

aux artistes *Cornu* et *Pyat*, (ce dernier absent, également) et, autant qu'à personne, au très excellent sculpteur *Cordier*.

J'éprouve un véritable bonheur à constater ce mouvement, je crois, l'un des premiers.

Trois hommes ont, dans un esprit pareil à celui qui me dicte les observations précédentes, renouvelé, totalement, la céramique française, les deux MM. *Deck* et M. *Rousseau*. Leurs œuvres inspirées, selon le double courant archaïque et exotique reconnu, des faïences anciennes d'Europe et de celles de la Perse, du Maroc et du Japon, portent, toutefois, un cachet indéfinissable auquel convient seul le nom de : moderne, qui exprime quelque chose, également, d'occidental. Exemples : ces celadons ivoirins, traversés de feuillages et de plumages riches à l'égal de pierres précieuses, qui ne sont qu'une merveille entre cent dans la collection des premiers de ces ardents ouvriers. Sur l'estrade du second chercheur, ces tasses de porcelaine vermiculée, qui donnent l'impression blanche et délicate de grains de riz juxtaposés, avec des croissants de lune peints ; ces vases dont l'émail turquoise ressemble, par l'intensité métallique de la nuance, à un émail sur cuivre ; ces *pâtes rapportées*, figurines, sur fonds bleus, verts ou gris, aux voiles et à la nudité d'opale qui, par un enchantement adorable, deviennent roses comme des fleurs à l'heure de la tombée du jour. Mais j'ai tort ; je choisis précisément trois inventions spéciales à cette marque contemporaine, qui atteindra, dans quelque cent ans, un renom exceptionnel. Je devrais particulièrement citer, comme traduction du haut charme japonais faite par un esprit très français, le service de table demandé, hardiment, au maître aquafortiste *Bracquemond* où se pavanent, rehaussés de couleurs joyeuses, les hôtes ordinaires de la basse-cour et des viviers.

M. *Colinot* adosse aux murs, jusqu'à présent recouverts de tapis orientaux et de tapisseries fabuleuses ou idylliques, de vastes panneaux en faïence : ciels, lacs, réunis par les tiges de larges fleurs et par des oiseaux qui volent et nagent. Ces revêtements, avec leur ampleur et leur légèreté, combleraient d'une admiration pareille à la nôtre des décorateurs originaires de Yeddo ou de Yokohama. Un certain manque de transparence dans les teintes quelque peu mates et sèches nous montre que c'est là un premier essai, destiné à prendre une importance architecturale très grande. De telles plaques sont le revêtement nécessaire, intérieur et extérieur, des constructions de terre cuite anglaises, dont la gaieté s'acclimatera chez nous, certainement, un jour ou l'autre.

Que dire des tentures fastueuses et irréprochables des Gobelins, avec lesquelles rivalisent parfois celles d'Aubusson, par une fraîcheur excessive de verdure, nœuds de rubans et guirlandes ? La magnificence en est traditionnelle. Pour ce même motif, je n'ai pas parlé de Sèvres, qui envoie, cependant, les chefs-d'œuvre de son musée : aquarelles miraculeuses sur de grands et beaux vases officiels. Je n'apprendrais rien à personne par une description détaillée.

Mon intention a été d'instruire le lecteur de quelques choses spéciales, qu'il peut lui être agréable de savoir et qu'il lui fut loisible d'ignorer également.

Ce m'est un vif regret de ne pouvoir citer d'autres noms excellents, car je sais que, dans ces expositions nouvelles, la mention accordée par un journal acquiert une valeur importante, en l'absence des récompenses d'or, d'argent ou de bronze. Mais je souhaite que la médaille supprimée soit remplacée par une abondance véritable de *sovereigns,* de *shillings* et de *pence.*

Ce résultat inespéré, la richesse de l'étranger affluant peut-être chez nous, et notre renommée ancienne reconquise d'abord dans le domaine du goût – mais surtout Paris vengé de médisances intéressées, nous le devons au fondateur et à l'ordonnateur de ce comptoir somptueux de notre commerce et de nos arts hors de France. Que de diplomatie, obstination sympathique et judicieuse ferveur, il a fallu pour accomplir l'œuvre !

Le public et le Gouvernement français ne peuvent avoir pour M. *du Sommerard* une reconnaissance suffisante.

LA DERNIÈRE MODE

SOMMAIRE

PREMIÈRE LIVRAISON : 6 SEPTEMBRE 1874

(Première année avec texte et Deuxième année sans texte.)

TITRE ET FRONTISPICE DE MORIN

I. – TEXTE

La Mode	Mme MARGUERITE DE PONTY.
Explication de la lithographie à l'aquarelle et du patron découpé de grandeur naturelle ainsi que des gravures noires placées dans le texte..	MARGUERITE DE P…
Chronique de Paris (Théâtres, Livres, Beaux-Arts, Échos des salons et de la plage)..	IX…
Le Carnet d'Or. – Premier feuillet : Menu d'un déjeuner au bord de la mer..	LE CHEF DE BOUCHE CHEZ BRÉBANT.
Deuxième feuillet : Une Corbeille de Jardin au mois d'août.	
Nouvelles et Vers. – Vers : *La Dernière Pensée de Weber*...........................	TH. DE BANVILLE.
Nouvelle : *L'Aveu*.....................	FRANÇOIS COPPÉE.
Gazette et Programme de la Quinzaine (Distractions ou solennités du monde).	

La nouvelle de M. François Coppée finira dans la 2e livraison, où paraîtra une poésie de M. Sully Prudhomme.

II. – ACCESSOIRES

Lithographie à l'aquarelle (hors-texte) et Patron découpé de grandeur naturelle ; Gravures noires placées dans le texte.

Toilette coloriée d'Automne.

Patron de la Toilette d'Automne.

Première page. – Toilette des premiers jours d'automne, bleu marine et bleu turquoise avec guipure noire perlée.

Page du milieu. – Costumes en drap et en beige pour petit garçon et petite fille de huit à dix ans.

Le second numéro et beaucoup des suivants publieront à la première page un groupe de deux figurines ; et donneront, par conséquent, deux toilettes de dames indépendamment des deux costumes d'enfants.

LES MAISONS DE CONFIANCE DONT LE NOM SUIT PRÉSENTENT AUJOURD'HUI LEUR CARTE AUX LECTRICES DE *La Dernière Mode.*

Associées au luxe de la couverture et participant à la rédaction même du journal grâce au voisinage de *La Correspondance avec les Abonnées,* nos annonces s'offrent, sous un titre spécial, comme les cartes de visites des grands établissements de Paris. Sans publier un amas d'adresses assemblées par le hasard ou en vertu de combinaisons étrangères à l'intérêt du client, nous fournissons les renseignements nécessaires à une personne, même éloignée de Paris, pour suivre de tous points la Mode.

AVIS

Nous faisons précéder la Correspondance avec les Abonnées de l'Explication des Accessoires, Lithographie à l'Aquarelle du jour et Patron découpé de grandeur naturelle, servis, ainsi qu'une couverture spéciale et le texte du numéro-spécimen, comme Première livraison. Ces détails n'ont pu trouver leur place ordinaire au cours du texte, imprimé, pour le numéro-spécimen, un mois avant les modes d'automne ; ils se rencontreront, dorénavant, à la page 2, ainsi que toute note relative aux gravures. Telle que nous la présentons aux lectrices, cette livraison du 6 septembre 1874 inaugure la collection future du journal.

Explication de la Lithographie à l'Aquarelle du 6 septembre 1874 (N° 25) : *Toilette d'automne.* – Première jupe en faille tourterelle, garnie devant d'un grand volant à plis plats et derrière de trois volants coupés de biais et montés avec de petites fronces trois fois répétées : ourlets à l'endroit et piqûre à la machine. La tête, également de biais, est en soie comme le jupon ; un biais de velours marron la sépare du grand volant ; des pointes en velours terminées par un gland de chenille tombent sur les trois volants. Entre le volant du devant et ceux de derrière, sont posés de grands nœuds en velours à la pièce.

Tunique en cachemire gris perle ayant la forme d'un tablier très long et pointu tout à fait ; elle s'attache derrière à la ceinture, sous un gros nœud de velours marron se terminant par une frange de chenille comme celle du tablier. Ce dernier est entièrement garni en longueur avec des tresses de soie marron, placées de distance en distance et simulant des rayures sur l'étoffe, qui est plus claire. Bordure de plume posée au bord de la tunique. Confection en pareil avec tresse et plume comme sur le tablier. Un flot de velours marron tombe sur le dos, tandis que quatre glands activent le vêtement, dont un pan est gracieusement rejeté sur l'épaule. Le corsage à basques derrière et à pointes devant doit être en cachemire, avec le milieu du dos, le petit gilet et les manches, en faille. Les basques bordées de plume, ainsi que la petite poche de côté.

Patron découpé de grandeur naturelle. – Rien, dans ce patron, qui demande une explication différente de celles données à propos de la toilette du 6 septembre 1874 (N° 25) ; il l'offre à nos lectrices, presque toute faite, coupée et disposée avec une clarté dont elles nous sauront gré.

CORRESPONDANCE AVEC LES ABONNÉES

6 septembre 1874.

Mlle la Baronne de C..., à Nancy : Votre lettre nous est parvenue à temps. Nous avons commandé votre chapeau chez Mlle Baillet et vous le recevrez le 8 ou 10 de ce mois. Nous sommes à votre disposition pour les autres achats.

– Mme de Vert…, à Marseille : Indépendamment des patrons que nous donnons tous les mois, vous pouvez recevoir n'importe quel patron de tunique, de corsage ou de confection, moyennant l'envoi préalable de fr. 1,25 en timbres-poste. – M. L. B…, à Caen : Vous nous avez adressé 1 fr. 50 de trop pour votre abonnement de 6 mois ; il sera prolongé de dix semaines. – Mme M. de St-A…, à Varennes : Dans notre second numéro de septembre, nous donnerons une toilette de jeune fille de 15 ans et une toilette avec imperméable pour le même âge ; oui, nous pourrons vous faire couper en papier le patron de l'un ou de l'autre de ces vêtements moyennant 1 fr. 25. – Mmes B…, à Paris : Nous partageons entièrement votre opinion sur les maisons dont vous parlez et nous ne ferons certes pas une « édition réclame ». Nous sommes d'avis que les étoffes doivent être achetées dans une maison de confiance et remises à une célèbre ou à une bonne faiseuse. Notre courrier de modes est destiné à instruire nos lectrices de ce qui se porte et se portera. Mille remerciements pour les éloges que vous donnez à notre Première édition (sans texte). – Mme M. S…, à Issoudun : Vous pouvez obtenir un second patron tous les mois, moyennant 3 fr. par semestre, mais il faut que nous puissions choisir le patron (qui sera celui de la gravure coloriée que publie, le 15 de chaque mois, notre édition sans texte). Si vous nous indiquez, en dehors de ce choix, le patron que vous désirez, cela vous coûtera 1 fr. 25 par patron, coupé spécialement pour vous.

La Correspondance est succincte une première fois ; quoique nos abonnées soient nombreuses, il en est peu avec qui nous ayons eu le plaisir de faire ici connaissance. Les quelques mots, par nous éparpillés tout à l'heure dans divers coins de la France, traitent surtout de questions relatives au service du journal, qu'il importe au début d'élucider ; ainsi que des commissions très variées que nous nous offrons de faire pour nos abonnées seules, dans tous les magasins de Paris, notamment ceux recommandés par nos cartes. Toutefois, il y a encore mille autres motifs à correspondance dont nous n'omettrons aucun : conseils particuliers sur la mode, explication (plus détaillée qu'elle ne l'est dans le texte) d'une de nos toilettes ou d'une de nos recettes d'ameublements, de table, etc. Causerie relative à une bonne œuvre. Aujourd'hui, j'offre pour combler cette lacune, à celle de nos lectrices dont je n'ai pas pu écrire le nom plus haut, c'est-à-dire à presque toutes, la primeur de deux costumes d'automne par moi composés à leur intention. Simple histoire d'entrer en matière (car cette chose, hors-texte, est indépendante du nombre régulier de toilettes présentées par nos gravures). Aux lectrices, enfin, qui hésiteraient à prendre la plume, soit pour me charger d'une acquisition à faire en leur nom, soit pour demander au journal des conseils sur le sujet qui tient les mères au cœur, l'éducation des enfants ; j'annonce deux paragraphes spéciaux sur ces choses si différentes, joints dès la prochaine fois à la Correspondance sous ces titres :

LES BONS MARCHÉS

CONSEILS SUR L'ÉDUCATION

Adressés d'une façon générale à toutes les femmes d'intérieur, ces avis-là, quoique ne portant pas un nom de distinction, auront, nous n'en doutons pas, un accès familier et certain près de chaque lectrice. Un professeur dans des lycées de Paris a bien voulu, quant à nos *Conseils sur l'Éducation* nous promettre son concours éclairé, toutes les fois qu'il s'agira de recommander un ouvrage nouveau d'éducation, digne des suffrages maternels, une méthode, etc., ou même un maître et une maîtresse ; nous aurons, par le fait de cette bonne fortune, de véritables consultations universitaires.

Tout cela se trouve remplacé, cette fois, par :

Deux costumes de saison. – Le premier de ces deux costumes se portera à un dîner ou à une représentation théâtrale ; le second, en visite :

I. – Première jupe en velours noir, ayant un haut volant froncé en pareil ; une garniture avec tête de chaque côté et à plis contrariés se pose au-dessus du volant : ces deux têtes doublées de satin noir.

Tunique façonnée en velours à la pièce et en guipure écrue : le devant du tablier est formé de trois biais très larges en velours noir séparés par des entre-deux ; ces biais vont en se rétrécissant vers le côté qui est relevé par deux plis fort en arrière. Cette garniture, qui se pose en travers, forme le bas du tablier, dont le haut est fait avec des biais et des entre-deux placés en longueur. La tunique forme écharpe derrière.

Manches très courtes, entourées de guipure et relevées sur l'épaule par un petit nœud mi-partie velours noir, et mi-partie faille écrue.

Corsage à basque ronde tout autour, fort petite : il est ouvert en cœur avec fraise de guipure écrue et plissé de tulle noir à l'intérieur ; sur le côté, petit nœud semblable à celui des manches.

II. – Faille grise avec deux volants à gros plis plats : trois plis gris et trois pensées. Tunique grise en forme d'habits, dont les pans garnis de plume fuient de côté et sont pointus au lieu d'être carrés ; derrière, la tunique est grise et carrée, elle s'entoure d'un volant plissé pensée : trois volants froncés sont disposés avec garniture de plume sur cette tunique, chacun relevé au milieu par un nœud à une coque, et deux pans dont l'un gris, et l'autre pensée ; avoir soin de les contrarier. Ceinture ronde avec nœud derrière, semblable aux autres.

MARGUERITE DE P.

LA MODE

BIJOUX

Paris, le 1er août 1874.

Trop tard pour parler des modes d'été et trop tôt pour parler de celles d'hiver (ou même de l'automne) : bien que plusieurs grandes maisons de Paris s'occupent déjà, à notre su, de leur assortiment pour l'arrière-saison. Aujourd'hui, n'ayant pas même, par le fait, sous la main les éléments nécessaires pour commencer une toilette, nous voulons entretenir nos lectrices d'objets utiles à l'achever : les Bijoux. Paradoxe ? non : n'y a-t-il pas, dans les bijoux, quelque chose de permanent, et dont il sied de parler dans un courrier de Modes, destiné à attendre les modes de juillet à septembre.

Cherchons le Bijou, isolé, en lui-même. Où ? partout : c'est-à-dire *un peu* sur la surface du globe, et *beaucoup* à Paris : car Paris fournit le monde de bijoux. Quoi ! toute contrée, comme, par sa nature, une flore, ne présente-t-elle pas, issu des mains de l'homme, un écrin complet ? L'instinct de beauté et de relation avec les climats divers, qui règle, sous chaque ciel, la production des roses, des tulipes et des œillets, est-il étranger à celle des pendants d'oreilles, des bagues, des bracelets ? Fleurs et joyaux : chaque espèce n'a-t-elle pas comme qui dirait son sol ? Tel éclat de soleil convient à cette fleur, tel type de femme à ce joyau. Cette harmonie naturelle régna dans le passé, mais elle semble abolie dans le présent ; si l'on en excepte les peuples aux yeux de tous demeurés barbares, ou encore certains paysans qui, chez nous, passent pour rebelles à la civilisation. La Civilisation ! lisez « l'époque où a disparu presque toute puissance créatrice… dans la Bijouterie comme dans le Mobilier » ; et, dans l'un comme dans l'autre, nous sommes forcés ou d'exhumer ou d'importer. Importer quoi ? les bracelets de verre filé de l'Inde et les pendants d'oreilles en papier découpé de la Chine ? non ; mais, souvent, le goût naïf qui préside à leur confection. Exhumer quoi ? les lourdes parures des siècles oubliés, faites pour rehausser, par un éclat violent, les velours de théâtre et les brocarts de sacristie : point, mais la hardiesse avec laquelle elles se placent, comme des touches magistrales, sur la coutume. Qui sait ? il nous faut même aller jusqu'au point de jonction antérieur de ces deux inspirations, très différentes, de l'art de l'orfèvre : c'est-à-dire dans l'Antiquité classique et barbare. Notre Musée Campana (on s'en souvient) : demandez aux grands joailliers, qu'ils s'appellent Froment-Meurice, Rouvenat ou Fontenay, si leur admirable science, toute critique, ne vient pas de là, ainsi que des vitrines de l'Hôtel de Cluny, ou du comptoir parisien des marchands japonais, voire algériens.

Ainsi le seul Paris se plaît à résumer l'univers, musée lui-même autant que bazar : rien qu'il n'accepte, étrange ; rien qu'il ne vende, exquis. Londres, certes, a des bijoux, singuliers, massifs, et j'y vois un certain charme intime, préférable seulement à un de nos défauts, à nous : à savoir, dans la joaillerie, d'être spirituels ; demeurons simplement, ici, des ornemanistes. *La Décoration !* tout est dans ce mot : et je conseillerais à une dame, hésitant à qui confier les dessins d'un Bijou désiré, de le demander, ce dessin, à l'Architecte qui lui construit un hôtel, plutôt qu'à la faiseuse illustre qui lui apporte sa robe de gala. Tel, en un mot, l'art du Bijou ; et, ceci dit pour n'y jamais revenir, passons de quelques lieux communs à quelques détails.

Rien que de simple : il est prouvé maintenant qu'une promenade de plusieurs après-midi sur les boulevards, rue de la Paix, au Palais-Royal, et dans quelques ateliers célèbres, suffit à nous apprendre « *tout ce qui se fait de mieux au monde* », pour employer dans son sens propre une formule banale.

Notons, si vous le voulez bien, Mesdames, les rares objets de pierres et de métaux précieux qui peuvent concourir à la parure succincte de vos filles : avant de traiter plus complètement notre sujet relatif à un âge de jouissance et de plénitude de la vie.

Voici quelques bijoux qu'une mère élégante pourra choisir à l'intention d'une jeune personne de dix-huit à vingt ans : pour la Toilette de Ville, des boutons d'oreilles en or, unis, avec *petite boucle assortie* qu'on passe dans un velours noir à nouer autour du cou. Autre chose ! je cherche dans mes souvenirs d'hier, et j'évoque : une charmante parure à nouer toujours autour du cou ; en corail rose, très et très pâle, avec collier semblable ; une autre en turquoises avec la même petite boucle (ce qui est tout à fait jeune fille), ou encore en turquoises et perles. Je vois même, en y songeant, des pendants d'oreilles et une petite broche en forme de flèches, avec perle fine à l'extrémité ; cela, délicieux. Tout le monde a au bras le bracelet porte-bonheur, d'or uni ou avec perles et turquoises ; et au doigt une bague, une seule, toujours simple, sans brillants ni émeraudes, émaillée, ou tout au plus ayant une petite miniature. Dans le domaine de la fantaisie, on pourra choisir des pendants d'oreilles et une croix en vieil argent avec pierreries genre antique : que le joyau vienne de Bretagne ou de Provence, de Normandie, d'Allemagne ou de Hollande. Les bijoux portés de Jour étant tout autres que ceux du Soir, nous aurions grand soin si, par exemple, nous devions composer une corbeille de mariage, d'y placer des uns et des autres.

Une Corbeille de Mariage ! Nous commencerions par y mettre une paire de pendants d'oreilles tout en or, d'un travail absolument artistique, longs (car la Mode le veut ainsi), à quoi nous assortirions une jolie croix avec chaîne ; une deuxième parure en lapis, pierre très appréciée aujourd'hui, et une troisième plus habillée : des cabochons grenats en forme de poires ou de pommes dont la queue est garnie de diamants. Boutons de manchettes assortis à chacune de ces garnitures.

Nous choisirions ensuite, pour Dîners ou Soirées, des boutons d'oreilles et un médaillon dont le milieu serait occupé par une très grosse perle noire entourée de trois rangées de brillants ; c'est un objet tout nouveau, en ce moment, chez les grands bijoutiers : ceux dont nous citions les noms plus haut ou d'autres encore.

Une fort belle parure prendrait place à côté de la précédente : composée de saphirs taillés en tablettes et entourés de brillants. Cette pierre, recherchée plus que jamais à l'heure qu'il est, efface un peu de son éclat moins vif les superbes émeraudes. Collier pareil. Je préférerais ces joyaux variés aux éternels solitaires en brillants, que nous avons connus si longtemps.

Qui veut connaître des bracelets ? J'en ai vu hier un splendide en or et rubis ; puis plusieurs bagues en brillants ou émeraudes, ou bien avec camées (ces derniers revenant à la mode). Je vous laisse choisir l'agrafe pour le châle.

Un petit flacon, soit en ors différents, roses, verts ou jaunes, Louis XV ou Louis XVI, à guirlande (ou moderne, en émail avec des feuillages et des oiseaux japonais) étant un objet indispensable à côté du mouchoir de dentelles, nous n'aurions garde de l'oublier ; non plus qu'un éventail : en soie noire avec ganse rose, bleue ou grise pour Toilette du Matin, en soie blanche avec tableau pour les Cérémonies. Le Sujet se place de côté et non plus au milieu. Toutefois, rien ne vaudra jamais un éventail, riche tant qu'on voudra par sa monture, ou même très simple, mais présentant, avant tout, une valeur idéale. Laquelle ? celle d'une peinture : ancienne, de l'école de Boucher, de Watteau et peut-être par ces Maîtres ; moderne, de notre collaborateur Edmond Morin. Scènes de perrons d'hôtels ou des parcs héréditaires et de l'asphalte et de la grève, le monde contemporain avec sa fête qui dure toute l'année : voilà ce que nous montrent ces rares chefs-d'œuvre placés en des mains de grandes dames.

Tout cela étalé un instant sous votre regard, Mesdames, entre, à divers titres, dans la Corbeille : et un cachemire des Indes d'un prix quelconque, ce vêtement nécessaire ne se portant que très rarement (car la Mode ne l'admet plus comme habillé). Qu'il glisse, ce châle, des épaules avec ses plis orientaux et enveloppe d'autres merveilles : tout le délicieux écrin que nous avons, pierre à pierre ou perle à perle, raconté. Quant aux dentelles, nous les voulons d'un grand prix, cet ouvrage, sorti des mains des fées elles-mêmes, ne connaissant point la médiocrité. Volants, pointes, tunique, éventail, ombrelle : du Chantilly ; volants, tunique, éventail, ombrelle ou mouchoir : de l'application de Bruxelles (point à l'aiguille) ; il n'y a qu'à ne pas choisir ! Nous n'encombrerions pas de velours et de soie notre Corbeille, ces tissus étant du domaine de la Couturière ; et à propos de Couturière, je me suis laissé affirmer – mais faut-il prédire ! – que nous devions nous attendre à un changement absolu dans la *tournure.* On prétend qu'elle n'a plus de raison d'exister, les tailles ne devant plus être soutenues : puisque cela est un fait presque vieux qu'elles se portent longues et même très longues.

La Mode, cette fois, ne viendrait-elle pas du Salon de Peinture ? On a vu d'abord avec étonnement, puis non sans quelque satisfaction, un portrait et même plusieurs, où de jeunes et modernes visages dominaient une de ces longues tailles des siècles derniers. Il y aura ce point curieux à éclaircir, au commencement de Septembre, si cette résurrection doit durer la saison prochaine ! Aussi bien, maintenant, les yeux éblouis par des irisations, des opalisations ou des scintillements, ne pourrions-nous regarder, sans peine, quelque chose d'aussi vague surtout que l'Avenir.

MARGUERITE DE PONTY.

Explication de la lithographie à l'aquarelle du jour (hors-texte) et du patron découpé de grandeur naturelle ainsi que des gravures noires placées dans le texte.

I. – LITHOGRAPHIE À L'AQUARELLE

La lithographie à l'aquarelle de ce Numéro-Spécimen, lequel paraît un mois d'avance, ne peut, dès maintenant, montrer les modes de septembre : elle est donc prise au hasard dans la riche collection publiée, cet été, par le journal (édition sans texte). Nous présentons au Public sept ou huit types divers de nos Toilettes. (Voir à la Correspondance [intérieur de la Couverture], l'explication des toilettes de mai, juin, juillet et de la première d'août.)

II. – GRAVURES NOIRES DU TEXTE

Première page.

1. – Jupon de soie bleu marine. Tunique en cachemire de même nuance, avec bouillonné et revers de soie bleu turquoise. Petits biais de soie bleu marine sur le bouillonné et autour. Le corsage à deux pointes est en

cachemire avec garniture de soie des deux tons. Tout ceci, orné de guipure noire perlée.

Pages du milieu.

2. – Costume de garçon de huit à dix ans. Veste, pantalon et gilet en drap bleu foncé, bordés de lacet de soie noire, petit parement en soie noire sur le pantalon, sur les manches et aux poches.

3. – Costume en beige pour petite fille de huit à dix ans. Jupon plissé avec garniture de velours marron. Petit paletot ajusté derrière et pas devant. La basque, fuyante devant, est très longue de côté et derrière ; très courte du dos. Poches sur les côtés avec boutons de bois marron.

III. – Patron découpé de grandeur naturelle

Ce Numéro-Spécimen ne peut contenir de patron découpé, les toilettes d'été données par nos lithographies à l'aquarelle variant avec chaque exemplaire. Toutefois, avec la lithographie à l'aquarelle spéciale, servie aux abonnées le dimanche 6 septembre, paraîtra un patron découpé : tous deux ayant leur explication sur la Couverture du jour.

Chronique de Paris

Théâtres, livres, beaux-arts, échos des salons et de la plage

Chronique : mais sans passé ? car nous arrivons avec notre seul avenir, inconnu. Le numéro préliminaire de *La Dernière Mode* a pour objet principal de rester sous les yeux du public presque de juillet à septembre ; et, avec Paris, tout un mois, n'est-ce pas une période plus vague et moins définie que ne l'est, elle-même, l'éternité ? Profitons de cette phase d'existence très peu actuelle, par nous traversée aujourd'hui, pour prendre un ton général, qui ne messied pas au début de nos Causeries. Ce que veut chacun de ces brefs entretiens, sa place, dans le journal, l'indique assez bien, choisie entre le Courrier de la Mode et notre partie littéraire : parler, certes, des œuvres de l'esprit, mais toujours selon le goût du jour. Voici un recueil nouveau de Poésie où se rencontre le Poëme publié par notre livraison ; ou un choix de Nouvelles dont le Conte de quinzaine vous donne la primeur : ces produits de la dernière heure (et d'autres encore) sont-ils à la Mode ou doivent-ils l'être ? Critique, apparemment, frivole ? non, car elle part de ce point absolu que toutes les femmes aiment les vers autant que les parfums ou les bijoux ou encore les personnages d'un récit à l'égal d'elles-mêmes. Leur plaire donc ou mériter cela : je ne sais pas d'ambition, changée en triomphe si l'on réussit, qui aille mieux à un ouvrage en prose ou en vers. On va répétant, non sans vérité, qu'il n'y a plus de lecteurs ; je crois bien, ce sont des lectrices. Seule, une dame, dans son isolement de la Politique et des soins moroses, a le loisir nécessaire pour que s'en dégage, sa toilette achevée, un besoin de se parer aussi l'âme. Que tel volume demeure huit jours entr'ouvert, comme un flacon, sur les soieries, ornées de chimères, des coussins ; et que cet autre passe de ce lieu d'épreuve sur les laques d'un cabinet stable, non loin des écrins fermés jusqu'à la prochaine fête : voilà notre façon très simple de juger. Y ajouter le : pourquoi ? si l'on veut, mais d'un mot ; de ce mot difficile à trouver qui, avec le titre d'un tome, s'inscrit à jamais dans notre mémoire, bref et complet. Parfois un sourire, accompagnant l'offre d'un volume par un ami, remplace tous commentaires de sa part, tacite : et les grandes amitiés inoubliables de la vie naissent ordinairement de ce fait. Je serai, ignoré, cet ami qui prête des livres. Quand le nombre s'en accroîtra au point que les quelques lignes employées à les nommer imiteront le catalogue d'une bibliothèque, tant pis ou tant mieux ! Le cas se rencontrera fréquemment : car la surprise, magnifique et charmante, que je garde à qui m'écoutera même distraitement, c'est de montrer que nulle époque, autant que la nôtre, ne produit d'œuvres faites pour être lues dans les heures de silence ; désintéressées, ce qui, pour l'élite, veut dire intéressantes.

Tâche aimable : mais en ce qui concerne, par exemple, les Spectacles, plus grave. Un livre est tôt fermé, fastidieux, et on laisse le regard se délasser dans ce nuage d'impressions qu'à volonté dégage, comme les anciens dieux, la personne moderne pour l'interposer entre les aventures banales et soi. Quelle inévitable traîtrise, au contraire, dans le fait d'une soirée de notre existence perdue en cet antre du carton et de la toile peinte, ou du génie : un Théâtre ! si rien ne vaut que nous y prenions intérêt. Pas de nues dont l'on puisse s'environner, sous la lumière réelle du gaz, autres que la robe de tissus vaporeux, froissés dans l'impatience. Vaines, splendides, incompréhensibles, de vivantes marionnettes devant nous proclament à haute voix leur sottise, sur un fond d'ennui intense et exaspéré ; et qui fait d'elles comme les acteurs d'un cauchemar spécial, très rare, heureusement. Rien, le Décor, paysage du nord ou du midi, intérieur de palais grandiose, prendra toujours quelque chose de notre attention, par cela seul qu'il évoque ces sites ; et nous nous amuserons d'habits anciens ou étrangers, contemporains même des nôtres et transfigurés ! Oui, ceci donné, que l'art dramatique de notre Temps, vaste, sublime, presque religieux, est à trouver (et que rien ne nous autorise, dans ces causeries prolongées pendant une demi-heure à en formuler l'idéal), il reste à montrer du doigt, simplement, les Directeurs, à la porte de qui se forme la queue où stationnent les rangs nombreux de voitures. Ce geste, nous aurons à le faire, à tout moment de l'année, car, si la curiosité pure ne chôme jamais, Paris, vraiment, dont le monde entier copie les tréteaux ! a toujours de quoi la tenir en éveil. Aux Feuilletons traditionnels des lundis ou des lendemains de répétitions générales, envoyés, sous la bande des grands journaux politiques, dans chaque intérieur bien longtemps avant qu'on ne nous reçoive, laissons (pour ne faire avec personne double emploi), la fonction de classer ou d'analyser la pièce, de la juger, de la définir avec compétence. Toute notre esthétique tient dans ces paroles : Y a-t-il, en telle salle, lieu à s'amuser ? et : Ici l'on rit ; on pleure là, ou : La vraie représentation est, dans cette nuit de gala, non ce qu'éclaire la rampe, mais le lustre ; ou bien (selon l'ordre) se passe sur la scène et pas dans les loges. Une ou deux fois par an, cependant, la brochure, qui contient la pièce imprimée, peut nous passionner comme tout le monde : alors nous discuterons même.

Solennités tout intimes, l'une : de placer le couteau d'ivoire dans l'ombre que font deux pages jointes d'un volume : l'autre, luxueuse, fière et si spécialement parisienne : une *Première* dans n'importe quel endroit. N'y a-t-il pas d'autres dates que cela ? L'ouverture de l'Exposition d'ouvrages des Artistes vivants montre une cérémonie qui n'est point inférieure, aux yeux du monde intelligent ; et, autant que le Salon, ces Ventes de Bibelots et ces Exhibitions de l'Œuvre particulière d'un Maître, désignées, maintenant, à la sanguine ou simplement de l'ongle sur le calendrier de la fashion. Nous apparaîtrons partout, le même : attentif à la somme de plaisir que peut, de ces usages nouveaux, tirer une personne contemporaine. Exemples : « Ce genre, en Peinture, semble fait pour la décoration des panneaux ou du ciel de nos appartements. À tel talent, seul capable de doter un visage de son caractère exclusivement moderne, demandons nos portraits. Qui veut rêver et ne le peut ? Voici, crépuscule ou feuillage, de *rêvoirs :* coins de solitude à faire oublier les massifs véritables de beaux jardins où se montrerait une statue, admirée, cet été, aux Champs-Élysées dans le parterre de la Sculpture. Intéresser aux habitudes du beau ordinaire, c'est un peu notre objet ; mais encore plus l'utilisation directe à de délicates jouissances de toute visée manifestée par un artiste. »

« Livres, théâtre et simulacres obtenus avec la couleur ou les marbres : l'Art, toujours, mais la vie, immédiate, chère et multiple, la nôtre avec ses riens sérieux, n'en sera-t-il, dans votre discours, pas question ? » Qu'importe, Madame, que, dans le salon témoin de votre triomphe, le trumeau traditionnel, pour attributs sculptés, revendique un masque tragique ou bouffon, accompagné d'une flûte mêlée à des pinceaux, tandis que s'en déroule à demi un manuscrit : si tout ce vieux style français (encore de mode !) orne simplement le cadre d'une glace, où vous vous reconnaissiez. Vous et d'autres y jetant les yeux, quand le rythme des danses d'hiver vous ramène à votre tour devant ce miroir impartial, toutes vous chercherez la reine de la fête par un regard, qui ira droit à votre image ; car, de fait, quelle femme, étant toujours cette reine pour quelqu'un, ne l'est pas un peu pour elle-même ? Mille secrets (histoire volage d'une soirée) se détachant du brouhaha fashionable, trouveront ici, avant de se confondre dans l'éclat de l'orchestre, un écho ; listes de danseurs perdues avec les fleurs effeuillées, programme du concert ou carte des dîneurs composent, certes, une littérature particulière, ayant en soi l'immortalité d'une semaine ou de deux. Rien n'est à négliger de l'existence d'une époque : tout y appartient à tous. Un sourire ! mais il circule déjà, à peine formé, dans les salles aux lourdes portières, attendu, détesté, béni, remercié, jalousé ; extasiant, crispant ou apaisant les âmes ; et c'est en vain que l'éventail, qui crut d'abord le cacher, éperdu maintenant, tente de le ressaisir ou de dissiper son vol. Pardon ! cet épanouissement de vos deux lèvres, j'en noterai la grâce, à laquelle d'autres lèvres suivant tout bas cette lecture déjà s'essaient. Ainsi les choses, et justement : le monde n'a-t-il pas comme un droit de reprise sur la manifestation la plus profonde de nos instincts ? il la provoque, il l'affine. Tout s'apprend sur le vif, même la beauté, et le port de tête, on le tient de quelqu'un, c'est-à-dire de chacun, comme le port d'une robe. Fuir ce monde ? on en est ; pour la nature ? comme on la traverse à toute vapeur, dans sa réalité extérieure, avec ses paysages, ses lieues, pour arriver autre part : moderne image de son insuffisance pour nous ! Oui, si les plaisirs connus sous les lambris ayant cédé leur saison à des jeux du grand air : courses au bois et régates sur le fleuve, vous quittez encore et le bois et le fleuve, avides de reposer tout à fait vos yeux dans l'oubli causé par un horizon vaste et nu ;

n'est-ce pas, certes, pour trouver une nouveauté de regard habile à goûter le paradoxe de toilettes ingénues et savantes, que l'Océan, au bas, brode de son écume ? Sans le moindre remords, apparu dans cette saison de vacance comme à son heure exacte d'apparaître, ce Journal s'interpose entre votre songerie et le double azur maritime et céleste : le temps de le feuilleter, et probablement de n'y point lire la *Présentation*

DE VOTRE SERVITEUR.

LE CARNET D'OR

Premier feuillet.

MENU D'UN DÉJEUNER AU BORD DE LA MER.

Pas de grosses pièces de pêche : elles viennent de Paris. Pas de légumes indiqués de façon précise, ce menu devant servir de Boulogne à Arcachon.

Huîtres, Canapé d'anchois. – Filets de sole à la Saint-Malo. – Côtelettes de mouton Maintenon. – Suprême de homard au beurre de Montpellier. – Poulet à la Duroc. – Sorbet au porto. – Dindonneaux nouveaux. – Hirondelles de mer. – Salades. – Coquillages de mer en buisson. – Légumes du pays. – Glace pralinée aux amandes fraîches. – Dessert. – VINS : Vin de Saint-Bris, Vins de Nuits, Leoville, Haut-Brion.

LE CHEF DE BOUCHE CHEZ BRÉBANT.

Deuxième feuillet.

UNE CORBEILLE DE JARDIN AU MOIS D'AOÛT.

Une corbeille d'Août ! désir dont l'exécution paraît difficile. Le soleil, qui a fait fleurir le jardin, l'a fané. Que faire ? Ceci : simplement profiter de la couleur même et des défauts de la saison pour en revêtir les parterres. Idée, très juste, et très exacte, qui n'était venue à personne avant d'être mise en pratique par le Jardinier de la Ville de Paris. Une vraie corbeille de plein été sera celle qui tirera de la nature même, de ses plantes, l'aspect poudreux, vaincu et pâli par la chaleur, que doit avoir toute chose à cet instant.

Tel, ce que révèle la première plate-bande à droite, à qui entre au Parc par l'Avenue de la Reine-Hortense.

La lassitude entière de l'heure est exprimée par la *Centaurea Candidissima,* feuillage pâle et mat, presque blanchi de poussière, et négligemment le même sur ses deux faces chiffonnées. Tout l'effet de la corbeille se passe entre cette plante et une autre : l'*Obelia erineus,* qui, sèche et délicate, elle, avec ses fleurettes d'un bleu dur, va, par des interstices, de la bordure ovale se perdre vers le sommet du tertre. Ton principal : terne ; le raviver maintenant. Quelques taches, brusquement et simplement rouges et de feu, sont nécessaires : voici le *Pelargonium Diogène* (rouge), dont les cinq pétales, consumées et un peu défaites (*sic*), font aussi place à la feuille décorative du *Coleus Beauté de Vilemore,* vineuse et verte et comme atteinte déjà par l'automne.

Tout cela, jeté sans un dessin précis, rencontre une harmonie qui se fait toute seule et brave, habilement parée de leur teinte même, les midi et les après-midi d'août. Le grand soleil de Touraine ou de Provence, sous quel ciel français qu'on se plaise à reproduire ce motif d'horticulture, lui sied : près d'une balustrade de pierre sèche ou d'un perron, au milieu d'un gazon anglais, si l'on veut une opposition avec la fraîcheur.

Quatre plantes presque ordinaires (car la plate-bande atteint, selon la grandeur, le prix d'un louis ou de deux) : et un aspect bizarre et nouveau dans nos jardins ; entrevu déjà chez les Anglais, sans que toutefois l'impression en ait encore été, je crois, comme ici, expliquée.

(PARC MONCEAU.)

GAZETTE ET PROGRAMME DE LA QUINZAINE

DISTRACTIONS OU SOLENNITÉS DU MONDE

Août 1874.

Quelques notes seulement, cursives ; un mois, plus encore même, tient dans la page accordée d'ordinaire à quelques jours ; c'est *Programme et Gazette de la Saison* qu'il faudrait, cette fois, dire !

Paris ouvre ses portes sur tous les horizons, et sort : l'étranger et la province profitent de cette ouverture de portes pour venir, par troupes, admirer quelques vestiges de la splendeur parisienne, luttant avec le soleil d'août.

Tel est l'instant, et notre tâche est simple.

Pas d'informations mondaines, tourner les yeux vers les Théâtres et les Gares. Le Drame, la Féerie et la Farce : puis les Stations Maritimes seulement (car fût-on un buveur très vague, aucune hésitation n'a lieu sur le choix d'une Ville d'Eaux, tandis que la mer est partout la mer).

Deux mots auparavant :

Les librairies et l'hôtel des ventes

Les expositions

Plus que jamais, c'est le moment de lire : en wagon, dans le hamac du jardin, sur les chaises des plages. Les volumes nouveaux sont relativement rares ; mais le livre de l'hiver se reprend l'été. Deux libraires, toutefois, qui suivent et qui précèdent le mouvement littéraire contemporain, ont mis ou mettront en vente, cette saison les volumes suivants.

Bibliothèque Alphonse Lemerre (ouvrages parus) : trois romans, *Les Femmes d'artistes* (1 vol.), par Alphonse Daudet ; *Une ressemblance* (1 vol.), par Louis Gualdo ; *Une vieille maîtresse* (1 vol.), de Barbey d'Aurevilly. – Voyages : *Un été dans le Sahara* (1 vol.) et *Une année dans le Sahel* (1 vol.), du peintre Fromentin. – Poésie (la « spécialité » de la Maison) : le *Livre des sonnets* (1 vol.), *La Révolte des fleurs* (1 vol.) et *La France* (1 vol.), par Sully Prudhomme ; *À mi-côte* (1 vol.), par Léon Valade et *Le Harem* (1 vol.), par Ernest d'Hervilly ; enfin, *Le Sang de la coupe* (1 vol.), de Théodore de Banville.

Ouvrages à paraître : *Le Cahier rouge,* poésies, *Une idylle pendant le siège,* roman, par François Coppée ; *Quatre octaves de sonnets,* par Claudius Popelin.

Bibliothèque Charpentier (ouvrages parus) : *La Conquête de Plassans* (1 vol.), *Contes pour les grandes personnes* (1 vol.), par nos deux collaborateurs, MM. Zola et d'Hervilly.

Attendons, pour parler des publications faites par la maison Hachette, la rentrée des esprits studieux à Paris : *Les Guides Joanne* sont encore dans toutes les mains.

À l'Hôtel des Ventes, rien ou presque rien : et, par ce temps, supportable à peine malgré l'arrosage, la poussière qui s'accumulerait sur les bibelots anciens ne serait pas celle des siècles. Toute la curiosité rétrospective se porte sur l'Exposition des Tableaux et des Objets d'art, au profit de la *Société de protection des Alsaciens-Lorrains,* renouvelée et prolongée de deux mois.

Les théâtres et les gares

I. – À Paris

Si l'on omet les théâtres qui, de toute tradition, ne ferment pas et continuent, les vacances, à jouer leur répertoire, comme le Théâtre-Français (*Polyeucte :* Mlle Favart et M. Dupont-Vernon, puis *Zaïre,* avec Sarah-Bernard (*sic*), l'Opéra (première représentation de l'*Esclavage,* de Membrée) ; l'Opéra-Comique (*Le Pardon de Ploërmel* alternant, prochainement, avec *Mireille :* Mme Carvalho, Ismaël), il y a, d'abord, à signaler aux voyageurs les rares spectacles, somptueux ou émouvants, qui se prolongent, en leur honneur, tout juillet et tout août.

À la Gaîté, l'opéra-bouffe-féerie, *Orphée aux Enfers,* pour lequel le maestro a créé, à l'intention des nouveaux venus un acte *de mer* qui, musique et décors, sera merveilleux ; plus de danses de mouches, mais un ballet ? de poissons ;

À la Porte-Saint-Martin, la féerie-ballet *Le Pied de mouton,* a fait mousseline, soie, et peau neuves, avec les costumes dessinés par Grévin, selon l'année 1874 ;

Au Châtelet, *Les Deux Orphelines* verront couler encore bien des larmes russes, anglaises, italiennes, asiatiques ou américaines ;

Au Gymnase, *La Chute,* avec duel de toilettes délicieuses entre Mmes Fromentin et Angelo ;

Au Palais-Royal qu'habite le rire, mille admirables plaisanteries propres à l'y faire naître : d'abord *La Sensitive ;*

À Cluny, *L'Enfant,* qui inaugure les succès de la nouvelle Direction ;

À Belleville enfin (l'un des premiers théâtres de Paris ce jour-là), Frédérick Lemaître paraîtra dans *Le Crime de Faverne* et *Le Portier du n° 15.*

L'Odéon, le Vaudeville, les Variétés, les Bouffes, la Renaissance, les Folies-Dramatiques, le Château-d'Eau, les Folies-Marigny ont, depuis un plus ou moins grand nombre de soirées, affiché leur clôture annuelle ; et nous annonçons, à quiconque jouit de villégiatures, que ces salles rouvriront :

L'Odéon, au 1er septembre, avec la continuation du succès de *La Jeunesse de Louis XIV* ;

Le Vaudeville, au 1er septembre ;

Les Variétés, au 1er août, avec *La Vie parisienne ;*

Les Bouffes, au 1er septembre, avec *La Jolie Parfumeuse* (Théo, Grivot, Daubray, Bonnet) ;

La Renaissance, du 1er au 15 septembre, avec *La Famille Trouillat,* opérette en trois actes, de MM. Hector Crémieux et Ernest Blum. Créateurs des principaux rôles : Thérésa et Paulin Ménier ;

Les Folies-Dramatiques, au 15 août, avec *La Belle-Bourbonnaise* et *Le Nouvel Achille,* sauf reprise de *La*

Fille de Madame Angot, pour l'ambassade birmane, celle du Maroc et l'excursion en France de deux cents Lapons. Toutefois, on nous promet, presque tout de suite, *La Fiancée du roi de Garbe,* musique de Litolf (acteurs : Mlle... de Bogdani, revenue des Italiens, et deux autres débutants).

D'autres lieux de distraction et de plaisir ou de jour ou de nuit sont, après le Jardin d'Acclimatation (animaux, les deux petits orangs-outans et la paire de girafes, notamment, puis fleurs, orchestre), le Concert des Champs-Élysées, avec Cressonnois : des virtuoses, sous la direction de ce musicien ;

Le Cirque d'Été. M. Franconi s'apprête à y exhiber, lui aussi, ce truc merveilleux : *La Malle des Indes,* d'où sortira (agréable perfectionnement) une de ses plus jolies pensionnaires ; maintenant le début d'extraordinaires patineurs, Goodrich et Curtis, un délassement de saison ;

Le Théâtre-Miniature, réouverture au 15 août, par les représentations pour les *lauréats, un premier prix valant une entrée : le Vainqueur de Jemmapes.* Spectacle de petits garçons et même de petites filles, une grande pièce militaire remplaçant de grandes féeries. Acteurs : MM. Tel et Tel, faits d'étoffes et de bois. Surprises et surprises ! l'arrivée ordinaire de Polichinelle, décernant lui-même des bonbons et des avis à l'auditoire ; et, pour les vacances, l'exhibition du tour à la mode, faite devant les enfants, *La Malle des Indes,* toujours.

Une bonbonnière, la Salle des Familles, mais on mange moins de sucres d'orge qu'au théâtre précédent, dont les spectateurs reviennent ici, sérieux et grandis. De véritables *premières représentations* interrompent la représentation de chefs-d'œuvre, tels que *Les Fourberies de Périne,* de Théodore de Banville, et plusieurs proverbes de Musset répertoire : brillant et même honnête.

Pour les Bals de Paris et des environs et les Cafés-Concerts éclairés par le gaz et les étoiles, consulter les guides polyglottes qui ne manquent point à ce devoir d'y mener les jeunes étrangers.

II. – En express

La gare de l'Ouest est de toutes la plus strictement parisienne : située en pleine ville et dans un quartier très moderne, elle dirige ses express sur tout le littoral fashionable de la Normandie et celui de Bretagne. À elle, l'été venu, la mer ; comme, dès le printemps, les feuillages de Ville-d'Avray, de Bougival, de Chatou et de Saint-Germain, bosquets ou parcs des environs de Paris.

Les stations de Normandie sont trop célèbres, toutes, leurs villages et leurs hameaux peuplés de chalets millionnaires, pour que nous fassions autre chose que présenter aux personnes, retenues jusqu'au commencement d'août par des vacances tardives, *une liste de noms,* sur l'un desquels peut se fixer leur indécision.

Bains de mer de Normandie. – Dieppe : Le Tréport, Criel. – Motteville : Saint-Valéry-en-Caux, Veules. – Yvetot : Veulettes. – Le Havre : Sainte-Adresse. – Les Ifs : Étretat. – Fécamp : Yport, Étretat, les Petites Dalles. – Trouville-Deauville : Villerville, Villers-sur-Mer, Houlgate, Beuzeval, Cabourg, le Home-Varaville, Honfleur. – Caen : Lion-sur-Mer, Luc, Langrune, Saint-Aubin, Bernières, Courseulles. – Bayeux : Arromanches, Port-en-Bessin, Asuelles. – Isigny : Grandcamp, Sainte-Marie-du-Mont. – Valognes : Port-Bail, Carteret, Quinéville, Saint-Vast. – Cherbourg. – Granville : Saint-Pair. – Saint-Malo – Saint-Servan : Dinard, Saint-Enogat, Paramé.

On connaît les trains du samedi et dimanche (aller), du dimanche et du lundi (retour) : la Compagnie, pendant la saison, délivre à prix réduits des billets d'aller et retour valables pour toute heure de la fin et du commencement de la semaine.

⁂

Bains de mer de Bretagne. – Nous voudrions dresser une nomenclature, pareille à la précédente, des bains de mer de Bretagne, dont tous les amateurs, artistes ou gens épris des grands sites et de solitude, parlent, chaque année, avec enthousiasme.

Le luxe, acclimaté aux falaises normandes, voue, dans un avenir rapproché, aux grèves et aux rochers de la Bretagne tout un public spécial. *La Dernière Mode* tient à imprimer, presque avant personne, ce mouvement : dès cette année, mais pour le commencement de la saison prochaine seulement (notre apparition ayant lieu très tard), un de nos rédacteurs descendra de Brest vers la Loire jusqu'à Vannes, ou remontera le long des côtes, jusqu'à Morlaix et Saint-Brieuc, notant les plages. Douarnenez (sur la ligne de Brest à Redon) et Roscoff (sur la grande ligne) sont les seuls séjours pittoresques pourvus d'hôtels, dont le nom soit familier à quelques Parisiens.

⁂

Un voyage circulaire sur les côtes de Bretagne, que combine, avec la précédente, la ligne d'Orléans, nous fait voir, en passant, les principaux Bains de mer, situés au nord de la Loire : tels qu'Audierne, Concarneau, Le Croisic, Pornichet, etc.

Quant aux Bains de mer du sud de la Loire, à savoir : Pornic, les Sables-d'Olonne, La Rochelle, Royan, Arcachon, Saint-Jean-de-Luz, Biarritz, etc., ils dépendent de la grande ligne d'Orléans et du Midi.

⁂

La Manche après l'Océan ; ou, comme une partie du Détroit baigne le littoral normand, le nord de la Manche tout au moins :

Bains de mer du Tréport (ayant d'Amiens un embranchement particulier), puis Boulogne, Saint-Valéry (avec voitures pour Cayeux), Berck-sur-Mer, Calais, Dunkerque.

Tout ce vaste coin de mer appartient à la ligne du Nord qui, pour chaque plage, a des billets de première classe, valables pendant dix jours.

Nous nommerons, sans dire qu'elle aboutit à Marseille, porte de l'Orient lui-même ou de l'Afrique, la ligne de la Méditerranée ; et, puisque nous sommes dans les régions bleues, visitables quand le seul été les dote de tout leur éclat, il faut signaler les bains merveilleux de Cette [Sète] (de Marseille, Toulon, Hyères, Cannes, Nice) et de Monaco. La Méditerranée, tiède et sans lames, a sa thérapeutique à elle. Plusieurs petits sites enchantés et inconnus portent ces noms : les Lecques, Bandol (entre Marseille et Toulon), puis Saint-Raphaël continue ce semis d'oasis (entre Toulon et Nice).

Les propositions seules de notre Programme et Gazette nous forcent à remettre, cette année, à septembre (à trop tard, malheureusement), l'annonce des Excursions à prix réduits, dont nous ont obligeamment averti les Compagnies : que les familles consultent les affiches occupant aujourd'hui tous les murs, et partent.

Toute la Suisse et notre Alsace sont offertes, notamment, comme promenade et comme pèlerinage, par la ligne de l'Est.

Adresser tous livres, ainsi que tout renseignement qui concerne le Théâtre, les Voyages, le Monde ou les Beaux-Arts, à M. Stéphane Mallarmé, *29, rue de Moscou.*

LE GÉRANT : DAVID.

Paris, imp. Richard-Berthier, pass. de l'Opéra, 18-19

Deuxième livraison : 20 septembre 1874

Sommaire

I. – Texte

La Mode .... Mme Marguerite de Ponty.
Indiscrétion. – Le chapeau Berger et le chapeau Valois ; un troisième chapeau de cet automne. – Cottes de mailles et cuirasses pour 1874 et peut-être 1875, avec la jupe de la saison. – Éloges par nous décernés à nous-mêmes et quelques redites.
Explication de la Lithographie à l'aquarelle et du patron découpé de grandeur naturelle, ainsi que des gravures noires placées dans le texte .... Marguerite de P...
Chronique de Paris (Théâtres, Livres, Beaux-Arts, Échos des salons et de la plage) .... Ix...
Le Carnet d'Or. – Troisième feuillet : Menu d'un déjeuner de chasse.
Autre Menu .... Le Chef de Bouche chez Brébant.
Quatrième feuillet : adaptation du gaz aux lampes juives de Hollande.. D'après Marliani.
Nouvelles et Vers. – Vers : *Conseil* (sonnet) .... Sully Prudhomme.
Nouvelle : *l'Aveu* (fin) .... François Coppée.
Gazette et Programme de la Quinzaine.

II. – Accessoires

Lithographie à l'Aquarelle (hors-texte). – Toilette de la fin de septembre en 1874.

Patron découpé de grandeur naturelle. – Un patron de la toilette de la fin de septembre en 1874 peut être mis à la disposition des lectrices (voir la *Correspondance avec les Abonnées*).

Gravures noires placées dans le texte. – Première page : Costume grenat et costume gris de fer.

Pages du milieu : jeunes filles de quinze à seize ans : une toilette velours et cachemire et un waterproof gris ou bleu.

La 3e Livraison (1er dimanche d'octobre) contiendra un patron de grandeur naturelle.

La mode

Indiscrétion. – Le chapeau Berger et le chapeau Valois ; un troisième chapeau de cet automne. – Cottes de mailles et cuirasses pour 1874 et peut-être 1875, avec la jupe de la saison. – Éloges par nous décernés à nous-mêmes et quelques redites.

Paris, le 20 septembre 1874.

Que de jolies choses entrevues cette quinzaine : je dis *entrevues,* car on n'est qu'aux préparatifs pour l'automne mais tout n'étant pas encore terminé, les grands créateurs de la Mode ne laissent point voir ces ébauches. Quant à moi, c'est, je l'avoue, grâce à une indiscrétion flagrante que je vais donner tout à l'heure à mes lectrices quelques renseignements précis.

Ce qui doit être le plus soigné, certes, dans une toilette de femme, c'est la bottine, et c'est les gants : puis vient le chapeau, dont le seul devoir est toujours d'être charmant. Vérités que je n'ai plus à prouver : petit pied et main fine, la main eût-elle, autrefois, cueilli des raisins, le pied les eût-il foulés à l'heure maintenant revenue de la vendange, sont les indices certains de race. Mais, des extrémités de duchesse mal chaussées et mal gantées ne pourront, ce pied, se cambrer ni montrer la noblesse de ses attaches ; non plus que cette main même se faire voir nue. La bottine est, de toutes les chaussures, celle qui fait davantage le pied ; et voici que l'étoffe, variée à l'infini par les toilettes de la plage, va le céder au cuir. Pas de souliers que ceux des bals futurs : on marche en bottines, on danse en souliers. Pourquoi tout ceci, sinon que (la lingerie exceptée dont la mode varie d'une façon plus générale que selon la saison), nous voulons, à cette heure de renouvellement, habiller, tout entière, notre lectrice. Je dis que le chapeau a pour toute règle celle-ci, aller à ravir : prescription vague, mais point difficile, maintenant que les *Modes* sont si jolies : et du reste, toute la science que possède seule la bonne faiseuse n'est-ce point de mêler légèrement les fleurs, les plumes et les dentelles, cet hiver plus que jamais, puisqu'on portera ce mélange. Mes visites à plusieurs des premières maisons de modes, cette quinzaine (car il est vraiment, dans ce Paris admirable, bien des maisons qui, chacune, peuvent prétendre à être la première, et toutes le sont), font que je crois être à même de vous *assurer*, Mesdames, que le chapeau Berger et le chapeau Valois, se partageront la vogue. Tous deux sont très seyants ; mais mes sympathies, à moi, sont pour le chapeau Berger, lequel se pose tout à fait au sommet du chignon, laissant voir la coiffure entière. Le dessus est garni d'une torsade de velours et de quelques plumes, tandis qu'une guirlande de fleurs fait le dessous. Je décris également que le chapeau Valois, ayant la visière derrière au lieu de l'avoir devant, on le couvre de velours ou d'une broderie de jais, un bouquet de fleurs avec traîne et apprêt de dentelle se place derrière sur la calotte, alors que devant un très beau feuillage forme bourrelet et tombe sur les cheveux. Pour parler de façon générale, beaucoup de jais ainsi que d'acier bleui doit orner les chapeaux : j'ai vu des plumes de coq avec paillettes de jais ou d'acier bleui et des feuillages entiers de l'un et de l'autre, enfin des ailes de fantaisie mi-plume et mi-jais et des broderies splendides sur tulle, ces dernières d'un prix relativement très élevé. Quantité de jolies soies pour garnitures, une entre autres dont j'ignore encore le nom (peut-être attend-elle qu'une de mes lectrices le lui donne), et qui est lustrée d'un côté, faille de l'autre. J'ajouterai à nos deux chapeaux de l'automne, le Berger, le Valois, un très joli modèle à calotte ronde et à bord immense, que ce bord reste rond lui-même ou se relève d'un seul côté : cela en feutre et le bord, s'il reste rond, garni par dessous, d'une guirlande de fleurs ; ou d'une torsade d'étoffe fixée par une aile dans un nœud de velours, s'il se relève d'un seul côté.

Du chapeau je passe au costume, pour avoir la toilette. Le grand succès de la saison sera pour la tunique jais acier ou acier bleui. Ce vêtement, véritable cotte de mailles féminine, se fait au tricot, en soie noire, grise ou bleue, travaillée avec des perles. Tricot élastique moulant parfaitement le buste, que continue la tunique : un peu longue devant et très courte derrière, faite d'une seule pièce avec le corsage, pas du tout relevée et se terminant par une frange de soie à bouts noués avec perles appareillées aux autres. Pas de ceinture et pas de manches, cette cuirasse se portant sur une robe de faille ou de poult-de-soie. Rien de plus neuf, rien de plus heureux : quoique, à vrai dire, il y ait, pour nous, quelques raisons de ne pas prodiguer, dans le cas présent, l'une et l'autre de ces épithètes, nos abonnées de vieille date, pouvant, certes, se rappeler que d'abord le *Corsage, cuirassé,* à proprement parler, a été déjà inauguré il y a un an et, enfin, l'a été précisément par une des aquarelles de *La Dernière Mode.* Mais ce n'est point pour constater ceci, non plus que faire parade d'une fausse modestie que nous avons ajouté à notre image un texte : passons outre, d'autant mieux que devancer la mode de plusieurs saisons peut être considéré par quelques-uns comme une infraction à notre véritable devoir, qui est de la *faire* au jour le jour. Jetons les yeux sur le présent et, au lieu de prévoir, regardons : par exemple, la garniture dominante pour robe, qui sera la plume ; rien de joli et de chatoyant à l'œil, n'est-ce pas ? comme cet ornement, que la barbe en soit frisée, qu'elle soit luisante et lisse. Nous n'encourons pas, maintenant, comme tout à l'heure, le reproche d'avoir vu les choses trop tôt puisque la plume, nous ne l'avons donnée, coup sur coup et dans presque chacune de nos toilettes peintes et décrites, que cet été même, c'est-à-dire, trois mois, deux mois, un mois, avant que cette parure ne semble se généraliser absolument (et encore n'est-elle générale que parmi nos très rares élégantes ou dans les ateliers, à qui appartient l'honneur de décider, pour une saison, de la Mode). Y a-t-il, avant de terminer, nécessité d'ajouter (et je le fais seulement pour effacer un peu l'impression de quelques mots personnels échappés à ma Causerie), que la passementerie miroitante en perles aura encore plus de vogue cette année que l'an dernier ; puisqu'on va revêtir, par le fait de ce qui a été dit plus haut, l'enveloppe d'une guerrière ou d'une déité marine. Toutefois, la mode ne se répète pas et, si une pareille ornementation, nette, dure et déjà connue, va alterner avec la plume floue, molle et toute nouvelle, insistons, certes, sur un point, c'est que, les costumes donnés, il reste véritablement si peu de soie à découvert, que cette garniture presque ancienne nécessite la trouvaille de dessins et d'un mode tout autres de l'appliquer. Que reste-t-il à dire pour ne pas éviter tout à fait les redites ? ceci, que la tunique-écharpe est toujours très collante, le pouf très bas, la taille très longue ; mais ces deux derniers détails, terminant la causerie du commencement de ce mois, appartiennent maintenant à la rue, où l'œil du passant les vérifie à tout moment.

MARGUERITE DE PONTY.

Explication de la Lithographie à l'Aquarelle du jour (hors-texte) et du patron découpé de grandeur naturelle ainsi que des gravures noires placées dans le texte.

I. – LITHOGRAPHIE À L'AQUARELLE

Toilette de la fin de septembre en 1874. Première jupe en faille grenat, ornée sur la traîne, dans le bas, de trois petits volants à gros plis avec têtes lisérées en satin de chaque côté : le quatrième volant, beaucoup plus haut, se fronce et soutient lui-même un très petit volant de biais. Le tablier est formé par un volant à un seul très gros triple pli ; et la quille, de chaque côté du tablier, par des petites fronces et trois plis en longueur, trois fois répétés : au-dessus du tout, une très grosse chicorée. Polonaise en cachemire de même nuance, relevée excessivement en arrière, par une cordelière avec ornement en passementerie : elle semble se boutonner tout du long par des cordelières avec plaques et glands en passementerie. Manches à parement ou volant en faille, monté avec un triple pli et fixé, au milieu, par une bandelette de faille. Le dos lacé.

II. – Gravures noires du texte

Première page.

1. – Costume grenat. Première jupe, garnie de quatre volants froncés, au bas desquels est posé un petit plissé de teinte plus claire, ayant dix centimètres de hauteur. Seconde jupe, taillée par-devant en tablier carré et venant rejoindre, par-derrière, une écharpe nouée, avec coques et longs pans garnis de plissés. Casaque Louis XV, sans manches, garnie tout autour, sur les épaules et autour du cou, d'un plissé plus clair. Chapeau Valois.

2. – Costume gris fer. Le devant de la jupe est plissé dans toute sa hauteur ; le derrière est garni de deux grands volants à plis creux, lisérés de pareil : deux gros nœuds avec pans réunissent au devant ces volants. Un léger pouf est pris dans le retroussis de la jupe. – Confection d'automne en sicilienne noire brodée de perles d'acier : cintrée par-derrière avec basque très courte, tandis que les pans sont très longs par-devant, cette confection a, tout autour, pour ornement, une ruche de soie noire découpée. Manches avec revers mousquetaire. Chapeau Berger.

Pages du milieu.

1. – Jeune fille de quinze à seize ans : toilette. Jupon de velours noir, tunique de cachemire bleu de ciel garnie, tout autour, d'un large biais de velours noir. Le corsage, à basque, est ouvert carrément sur une chemisette à plis suisses et garni de petits velours noirs, ainsi que les manches : il se ferme derrière, au moyen d'un lacet de soie. Flot de ruban de velours tombant sur le dos.

2. – Jeune fille de quinze à seize ans : vêtement waterproof bleu ou gris, doublé, sur le devant seule-

ment, d'une étoffe rayée, assortie à la nuance du vêtement. Deux gros plis dans le dos, soutenus par une patte avec deux boutons ; sur le côté, jolie poche, double rangée de boutons devant, et col avec revers, doublé de l'étoffe rayée. Le bas du vêtement forme revers, avec un bouton et une boutonnière mobile, en cas de pluie. – L'ancien modèle, avec pèlerine seulement devant et capuchon derrière, se porte toujours beaucoup, recherché à cause de son ampleur.

III. – Patron découpé de grandeur naturelle

Le patron découpé de grandeur naturelle est facultatif pour la seconde livraison du mois ; il est servi d'office et gratuitement dans la première. On peut se le procurer aujourd'hui, conforme à la toilette de fin de septembre, aux conditions énoncées à la fin de la Correspondance avec les Abonnées.

Chronique de Paris

Théâtres, livres, beaux-arts ; échos des salons et de la plage

Rome n'est plus dans Rome... Les avez-vous traversés, ces jours changeant la ville en désert, que dis-je ? en cité antique du désert, pareille à Ecbatane, Tyr, Memphis, sans les ruines : car je n'appelle plus des Ruines ces frontons gardant, depuis trois ans, leurs statuettes noircies par le feu, et que visitent maintenant la lune et des jeunes personnes au voile blanc tombant d'un chapeau du Tyrol : coquetterie d'une métropole audacieusement neuve, riche et splendide. L'Hôtel de Ville jeté à terre, les Tuileries vides ont beau se voir photographiés et décrits soigneusement dans tous les guides d'outre-mer ; non, vraiment, ce n'est pas même leurs fenêtres habitées, hier ou aujourd'hui, par le ciel, qui attirent tout à coup, de Juillet à Septembre, cette foule aux vêtements défraîchis sur les routes de fer et l'Atlantique, venue pour envahir Paris ; c'est Paris lui-même et vivant. Spectacle lamentable ! j'aimerais mieux, ces couples singuliers, montrant des barbes patriarcales et des chevelures dénouées, les voir contempler à travers leurs télescopes de voyage l'évanouissement complet de la grande ville, éclipsée, morte, abolie, faite de cendres et d'herbes, que s'installer, comme chez eux, dans un Paris vacant et cédé tout entier aux excursionnistes par ses habitants avides de vagues et du feuillage. Mais le rêve grandiose, prédit par le poème des *Rayons et des Ombres* que les enfants savent par cœur, n'est pas encore accompli : la capitale du monde, dévastée, nue et poudreuse, avec le double fantôme de son Arc et de sa Colonne. L'Arc de Triomphe est restauré depuis longtemps et la Colonne à peine relevée ; enfin le Nouvel Opéra, fini demain et que nulle voix n'avait prédit, élève, parmi les orages d'une fin d'été et les premières vapeurs de l'automne, son Apollon d'or, semblant attirer, de quelque point invisible ou de tous les points de l'horizon à la fois, la lumière vers sa personne divine. Pas plus tard que l'autre jour, cependant, et que la veille de ce jour, là, sur la place qui précède cet édifice, grande, monumentale et orgueilleuse, lieu fameux du Paris futur, s'abordaient, comme en un pays occupé et conquis, des familles et des tribus, fidèles à des rendez-vous donnés, avant le départ, sur les bords du Meschacebé ou de la Marne. Boulevard des Italiens, rue de la Paix ou Champs-Élysées, de tels noms avaient été proférés il n'y a que trois ou quatre semaines, dans des idiomes, des dialectes et de simples patois, ainsi qu'on dit Walhalla, Éden, Eldorado ; et, aventure extraordinaire ! ceux qui avaient proféré ces noms il n'y a que trois ou quatre semaines, se reconnaissaient, l'autre jour, entre eux, boulevard des Italiens, rue de la Paix et aux Champs-Élysées. Triomphants, calmes, assurés, et comme se disant les uns aux autres, avec le geste de leur rencontre : – Eh ! bien, nous le savions, tout cela existe ! – ils détaillaient de la pointe de leur ombrelle les moindres particularités de notre gloire, un ornement architectural ou l'enseigne d'une célèbre faiseuse ; puis ils se retournaient vers l'espace désert et parmi les perspectives nues, comme chez eux, tout à l'aise et vêtus en matin.

Horreur ! ou plutôt non, ô joie ! nous ne pouvons que nous complaire à ces envahissements dont le sans-gêne parut, d'abord, nous blesser : car nous n'y assistions point ! Où donc étions-nous ? C'est ici la merveille. Tandis que des quatre espaces cardinaux, arrive, oubliant Alpes et Saharas, avide et subjugué par l'idée fixe de voir la ville, le Voyageur ; nous qui, de naissance, savons tous les mensonges exotiques et la déception des tours du monde (ayant tout vu, dans un espace de plusieurs lieues de chefs-d'œuvre, par les yeux de notre esprit et les yeux de notre visage), nous allons, simplement, au bord de l'Océan, où ne persiste plus qu'une ligne pâle et confuse, regarder ce qu'il y a au-delà de notre séjour ordinaire, c'est-à-dire l'infini et rien. Les chaises de l'ancien perron de Tortoni rangées sur une centaine de plages à l'Ouest, nous sourions à la mer, nutile et mourante à nos pieds, dédaigneux de la franchir.

Objet d'une gaîté sans borne et non l'un des faits les moins paradoxaux de la comédie de cet univers ! que connaissent-ils, ces Nomades, hommes et femmes, même une fois leur voile blanc relevé, pour s'enrouler autour de leur chapeau, comme une tente portative et légère ou leurs lorgnettes, souvenir du pâtre astronome de la Chaldée, remises soigneusement dans leur étui de cuir : oui, que connaissent-ils de Paris, nous absents ? Désespérés d'avoir tout un jour erré sur l'asphalte abandonné, et se demandant si vraiment il n'y a pas de notre part dans ce fait de nous exiler à l'heure exacte de leur venue, quelque chose de cet esprit parisien, qu'ils sont condamnés à ne pas savoir, voici, hélas ! que le soir, tous se retrouvent encore dans la salle d'un théâtre rebelle à la clôture, parmi l'attente que cause son rideau baissé. Surprise ! le rideau se lève, pour la centième fois, mais il se lève devant des yeux tout de suite gagnés par les larmes ou frappés par un éblouissement. C'est *Les Deux Orphelines* au Châtelet ; c'est *Le Pied de mouton* à la Porte-Saint-Martin qui consentent à faire durer leur succès exempt de vieillesse. Mais la gracieuseté absolue et conforme au Maestro qui, célèbre à Paris comme aux confins des terres, arrive à ne pas faire de différence entre les fils d'aucune race, la voici, toutefois, totale, incomparable : dans le Royaume de Neptune, troisième acte nouveau d'*Orphée aux Enfers*. Une Première, dédiée au public cosmopolite, et dont nous tous, émerveillés par le récit d'un journal venu demain de l'Amérique du Sud, mais dépités et furieux, nous voudrons voir, l'un après l'autre, la splendeur perpétuée jusqu'à la moitié de l'hiver.

Jamais ils n'ont fermé, eux non plus ces endroits nobles, l'Opéra, avec son *Esclave* de la veille et ses chefs-d'œuvre de toujours : le Théâtre-Français, où se donna *Polyeucte,* pour montrer qu'en face des efforts du drame contemporain, il y a les réussites éternelles et où, après Corneille, se reprend Voltaire, pour montrer Mademoiselle Sarah Bernhardt, qui fut Zaïre elle-même, et Mounet-Sully. Toute la pureté du goût français et notre vieux sublime, les Étrangers, grâce à cette coutume, l'emportent chaque année comme un trésor traditionnel et local ; et cette autre chose, le seul vrai rire, sonore, jeune, entier, du seul théâtre qui ne dédaigne pas de faire la parade à la porte de Molière, sachant qu'après sa Comédie, il n'y a que la Farce, appelée indifféremment *La Sensitive, Bobinette* ou *Les Jocrisses de l'amour,* etc. le répertoire de ces vacances au Palais-Royal.

Qu'ils partent, maintenant, les étrangers, qui ne sont plus des étrangers, dénués de toute inquiétude relative à cette mystification : Paris sans son esprit, c'est-à-dire sans Parisiens ; et revenons à notre foyer, nous, sans le remords d'une hospitalité bizarre qui consisterait à laisser, pour toute chose, à ces hôtes nos quatre ou nos mille murs. À notre Théâtre, glorieux ou absurde, cet honneur de métamorphoser ceux qui n'avaient pas vu ni ceux qui ont vu maintenant, quoi ? *La Fille de Madame Angot,* avec un ténor jeune et une salle neuve : la voix de l'un, allant retrouver au balcon, aux loges, au plafond et parmi le lustre, l'or partout prodigué, pour lequel elle est faite la voix des ténors.

Toutefois l'existence ordinaire suit déjà son cours ; des noms que les gazettes de la Mer et des Sources inscrivaient sur des listes, mêlés aux titres de personnages lointains et singuliers, se font voir, purs de cette alliance à leur place habituelle : les comptes rendus crayonnés des premières représentations.

Et c'est maintenant, hélas ! qu'il nous faut nous arrêter, car non seulement la Chronique de ce Journal mais le Journal tout entier y passeraient, s'il s'agissait de dire les soirs de ces derniers jours, qui sont redevenus des soirées. Un Mois et plus encore était derrière nous, avec son vaste rien qu'il fallait raconter : car comment, sans faire cela d'abord et sans remettre enfin à la quinzaine future le tableau de ce qui poind aujourd'hui et brillera alors d'un éclat très vif, rattacher nos paroles de maintenant à l'écho d'une causerie lointaine, en même temps qu'à celles de bientôt ; et pour la première fois, prendre date ? Tout le passé, cette fois ; pour l'autre, le présent, mêlé à l'avenir : le Théâtre des vacances qu'on vient de lire ; puis celui de la rentrée, annoncé déjà par notre *Gazette et Programme*. Tel, notre plan, réglé encore sur cette page même où l'on nous lit, ses marges et ses médaillons de jeunes demoiselles. C'est tout cela seul, beaucoup plus que la prolongation de la grande villégiature, qui me force à attendre que reviennent définitivement, non plus même de cette émigration suprême et charmante de la mode, pendant une semaine, vers la lame plus tiède de Biarritz, mais de leurs châteaux, les dames, occupées à enluminer, dorer et blasonner le vélin blanc du papier à lettre de l'hiver, ce qui est, à cette fin de l'été de 1874, comme encore de diriger le canon de mignons fusils vers les allées de bois seigneuriaux où passera le daim, le grand passe-temps aristocratique de mains ayant manqué partout, aux Français, à l'Opéra-Comique, à la Porte-Saint-Martin, à l'Ambigu, au Château-d'Eau, et (quand elles tourneront ce feuillet) à Cluny ou aux Tsiganes hongrois des Folies-Bergères, l'occasion d'applaudir du bout de leurs doigts gantés, ou avec l'éventail à des choses bonnes et moins bonnes.

Point de regrets (causés par le simple retard de cette Chronique) que ne dépasserait, certes, et de tout un monde ! notre remords, si nous omettions de signaler l'ouverture déjà ancienne de l'Exposition des Toiles Décoratives peintes par Baudry, pour ce nouvel Opéra, invoqué par la fin comme par le début de l'entretien : car il sera, pendant quelques mois, presque Paris à lui seul. L'importance de ce Temple, elles la reconnaissent, Nilson et la marquise de Caux, qui essayèrent leurs vocalises, non, mais les murs eux-mêmes, en habits de voyageuses, ces derniers jours, et, lui, Faure ; toutefois, les peintures avant les chants pour un moment encore. Tout a été dit sur le travail long, inspiré du véritable héros du jour, ce peintre : pas une des appréciations de la Critique qui ne soit familière à quiconque va juger l'œuvre, comme le titre même de chacune des portions de son ensemble, inscrites sur un catalogue. Je n'ajoute à tant de hauts cris, jetés par l'admiration ou l'inimitié, oui, que ce léger murmure, mêlé, autour de moi, au frémissement d'étoffes et au bruit de bijoux par le va-et-vient de toutes les dames étonnées. – « Cette tête, mais c'est madame » et le nom ! – « Chère amie, avez-vous donc posé pour les traits de cette autre ? » – « Quels traits ; mais et vous ? pour la bouche et le menton que voici. » – « Ce front ou ce regard, à qui, dites, est-ce donc ? Je les connais, nobles, purs, sans pouvoir me rappeler quelqu'un, » etc., etc., car je passe les visiteuses qui, mentalement, se reconnaissaient elles-mêmes, dans *La Tragédie* ou *La Comédie,* dans *La Mélodie,* dans *Salomé dansant,* figures. Éloge point banal, le plus juste et le plus neuf, décerné par les femmes à un faiseur de plafonds qui, quoique de l'école, a su, au modèle général et presque abstrait de la Beauté traditionnelle, substituer les Types que nous voyons à tout instant surgir d'une loge ou d'une voiture ainsi que la perfection variée ou se pencher au bal sur une épaule, mais toujours projeter très loin ce regard qui rêve, à quoi ? à la perpétuité dans quelque ciel supérieur et idéal : vœu qu'a, cette fois, accompli l'Art, par le talent d'un artiste audacieux jusqu'à ne pas hésiter devant l'apothéose du visage contemporain. C'est, pour toutes les femmes, la fête authentique de la Saison.

LE CARNET D'OR

Troisième feuillet.

MENU D'UN DÉJEUNER DE CHASSE

Harengs salés, Saucisson de Paris (Duthé), Beurre du pays. – Terrine de Levraut à l'ancienne, Perdreaux gris piqués froids à la gelée, Filet de bœuf en Bellevue. – Brioche mousseline, Gelée de groseilles de Bar, Fromage de Sept-Moncel ou du pays et fruits. – PANIER DE VINS : Vin de Barsac (eau de Condillac), Thorins et Pontet-Canet 1864, Tisane de Saint-Marceau (avec morceaux de glace).

AUTRE MENU

Langue à l'écarlate, Rémoulade de céleri, Beurre du pays. – Côtelettes de veau piquées et braisées, froides dans leur glace. – Truite saumonée au beurre de Montpellier, Faisandeaux découpés en salmis avec gelée. – Salade de légumes à la russe, Petits pains fourrés à la duchesse. – Fromage de Brie ou du pays et fruits ou gelée. – VINS : Pouilly blanc (eau de Saint-Galmier), Médoc et Richebourg 1859. Crème de Bouzy rosée.

LE CHEF DE BOUCHE CHEZ BRÉBANT.

Quatrième feuillet.

ADAPTATION DU GAZ AUX LAMPES JUIVES DE HOLLANDE

Le gaz ne pénètre pas plus avant, dans nos intérieurs, que l'escalier et parfois les paliers : il ne franchirait la porte de l'appartement, pour en éclairer les antichambres, que vague, adouci et voilé par le papier transparent d'une lanterne chinoise ou japonaise.

Filant dans des verres, il apporte aux séjours d'intimité les réminiscences de lieux publics, évitables malgré tout le bénéfice à tirer de cet agent actuel d'éclairage. Si la lampe, qui verse le calme doré de l'huile, est studieuse, comme la bougie, où voltige une lueur ardente, est mondaine, le gaz, lui, a des caractères très spéciaux : celui, principalement, d'un esprit toujours à nos ordres, invisible et présent.

Or, presque tous les appareils qui nous distribuent cette clarté sont hideux, et ne gardent de son apparition moderne qu'un aspect « camelote » et banal : bronze, zinc, etc. Il s'agirait d'adapter le gaz à quelque objet traditionnel et familier, beau ; et non de tricher avec lui, mais de le montrer à même, et je dirais nu, si sa nudité n'était l'impalpable ! bref, avec tout son effet de magie.

Rien qui exécute mieux cette intention que la lampe juive de Hollande, foyer clair et poli de six becs de cuivre irradiant, chacun, un jet de lumière horizontal. Quelques difficultés ? point : le tube ; qui maintient l'objet, choisi de même matière et *rentrant* pour le hausser ou le descendre, ou tissu riche au mobile caoutchouc, pour le balancer, a été, simplement, substitué à la tringle ou au cordon originels dans le but d'amener sans cesse du gaz en la cavité où séjourna l'huile d'une soirée. Quant aux becs anciens, on y fixe, simplement, des brûleurs en silex, inusables aux gaz.

Partout, dans une salle petite, où l'on désire un éclat intense relativement, régnant sur la table à manger ou la table de travail, cet objet, six langues de flamme groupées par le métal, suspend une gaie Pentecôte : non, une *étoile,* car, véritablement, toute impression judaïque et rituelle a disparu.

Différentes applications de ce luminaire : par exemple, à la petite salle à manger ou au cabinet d'étude d'un chalet au bord de la mer, où s'attarderait le maître pendant les soirées prématurées de septembre.

D'APRÈS MARLIANI,
Tapissier-décorateur

GAZETTE ET PROGRAMME DE LA QUINZAINE

DISTRACTIONS OU SOLENNITÉS DU MONDE

Du 20 septembre au 4 octobre 1874.

I. – LES LIBRAIRIES ET LES EXPOSITIONS

À lire ou relire auprès des premiers feux de châteaux et de villas et dans le wagon, en rentrant à Paris :

Bibliothèque Alphonse Lemerre (ouvrages parus) : *Montaigne* (t. II) ; *Molière* (t. I à IV), avec trente-cinq eaux-fortes, d'après les figures de Boucher ; *Racine* (t. I à III) : magnifiques études de bibliophiles, in-80 écu ou un petit in-12 (format des elzévirs).

Ouvrages à paraître : *Une idylle pendant le siège*, par François Coppée ; *Œuvres de Shakespeare* (t. I), traduction de François-Victor Hugo et *Les Hommes de l'exil* (1 vol.), par Charles Hugo ; puis *Montaigne, Molière, Racine*, le tome suivant. – Poésie moderne : *Œuvres poétiques* de Victor Hugo (t. I) ; *Histoires poétiques* de Brizeux (t. III et IV) ; *Le Cahier rouge* (1 vol.), par François Coppée ; *Quatre octaves de sonnets* (1 vol.), par Claudius Popelin.

Bibliothèque Charpentier (ouvrages parus) : *La Tentation de saint Antoine* (1 vol.) et *Le Candidat* (1 vol.), par Gustave Flaubert ; *La Conquête de Plassans* (1 vol.) et les *Contes à Ninon* (1 vol.), puis les *Contes pour les grandes personnes* (1 vol.), par nos deux collaborateurs, MM. Zola et d'Hervilly ; *Portraits contemporains,* par Théophile Gautier (volume appartenant aux *Œuvres complètes* de ce maître, dont le dernier tome paru était *L'Histoire du romantisme*).

EXPOSITIONS : Aux Champs-Élysées, celle de l'Union des Beaux-Arts appliqués à l'Industrie, meubles, bibelots, etc., et dont un groupe intéresse spécialement nos lectrices, à savoir : *L'Histoire du Costume, depuis les temps les plus anciens jusqu'au* XVIIe *siècle, représentée par tous les arts graphiques et plastiques contemporains.*

Celle des *Peintures décoratives* faites par Baudry, pour le nouvel Opéra : trente-trois toiles, dont plusieurs très vastes. Local : les salles de l'École des Beaux-Arts.

II. – Les théâtres

Théâtre-Français : *Zaïre,* avec Sarah Bernhardt et Mounet-Sully, un des beaux et grands succès de la saison ; puis des pièces du répertoire, principalement *Une chaîne,* reprise, avec Favart et Got.

Opéra : premières représentations de *L'Esclave,* de Membrée, et le répertoire, principalement *Les Huguenots* et *Robert-le-Diable ; La Favorite,* pour les débuts de M. Manoury.

Odéon : continuation de *La Jeunesse de Louis XIV,* avec Léonide Leblanc, Hélène Petit et l'acteur Gil Naza ; l'apparition sur la scène d'une véritable meute de chiens devient l'un des spectacles les mieux en rapport avec la saison.

Opéra-Comique : *Le Pardon de Ploërmel,* Zina Dalti et Lina Bell ; Bouhy, Lherié. Le répertoire.

Vaudeville : *Les Ganaches,* reprise : Delannoy, Saint-Germain.

Gymnase : *La Dame aux camélias,* reprise, Blanche Pierson alternant avec *Séraphine,* reprise, ensuite *Gilberte,* œuvre nouvelle de Gondinet. Gilberte : Mlle Delaporte.

Variétés : *La Vie parisienne,* reprise : Mlle Vanghel, Dupuis, Grenier, Berthelier ; puis *Les Pommes du Voisin* et cet acte de Meilhac et Halévy : *L'Ingénue,* nouveauté.

Palais-Royal : *Les Jocrisses de l'amour,* reprise : Geoffroy, Hyacinthe, Lhéritier, Lassouche, etc., noms propres à dérider à cent cinquante lieues de

Paris un voyageur morose et dépaysé. Levers de rideau.

Gaîté : continuation d'*Orphée aux Enfers*, avec un acte nouveau : *Le Royaume de Neptune*, petite partition du maître de céans, décors de Fromont, costumes de Grévin, danseuses italiennes : Christine Roselli et Fontabello, dans le ballet des Océanides, réglé par M. Fuchs. Le Lac, l'Inondation, l'Orage, la Grotte enchantée, le Fond de la mer, Revue des Poissons, Réveil d'Amphitrite, l'Atlantide (une ville sous-marine) : dire que chacun de ces mots, fait pour ouvrir par lui-même des perspectives magiques, représente un tableau tout entier, truqué, décoré, etc.

Châtelet : continuation des *Deux Orphelines*, qui, tant que ce théâtre ne changera point son nom en celui d'Opéra Populaire, feront se mouiller les derniers mouchoirs de dentelle et de toile.

Ambigu : *L'Officier de fortune*, cinq actes nouveaux, dans un théâtre renouvelé : succès partout, dans la salle, sur la scène et dans les coulisses où manœuvre un truc destiné à devenir célèbre.

Bouffes-Parisiens : continuation de *La Jolie Parfumeuse*. Théo, c'est tout dire ! non, puisqu'on remarque, même à côté d'elle, Mme Grivot ; puis Daubray et Bonnet.

Renaissance : Thérésa et Paulin-Menier (bravo et bravo !) dans *La Famille Trouillat* qui, fût-elle un chef-d'œuvre (or elle est amusante), devrait encore, sur l'affiche, laisser toute la place aux noms de ces deux fameux interprètes.

Folies-Dramatiques : une conférence par Milher : *Le Théâtre archi-moral*, thème à la mode ; puis, *La Fille de Madame Angot*. Paris, ayant oublié deux mois son opérette, va-t-il tout entier la revoir ? Les dames, dont la fonction est de comparer entre eux les ténors, feront, aux Folies, connaissance avec M. Mario Widmer, comme nous irons, nous, Messieurs, y comparer à nulle autre qu'elle, Desclozas, restée fidèle à son rôle.

Cluny : *Les Bêtes noires du Capitaine,* une comédie nouvelle de M. Paul Cellières, avec Mme Lacressonnière ; auparavant, un acte en vers de M. Dreyfus : *Le Médaillon de Colombine,* chose exquise.

Théâtre des Arts (anciens Menus-Plaisirs) : *Les Jeunes,* prologue en vers ; *Revendication,* trois actes : nouveauté.

Théâtre Scribe (ancien Athénée) : *Les Écoliers d'amour,* un acte en vers, par M. Pierre Ezear, et *Le Vignoble de madame veuve Pichois,* quatre actes ; cinq actes nouveaux.

Château-d'Eau : une nouveauté, *Le Treizième Coup de Minuit,* légende lyrique, avec de la vraie musique, par Debillemont, des trucs et des décors exquis. Mmes Jeanne Bressoles et Suzanne Vial.

Délassements-Comiques (anciennes Nouveautés) : *Le Rhinocéros et son enfant,* livret des plus fous, par M. Saint-Fargeau ; la partition d'un délicieux et vrai musicien, M. de Sivry.

Folies-Bergères : notamment, les Tsiganes hongrois, un orchestre admirable avec quelques instruments ; une pantomime anglaise, malgré ce titre : *Madame Benoiton restera chez elle ;* des Gymnastes anglais, un ballet anglais de boxeuses, spectacle étranger et charmant.

Enfin, au théâtre Déjazet : introduction dans *Les Femmes de Paul de Kock,* pièce fantastique, d'un nouveau tableau, avec lever de rideau ; Beaumarchais : *Le Cadet de Gascogne,* premières représentations ; et aux Folies-Marigny : continuation de *La Fille de l'Air,* qui ne s'évanouira des Champs-Élysées qu'aux vents d'Automne.

La Salle Ventadour, le Théâtre-Lyrique vont renaître de leur passé, de leurs cendres, plus encore que du sommeil de la clôture, qui ne tient plus sous sa loi aucun théâtre parisien.

Le Cirque d'Été : qui montre toujours ses extraordinaires patineurs, Goodrich et Curtis.

Le Panorama, aux Champs-Élysées, avec ce spectacle : *Le Siège de Paris*, par un peintre : Philippoteaux.

Robert-Houdin : *La Malle des Indes*, par ses inventeurs, Robert-Houdin, le fils, et Brunnet.

Le Théâtre-Miniature : Dernières représentations pour les *lauréats, un premier prix valant une entrée : le Vainqueur de Jemmapes.*

III. – Les gares

Tels sont nos plaisirs ressuscités ; mais, tant que s'obstinent à briller sous les premiers nuages le soleil et la verdure à ne point partir aux premiers souffles, il est des citadins réfractaires à tout projet de retour. Libres, maint Casino fermé, ils profitent de ceux qui restent d'entre les trains d'excursion inaugurés, pendant l'été, par nos chemins de fer ; et vont s'emplir, pour une année, les yeux de montagnes, de champs ou de bouquets d'arbres, voir (*sic*) de lacs et de glaciers. Voyager ! il leur faut cela après la plage, avant la rue. Signalons, quand la saison va se clore, quelques-uns de ces voyages mais rapidement et au hazard (*sic*), sans avoir la prétention, à cause de notre peu de place, de les indiquer tous ni presque tous.

La ligne de l'Ouest, d'abord.

Excursions sur les côtes de Normandie et en Bretagne. *Billets d'aller et retour, valables pendant un mois : saison de 1874.* Quatre itinéraires, grâce auxquels aucun coin intéressant ne demeure ignoré du touriste. Le premier : *1re classe, 60 fr. ; 2e classe, 45 fr. ;* le deuxième : *1re classe, 80 fr. ; 2e classe, 65 fr. ;* le troisième : *1re classe, 90 fr. ; 2e classe, 70 fr. ;* le quatrième : *1re classe, 135 fr. ; 2e classe, 105 fr.* (Voir les indicateurs.)

La ligne de l'Ouest combine avec celle d'Orléans l'Excursion sur les côtes de Bretagne : Saison de 1874. *Billets d'aller et retour valables pendant vingt jours. Prix : 1re classe, 154 fr. ; 2e classe, 115 fr. 50.*

Inutile de donner l'itinéraire, dont le tracé est célèbre depuis le voyage officiel du Président de la République en Bretagne.

Une belle et grande excursion à prix réduits, de Paris dans le centre de la France et aux Pyrénées : *1re classe, 225 fr., 2e classe, 170 fr., billets valables pendant un mois,* est celle qui nous permet de visiter tous les sites balnéaires de l'hiver et de voir des pics et des cirques.

Lignes d'Orléans et du Midi ? celle de Lyon, maintenant, qui, avant l'émigration, en novembre, vers maint ciel bleu, sa propriété, nous invite à faire le magnifique voyage circulaire à prix réduits pour le Dauphiné, la Savoie, la Suisse, la Bourgogne, Lyon et la Franche-Comté : *1re classe, 160 fr., 2e classe, 140 fr.*

Ligne du Nord :

Voyages circulaires à prix réduits, *saison de 1874,* pour visiter la Hollande, la Belgique et le Rhin : *billets de 1re classe, valables un mois : 123 fr.*

Ce tour est classique aujourd'hui dans le monde des touristes et surtout des amateurs.

⁂

Quittons la ligne du Nord seule, pour profiter de sa fusion avec celle de l'Est.

Voyage circulaire à prix réduits, aux bords du Rhin et en Belgique, *saison de 1874 : billets valables un mois, 1re classe, 140 fr. 40 ;* sans oublier le patriotique pèlerinage en Alsace, par nous signalé dans la première livraison.

Prochainement, les autres Voyages et Excursions que nous ne pouvons aligner tout d'une fois, et, à mesure que les lignes de chemin de fer nous feront part de la cessation de l'un d'eux, commenceront à paraître ici les noms de l'une ou l'autre des stations d'automne et d'hiver.

CORRESPONDANCE AVEC LES ABONNÉES

20 Septembre 1874.

Mme la Marquise M. de L..., à Rennes : Nous regrettons beaucoup que notre Numéro-Spécimen ait été reçu par vous défraîchi et froissé : mais, les facteurs portent peu de gants ; et, pour faire entrer le journal dans leur boîte, ils le plient souvent en quatre et l'écornent de partout. À qui s'en prendre ? – Mlle R..., à Nantes : Nous vous avons expédié une roulette à aiguilles, pour relever les patrons : elle sert à cet usage et plus fréquemment encore à tracer le patron de grandeur naturelle sur l'étoffe, qui se taille bien plus facilement, grâce à ce travail. – Mme la Baronne de R..., à Nice : Nous vous ferons beaucoup de descriptions de toilettes nouvelles, tant que l'espace dont nous disposons nous le permettra ; noter partout ces toilettes, les combiner ou les inventer, est une de mes principales préoccupations. – Mme de C. L..., à Nevers : Ne vous plaignez pas, Madame, de la richesse de nos costumes ; il est toujours possible de supprimer quelques ornements à une toilette compliquée ; tandis qu'il est souvent fort difficile de les y ajouter, quand elle est par trop simple. – Mme la Vicomtesse T. de C..., à Turin : Notre *Chronique de Paris,* ainsi que le *Programme et Gazette de la Quinzaine,* vous renseigneront exactement sur toutes les premières représentations et la valeur de chaque pièce nouvelle : ceci, du reste, a été annoncé dans la Chronique de Présentation. Vous aimez beaucoup le théâtre, écrivez-vous, je suis heureuse que notre journal vienne au-devant de ce goût. Littéraire presque autant que technique (et c'est la première fois qu'un journal de modes montre cette double visée), *La Dernière Mode* s'occupera, dans chaque livraison, et des scènes et des salles parisiennes. Que d'autres abonnées nous encouragent dans cette voie très nouvelle et nous marcherons avec confiance. – Mme V..., Robes et Manteaux, à Lyon : À partir de ce numéro-ci, qui est le deuxième de l'édition avec texte, la gravure noire de la première page représentera toujours un groupe de deux personnages. – Mme la Marquise douairière de S..., à Nancy : Vous êtes bien aimable de vous intéresser à notre publication, d'abord, puis d'y intéresser les personnes de votre connaissance ; beaucoup de nos lectrices ont fait de même, car de nombreuses demandes d'abonnement nous sont arrivées par recommandations. – Mme la Baronne de B..., à Tours : Nous avons choisi pour vous le nécessaire de toilette au prix indiqué : ce cadeau de fête est simplement ravissant et je crois que vous en serez satisfaite. Comptez sur notre exactitude à vous l'envoyer la veille de la Saint-Michel. – Mme D..., à Toulouse : Il sied, oui, Madame, de garnir une robe en faille prune avec du bleu clair : mais il ne faut que des lisérés ou des rouleautés, sans quoi vous n'auriez rien que de laid ; la nuance bleue, très pâle. – À plusieurs de nos lectrices : Vous pouvez obtenir un second patron tous les mois, moyennant 3 fr. par semestre, mais il faut que nous puissions choisir le patron (qui sera celui de la Lithographie à l'Aquarelle publiée le second dimanche de chaque mois). Si vous nous indiquez, en dehors de ce choix, le patron que vous désirez, celui-ci coûtera 1 fr. 25, coupé spécialement pour vous.

LES OCCASIONS

De bibelots, fantaisies, voire même de villas et de châteaux pendant les saisons d'eaux ; bons marchés dans les magasins ou à l'Hôtel des Ventes, ou échange entre gens du Monde. Toutefois, il faut attendre, pour donner à ce chapitre tout son intérêt, la rentrée des amateurs, dames et messieurs, à la ville et l'éclat subit que prennent les étalages de luxe au premier mauvais temps.

CONSEILS SUR L'ÉDUCATION

Un professeur dans un des lycées de Paris a bien voulu nous promettre son concours éclairé, toutes les fois qu'il s'agira de recommander un ouvrage nouveau d'éducation, digne des suffrages maternels, une méthode, etc., ou même un maître ou une maîtresse ; nous avons, par le fait de cette bonne fortune, de véritables consultations universitaires.

Voici, par exemple :

Les vacances touchent à leur fin ; et pour l'écolier, que le hasard mène dans une de nos grandes librairies classiques, des entassements énormes de livres grecs, latins, français et étrangers, dégageant l'odeur du papier frais imprimé, annoncent le supplice d'une année nouvelle. L'enfant ou le jeune homme a, cette fois, tort : le temps est passé des bouquins rébarbatifs, et il n'est pas un des volumes publiés, maintenant et depuis longtemps, par Hachette, par Lemerre et par quelques autres, qui ne puisse, gracieux et exempt de pédantisme à l'intérieur comme à l'extérieur, se trouver aux mains d'une jeune fille elle-même, et satisfaire le pensionnat autant que le lycée.

Nous citerons, au nombre de ces ouvrages pleins d'amabilité, l'*Anthologie des poètes français* depuis le XVe siècle jusqu'à nos jours (1 vol. in-18, 6 fr.) : recueil qui, lorsqu'il cesse d'être un livre de classe, devient pour l'enfant un livre de lecture et juxtapose, pour la première fois nos richesses poétiques contemporaines à nos richesses classiques. L'*Anthologie des prosateurs* paraîtra prochainement, complétant des leçons de littérature française où les préceptes, ce sont les exemples eux-mêmes.

Tout un cours historique de la langue française est confié par le même éditeur à M. Marty-Laveaux, philologue d'un esprit pénétrant et actuel ; il s'annonce par un opuscule que peuvent étudier les maîtres : *De l'enseignement de notre langue* (1 vol. petit in-12, 1 fr.) et s'ouvre par une *Grammaire élémentaire* (1 vol. petit in-12, 2 fr.) à la fois neuve et traditionnelle, contenant les règles permanentes et des aperçus modernes.

Nous noterons, au fur et à mesure de leur apparition, tous les tomes d'une petite bibliothèque scolaire, précieuse par la valeur de l'enseignement autant que par l'attrait du format.

Langues étrangères : le dictionnaire à images, publié par Furne et Jouvet, sous la direction de M. Lebrun. Mille et mille gravures, très soignées, captivent l'intérêt de l'élève et, quand le mot anglais, allemand ou même français placé au bas, semble échapper à sa mémoire, l'y retiennent, se présentent à ses yeux : arbre, maison, animal et meuble, etc. Un autre livre fait pour jeter dans l'âme de l'enfant les profondes racines qu'y a tout langage bégayé d'abord par lui et chanté, c'est *Les Rythmes et rimes,* par M. Kuff (1 vol. in-12, chez Hachette). Initiant le petit Français à tous les anciens dictons ainsi qu'aux chansons de nourrice et de mère éparses parmi les foyers de la Grande-Bretagne : littérature populaire, inconnue de nous jusqu'ici.

Adressée d'une façon générale à toutes les femmes d'intérieur, cette dernière partie de notre Correspondance, quoique ne portant pas un nom de destinataire, aura, nous n'en doutons pas, un accès familier et certain près de chaque lectrice.

MADAME DE P…

Troisième livraison : 4 octobre 1874

Sommaire

Texte

Les cinq toilettes

Lithographie à l'aquarelle (hors-texte). – Toilette de promenade.

Patron découpé de grandeur naturelle du Corsage, des Manches et des Revers.

Gravures noires placées dans le texte. – Première page : 1° Costume poult-de-soie et velours cachou, de deux tons ; 2° Robe en cachemire bleu pâle.

Pages du milieu : 3° Petite fille de cinq à six ans : costume en cheviotte havane et 4° et petit garçon de cinq à six ans : blouse en velours noir.

La mode

FANTAISIES POUR CET AUTOMNE. – LAVALLIÈRES, CRAVATES, NŒUDS DE CHEVEUX ET LE COLLIER-BAGATELLE À TORT APPELÉ COLLIER-DE-CHIEN. – LES CHAPEAUX, L'AUTREFOIS ; MAINTENANT, LA COIFFURE. – TOUJOURS LA TUNIQUE : RECOMMANDATIONS. – ÉTOFFES LOURDES ET RAMAGÉES, FRAPPÉES MÊME.

Paris, le 4 octobre 1874.

Notre dernier Courrier a dit au monde toute la transformation qu'à déjà subie ou que subira, cet automne, la Mode, et expliqué le *changement de décor* de la Saison ; il ne nous restait plus qu'à décrire les mille riens charmants, appoint indispensable d'une toilette du jour : quand nous nous sommes aperçue que, pour avoir tiré trop de choses de notre propre observation, nous avions comme négligé certains traits un peu banals, certes, connus, oui, mais à Paris (or, nous n'écrivons pas seulement pour Paris). Il s'agit aujourd'hui, comme on le dirait pour une broderie de soie et d'or, de reprendre les *fonds :* mais tant pis ! sans rien négliger des détails délicieux et brillants qui sont comme la *dernière touche* posée par le goût. Commençons par ces ornements-là, ne serait-ce que pour en finir avec eux ! Que de fantaisies ont vu le jour avant et pendant cette Quinzaine, surtout les ravissantes *Lavallières* à boutons de rose brochés couleur sur couleur, et d'autres écossaises avec toutes les nuances voulues, et celles à rayures satinées : les bleus pâles et les roses, enfin, adorables. Je décerne un non moindre éloge à de charmantes petites parures en turquoise, ce sont des Cravates et des Nœuds de cheveux, composées de deux tons ou de deux nuances, comme capucine et soufre, bleu et vert, rose et bleu, gris perle et rose, acier bleuté et gris de fer, etc. ; tout cela avec guipure et valenciennes. Quant aux Mouchoirs microscopiques faits pour les plus petites des mains, j'en vois plusieurs, dont un hanneton brodé en couleur occupe l'un des coins portant deux lettres entrelacées rose et bleu ou rouge et bronze, ce qui est, au moins, original. Certains ont leur lettre brodée en laine verte et rouge : ceux à large ourlet en foulard gris perle sont d'un grand cachet, plus même peut-être que ceux tout en foulard rose ou bleu avec des plissés en pareil, des entre-deux et de la dentelle encore de valenciennes. Mais toutes ces Fantaisies de bientôt familières à plusieurs d'entre nous s'effacent devant une restée la parure indiscutable de l'heure, après l'avoir été de la saison ; que rien, ni les mois employés à regarder la mer, n'ont fait passer de mode, ni les semaines occupées déjà à chasser sur les terres (et moins celles-ci que ceux-là, puisque à l'appellation vague de Collier-bagatelle, le sort malin qui préside à la destinée de cet objet s'obstine à opposer l'appellation cynégétique de Collier-de-chien). Qu'est-ce ? Je le dis simplement pour le dire : un petit ruban en velours noir qui, derrière le cou dont il fait le tour, s'attache par une boucle carrée, dans laquelle il passe et tombe. Mille lettres en diamant étincellent avec l'éclat captivant d'un secret qui se montre et ne se livre pas : prénoms et noms entrelacés de celle qui porte le collier et de celui qui a fait don. La légende est qu'un seul bijoutier fait ces colliers et varie leur mystère ; or, donner son adresse serait, même entre femmes, un acte de haute trahison : inutile, car ce n'est d'abord pas à nous de les acheter. J'ajouterai, toutefois, pour celles de mes lectrices qui voudraient prévenir les hasards d'un cadeau par la manifestation particulière de leur goût, qu'il se fait de ces parures en pierreries de couleurs et en perles, ou encore avec petite frange de diamants. Des boucles d'oreilles même se portent de ruban de velours avec les initiales seules répétées en travers. Londres, Vienne, Pétersbourg et New York sont instruits ; et cet affiquet presque classique me ramène aux quelques traits tout à fait généraux qui doivent achever le dessin fait par nous, il y a quinze jours, des Modes d'Automne.

Nous avions signalé le chapeau Berger et le chapeau Valois, trouvant presque le chapeau Lamballe trop connu ; mais il n'est d'une nouveauté absolue que pour celles de nos Abonnées qui ne sont pas venues à Paris et n'ont pas été en Normandie, pendant ces vacances. Qu'est-ce donc que le chapeau Lamballe qui continue à attirer à soi la vogue ? Si mille billets sur vélin bleuté nous posent cette question, alors seulement nous répondrons. Parlons Coiffures : l'arrangement des cheveux s'harmonisant parfaitement avec nos chapeaux est, mieux qu'un chignon, le Catogan : vraie surprise, car il nous transporte en plein Directoire ! On se rappelle cette natte ou ces deux nattes, se repliant sur elles-mêmes ; et que retient maintenant un nœud assorti à la nuance du chapeau. Nos grand-mères et nos grands-pères eux-mêmes, il y a un siècle, ont porté la chose. Sur la tête, il y a toujours un échafaudage de petits rouleaux, de crêpés, de torsades ou de nattes ; tandis que les bandeaux relevés sont légèrement frisottés : sans montrer d'autre désordre que les cheveux mignonnement ébouriffés.

Quelques remarques encore pour que ce Courrier fasse, avec le précédent, une étude en deux feuillets du Goût du Jour. Insistons même sur un point, dussions-nous répéter : à savoir que, dans le Costume, la Mode reprend décidément la tunique pour cet automne ; on la fait ronde ou pointue, ou coulissée ou bouillonnée ou plissée, soit même en forme d'écharpe, soit encore carrée derrière, celle-là se relevant en un retroussis et ses deux pans rattachés ensemble par un très beau nœud de faille. Mais le point capital, c'est que toutes les tuniques, quelle qu'en soit la façon, doivent se tendre excessivement par devant, et jouir de beaucoup d'ampleur par derrière ; cela est aussi inévitable, aujourd'hui, que le corsage fermé ou plutôt lacé dans le dos. Les basques, n'est-ce pas ? colleront bien sur les hanches : il devient même avantageux, pour les diminuer, de monter la jupe du costume sur une pièce plate, et devant et de côté.

Tout cela a été connu de moi, chez nos grandes couturières et chez les couturiers, avant de l'être aux dernières courses du Bois de Boulogne dont la vue, somme toute, n'a fait que me confirmer dans chacune de mes opinions antérieures. Un seul point nouveau mis en lumière, et par les derniers soleils de la saison et par le gaz des grands magasins visités, est relatif aux étoffes de cet hiver. Nous faisons de notre carnet tomber, comme au hasard, les notes déjà mêlées, relativement à ce point, à des noms célèbres dans la fashion. « Des tissus lourds grosse côte et gros grain, ou des matelassés de toutes couleurs et de dispositions multiples, celles du cachemire surtout ; tous ces genres faits pour bien draper une personne bien faite. – Quoi ! rien d'uni et c'est l'étoffe elle-même, qui, dans son dessin, se chamarre ; car voici véritablement des damas d'appartement portés avec grâce, etc. » J'ajoute, aujourd'hui, qu'on semble devoir aller plus loin encore ; et je propage un bruit qui n'est presque qu'un écho de tout ce qui précède : c'est qu'un grand couturier, un de ceux à qui parfois obéit Paris, se propose de rénover, avant le jour de l'an, les splendides costumes Louis XIV, pour lesquels il semble que soient créées les riches étoffes frappées, tout à coup venues des grandes fabriques dans les vitrines des laboratoires de la Mode.

Mais nous verrons bien.

MARGUERITE DE PONTY.

LES CINQ TOILETTES

I. – LITHOGRAPHIE À L'AQUARELLE ET PATRON DÉCOUPÉ DE GRANDEUR NATURELLE

Toilette de promenade. – Jupe en cheviotte gisèle, garnie en tablier par un volant et des bouillonnés en poult-de-soie de la nuance ; chaque bouillon séparé par un rouleauté de satin, toujours de la nuance. La traîne est faite par un pli de cheviotte et un bouillonné de poult-de-soie. Double tunique, devant seulement : la première en cheviotte avec bouillon de poult-de-soie et la seconde en poult-de-soie, avec bouillon de cheviotte ; une frange de soie achèverait bien ces deux tuniques mais taillées beaucoup plus courtes. – Corsage de cheviotte à basques, avec bouillonné de poult-de-soie ; le parement de la manche se garnit d'un rouleauté de satin et d'un bouillon de poult-de-soie ; dans le haut, même bouillonné. Fraise et revers en poult-de-soie, rouleauté de satin.

Rien, dans le patron, qui demande une explication différente de celles-ci : il présente le corsage à basques de la toilette, ainsi que les manches et les revers, coupés et disposés avec clarté et presque tout faits.

II. – Gravures noires du texte

Première page.

1. Costume poult-de-soie et velours cachou, de deux tons. Le retroussis de la tunique se trouve très en arrière retenu par un nœud en velours de même nuance. Gilet et parement de velours.

2. Robe en cachemire bleu pâle, garnie devant d'un tablier en satin de même teinte, avec petits bouillons. Poches et manches en cachemire, garnies d'un bouillonné de satin. De grands nœuds de velours noir se posent sur le jupon ainsi que sur les manches.

Pages du milieu.

3. *Petite fille de cinq à six ans.* – Costume en cheviotte havane, forme princesse devant et à basques derrière (bien que ne formant qu'un seul vêtement). À partir du *petit côté* de devant, le jupon est *monté à la ceinture* avec des plis plats ; le premier pli est, de chaque côté, garni de petits nœuds en faille marron, les boutons sont recouverts de faille marron, surmontant l'ourlet plié à l'endroit, lequel fait passe-poil. – Chapeau tyrolien en feutre havane, avec plume de faisan et torsade de velours marron.

4. *Petit garçon de cinq à six ans.* – Blouse en velours noir, unie devant et à double pli de côté et derrière. Le jupon assez court, la ceinture large, pas serrée et posée très bas de façon à faire la taille longue. – Chapeau en feutre gris clair à larges bords très peu retroussés ; il a la calotte ronde et fort étroite, garnie d'une aile de fantaisie.

MARGUERITE DE P…

CHRONIQUE DE PARIS

THÉÂTRE, LIVRES, BEAUX-ARTS ; ÉCHOS DES SALONS ET DE LA PLAGE

Non ! la lumière électrique bleuissant les feuillages d'Esclimont, le château français visité par le prince de Galles, ne détournera pas maintenant mon attention du clair de lune qui frôle la toile et le carton de nos scènes parisiennes : si tant est qu'une des pièces du jour demande quelque rêverie à cet éclairage romantique. Tel n'est pas le cas d'*Une chaîne,* comédie de Scribe, qui exige avant tout les feux factices de la rampe ; et même, pendant la soirée de la première représentation au Théâtre-Français, je me demandais pourquoi son titre, longtemps discuté par l'auteur lui-même, ne le cédait pas, afin que l'art de la pièce fût plus manifeste encore, à celui, audacieux et normal d'*Une corde :* alors que la critique unanime s'attache à remarquer que chacun des personnages y danse sur *la corde roide de la passion.* Quant à moi, cette figure de rhétorique me troublera toujours, parce qu'en fait de corde roide je n'aime que la véritable corde roide des danseuses et des funambules ; et que je songe à cette autre passion, sublime, grandiose et réelle, que montra, dans les temps contemporains du vaudeville et de sa langue misérable, Madame Saqui, dépouillant parmi l'éther du firmament une robe grossière de mendiant, pour y paraître comme un génie étincelant, nu et satisfait. Oui, quand donc le pédantisme théâtral (car il existe en dépit des efforts faits pour le cacher ici même par de prodigieux interprètes, et Favart, et Got, Coquelin, Fèvre et Berton !) tombera-t-il, loque absurde et vaine, dédaignée enfin par l'habileté souple, vraie, brillante, parvenue à ses hauteurs ! Je veux bien admettre, trois minutes, le trope consacré tout à l'heure à la critique : il y a, soit ! ceux qui s'aventurent d'un pas certain, un feu pur aux pommettes et du blanc à la semelle, sur un câble tendu (et Scribe n'en est point) ; mais que dire de ces autres qui s'amusent d'abord à l'effiler, ce câble, en mille brins subtils, rets tout au plus propres à ne pas prendre des idées, puis, cette tâche accomplie, ne font rien de tant de ficelles ? À cela, s'amusent un peu les auteurs de *Gilberte,* MM. Deslandes et Gondinet, ces habiles : et il faut voir leur pièce, ne serait-ce que pour se convaincre qu'elle ne fût jamais, mais que les toilettes trop tôt emportées par Mademoiselle Delaporte au fond de la Russie non sans l'écho d'applaudissements fous, et les toilettes de Mesdames Fromentin, Helmont, Angelo, étaient faites pour durer presque un hiver ; car, dans ce monde paradoxal du théâtre, où toute l'histoire d'un empire peut durer le temps d'un vers bien dit, on voit une simple robe affronter des saisons.

Voilà deux des succès de l'heure, et l'on pourrait dire indifféremment deux Premières ou bien deux reprises, soit que l'on songe à l'éclat parisien de la salle ici et là, ou encore au manque égal de nouveauté dans les situations développées par une pièce et par l'autre. Cependant, je ne lâche point les métaphores, quand elles sont mauvaises ! on a eu la corde et on a le reste ; je veux dire l'étoupe, chère aux pitres qui, dans leurs joues héroïques, l'enflamment et du vent de l'inspiration la rejettent en fumée : sachant que ce n'est là que les ficelles elles-mêmes, défaites et vaines. Vite ! la farce simple et joyeuse des tréteaux composée dans un langage parfait, pour nous faire oublier la Comédie bourgeoise et moderne, qui n'a lieu que si elle n'est pas bourgeoise et que si elle est de tous les temps : est-il même nécessaire qu'elle existe en tant que comédie ! Saluons *Le Tricorne enchanté,* cette merveille de belles rimes et de verve, que reprend l'Odéon à côté de *L'École des maris,* afin d'enfermer entre ces deux chefs-d'œuvre durables, exquis, la reprise vieillotte, pâle et comme évaporée du *Célibataire et l'Homme marié,* comédie bourgeoise, par Wafflart et Fulgence : soit ! mais exhumée, elle, cinquante ans après, c'est-à-dire à l'heure où ce genre inconnu de Racine et d'Eschyle commence à avoir véritablement lieu, étant alors postiche, singulier et ancien ; quels costumes adorables pour les hommes et pour les femmes, que ceux de 1821, exhibés par Porel, par Richard, par François, ou par Mme Gravier ! Toutefois, ne vont-elles pas, ces estampes de Pigalle et de Carle Vernet, envahir toutes les scènes de Paris à la fois, comme pour ne donner trop amplement raison, car je les revois presque à la Renaissance avec *La Famille Trouillat,* sans Paulin Menier qui a bien fait de se retirer courageusement dans sa solitude et dans son quasi-génie, hors de tout ce domaine de joie, de belle humeur, de gouaillerie magistrale, qu'installe autour d'elle, mais sans le partager avec aucun, cette femme toujours étonnante, Thérésa ! J'aime, quant à moi, de tels tableaux invraisemblables et rétrospectifs ; ou bien alors la Vie Parisienne comme *La Vie parisienne,* je parle de celle que représentaient, depuis la réouverture, les Variétés : folle, incohérente et bizarre, même sans Mademoiselle Van-Ghel, Dupuis, Grenier, Berthelier, qui la rendent plus folle, plus incohérente et plus bizarre. Ou, certes, encore *L'Ingénue,* que regardaient il n'y a pas huit soirées, entre elles, Hortense Schneider, Marie Legault, Peschard, Grandville, Silly, Paola Marié, Zulma Bouffar, Blanche Méry, Thèse, Delphine de Lizy et des Messieurs dont l'habit noir aurait disparu sous la scintillation des croix et la cravate blanche sous le ruban de commandeur, si tout ce monde n'assistait là à une fête de famille. Cependant, quand, à l'air d'*Alceste,* murmuré par son gosier d'ingénue encore au couvent, Céline Chaumont dit qu'elle préfère une des ritournelles moins savantes d'*Orphée aux Enfers,* la moitié de la salle s'est laissé prendre à ce mot conservant un reste d'ironie en l'esprit de MM. Meilhac et Halévy, et de bonne foi a salué Offenbach qui, spirituel, ne remarqua point la maladresse. C'est qu'il faut peut-être ne pas jouer avec les choses ordinaires, parce que chacun ne sait pas bien où va le jeu ni où cela finit d'être ordinaire : ou tout au moins leur ôter, par les noirceurs, les vilenies et le drame, comme Dumas, toute ressemblance avec les us quotidiens, si l'on recule devant la franche caricature. Supériorité qu'a l'Arlequinade pure et simple, quand l'Arlequinade pure et simple ne subit pas une éclipse : or, telle est l'heure, car voici Pierrot et le matamore Pamphile, ce museau de Colombine et, lui-même, Arlequin, rappelés sur des planches par M. Maurice Dreyfus et par sa fantaisie, mais surtout par le Vers, qui, bouffon, exquis et sonore toujours, fend en lune jusqu'aux oreilles ou ramène sur elle-même en bouton de rose, avec le sourire, avec le rire contenus dans ses seules syllabes, la bouche de Mimes heureux de parler ; et de parler sur un rythme. Quelque charmante que soit, sur les mêmes planches, une autre œuvre, *Les Bêtes noires du capitaine,* de M. Cellières, ma foi ! moi, j'ai ce goût de préférer à un bijou de cette façon, fût-il de trente-neuf francs, de cinquante-neuf francs et même de soixante francs, sérieux et achetés aux bijoutiers du Palais-Royal, cet objet de chrysocale que se dispute la bande folle des fantoches et qui est *Le Médaillon de Colombine.* Voilà deux premières à Cluny.

Où vais-je ? C'est ici qu'il faut quelque résolution, et les yeux fixés sur le peu que j'ai dit, ne pas continuer ; mais, tout en sachant que ce qui fut, dans la précédente causerie, conté de cette saison théâtrale s'envole au loin maintenant parmi le vent qui emporte les feuilles, ajouter, pour moi-même que, malgré cet inconvénient, je destine à une autre causerie trop de choses pour en finir tout de suite. Feindre, quelle qu'en soit l'inanité à un point de vue quelconque, de couper en trois morceaux épars une Conversation unique sur un sujet dont les parties sont étroitement liées, et dire : Ces trois tronçons se rejoindront tout seuls, comme ceux d'une vipère de la forêt de Fontainebleau ; voilà donc mon obligation dérisoire, car je veux ne rien omettre de la résurrection annuelle de Paris par le Drame, la Comédie, la Farce et la Féerie, dussé-je m'y reprendre par plus de trois fois encore.

Ai-je, cependant, disserté, pendant un instant, d'autre chose ? aucunement, et le nom du perdreau, lui-même, n'a pas été prononcé dans mon discours, non plus que celui de la meute et des daims. Que Chantilly et que Paris sonnent de mille cors, je ne songe, moi, qu'à ce point : à savoir que, tandis que je narre, des

Livres eux-mêmes attendent, certes pour m'occuper plus despotiquement au commencement de l'hiver : car ils auront leur tour spécial et prolongé tout comme la Scène. Mais les admirables choses, cependant, qui, faites en prose et en vers, s'entassent sur notre table, non ! mais vivent dans notre mémoire, Réminiscences prêtes à se changer en Remords.

Ni la nature, qui pour nous n'est plus rien depuis huit jours, sans Croisette rencontrée ces derniers soirs, alors qu'elle inaugurait, pour 1874 et 1875, le Tour du lac ; ni les bibelots merveilleux de l'Exposition des Beaux-Arts appliqués à l'Industrie (nom rébarbatif donné à tant d'illustres choses et à un si noble effort) ; ni Mignonnette, vainqueur du Royal Oak, ni Perplexe, du Grand Critérium ; ni le lévrier Blue-Boy, roi des courses futures de chiens ; ni les chaises de poste en faveur qui, par une fiction spirituelle, semblent déboucher des résidences du Poitou et de la Touraine droit à l'entrée de l'Avenue des Champs-Élysées n'ont su me détourner de mon devoir austère, qui était de dire, avant tout, à Paris et à Nevers, que les Délassements-Comiques s'intitulent, après s'être appelés déjà les Nouveautés, le Théâtre le plus Élégant de Paris (et qu'on y joue, du reste, une adorable chose, qui a ce nom : *Le Rhinocéros et son enfant,* et ce musicien pour auteur, M. de Sivry).

Mais il est temps plutôt, et ce serait terminer dignement une pareille Chronique, de parler même après une semaine de cette représentation inouïe, organisée à l'Opéra en l'honneur de Déjazet : avec Faure, avec Tamberlick, avec l'Olympe et la terre, avec Déjazet ! et où les comédiennes les plus illustres se disputèrent, toutes, l'emploi de choristes et de figurantes, comme pour montrer qu'alors que la Chanson, elle-même, ailée et presque séculaire, semble résigner sa voix, il n'y a plus, pour les meilleures d'entre les chanteuses, qu'à mêler leur chant au murmure confus de la multitude ou même à se taire. Non ! car si cette jeune princesse éternelle, à travers qui semble enfin s'être développée la fée ancienne qui la dota au berceau, renonce à imiter facilement l'âge des roses cueillies de ce matin, c'est que, dans quelque lieu inconnu de nous et su d'elle, s'apprêtent les mystérieuses éclosions de talents futurs, qu'elle doit à son tour frapper de sa baguette habile à tout, même à commander, en quelques heures, une nuit de gala, digne du regard de l'Europe.

Le carnet d'or

La table, l'ameublement fait par les dames, le jardin et les jeux

Cinquième feuillet.

Menu d'un dîner de rentrée à Paris, intime, pour douze personnes

Consommé à la Sévigné, Saint-Hubert. – Truites à la Chambord, Filet d'Agneau Purée d'Artichaut, Cailles au nid, Poulet braisé Saint-Lambert. – Sorbet mousseux. – Faisan, Râle de genêts rôti, Salade à l'italienne, Cèpes frais bordelaise, Ramequins au Parmesan, Écrevisses à la Colbert. – Glace pralinée, Pain de la Mecque. – Dessert choisi par la Maîtresse de Maison, Café, Liqueurs de la France et des Iles (Cigarettes russes et cigares du Grand Hôtel.) – Vins : Comme Grand Ordinaire : le Fleury, et le Pomard (1865), Rudesheim (1857). (Eaux de Desaigne ou de Saint-Galmier), Malaga, Un Champagne rafraîchi.

Le Chef de bouche chez Brébant.

Sixième feuillet.

La chasse aux alouettes avec la pantière

Les Dames, cette saison plus que jamais, chassent en plaine et le fusil à la main, avant de courre la grosse bête dans la forêt. Plusieurs peuvent ne point se montrer éprises d'un coup de feu ou des galops forcés ; voici une chasse, mondaine ou familière, dont le mode, quoique original, ne diffère pas d'une partie de plaisir ordinaire.

Une plaine ou portion de plaine située à un passage d'alouettes se resserre quelque part entre deux tertres ou deux bosquets : tendre debout, moins qu'à hauteur d'homme, la longue bande d'un filet entre l'un et l'autre de ces obstacles offrant une *remise* au gibier. Le jour tombé sur un dîner fait de bonne heure, se lever de table, Messieurs et Dames, puis aller quelque chose comme à mille pas de l'endroit : où l'on porte les yeux. Les groupes s'alignent, et, la main dans la main, tout le monde avance, formant une *chaîne de dames* ainsi qu'au bal, mais très vaste. Frôlement à terre des robes, devenu un moyen de chasse, et le heurt précipité des pas, tout cela peut s'accroître du bruit fait par des pierres ou des roseaux traînés au bout de cordes alors que cette marche générale va droit à l'engin ; et que du sol partent, avec leur vol du soir, horizontal et bas, les alouettes, pour donner de la tête et de l'aile dans les larges mailles de la *pantière* (c'est le nom) pareille aux verveux de rivières et transformant la pêche en chasse miraculeuse. Butin considérable, tout compté ; et, les paniers remis aux gardes et aux domestiques, on rentre, avec les premières étoiles, au Salon, où peuvent commencer les évolutions véritables de la danse.

Faire le filet, dans une salle de verdure du Parc, n'y a-t-il pas là une occupation pour toutes les mains, pendant quelques après-midi ?

Voilà la charmante partie d'après-dîner, praticable aujourd'hui même par nos châtelaines et leurs invitées, qu'à l'intention de ces Lectrices, nous indiquait tout à l'heure un des humoristes les plus exquis et aussi un vieux chasseur, dont le nom, pour notre génération, ne perd rien de son charme ; car nous avons la bonne fortune d'ajouter à cette description d'un Sport peu connu qu'elle vient d'être faite ici

SELON TOUSSENEL.

GAZETTE ET PROGRAMME DE LA QUINZAINE

DISTRACTIONS OU SOLENNITÉS DU MONDE

Du 4 au 19 octobre 1874.

I. – LES THÉÂTRES

Notre Journal qui, autant qu'un Recueil de Modes veut être le recueil à la mode, a sa place ordinaire sur les tables de salon : soulever la couverture et regarder au hasard cette page, deviendra comme un acte habituel à toute lectrice en quête de projets. Cette page a pour objet de grouper, sous le même coup d'œil, un tableau de tous les plaisirs qu'offre, pendant la quinzaine, Paris présent ou lointain et de décider, par quelques mots plus intimes mêlés à l'affiche le choix à faire, relativement à plusieurs soirées ou à une après-midi : mais encore faut-il vérifier si nul changement n'est survenu à un programme qui, à sa date de publication a, souvent, pour devoir de joindre des pronostics à la constatation d'actualités !

Ouvrir simplement, dans ce cas, un grand journal et consulter les théâtres du jour.

Théâtre-Français : le répertoire, principalement *Une chaîne,* reprise, avec Got, Favart, Delaunay et Coquelin.

Opéra : inauguration, pour la saison, des représentations extraordinaires du dimanche ; les jours classiques d'opéra, le répertoire : *Les Huguenots, Robert-le-Diable, La Favorite,* et *Guillaume Tell,* pour la rentrée de Faure.

Odéon : continuation de *La Jeunesse de Louis XIV,* avec Léonide Leblanc, Hélène Petit et Gil Naza, un succès alternant avec un autre : *L'École des maris,* où Isabelle, c'est Mlle Blanche Baretta, *Le Célibataire et l'Homme marié* de Wafflart et Fulgence exhibant ses délicieux costumes de 1821, soirée de répertoire terminée par cette merveille, *Le Tricorne enchanté* de Gautier.

Opéra-Comique : *Le Pardon de Ploërmel* (Zina Dalti et Lina Bell ; Bouhy, Lherie), va céder de belles soirées à *Mireille.* Répertoire : notamment *Le Pré-aux-Clercs,* avec Mme Carvalho, Duchesne, Melchissedec.

Vaudeville : *Le Roman d'un jeune homme pauvre,* le dernier, espérons-le ! de la série des *Ganaches,* va nous donner Jane Essler pour la pièce nouvelle de d'Ennery, *Marcelle.*

Gymnase : *Gilberte,* pièce nouvelle de Gondinet. Gilberte, Mlle Delaporte, hélas ! jusqu'au 10 octobre ; les autres rôles, Angelo, Fromentin, Helmont, aux toilettes admirables, toutes ; et Lesueur, Landrol, et Ravel, la troupe enfin.

Variétés : spectacle varié, jusqu'à la première (on dit le 10 octobre) des *Prés Saint-Gervais,* de Sardou, Gille et Lecocq ; cet acte de Meilhac et Halévy : *L'Ingénue,* puis *Les Pommes du voisin,* hautes nouveautés.

Palais-Royal : reprise, chaque soir, de bouffonneries anciennes et du rire toujours neuf, que présente à l'esprit du lecteur d'affiches ou de journaux, ce nom illustre : Labiche, soit le répertoire.

Porte Saint-Martin : *Don Juan d'Autriche,* le drame de Casimir Delavigne, superbement distribué entre Dumaine, Taillade, René Didier et Fraisier, etc. : Mme Patry, etc., et non moins superbement mis en scène.

Ambigu : *L'Officier de fortune,* cinq actes nouveaux, de MM. Jules Adenis et Jules Rostaing, dans un théâtre renouvelé, par M. Fisher : succès partout, dans la salle, sur la scène et dans les coulisses où manœuvre un truc devenu célèbre.

Renaissance : Thérésa dans *La Famille Trouillat* qui, fût-ce un chef-d'œuvre (or c'est drôle), devrait encore, sur l'affiche, laisser une place immense au nom de la diva à côté du titre de cinq ou six gaudrioles qui deviennent de grands airs.

Théâtre des Arts (anciens Menus-Plaisirs) : *Mon abonné,* un acte ; *Revendication,* trois actes ; et *Trente-Cinq ans de bail,* autre comédie de M. Paul Cellières : cinq actes, trois nouveautés.

Théâtre Scribe (ancien Athénée) : *Hélène et Marcelle* au premier jour.

Château-d'Eau : reprise de *Paris la Nuit,* avec les frères Corses nous révélant le Quadrille des Gambilleurs.

Enfin, aux théâtres Déjazet : *Les Heures diaboliques,* premières représentations dans une salle, pour n'interrompre pas le dernier succès, mis à neuf pendant les heures de la nuit ; Beaumarchais : *Le Cadet de Gascogne,* premières représentations, où Donato et la salle toute d'or ; et des Folies-Marigny : *Mimi Chiffon,* premières représentations, avec l'été de Bougival transporté parmi l'Automne des Champs-Élysées.

II. – Les gares

Tels sont nos plaisirs ressuscités ; outre la chasse lointaine, il est des citadins rebelles encore à tout projet de retour : plus que ceux que retient la grande vie de château ceux-là qui errent simplement pour ne pas rentrer. Voyager ! il leur faut cela après la plage avant la rue. Signalons, rapidement et au hasard, deux ou trois à peine de ces beaux voyages, faits dans les brumes et les riches feuillages d'octobre : mais sans avoir la prétention, à cause de notre peu de place, de les indiquer tous ou presque tous.

Billets d'aller et retour pour la Forêt de Fontainebleau

Correspondance avec les abonnées

4 octobre 1874.

Mme la Comtesse S..., à Milan : C'est un coussin qu'il vous faut, Madame : on ne les fait plus beaucoup en tapisserie, il est de mode aujourd'hui de les broder avec application de drap de couleur sur drap noir. L'ouvrage, échantillonné, avec toutes les fournitures, vaut, à notre magasin spécial d'ouvrages de dames : Au Sphinx, de quinze à vingt francs. – Mme L..., à Toulouse : Faites faire, Madame, une robe de cachemire noire garnie de crêpe anglais ou de crêpe impératrice : ce dernier, d'aussi bonne qualité que le crêpe anglais, est d'un prix moins élevé. Vous n'ignorez point que vous ne pouvez pas porter de confection (pardessus, etc.), dès maintenant, le châle et le voile long étant de rigueur pendant trois mois ; mais on est moins généralement au fait de ceci que les boucles d'oreilles sont en bois durci au lieu d'être en jais. Je poursuis, n'est-ce pas ? puisque vous voulez bien m'interroger sur l'étiquette absolue du deuil : cachemire noir et crêpe pendant les six premiers mois, soie noire et crêpe lisse noir pendant les six autres ; enfin du gris, du violet ou du noir et blanc pendant les six dernières semaines. On porte le deuil pour un beau-père, oui, de la même façon que pour un père. – Mme de B..., à Fontainebleau : Vous avez raison, chère Lectrice, une machine à coudre est indispensable dans une maison montée sur le pied de la vôtre : si vous ne l'utilisez pas vous-même, vous y faites travailler votre femme de chambre. Plusieurs fabricants donnent gratuitement des leçons, après acquisition chez eux ; sinon, les font payer. Je vous assure qu'en sept ou huit leçons, voire même en moins que cela, votre femme de chambre peut être apte à tout faire de votre machine. Envoyez ici cette personne, qu'on se chargera de conduire dans une maison sérieuse, qui lui livrera une machine garantie pendant plusieurs années ; elle pourra elle-même confectionner parfaitement les costumes d'enfants, dont nous venons de vous expédier les patrons. À propos de ceux-ci, donnez-nous, je vous prie, les mesures bien exactement car tous les enfants de cinq ans n'ont ni la même taille ni la même carrure. – Mme la Comtesse S..., à Séville : Nous avons vu chez Frainais et Cramagnac des cachemires de l'Inde dans les mille à douze cents francs : ils sont jolis sans être d'un prix élevé, chose, du reste, tout à fait inutile aujourd'hui. Faites-nous savoir, Madame, si vous désirez le vôtre long ou carré : notre manque d'information à cet égard nous a seul empêchée de le choisir ; mais nous vous le conseillons carré, le châle ne se portant plus en pointe.

Aussitôt votre réponse reçue, ce vêtement, dans sa boîte, vous sera expédié contre remboursement. – Mme la Duchesse de la T…, à Madrid : Madame, si vous n'avez que deux filles, habillez-les de même ; si vous en aviez trois, vous ne le feriez point, ou elles ressembleraient à des pensionnaires. Non, le même chapeau ne conviendra peut-être pas à ces deux sœurs ; pour la coiffure, choisissez-la différente, tout à fait suivant le visage. – Mme B., Tailleuse, à Bruxelles : Le costume de jeune fille que nous avons donné dans le dernier numéro peut parfaitement convenir à une jeune femme : seulement, vous garnirez de volants ou de bouillonnés la jupe en velours, voire même de l'un et de l'autre juxtaposés. – Mme la Marquise de C. L…, à Beauvais : C'est à des religieuses seules que vous voulez confier votre enfant, Madame, sans quoi nous vous dirions de jeter les yeux sur la carte de visite placée ci-contre d'une excellente pension recommandée par nous ; où nous consulterions un conseiller précieux pour tout ce qui est de l'éducation. Il nous reste à prouver notre expérience maternelle et conforme à l'énoncé de votre vœu, relativement à l'emploi de quatre années de jeunesse. La chose est toute simple : entre tous les couvents, il en est un, le Sacré-Cœur ; votre ville de Beauvais possède une des maisons de l'ordre ? Y mettre deux ans votre chère enfant, afin que la séparation ne soit qu'à moitié cruelle et vous prépare à l'éloignement nécessité par deux autres années passées dans la maison mère de Paris, parmi des plus grands noms de France. Une même méthode d'enseignement, employée dans tous les pensionnats dirigés par les Dames du Sacré-Cœur, autorise ce changement dont l'instruction n'a rien à souffrir. Faut-il dire que ces dames savent également donner à leurs élèves une éducation parfaite et remplir ces jeunes cœurs de sentiments distingués ? Personne ne l'ignore et je ne prétends vous rappeler que ce que vous connaissez mieux que moi ; mais on aime à s'entendre répéter par quelqu'un de confiance les choses qu'on a déjà un peu projetées à soi seule. Il ne nous conviendrait d'insister que sur un point, c'est que si, dans ces pieux asiles, l'enseignement est poussé au dernier point, cependant on n'y néglige ni les travaux à l'aiguille ni les arts d'agréments. Intéresser autant qu'édifier les jeunes personnes, telle est la devise adoptée. – Mme Brenc..., à Mantes : Le Capulet se portera aussi chez les jeunes filles : ce vêtement, fort simple, achève tout à fait leur toilette de sortie ou de visite. – MM. M. Y., Londres (ou dans le Wilts) : Oui, les fleurs naturelles sont bien jolies dans les cheveux, mais elles ne résistent guère à l'atmosphère du bal ; et après une heure et deux au plus, elles sont fanées ; c'est pourquoi je leur préfère, pour vous coiffer à cette fête, toute hors de saison, officielle et administrative, des fleurs artificielles merveilleusement travaillées.

Plus de lettres ; et nous parlons maintenant à toutes nos lectrices : d'abord

Conseils sur l'éducation

Les express de toute ligne et de toute heure ramènent à Paris, avec les parents, les enfants. À l'intention des parents qui, désireux de garder leurs enfants près d'eux, ne choisiraient pas pour ceux-ci l'une des maisons d'éducation recommandées par nous dans les cartes de visite ci-contre ; et hésiteraient, cependant, à leur faire donner une éducation tout à fait isolée par des précepteurs ou des institutrices (deux de ces dernières se mettent, par notre intermédiaire, à la disposition des familles, une étrangère, parlant presque toutes les langues du Nord et le français, l'autre, Française, est remarquablement musicienne, mais plutôt dame de compagnie), citons un Cours célèbre de Jeunes Filles. Véritablement, est-il besoin de rappeler, sinon pour dire qu'il s'apprête à inaugurer sa 24e rentrée, ce groupe de mères, de professeurs et de jeunes filles le plus parisien de tous et dont le nom vient à l'esprit de nos lectrices : le Cours Lévy Alvarès, qu'il se fasse rue de la Chaussée-d'Antin ou simultanément Place

Royale, au Marais. Toute l'instruction que peut et doit acquérir une femme, la fillette et la jeune personne l'y reçoivent, et la mêlent, revenues dans leur famille, à l'éducation du foyer. Une chose charmante, c'est que plus d'une mère intéressée à des questions oubliées par elle depuis l'enfance ou renouvelées par les programmes devient, dans ces leçons, le condisciple de sa fille.

Il n'y a à entrer dans aucun détail du prospectus, qu'envoie, sur une demande faite par les parents, le Directeur, Officier d'Académie.

Les livres de rentrée ? Nous sommes prêts à recommander tous les bons ouvrages adressés à ces initiales : Monsieur S. M., 29, rue de Moscou, par les auteurs ou les libraires, autant qu'indiqués par les familles elles-mêmes ; mais en gardant, toutefois, une complète liberté de jugement. Nous ne faisons à cet exercice de notre indépendance qu'une exception en faveur des livres publiés par la maison Hachette qui, en ce moment, augmente, pour la rentrée de l'année scolaire 1874-75, son vaste catalogue d'ouvrages presque officiels et recommandés par le Conseil de l'Instruction publique avant de l'être ici. Tout ce chapitre, dans chacune de nos livraisons, pourrait être rempli par l'appréciation seule des vastes efforts que font ces éditeurs pour être toujours au courant des programmes et de l'esprit actuels.

Terminons aujourd'hui cet entretien spécial dont les propositions, un peu vastes en raison du peu de place donnée aux occasions, bons marchés, etc., montrent très fort le désir que nous avons de prendre, tout à fait, possession d'un sujet appartenant, avant tout, à une Gazette, qui est celle, non seulement du monde, mais de la Famille.

MADAME DE P.

Quatrième livraison : 18 octobre 1874

Sommaire et légendes

Texte

La Mode .... Mme Marguerite de Ponty.
Les Fêtes. – Trois costumes de Chasse et une Toilette de Mariée : Accointances entre la Couturière et les Chancelleries, puis une étiquette sur la rive droite et une habitude sur la rive gauche. – Le Papillon emblème ? non, parure.

Gazette de la Fashion Miss Satin

Chronique de Paris (Théâtres, Livres, Beaux-Arts, Échos des salons et de la plage) .... Ix...

Le Carnet d'Or. – Septième feuillet : Menu d'un dîner de famille .... Le Chef de Bouche chez Brébant.

Huitième feuillet : Recette du Gombo (Plat de relevé)............... Une Dame Créole.

Neuvième feuillet : Plafond mobile d'un appartement en location. .... D'après Marliani.

Nouvelles et Vers. – Vers : *At Home* (sonnet) .... Ernest d'Hervilly.

Nouvelle et Traduction : *Les Voies de fait* (suite et fin)............. Alphonse Daudet.

Figures d'album. – *I. Mariana,* traduit de l'anglais de *Tennyson* .... Stéph. Mallarmé.

Programme de la Quinzaine.

Les cinq toilettes

I. – Lithographie à l'aquarelle avec ou sans patron découpé de grandeur naturelle

Toilette de visite en velours noir. – Volant du bas en velours noir, avec biais de satin carmin et passepoil en velours noir : ce volant est surmonté d'une garniture en satin carmin, ayant sur chaque fronce de la passementerie de jais ; il continue devant, mais en diminuant. – Tablier bouillonné en forme de tunique, posé et cousu sur la robe : et chaque bouillon séparé par un agrément en jais. Écharpe plissée en satin carmin, retenue de côté par une boucle en jais. – Corsage à basques formant éventail. Manches de la même garniture et avec le même volant que la jupe Capulet, qui est en velours noir.

Le patron de cette toilette, reçu de droit avec la livraison du premier dimanche du mois, peut être avec celle-ci, mise également à la disposition des abonnées. Voir, pour les prix supplémentaires, la correspondance avec les abonnées des livraisons parues jusqu'ici.

II. – Gravures noires du texte

Première page.

1. Toilette de ville. – Jupe de velours noir. Tunique de cachemire blanc naturel, garnie de frange du même ; la disposition répétée trois fois. Basquine ajustée en velours noir, avec boutons japonais.

2. Toilette de grande visite. – Première jupe en faille gris russe, liserée de satin. Tunique. Écharpe même nuance, rayée velours et satin : cette tunique, nouée sur la traîne, est garnie d'une fort belle frange façonnée. La petite confection : pèlerine à plis sur l'épaule, semble, quoiqu'elle y soit fixée, rejetée en arrière.

Pages du milieu.

3. Chapeau Lebrun. – Modèle de Mme Moreau-Didsbury (voir *la Gazette de la Fashion*). Large passe contournée, calotte très basse couverte de velours noir, panache de plumes noires et aigrette de côté : sous la passe, couronné de larges coques en velours noir avec gros bouquets de roses rouge du Roi, flot de ruban derrière.

4. Peigne et Coiffure Virgile (voir *Gazette de la Fashion*). – Cette coiffure se fait avec une natte de quatre-vingts centimètres, la disposition du peigne facilitant l'entrelacement des mèches. Trois boules en écaille ajoutées font de cette coiffure une ravissante coiffure de dîner.

LA MODE

LES FÊTES. – TROIS COSTUMES DE CHASSE ET UNE TOILETTE DE MARIÉE : ACCOINTANCES ENTRE LA COUTURIÈRE ET LES CHANCELLERIES, PUIS UNE ÉTIQUETTE SUR LA RIVE DROITE ET UNE HABITUDE SUR LA RIVE GAUCHE. – LE PAPILLON EMBLÈME ? NON, PARURE.

Paris, le 18 octobre 1874.

L'Automne a commencé et le Journal véritablement avec cette saison : les deux derniers Courriers ont tracé à grands traits et non sans quelque détail la transformation plus ou moins éclatante accomplie à leur date par la Mode. Suivre l'existence parisienne dans ses plaisirs et ses obligations, partout, cérémonieuse ou intime, voilà encore la visée que montre une lecture même inattentive du Journal. Les fêtes : pour les fêtes ? Oui, et parce qu'elles sont le prétexte et l'occasion à s'habiller. « Allez là » et « Voici comment vous irez », paroles habituelles de nos Courriers, quand ce ne sera pas « Madame, avec tel autre Costume vous pouvez garder la maison, abritée contre la longueur des heures par cette soie ou ces dentelles, ravie et à moitié nouvelle pour vous-même. » Toilettes et toilettes encore, teintées ou noires, images placées hors du texte et dans le texte et plusieurs écrites même avec la plume ; en voici : commandées hier et demain à nos couturières par les invitées aux semaines prolongées de la vie châtelaine.

Sont-ce des Robes de gala ? Non, des Costumes de Chasse ; et, pour les juger, c'est, au lieu d'un salon ou de la rue, la verdure d'un parc qu'il faut évoquer par l'imagination, comme le fond propre à en montrer l'allure. Deux esquisses : l'une prise chez une de nos grandes faiseuses, alors que le vêtement partait, avec le nom d'une dame illustre, au rendez-vous d'une chasse princière et quasi royale : Jupe courte, assez pour montrer une haute bottine de peau couleur noisette, lacée d'un ruban vert. Corsage formant habit très collant et dessinant le buste. Petit feutre couleur noisette traversé d'une plume verte. L'étoffe ? drap de couleur automnale, vert sombre encore ou presque brun. Comparerons-nous à cet habit authentique ce vêtement imaginé par nous-même ? Pantalon breton fermé et froncé au genou par un élastique ; bottes molles en peau de daim naturelle. Jupe courte en drap bleu marin avec garnitures de tresses de soie : elle est montée derrière à la ceinture par des plis à la religieuse, mais reste plate devant. Veste en drap bleu marin croisée et boutonnée sur un gilet en pareil ; les parements de cette veste, des poches et de la manche, en soie. Un chapeau tyrolien de feutre gris naturel avec le velours bleu marin et ailes de fantaisie. Que choisissez-vous, Mesdames, tandis qu'il est temps encore, et que les grandes chasses n'ont presque pas sonné la fanfare d'un lancer ? Le premier de ces Costumes a ceci pour lui, simple relativement et pratique autant que l'autre, de se modeler sur le port d'une des beautés du jour ; mais le dernier, cela de n'avoir été porté jamais par personne. Je crois maintenant devoir donner, principalement pour montrer, une fois, la différence qu'il y a entre l'éclat obligatoire au Théâtre et la sobriété qui sied mieux à la Ville, même quand la ville, c'est la Forêt ! Le Costume de chasse que de nobles absentes n'ont pas, il y a huit jours, applaudi parmi ceux d'une comédienne, maintenant prête à les exhiber à Pétersbourg (c'était, dans Philiberte, aux Variétés, mademoiselle Delaporte). Jupe en soie bronze à petits volants. Tunique en drap gris clair rayée de soutaches en or, en argent et en bronze. Chapeau de feutre gris garni de plumes grises avec écharpe couleur bronze ; au bout de celle-ci un gland d'or et d'argent. Affronter le plein air, cet habit ne le peut, ayant besoin de la lumière spéciale de la rampe. Mais ce que la Diane elle-même des Tuileries, toute déesse ! n'obtiendrait pas, descendue de son piédestal pour aller, plutôt que près du costumier chez un des tailleurs ou l'une des couturières en renom et de chasseresse devenir sportwoman ; c'est la parure presque indispensable aujourd'hui du vêtement de chasse. Acier ? jais ? non, l'ambre ou les coraux ? non pas ; mais des Croix d'Ordres attribuées par les Cours étrangères aux femmes d'ambassadeurs ou aux dames à généalogie immémoriale, qu'il est de règle de porter au grand complet sur la poitrine : à savoir Croix étoilée d'Autriche, Sainte-Élisabeth de Portugal et Marie-Louise d'Espagne, Sainte-Anne de Munich et l'autre Sainte-Anne de Wursbourg avec une Sainte-Élisabeth toujours de Bavière, ou le Cordon de Sainte-Catherine de la Russie.

À ce paradoxe charmant de l'habit masculin et des insignes du mérite officiel revêtus, une heure, par la beauté et par la noblesse, opposons la coutume antique du vêtement féminin par excellence, blanc et vaporeux, tel qu'il se porte au Mariage. Y a-t-il contraste plus entier ? Une vision délicieuse que je viens de considérer à l'église de la Trinité, m'invite à joindre à un croquis rapide de dentelles et de fleurs, quelques notes relatives à l'étiquette contemporaine qui règle notre présence à la cérémonie. Cela ne crie pas, une Toilette de Mariée : on la remarque, telle qu'elle apparaît, mystérieuse, suivant la mode et pas, ne hasardant le goût du jour que tempéré par des réminiscences vagues et éternelles, avec des détails très neufs enveloppés de généralité comme par le voile. C'était : Pardessous de satin blanc recouvert d'un jupon de tarlatane, chaque volant se terminant par une chicorée ; or, il y en avait au moins vingt sur la traîne, tandis que sur le devant je n'en comptais que quatre. Tunique plissée en travers et fixée sur la jupe ; dans le bas de la tunique, frange avec perles blanches. Large ceinture en satin prenant de côté, descendant contre la tunique et se nouant sur la traîne : ce nœud fixé lui-même sur la jupe par une couronne de fleurs d'oranger avec traîne. Le corsage était montant et à basque, doublé entièrement de satin ainsi que les manches ; et toute la garniture de la basque consistait en chicorée bien fournie et en un bouquet de fleurs d'oranger, placé de côté vers l'épaule. Voile de tulle illusion et fleurs d'oranger habilement mélangées à la chevelure. Tout cela, mondain et virginal : et ne donnant pas du tout l'impression d'une Toilette de Bal, défaut grave : non, mais quelque chose de riche et de léger avec un recueillement. Quant aux invitées à cette fête la Mode garde sur elles tout son empire d'un jour, soumis cependant à des us variables que plusieurs années d'ordinaire font apparaître et s'évanouir. Tant que la Société n'a pas définitivement repris possession de la Ville (et à l'heure qu'il est, notamment, les mariages aristocratiques se font encore à la chapelle des châteaux), la loi de cet hiver subit quelques hésitations ; toutefois, nous en sommes véritablement à l'usage de cet été ; on le connaît ? double, comme Paris divisé par son fleuve. Rive gauche, nulle dérogation au Cérémonial de tradition et la Toilette est spéciale : chapeau blanc, robes claires à traîne, rehaussées de mantelets de dentelles. Rive droite, tenue de visite variant avec le moment : voici la règle, commune, toutefois, ici et là sur ce point, que les boucles d'oreilles merveilleuses usitées pendant le jour le cédaient et le cèdent, dans cette circonstance, aux boutons en diamant.

Courrier presque exceptionnel que le présent : car voué d'abord aux fêtes, il n'a trait enfin qu'à des solennités ou à des plaisirs véritablement très rares. Quoique réel et très réel, son rôle, dans l'ensemble de ceux de la saison est de porter le cachet véritable de la Fantaisie. Ce cachet, il lui sera donné surtout par une nouvelle complétant les informations qui précèdent : c'est, quoi ? l'annonce d'un emblématique Papillon qui, vaste, superbe, taillé dans les tissus légers et délicieux, élèvera son vol immobile à hauteur, Mesdames, de l'une ou de l'autre de vos joues, remplaçant par son caprice la fraise historique de ces dernières années. Vos frisures feront tomber leurs anneaux dans l'intervalle des deux ailes. Brillante imagination, n'est-ce pas ? qui rappelle les métamorphoses mêlant à des gazes d'insectes un visage de femme dans les albums anciens de Grandville : non, elle appartient au génie de ce magicien extraordinaire, lui, aussi, mais autrement qu'en des vignettes, ordonnateur de la fête sublime et quotidienne de Paris, de Vienne, de Londres et de Pétersbourg, le grand Worth.

MARGUERITE DE PONTY.

Gazette de la Fashion

Une première causerie

Une première causerie ! Trois paroles fort simples et voilà pourtant quelques centaines d'abonnées déjà bien agitées. Ce sont celles d'entre vous, Mesdames, qui n'aiment pas les nouveautés. « Une première causerie ? » demandez-vous. « Il y en aura donc plusieurs ? » Puis, vous reprenez : « Ah ! quel dommage ! Notre journal était si complet, si artistique, si bien rédigé ! » – *La Dernière Mode,* enfin, vous tombe des mains, lorsqu'après avoir jeté un regard au bas de la page, vous voyez un nom étranger et vous vous écriez : « Une Anglaise ! »

Pour dire toute la vérité, Mesdames, cette réception était prévue. Ce mot de « Fashion », cette signature, cette demi-page qui arrive non sans intrusion prendre la place de la description des cinq toilettes, tout cela ne devait pas valoir au nouvel article un accueil enthousiaste : et cependant, dans votre intérêt même, il faut me dévouer.

La direction m'impose la tâche de vous faire un aveu. Le *mea culpa* sera court et loyal.

On avait oublié, dans votre journal, les Dames de la colonie étrangère à Paris, et les Dames étrangères dans le monde entier ; toutes.

Préoccupé qu'on était de vous seules, Mesdames, c'était comme si les fêtes de Londres, de Moscou, de Vienne, n'existaient pas. Aussi, quelle pluie de lettres avec leurs timbres bizarres, le tout orné de petits commentaires qui cachaient des susceptibilités froissées.

Et cela n'est pas tout : les Dames Parisiennes nous adressèrent aussi bientôt des lettres pour demander des renseignements nouveaux. En voici une, ouverte au hasard, dans laquelle on exprime le désir de savoir d'où sort le chapeau, style Rubens, qu'on nomme Helena Fourment, et l'on ajoute : Qui était Helena Fourment ? Pour nous guider dans nos recherches, l'on nous apprend que le chapeau si remarquable fut porté la première fois par Lady*** à une réunion d'automne.

Une seconde lettre demande où l'on peut se procurer le peigne Virgile qui relève à ravir les blondes tresses de l'Honorable Mrs P***.

On veut en ceci imiter les Dames Américaines : c'est à ne pas y croire ; mais enfin ces communications révèlent subitement qu'il y a une nécessité de rapprochement entre tous les membres du *high life,* qu'ils appartiennent au foyer même de toutes les élégances, Paris, ou qu'ils soient répandus dans les différents centres de la vie fashionable.

La direction de *La Dernière Mode,* désireuse de satisfaire à ce besoin, a voulu aller au-devant de toute nouvelle réclamation, et annonce une *Gazette de la Fashion,* destinée à tenir les Dames Françaises au courant de ce qui se passe à l'Étranger.

Il me reste seulement à répondre aux demandes concernant le chapeau Helena Fourment et le peigne Virgile.

Helena Fourment était la seconde femme du grand Rubens, et le chapeau qu'il admirait le plus était précisément celui qui fait le succès dans le monde de Lady***. Il sort des ateliers de Mmes Moreau-Didsbury (23, boulevard des Capucines) ; ces Dames sont aussi les créatrices du nouveau modèle qui se trouve représenté au revers de cette feuille en face de la coiffure à la mode faite avec le peigne Virgile (24, rue de la Chaussée-d'Antin).

Chapeau Helena Fourment, coiffure Virgile : art et nature.

Pour achever de vous réconcilier, Mesdames, avec la *Gazette de la Fashion,* soyez assurées qu'elle aura souvent l'occasion de vous prier de tourner le feuillet, vous renvoyant ainsi aux illustrations qui reproduiront, le plus souvent possible, les dernières créations des premières maisons de la capitale ; car Fashion veut dire Mode, et c'est ce dont la Gazette a la mission de s'occuper.

MISS SATIN.

CHRONIQUE DE PARIS

THÉÂTRES, LIVRES, BEAUX-ARTS ; ÉCHOS DES SALONS ET DE LA PLAGE

Je ne suis pas de ceux qui croient que la production des beaux livres ou de scénarios soit le privilège exclusif d'une profession ; et si l'on divisait les littérateurs de tous les temps en amateurs et en hommes du métier, au nombre des premiers prendraient place quelques-uns des génies qui ont enthousiasmé la terre, du roi Salomon au baron Quatre ou Sept Étoiles. Toutefois, comme j'ignore les manuscrits du jour, signés de noms illustres par la naissance ou l'or avant de l'être par un chef-d'œuvre, objet de conversations du bord de la mer aux terrasses jonchées de feuilles des parcs, j'attends que les chefs-d'œuvre et leur couverture de cuir à chimères du Japon frappée de blasons non moins fabuleux jusqu'à présent par les papetiers de la rue de la Paix, s'ouvrent enfin pour moi ; et je me contente de parler du drame sinon de la partition distribués avant l'hiver par de simples hommes de lettres aux comédiennes, aux comédiens et au souffleur. Échange précieux d'informations, si, à la lecture faite par elle des titres que j'accumule, une Lectrice a l'amabilité de m'écrire quelques-uns de ceux que tient encore secrets sa mémoire ! et empreint d'un tel intérêt qu'à cette troisième Chronique, traitant de la Saison Théâtrale, je jure d'en ajouter une ou plusieurs. Que dis-je ! Oublieux que pas une femme n'a le temps de faire une lettre même de petit format, attendu que le ton de la Saison, quand les salons officiels auront en vain, les premiers, ardemment donné le signal de s'amuser, sera tard, très tard, après la répétition consacrée, les lendemains de chasse et dans toute la France, à ce genre de divertissements : les Tableaux vivants et peut-être même les Tableaux parlants, empiètement du charme et de l'esprit mondain sur les occupations ordinaires de la scène. Voilà comment les hommes par leurs mètres et par les arpèges cachés aux regards et les femmes par leur front, par des gestes, par un sourire et par les yeux, vont rendre à jamais inutile la présence antique du poète et de l'histrion : mais non sans lutte ! car si la rentrée théâtrale a brillé, cette année, par un entrain remarquable et traditionnel, plus même que par l'abondance de concepts sublimes, rien n'est perdu. Au Théâtre-Français, où une indisposition légère de Sarah Bernhardt, délicieuse, interrompt momentanément *Zaïre,* ce sera *Le Demi-Monde* d'Alexandre Dumas avec peut-être, plus tard, *Le Fils naturel* du même Alexandre Dumas : résurrections, soit, mais *Joseph Balsamo,* ce grand-drame à peine écrit aujourd'hui, moderne et pas même traduit du *Livre des Juges* ou du *Deutéronome,* sait-on si nous ne le verrons point ? *Monsieur Nicole, le Roi des faiseurs, Pièges à loups,* trois titres, une pièce d'Augier : événement au foyer des acteurs non moins qu'au foyer du public, attentifs l'un et l'autre à la reprise de *Philiberte* du même auteur dramatique, qui servira de début à la charmante Mademoiselle Broisat. Est-ce tout ? Non : pas même là, car voici encore *La Grand-Maman* de Cadol, mais autre part, qu'y aura-t-il ? *La Haine,* de Sardou pour la Gaîté, pour la Fontaine, pour Mesdames Marie Laurent et Lia Félix : pour Rubé, Chapron, Cambon, Chéret, Lavastre et Despléchin, de leurs rêves magnifiques évoquant des sites à cinq actes, tandis que six cents costumes dessinés par M. Thomas évoqueront pour les animer, des personnes singulières et très belles et aussi des voix émues : car il y a un drame dans tout cela, palpitant. Sans compter que l'ordonnateur des pompes du lieu, ce musicien ! oubliant le nombre de jours certain contenu par la moitié de l'almanach qui s'appelle l'Hiver, songe, par une éblouissante ironie, à monter, après ce succès, sur le pied de son *Orphée,* sa *Geneviève de Brabant !* Mais nous ne parlons point Musique, même Patti présente à l'Opéra français ! triste privation d'un jour : oublions tout et l'autre Opéra, l'italien et son escalier traditionnel. *La Veuve* de Meilhac et d'Halévy, lue par eux au Gymnase, Desclée n'étant plus là, mais Blanche Pierson avec une robe par acte, noire et grise et folle, nuances que saura traverser, multiple, le talent de la comédienne : quand est-ce ? Attendez auparavant le retour de *La Princesse Georges,* Desclée n'étant plus là, également, mais Mademoiselle Tallandiera ; puisqu'on veut à toute force remplacer Desclée, tandis qu'il serait plus simple de pleurer son génie et d'applaudir une comédienne célèbre et une jeune femme d'une grande originalité, prête à le devenir. La date, on l'ignore, mais l'apparition, non, de cette *Parisiane,* par M. Barrière, au Vaudeville, qui tentera avec elle comme il a tenté, ces derniers jours, avec *Marcelle* de MM. Dennery et Brésil, de déchirer, une seconde fois, le voile de somnolence et d'oubli derrière quoi remuèrent, ces quatre mois, tant de personnages usés à en paraître des fantômes ; et cela, dans la plus adorablement moderne des salles ! Tout le monde s'obstine à ne s'endormir pas, même sur une caisse emplie d'or : car en plein bonheur de *L'Officier de fortune,* l'Ambigu, malgré la poursuite sur les glaces et l'évasion hors du pavillon qui tourne, ces trouvailles, et malgré simplement la valeur propre du drame, commencera les répétitions actives de *Cocagne,* par Ferdinand Dugué et Anicet Bourgeois, ce mort de tant de talent ; après quoi l'on songe déjà à *Cromwell,* l'œuvre de Victor Séjour qui, à sa couronne d'immortelles récente, verra aussi s'ajouter des fleurs vivantes et trois ou quatre feuilles de laurier vert. Ainsi, au moment où Paris regarde, non sans un véritable intérêt, sortir de la désuétude, afin de les y faire rentrer sciemment, les pièces reprises par la Porte-Saint-Martin de ce noble Casimir Delavigne, à commencer par *Don Juan d'Autriche,* il n'ignore pas qu'extraordinaire, vraiment par le seul chiffre des dépenses invoquées, 150 000 francs, *Le Voyage autour du monde,* cette féerie, ce drame, cet atlas vivant de géographie, joint à tout le reste les noms populaires de Dennery et du très curieux Jules Verne. Assez ! car chaque citation nouvelle nous fait remarquer cent oublis, et notre but n'était que de bien montrer, pour nous attirer d'autres révélations, qu'excepté le ballet des *Djinns* étudié par l'Opéra populaire, mais nous ne parlons même pas de la Danse ! dont la musique est du prince Jean Troubetzkoï, attaché de l'ambassade de Russie à Paris et, cette seule indiscrétion connue de nous, la réception à l'un des grands théâtres de drame d'une pièce historique, *Le Devoir* (ce serait le devoir civique) signée du nom point d'un gentilhomme, mais de son château ; nous n'avons saisi, dans la prétention chuchotée derrière quelques éventails : (à savoir ceci, le Mémorial nobiliaire ou la liste des agents de change près la Bourse de Paris simplement copiés par les afficheurs de théâtres) autre chose qu'un murmure charmant, tout nouveau et frivole, mais insuffisant pour l'Histoire. Tandis que voulez-vous d'autres noms encore pour clore une information déjà ample ; et j'ai gardé afin d'affirmer ma victoire en tant que Chroniqueur exact, ceux-là qui me sont les plus chers : quelques-uns des collaborateurs ici même et d'autres amis ? M. Catulle Mendès donne au Théâtre-Lyrique devenu Théâtre Dramatique un vaste drame puissant et clair, *Les Mères Ennemies,* après l'ouverture par une *Jeunesse du Roi Henri,* et au Théâtre des Arts, *Justice,* un autre drame rapide, empreint de non moins de maîtrise, après les représentations de Mademoiselle Rousseil ; et Cluny prépare la pièce de Gustave Flaubert, en collaboration avec Louis Bouilhet ; et l'Odéon, si jamais cesse le succès de *La Jeunesse de Louis XIV,* par Dumas père et Dumas fils et Gil Naza, acteur, et Léonide Leblanc ! l'adorable saynète japonaise d'Ernest d'Hervilly dont Paris sait le succès obtenu, cet été, avec quelques centaines d'alexandrins et une romance d'Armand Gouzien, chez l'éditeur Charpentier, devant un parterre de princes de l'esprit : *La Belle Saïnara.* Si bien qu'il se trouve, que, même pour l'oublieux qui négligerait également *L'Ilote,* ce joli acte, au Théâtre-Français, de MM. Charles Monselet et Arène, autant qu'une bouffonnerie admirable de M. Zola à Cluny déjà invoqué, et tout ce que je ne veux pas dire : ce sont encore, Muses, apprenez-moi que non ! les auteurs dramatiques et les musiciens qui écrivent, cette fois, des vers et des notes ; que tout est comme par le passé (l'avenir de notre hiver révélé) ; et que vraiment ce n'est pas au roi des amateurs, quoi qu'il le soit ! mais au plus infatigable des inspirés, qui le fut jusqu'à soixante-dix ans dans ses brochures et ses rééditions, que M. Falguère a pensé en érigeant la belle statue de Lamartine, hier acceptée par un jury d'artistes et de compatriotes.

LE CARNET D'OR

LA TABLE, L'AMEUBLEMENT FAIT PAR LES DAMES, LE JARDIN ET LES JEUX

Septième feuillet.

MENU D'UN DÎNER DE FAMILLE

Potage Germiny. – Beurre, Crevettes, Anchois et Olives. – Cabillaud à la Hollandaise, Cuissot de pré-salé à la Bretonne, Ris de veau à la sauce tomate. – Perdreaux rôtis, Salade de scaroles, Concombres frais à la crème, Petites caisses de Soufflés au chocolat. – Dessert choisi par la Maîtresse de maison, Pâtisseries. – Café et bonne Eau-de-vie, Liqueurs authentiques de la Veuve Amphoux, Cigarettes russes au Dubèque aromatique et de la Havane, Cigare : Partagas ou Cabanas (Grand Hôtel). – VIN : ordinaire : l'Ile Verte et Côte Rôtie.

LE CHEF DE BOUCHE CHEZ BRÉBANT.

Huitième feuillet.

LE GOMBO FEVIS

(Biscus excellentus) plat de relevé.

« Faire bouillir un demi-litre de bouillon et y jeter une livre de *Gombos fevis* coupés en ronds ; faire, pendant la cuisson du gombo, revenir 125 grammes de jambon dans le saindoux et le mettre dans le gombo avec 125 grammes de saindoux, 1/2 poulet rôti coupé en morceaux, et 1 piment fort haché ; laisser mijoter le tout pendant deux heures. Une demi-heure avant de servir, ajouter 125 grammes de crevettes, 1/2 homard, 3 crabes et 12 huîtres ou, à défaut d'huîtres, 1 litre de moules que l'on a fait d'abord ouvrir à la casserole : exprimez le jus d'une tomate et quelques gouttes d'un citron. Servir accompagné d'un plat de *Riz à la créole.* »

Ajoutons à cette préparation d'un joli légume (pareil à un cornichon, mais côtelé dans sa longueur) que nos Lectrices en sont redevables au Maître d'un buffet de dégustation des fruits, des liqueurs et des mets lointains, qui va s'ouvrir 56, boulevard Haussmann, sous le patronage des Colonies parisiennes de l'Amérique du Sud et de l'Orient. Toute la clientèle mondaine du lieu s'apprête à y apporter, pour les propager, ses traditions indigènes ; et plus d'une de ces dames, à y venir elle-même par jeu, surveiller la confection des plats et mettre la main à l'œuvre : indiquons, par exemple, aux maîtresses de maison, désireuses de goûter avant d'essayer, que ce gombo sera fait là le jeudi 22 octobre.

Voilà comment cette préparation, due comme les prochaines, à l'amabilité du *Propagateur* des produits et de la cuisine exotiques, est accompagnée de cette signature.

UNE DAME CRÉOLE.

Neuvième feuillet.

PLAFOND MOBILE D'UN APPARTEMENT EN LOCATION

Tout le monde, même parmi les gens dotés de goût, n'a pas un hôtel, et l'on sait plus d'un amateur condamné à la misère des appartements. L'obstacle mis à l'exécution de mainte fantaisie en ces lieux, c'est inévitablement le plafond : car le mur avec son papier, ceci se voile ; les portes, cela se peint. Blanc comme une feuille de papier sans poème et plus vaste, ou voilé de nuage sur un azur à tant le mètre, tel est le *ciel* offert au regard de l'hôte, les yeux levés et enfoui dans son fauteuil : au lieu d'une Allégorie de l'école française, ou de quelque beau plafond à caissons, rapporté de province.

On pourrait rappeler en quelque chose cette dernière sorte de plafonds, à peu de frais.

Un vaste panneau en bois de sapin cachera la surface de plâtre et sa rosace, posée sur toute l'étendue : longitudinalement, soit des portes aux fenêtres, que des bandes plates en bois, à angles nets, ornées au milieu et selon le sens par une baguette insérée dans une gorge, courent, distantes de trois fois environ leur largeur ; transversalement, plus espacées trois fois, cinq fois, sept fois, à votre gré, de sveltes solives, avec le même ornement (toutefois, elles, plus prononcées). Le fond que fait le panneau ? il se peint dans l'intervalle des poutrelles, en vermillon éteint et mat ; et l'armature tout entière, en laque noire (vernis japonais ou à voiture), sauf de l'or aux baguettes. Voit-on ce plafond, riche, exquis, bizarre : et se juxtaposant, par ses bords et par l'extrémité recourbée de son entrecroisement de poutrelles, à la bordure vulgaire du haut mur (dissimulée, les plats, avec du noir et les moulures avec de l'or) ? Portes, bois des croisées et cadre de la glace, avec la cheminée, tout disparaît sous la même peinture ou sous des étoffes des deux tons, draps noir et de garance l'un par l'autre relevés ; ainsi que les cadres du papier mural, laqués et contenant enfin de grands morceaux de tapisserie ancienne. Salle à manger, aux raccords avec la dorure ou l'ombre de là-haut fournis par le cuir frappé des sièges ; ou plutôt, pour compléter l'effet, Cabinet et Bibliothèque, avec des livres nombreux à dos de basane marqué de titres d'or, le Site, éclairé par un lustre hollandais, est (grâce au peu d'élévation de nos logis) simple, beau, enfermé et solitaire : un peu comme une chambre luxueuse de navire.

Voilà une décoration que son coût modique, vingt louis ou la moitié, nous permet, sinon de l'emporter autre part, de laisser à un propriétaire en dédommagement du préjudice que lui cause l'enduit sombre et l'insolite dorure appliqués aux dessins de carton et de pâte.

D'APRÈS MARLIANI,
Tapissier-décorateur.

Nouvelle et vers figures d'album

Mariana

Programme de la quinzaine

Distractions ou solennités du monde

Du 18 octobre au Ier novembre 1874.

I. – Les théâtres

Salle Ventadour-Opéra : ayant chanté *Les Huguenots* dans notre langue, la marquise de Caux ne peut, sans chanter encore *Faust,* le dimanche 18 et le mercredi 21, se séparer du public qui acclama jadis la Patti ; et Italiens : ouverture de la saison par *Lucrezia Borgia,* avec Mme Pozzoni, cette débutante à Paris célèbre dans toutes les contrées que borde la Méditerranée : le Paris *fashionable* et dilettante est suspendu à l'archet levé pour la première fois de M. Vianesi.

Opéra-Comique : *Le Pardon de Ploërmel* (Zina Dalti et Lina Bell ; Bouhy, Lherié), va céder de belles soirées à *Mireille* donné avec les morceaux jadis coupés au Théâtre-Lyrique et toujours très heureusement avec Mme Carvalho. Répertoire, notamment *Mignon,* pour la rentrée de Mignon : non de Mme Galli-Marié, ce qui est tout un.

Opéra-Populaire : *Les Parias* de Membrée, opéra inconnu, puis *Les Amours du diable,* de Grisar, opéra oublié, puis un ballet nouveau par Massenet ; ajoutez ce chef d'orchestre Maton, ces chanteurs Nicot, Mme Reboux, le luxe inouï et le prix sage de ces soirées : total, le succès.

Vaudeville : Jeanne Essier, dans la pièce nouvelle de d'Ennery et Brésil, et Mlle Barthet sont, certes, à voir, celle-ci près de celle-là : allons à *Marcelle,* ne serait-ce encore que pour retarder une apparition du *Roman d'un jeune homme pauvre* et de toute la série des *Ganaches.*

Gymnase : À *Gilberte* emportée à Pétersbourg dans les toilettes de Mlle Delaporte qu'y exile, avant tout, son talent, succède *La Princesse Georges,* reprise, hélas ! sans Desclée, avec Mlle Tallandiera, très belle.

Variétés : laissons dans le programme d'aujourd'hui, ne serait-ce que pour la hâter, la Première des *Prés-Saint-Gervais,* de Sardou, Gille et Lecocq annoncée par nous l'autre fois : et cependant Schneider tient l'affiche et dans *La Périchole* !

Palais-Royal : fort belles soirées, avec cette chose folle, *Le Roi Candaule* et cette chose gaie, *Doit-on le dire ?* Meilhac et Halévy, Labiche et Duru, Brasseur, Hyacinthe, Geoffroy, Gil-Perès et Lhéritier.

Gaîté : *Orphée aux Enfers,* avec l'acte nouveau : *Le Royaume de Neptune,* s'éternise après les trains de plaisir venus, pour le contempler, des sept coins de l'Europe ; et ce sont maintenant les Parisiens qui assistent à l'éblouissante Première donnée en leur absence.

Renaissance : Thérésa dans *La Famille Trouillat* qui, fût-ce un chef-d'œuvre, et c'est drôle ! laisse, sur l'affiche, une place immense au nom de la diva, faisant de cinq ou six flonflons ses grands airs.

Théâtre des Arts (anciens Menus-Plaisirs) : *La Closerie des genêts,* bon drame ancien avant *L'Idole* et Mlle Rousseil.

Château-d'Eau : reprise de *La Fille du diable,* avec les frères Dorst, ces clowns, non, ces convulsionnaires, non, ces danseurs d'un quadrille étrange, appelé d'un nom calme et exaspéré : les Frétillants…

Folies-Bergères : tout : *Les Oiseaux, Le Tatoué, Lira et Nénia, Les Martinettes, Les Tziganes* et *Le Caniche gymnaste ;* que dis-je ? une opérette, un équilibriste ; les éléments d'une pièce en cinq actes, mais, ô joie ! restés à l'état d'éléments.

D'autres lieux de distraction et de plaisir, ou de jour ou de nuit, sont, d'abord, le jardin d'Acclimatation (animaux, les singes au haut de leurs mâts peints, tous : Hamadryas, Chacmas et Papions ; puis les fleurs prolongées et l'orchestre prolongé, une promenade qui acclimatera le soleil en hiver).

Le Cirque d'Hiver avec un septuor de prodiges, ces montagnards des Apennins, tirant d'outres en terre cuite des voix de colombes et de femmes ; grand succès de la saison qui semble, le froid venu, rester celle également des extraordinaires patineurs Durtis et Goodrich.

Robert-Houdin : *La Malle des Indes,* par l'inventeur Brunnet : et que d'autres miracles, au boulevard des Italiens ; tandis que ceux du boulevard Saint-Denis sont, à la même heure, accomplis par M. Litsonn au Cercle fantastique.

Le Théâtre-Miniature avec *Le Pied de mouton :* décors, costumes, tout montre une magnificence qui n'est restreinte que dans ses dimensions.

La Salle des Familles : où la comédie le cède parfois aux spectacles merveilleux, instructifs et captivants de la science enfantine, etc. : le lundi, le mercredi et le vendredi soir, et le dimanche dans l'après-midi.

Matinées littéraires partout, à la Porte-Saint-Martin, à la Gaîté (on parle même de l'Ambigu et de la Renaissance) ; et là, comme ici, des troupes habiles réunies la veille et des conférenciers éloquents dans la minute.

Les Concerts Populaires, avec des chœurs joints à l'orchestre, chaque huitième Concert, consacré à l'audition d'un *Oratorio ;* les Concerts du Châtelet, dans la journée également du dimanche, classiques et modernes, enfin ceux de Litoff à Frascati. Musique partout et musique de maîtres, parfois conduite par un maître. Nous donnerons, quand trois lignes ne nous manqueront pas, le programme de chacun de ces festivals si suivis par l'aristocratie du goût, ainsi que celui des Matinées dramatiques et littéraires.

II. – Les gares

Tels sont nos plaisirs ressuscités : sauf dans les jeux de la vénerie et l'hospitalité châtelaine, il n'est plus de citadins rebelles à tout projet de retour. Voyager ! mot prestigieux hier encore, et dont aujourd'hui on semble chercher la signification lointaine et perdue.

Que d'exceptions toutefois !

À la fin d'octobre, dans la Normandie qui appartient à la ligne de l'Ouest ainsi que la Bretagne, dans les Ardennes, à celle de l'Est, on chasse à tir et l'on va chasser à courre, non moins qu'en toute cette splendide campagne qui longe la Loire et contient Valençay et une partie du territoire de la Sologne et du Cher, parcours de la ligne d'Orléans. La Touraine, même ligne ainsi que la riche région Bordelaise, la Bourgogne, ligne de Lyon, gardent leurs grands propriétaires et attirent en de beaux domaines les séries d'invités, mal acclimatés encore à la ville et à son nouvel hiver. Voilà, avec les excursions des rêveurs incorrigibles vers l'automne des environs de Paris, Fontainebleau (Lyon aller et retour), Compiègne (Nord) ou Versailles et Saint-Germain (Ouest), les dernières sorties, avant les voyages définitifs de la saison froide. Notons les Courses du 22 et du 25 à Chantilly et Lamarche (Ouest) et les Régates du 25, à Argenteuil, si émouvantes l'autre fois ; enfin le pèlerinage traditionnel au tombeau de Saint-Denis (Nord) ; pour ne pas nous écarter à plus de quelques heures de Paris, vivant et brillant.

Note importante : le Service d'Hiver va commencer sur presque toutes les lignes.

Adieu les excursions et les voyages dont nous n'avons, malheureusement, plus même à citer les derniers : à mesure que les lignes de chemin de fer nous feront part de leur cessation officielle, va commencer à paraître ici le nom de l'une ou l'autre des Stations d'Automne et d'Hiver.

CORRESPONDANCE AVEC LES ABONNÉES

18 octobre 1874.

À toutes nos Abonnées. – Notre Journal est une publication de luxe : et, selon l'usage adopté aujourd'hui par les amateurs, chaque livraison doit, après le semestre ou l'année, se relier avec la couverture. Ayant, au recto, le merveilleux frontispice de Morin et sur le verso, le sommaire et les légendes des Toilettes, celle-ci devient inséparable du reste ; nous engageons, antérieurement aux quelques observations présentées au moment de l'envoi des Tables de matières, toutes nos Abonnées à la garder fraîche dès maintenant ; quant au pliage des Livraisons expédiées en province et à l'étranger, il disparaît à la reliure.

Mme la Marquise de C..., à Bruxelles : Je ne connais pas l'eau dont vous parlez, chère Madame ; elle peut être très bonne pour empêcher la chute des cheveux, mais je lui préfère celle qui m'a été recommandée par le Dr Gendrin, car vous pouvez la faire vous-même. Prenez une bouteille dans laquelle vous mettez simplement cinquante grammes de goudron liquide : la remplir d'eau ordinaire et vous aurez une lotion fortifiante pour la chevelure. Un mot encore ! ayez bien soin d'employer l'eau sans qu'il y reste une parcelle de goudron, matière collante et qu'il serait très difficile d'enlever des cheveux une fois mêlée à ceux-ci. – Mme la Duchesse de C..., à Madrid : Nous sommes confus, Madame la Duchesse, des compliments que vous nous faites de notre Journal ; notre vrai remerciement sera de nous efforcer de les mériter toujours. – Mme la Comtesse de la P..., au Mans : Je m'avance, chère Abonnée, jusqu'à vous promettre presque, des *planches de travaux à l'aiguille*. L'Administration de *La Dernière Mode* songe sérieusement à cet accessoire, coutume chez les Gazettes de Modes d'un ton différent et innovation chez nous, mais qui n'ôtera rien à la valeur high life ou mondaine du journal : puisque ce serait une planche hors-texte comme nos patrons et, avant tout, sortant des Magasins du Sphinx, connus du tout-Paris élégant pour ses merveilleuses créations en ce genre. – Mme R..., à Toulouse : Je vous ai expédié, Madame, le patron de la dernière figurine N° 26 (Lithographie à l'Aquarelle du 20 septembre). Veuillez bien remarquer que, pour que cette Polonaise fasse nouveauté, elle doit se fermer par-derrière et non sur le devant, où il faut absolument une couture ; et c'est le dos, avec une petite pointe, qui doit être lacé. Que le devant de la tunique soit séparé du lé de derrière, formant l'un et l'autre deux morceaux différents. Oui, je puis vous fournir des patrons en mousseline montés et garnis, ainsi que des patrons en papiers montés. – Mme la Princesse K..., à Saint-Pétersbourg : Nous avons reçu la somme que vous nous avez, Princesse, adressée ; les caisses seront expédiées le 29 courant, contenant : un Costume d'usage en cheviotte gisèle, un autre très simple en drap persan avec garniture de jais, une Toilette de visite en velours et satin ardoise avec garniture de plume ondulée, une autre en cachemire rose avec bandes de gaze blanche brodées en soie plate ; puis une Robe de Bal en poult-de-soie bleu avec tulle illusion jais blanc et guirlande de volubilis roses. Les trois Toilettes de jeune fille seront très simples : car à quinze ans, on est presque une enfant : Costume de drap bleu marin, toilette de velours noir avec ceinture de satin rose teinté et Robe de gaze de Chambéry, blanche avec nœuds bleus. Les coiffures ou chapeaux de ces différents Costumes et Toilettes seront assortis. – Mme B..., à Mâcon : Madame, nous nous sommes informés du prix du waterproof en drap gris, avec capuchon, pèlerine devant seulement : cela vaut cinquante francs, d'une très belle qualité. – Mme de S..., à Saint-Brieuc et Comtesse de C..., à Avignon : Vos deux lettres, mesdames, qui m'arrivent par le même courrier, me posant la même question à cette différence près que l'une s'intéresse à une toilette déjà lointaine de Mlle Delaporte dans *Gilberte,* et l'autre à la toilette visible encore de Mme Gravier dans *Le Célibataire et l'Homme marié,* vantées par notre dernière *Chronique de Paris,* recevront une seule réponse : car deux Parisiennes momentanément exilées ne peuvent que s'occuper également de ce qui se fait à l'Odéon et au Gymnase. Quant à l'Odéon comme au Gymnase, c'est le goût le plus sûr, ancien ou nouveau, qui préside à l'habillement des comédiennes. La Toilette Japonaise de Mlle Delaporte, dans le deuxième acte, était à Paris et va être à Pétersbourg celle-ci : véritablement une merveille ! Première jupe de satin-cuir, brodée de plumes de paon en écaille. Deuxième jupe : brocart de paille à broderie en écaille comme celle de la jupe et bordure de dentelles, de plumetis et d'écaille. Doublure de satin mauve. Grande ceinture japonaise, bleue, brodée de fleurs et de chenille de toutes couleurs et nouée autour de la taille. Boucles d'oreilles, coiffure et bracelets japonais. La Toilette de Mme Gravier dans le premier acte, aux soirées de répertoire, le vendredi, est celle-là, reproduction de gravures de la Restauration. Robe en cachemire bleu à haute taille, ceinture en velours noir perlé de jais, trois petits rubans de velours noir à perles de jais au bas de la jupe, collet rabattu également en velours et jais, fichu de tulle noir à jais, chapeau cabriolet en soie blanche tout garni de marguerites rouges et de plumes de couleur. Eh bien, cela n'est pas laid du tout. Il est vrai que c'est si bien porté !

BONNES ŒUVRES

On fonde une Crèche au Xe arrondissement, quartier de l'Hôpital Saint-Louis.

Que nos Lectrices non prévenues de la réunion qui a eu lieu dimanche dernier au jardin d'hiver du Tivoli Vaux-Hall ne regrettent que les vers émus dits par Mme Richaud et la musique, fanfare et Sociétés Chorales, soli chantés et joués, que la Comédie de Salon, que tout, enfin, ce qui était un prétexte à venir et à s'habiller (je voudrais noter le costume de Mme Ratazzi, si mon intention n'était pas d'aller droit au but de cette *Correspondance*) ! Quant à la collecte faite par les Dames quêteuses, et qui a atteint le joli chiffre de quatre cents et des francs, elle peut être augmentée (elle le sera par vous, Mesdames) de dons en nature ou en espèces que reçoivent : la Présidente, Mme Vve Duval, 21, rue de Rome ; la Trésorière, Mme Courcel, 7, passage Parmentier ; M. le Maire du Xe arrondissement, et M. le Curé de l'église Saint-Joseph, 172, rue Saint-Maur.

Nous avons annoncé plusieurs fois à cette place même de la *Correspondance avec les Abonnées* la participation de *La Dernière Mode* aux Bonnes Œuvres, et c'est une satisfaction pour nous de commencer par ce cas spécial de charité, les Crèches, intéressant toutes les femmes. Toilettes et aumônes, il y a entre ces deux choses un mystérieux point de contact, et notamment dans ce cas. La mousseline d'un soir, la Robe merveilleuse de Bal peut également se tailler en de blancs rideaux propres.

Conseils sur l'Éducation

Un Professeur dans un des Lycées de Paris nous prête son concours éclairé, toutes les fois qu'il s'agit de recommander un Ouvrage nouveau d'Éducation, digne des suffrages maternels, une méthode, etc., ou même un Maître et une Maîtresse ; nous avons, par le fait de cette bonne fortune, de véritables consultations universitaires.

Très succinctement, tant il y aurait ici à louer ou à choisir, on engage les mères de famille à faire une promenade, instructive pour elles-mêmes, d'une journée dans nos grandes Librairies d'Éducation : qui, à cette heure de la rentrée, deviennent l'un des rendez-vous parisiens. Les maisons Hachette, avant tout, puis Delagrave ; d'où plus d'une voiture emporte, à côté des classiques appartenant aux enfants, de magnifiques dictionnaires pris par les parents pour eux-mêmes : celui de la Langue Française par Littré ici, et là celui d'Histoire et de Géographie par Dezobry. Les livres de lecture non plus ne doivent pas être oubliés et, dans ce même quartier, Furne et Hetzel, dans le quartier des Italiens, Lemerse, offrent eux aussi, à côté de volumes strictement scolaires, les ouvrages récréatifs et sérieux des Jeudis et des Dimanches ou des heures qui finissent l'étude dans les Collèges et les Pensionnats.

Madame de P.

CINQUIÈME LIVRAISON : 1er NOVEMBRE 1874

SOMMAIRE ET LÉGENDES

TEXTE

La Mode .... Étoffes de la Saison : les Expositions et les Catalogues. – Études : comment sortir et comment rester chez soi ; les Cachemires pâles. – Qui donnera son nom à une Robe, rose et même bleue ? – Le Tablier, ordinaire, éblouissant.	Mme MARGUERITE DE PONTY.
Gazette de la Fashion	MISS SATIN.
Chronique de Paris (Théâtres, Livres, Beaux-Arts, Échos des salons et de la plage)	IX…
Le Carnet d'Or (la Table, l'Ameublement fait par les Dames, le Jardin et les Jeux). – Dixième feuillet : Menu de grand dîner	LE CHEF DE BOUCHE CHEZ BRÉBANT.
Onzième feuillet : Cuir sur Cuir : Ouvrage d'après-midi	D'après une CHÂTELAINE BRETONNE.
Nouvelles et Vers. – Vers : *Le Veilleur de nuit*	E. DES ESSARTS.
Nouvelle : *La Petite Servante*	CATULLE MENDÈS.
Programme de la Quinzaine.	

LES CINQ TOILETTES

I. – LITHOGRAPHIE À L'AQUARELLE AVEC OU SANS PATRON DÉCOUPÉ DE GRANDEUR NATURELLE

Toilette de Bal. – Première robe en poult-de-soie rose à trois revers de satin et Tablier de tulle illusion à gros bouillons. Écharpe plissée, prenant à la taille d'un côté devant et rejoignant le revers du côté opposé, où elle se retourne pour tomber sur la traîne. Elle est maintenue aux revers par une couronne de roses et de clématite. Le bas de la jupe se garnit d'un haut volant de blonde de Bayeux perlée de jais blanc mat, reposant sur un volant de poult-de-soie rose terminé par une grosse chicorée ; même chicorée faisant tête à la dentelle. Les bouillons du tablier sont séparés par des traînes de fleurs qui l'encadrent également. Corsage décolleté et ajusté, ayant des basques en forme de péplum. Le tour de cou est garni par une dentelle Médicis, puis des guirlandes de fleurs qui cachent le point, de la dentelle extérieurement : et cette dentelle se termine dans le dos par un bouquet avec longue traîne. Les blondes de la jupe, du péplum, etc., achevées par des grelots en jais blanc mat.

II. – Gravures noires du texte

Première page

1. Toilette de Visite (chapeau Figaro). – Jupe en faille pensée avec un grand volant, haut sur la traîne et bas devant. Tunique en velours pensée garnie de plumes bleu très pâle, et de brandebourgs en passementerie pensée. Manches ornées de crevés de satin pensée. Chapeau Figaro en velours pensée et bleu très clair.

2. Toilette de Réception. – Jupe en faille grenat avec volant devant seulement, et à plis plats. Tunique en matelassé de même nuance, garnie en dentelle noire. Écharpe grenat en satin de même teinte.

Pages du milieu

1. Petite fille de sept à huit ans. Costume en velours noir. – Jupe plissée polonaise relevée très en arrière et garnie de petits biais bleus. Bottines en chevreau glacé et guimpe et manches de batiste.

2. Petit garçon de sept à huit ans. Costume en cheviotte. – Veste et gilet, tous deux avec poches. Jupe plissée sauf devant où reste un espace uni avec des petits nœuds fixés, de même nuance que l'étoffe. Col marin en toile d'Irlande, petites bottes en chevreau lustré.

III. – Patron découpé de grandeur naturelle

Rien dans le patron d'aujourd'hui (celui de la Livraison du premier Dimanche du mois, servi d'office et gratuitement aux Abonnées) qui demande une Explication autre que la Toilette de Visite, N° 1 : il en reproduit avec une clarté dont on nous saura gré et presque toute faite, la Tunique garnie de plumes.

La mode

Étoffés de la saison : les expositions et les catalogues. – Études : comment sortir et comment rester chez soi ; Les cachemires pâles. – Qui donnera son nom à une robe, rose et même bleue ? – Le tablier, ordinaire, éblouissant.

Paris, le 1er novembre 1874.

Je reprends, après une interruption causée par les Fêtes et renouvelable plus d'une fois dans le cours de l 'hiver, le sujet habituel à cette page, dont le titre est *la Mode :* soit le Goût général de la Saison. Les vingt-quatre Courriers doivent, pour qui les feuillettera plus tard, former une histoire exacte et complète des Variations du Costume pendant une année ; mais ce serait manquer à mon devoir d'historiographe des Toilettes et du caprice qui les varie, que de ne pas tenir compte d'autres détails, comme l'emploi de ces Toilettes à la Campagne et à la Ville réglé par le *high life* ou simplement les étalages d'étoffes faits auparavant par les Magasins.

Tissus, nuances de ces tissus, etc., tout ce que déjà nous annonçâmes avec quelque mystère, nouveautés à l'état presque encore d'échantillon chez d'illustres faiseuses, est maintenant connu et su de toutes les femmes, propagé dans la France et à l'étranger par la dernière page des grands journaux. Rien, dans cette excessive abondance montrée par six ou sept vitrines célèbres, qui ne soit conforme à mes indications discrètes d'il y a un mois ; si je l'étudie aujourd'hui, c'est pour résumer aisément les impressions nombreuses et un peu éparpillées qu'elle cause à l'esprit. Aux premières Expositions (c'est le mot en faveur) où l'on peut juger dans les Catalogues (plusieurs soignés comme des éditions pour les bibliophiles) où l'on peut surtout rêver, il y a, Promeneuse ou Liseuse, oui, de quoi vous troubler ! Une variété très disparate d'étoffes et l'apparition de noms nouveaux, tantôt heureux, tantôt bizarres.

Allons ! venez, rassurez-vous et causons.

Les portières riches et les tentures du Levant écartées de la main ou simplement inspectées d'un coup d'œil, non sans une vraie satisfaction que s'acclimatent dans tous les intérieurs ces seuls tapis seyant à nos parquets ou à nos murs ! il faut aller vite : profusion n'est pas confusion. Tenez, si nous commencions l'examen par une appropriation immédiate à notre double existence, rue et salon, de toutes ces étoffes.

Les Costumes de Sortie : une série charmante de diagonales pour jeunes filles se présente à nous d'abord ; et les grains de poudre dans toutes les nuances, ensuite les traditionnels cachemires, mais dans toutes les teintes également, les demi-draps légers, les cheviottes, les quadrillés écossais ou rayés ou à simple filet de couleur ou encore tout bonnement à carreaux, ressemblant à de la toile à matelas : enfin toutes les trames grossières tissées en poils naturels. Velours anglais d'un excellent usage à la pluie de novembre ou de février, choisi toutefois en belle qualité, matelassés soyeux et chauds dont on fera des cuirasses et des polonaises permettant de sortir sans pardessus : voilà, somme toute, ces dernières et les précédentes, les étoffes à quoi il faut d'abord borner notre choix avant de l'arrêter sur une d'elles en particulier. À cette question de tissus va se joindre la préoccupation de couleurs. La nuance la plus en vogue toujours pour le dehors, sera le havane teinté appelée hier cachou et ce matin gyzèle : nous aurons ainsi (mêlant des teintes connues à quelques autres tout à fait neuves) les vert paon, bleu grenat, lie de vin, suresne, régina, loutre, gris de fer, gris ardoise, gris mode, écru et d'autres désignant les mêmes tons sous de vaines appellations.

Ne cédons pas à la tentation frivole de les énumérer.

Les Étoffes pour Costumes habillés : Lyon nous offre ses fayes et ses failles, ses poults-de-soie, ses satins, ses velours à nuls autres pareils, ses gazes et ses tulles, ses crêpes de Chine acclimatés par une fabrication qui, un jour, les exportera au pays même du thé ; enfin, les tissus lamés d'or et d'argent, goût somptueux, magnifique, ressuscité de jadis.

Mais la plus exquise des innovations, familière et suave, celle appelée, je le dis ! à régner plus qu'une saison, c'est les Cachemires de nuance claire devenus (mieux que les failles et les poults-de-soie) Toilettes du soir ; ceux roses et rose thé, bleus et bleu de ciel, les maïs, les réséda, les myosotis, les crème et gris clair de lune. Robes de ces cachemires, garnies soit de gaze, soit de tulle brodé, puis de bordures en jais blanc et en plumes, de franges de jais, enfin de toutes les garnitures des robes de bal : cela se portera au Théâtre, en Grand Dîner, en Petite Soirée, *mais ouvert en carré ou carrément, jamais décolleté.*

Notre classement si naturel accompli, Mesdames, non seulement vous n'avez pas la vue fatiguée par l'énigme et la diversité de tant de tissus déployés, mais vous pouvez d'un œil certain regarder à deux mois et plus devant vous, ce qui est beaucoup quand il s'agit de Modes.

Ces étoffes : qu'en faire ? avant tout des chefs-d'œuvre. Quant à moi, sans avoir pareille visée, je vais, sollicitée simplement par le désir d'esquisser tout de suite une toilette faite en l'un de ces délicieux cachemires tendus de tout à l'heure, céder à ce désir.

Toilette de Dîner (en Cachemire, je l'ai vue rose, comme vous pouvez la voir bleue). Le Tablier de la première Jupe est garni de maint bouillon horizontal froncé à deux fils avec têtes étroites de chaque côté, celles-ci lisérées de satin et reposant elles-mêmes sur un bouillon. La traîne est ornée de sept petits volants plissés. Huit écharpes garnies, chacune, d'un entre-deux de gaze blanche brodée avec de la soie plate, se placent en tunique et se nouent sur la traîne, mais en haut. Corsage à basques rondes *lacé derrière* (il a donné leur nom aux *robes-corselets*) et entouré aussi d'une garniture de gaze. Fraise en tulle illusion avec col en cachemire doublé de satin et Manches bouillonnées avec parement.

À celle d'entre vous, Mesdames, qui, la première, portera cette Toilette, l'honneur de l'appeler : car un joli usage, datant de quelques jours, veut qu'une robe se nomme de la femme qui, par son port, charme et distinction, lui a, dans le monde, acquis la célébrité et le prestige !

Mais nous reviendrons, involontairement, à nos belles réunions de ces jours-ci, dans la salle d'honneur de grandes résidences nobiliaires, ou aux théâtres de musique !

J'ai noté sur l'ivoire un mot ayant trait à une partie du Costume qui, indéniablement, lui donna un grand cachet, au début de la saison, c'est le Tablier. Tantôt il est simple et fait pour le chez-soi, n'appartenant pas au costume et se passant sur quelque robe de dessous que ce soit : avec des dentelles ou des plissés, rattaché aux épaules et retenu derrière par des nœuds riches et inégalement amples, lesquels tombent à distance sur la jupe. Tantôt, il est resplendissant, fabuleux, superbe : on le surcharge alors de fleurs brodées avec des couleurs éclatantes ou de nœuds et d'applications de velours ; on le passemente de perlures. Toutefois, elles sont, ces perlures, autre chose depuis quelques soirs, que les jais blancs ou noirs ou que l'acier bleu et blanc prédits par notre premier Courrier de la Saison : un jais, oui, mais splendide comme toutes les pierres précieuses de la terre assemblées, chatoyant, miroitant, pâlissant, un peu parure de reine de Saba. Ce talisman, sur les robes d'Opéra et de grande Soirée, attire à soi, condense et garde toute la richesse de la Toilette, ainsi que les regards qui s'y portent d'abord.

MARGUERITE DE PONTY.

GAZETTE DE LA FASHION

Lequel des deux faut-il croire, Mesdames, le témoignage de ses yeux ou celui de ses oreilles ? Il s'agit de dire au juste s'il y a beaucoup d'acheteurs à Paris, ou s'il est vrai que les affaires n'y vont pas du tout. D'après ces foules qui se pressent, en ce moment, dans les galeries du Louvre et du Bon Marché de la rue de Sèvres, on dirait que tout Paris s'est donné le mot pour faire l'affaire des maisons de nouveautés. Chacun s'acquitte de cette tâche, aussi avec un entrain qui ne laisse rien à désirer.

Qu'on aille chez M. Worth en équipage à deux chevaux, attiré par les trois nouvelles robes du créateur renommé, ou qu'on aille à la Malle des Indes pour les cachemires, couleur thym, loutre et héron, partout le même ensemble dans un désir immense de dépenser de l'argent.

Il y a pourtant des gens que cette manière de faire vivre les fabricants fâche beaucoup, et qui disent obstinément que rien ne va plus dans notre capitale. Cela irrite les gazetières, mais il faut savoir écouter les mécontents : tout le monde n'est pas heureux ; tout le monde ne peut pas acheter des robes bleu-rêve, chaos et Infante, ni des tuniques loutre en pure laine du Tibet.

Je les ai nommées ces trois fameuses robes, et dussé-je m'attirer les colères des envieux, je veux décrire au moins la robe bleu-rêve.

Nous avons toutes rêvé cette robe-là sans le savoir. M. Worth, seul, a su créer une toilette aussi fugitive que nos pensées.

On n'a qu'à le vouloir, pour se figurer une longue jupe à traîne de reps, de soie du bleu le plus idéal, ce bleu si pâle à reflets d'opale, qui enguirlande quelquefois les nuages argentés. Le devant de la jupe est en faille et très garni de plissés ; les panneaux de côté sont ornés du haut en bas de nœuds, pompons doublés de soie paille ; et de l'un des côtés à l'autre, passe, au-dessous d'un pouf coulissé, une écharpe dessinant des méandres à traces couleur primevère et bleu. Le corsage est moyen âge, avec des crevés toujours paille, les manches sont garnies de nœuds pompons. Le fichu à plis opulents a des teintes printanières. Voilà une toilette de jeune femme et de grande cérémonie, comme toutes les jeunes femmes doivent en porter préférablement à ces parures rouges, ou à teintes jaune d'œuf que d'autres grands faiseurs ont inaugurées.

Pour les robes en cachemire et pour toutes ces grosses étoffes à la mode en poil de chameau ou en poil de chèvre indienne, *La Dernière Mode* vient de conclure un arrangement avec la première maison de Paris, qui permettra à notre journal d'expédier franco à ses Abonnées des échantillons sur demande affranchie adressée à *La Dernière Mode :* on recevra désormais toute la collection par le retour du courrier.

MISS SATIN.

CHRONIQUE DE PARIS

THÉÂTRES, LIVRES, BEAUX-ARTS ; ÉCHOS DES SALONS ET DE LA PLAGE

Le Théâtre, passé et futur, de la Saison, qui occupa jusqu'à présent nos Chroniques (celle de Présentation exceptée) ; non plus que les Livres, toujours remis à une prochaine fois, laquelle sera la fois prochaine ! ne vont faire l'objet de notre entretien. Songe-t-on aux riches bouquets décrivant leur courbe ordinaire des loges sur la scène ? Non, mais aux pieuses couronnes d'immortelles jaunes ; et ce n'est pas, aujourd'hui, des fantômes brillants et imaginaires qu'on se plaît à tirer par l'esprit des images d'un roman nouveau, mais les ombres chères et réelles qu'on redemande aux tombes de l'année et d'autrefois.

Les fêtes de la Toussaint, chacun sait quel est, pour Paris, cette cité vivante par excellence, à cette date le souvenir des défunts ! Toute la préoccupation de ce qui d'habitude s'appelle les Passants tend vers les trois nécropoles, situées sur la colline ou dans les plaines ; et vers cette autre, hélas ! lointaine, désolée et nue, que le peuple a, dans son instinct exact d'une déportation infligée à la mort, marquée de ce nom horrible de *Cayenne.* Qui sait si la touchante procession de cet après-midi et de demain n'a pas lieu pour la dernière fois, avec ses usages traditionnels, que troublera un jour l'introduction, dans leur intimité, de la locomotive, sa hâte, son sifflet et du deuil de tous mêlé dans les wagons ? Tant que la question des gares et des cimetières (de Méry-sur-Oise et de Wissous ou Massy) n'est pas résolue, il y a dans l'air comme une sorte d'embarras relativement aux choses funéraires : qui sait même si l'urne faite pour les cendres venant à dominer, on parlera encore du tombeau fait pour notre dépouille, autrement que comme d'un objet curieux, insolite, ancien ? Quel monde d'impressions et je dirai même de sentiments familiers à notre race, changé pour de nouveaux sentiments, pour des impressions différentes, pour des façons encore ignorées maintenant de dire sa douleur !

Mais si le devoir d'une Gazette de la Famille a été de saluer avec sympathie une coutume mélancolique, il appartient à la Gazette du Monde de ne rien négliger même des faits frivoles.

Toutefois que dire, certain à peu près que cette Livraison restera, enveloppant l'image d'une Toilette de Bal, sur les tables de salon jusqu'à un jour presque éloigné : c'est-à-dire après-demain ? Une robe, étudiée et composée selon les principes appelés à régner un hiver, est moins vite inutile et défraîchie qu'une Chronique même de quinzaine : avoir la durée du tulle illusion ou des roses artificielles imitant les roses et la clématite, voilà vraiment le rêve que fait chaque phrase employée à écrire, au lieu d'un conte ou d'un sonnet, les nouvelles de l'heure. Soyons presque insignifiant, vague, nul : tâche facile toujours, pour plusieurs motifs et un peu pour celui-ci que Paris, tout entier à sa résurrection annuelle que cause d'abord le Théâtre, ne présente par lui-même à peu près rien de saillant à l'annotateur de ses faits et gestes. Les grandes fêtes se donnent au-dehors dans les châteaux : leur salon, transformé à l'aide d'un paravent en salle à jouer des proverbes, ou leur parc, par un caprice superbe, changeant ses pelouses et l'horizon vu de ses terrasses en la piste véritable de grandes courses *intimes* de chevaux. Sous les plafonds et sous le ciel, c'est la double distraction, tout extérieure à la Ville, de ceux qui ne veulent pas y revenir, si ce n'est une heure pour acclamer la Patti, chancelante parmi les bravos, les fleurs et sa propre émotion, mais continuant à chanter toujours, en français, *Les Huguenots, Faust* deux fois, soirées déjà mémorables ! C'est là tout : si bien qu'il ne reste plus, toujours pour l'annotateur des gestes et des faits de Paris, qu'à se demander : « Est-ce parce que tout le beau monde ne songe pas encore au retour définitif que nul incident élégant n'attire l'attention, ou rien de notable ne se passe-t-il, faute de regards aristocratiques pour le considérer ? » Problème, problème : (et quoiqu'il se présente chaque année) fait pour interloquer le subtil Hamlet, si Hamlet lui-même n'avait d'autres préoccupations. Car : « il nous quittera » se lamentaient les uns : « Non, certes, le voici resté », applaudirent les autres ; et le prince de Danemark, c'est-à-dire Faure, qui seul au monde incarnera jamais ce personnage extraordinaire en grand chanteur et en grand comédien, va sous peu incarner Don Juan encore parmi nous. Je ne raconterai pas, même pour nos lectrices péruviennes, un trait du différend qui vient d'intéresser l'Europe et le Grand-Opéra : tout est, grâce à des interventions charmantes, grâce au virtuose, grâce au sage directeur, oublié. Seulement, il y a, une fois pour toutes, quelque chose à apprendre à quelques personnes un peu pressées de crier à l'exigence ou à la vanité lésées : c'est que, quand un artiste croit subir une offense, ce n'est pas sa dignité à lui, homme, qui est d'abord en jeu et qu'il défend, non ! mais tout ce que sa personne représente pour l'Art ; c'est-à-dire dans le cas actuel, la passion, la gravité, la science, l'intuition, la noblesse incomparable et le génie.

Un maître chanteur voulait partir : des hôtes de sang royal nous arrivent. Notons avant tout l'excursion faite en chaise de poste d'Esclimont à Rambouillet par le prince de Galles, qui passa par Dampierre ; mais ces attelages et ces *four-in-bands* n'étaient-ils pas, dans leur galop soulevant le tourbillon des feuilles d'automne, suivis par un cortège de reporters, l'œil à la vitre et le crayon aux doigts ? La presse quotidienne a, tout entière et jour par jour, répandu des détails lus maintenant dans les bourgades et dans les hameaux épars. Tard venu, il me reste à faire des observations ; mais qui les écouterait, dans cette France qui n'est qu'un vaste Paris, traversé par des rivières, des bois et des montagnes ? Une seule (je la ferai), relativement à l'unanimité apportée par mes confrères grands et petits ou moyens à louer l'amour visible de Son Altesse Royale pour les enfants, ce qui me ravit. Mais sur quoi base-t-on ce fait désormais acquis à la légende ? Sur ceci : que, dans ce grand château de Dampierre où les chefs-d'œuvre éternels de l'art revêtirent eux-mêmes un air de fête pour saluer sa venue, le visiteur illustre se baissa vers le jeune duc de Luynes, âgé de sept ans, et (je cite) le combla de gâteaux. Trait digne de louanges, soit ! mais quant à moi, je ne puis me dissimuler que, tout excellentes que fussent les pâtisseries prises à une des assiettes de vieux Chine armorié en Chine du somptueux dessert, elles ne représentaient pas, ces deux meringues à l'ananas et cette tartelette, un cadeau fort différent de celui que j'apporte quelquefois de chez le pâtissier célèbre aux enfants d'un ami. Oui, c'est de la part du journalisme à grand format un motif peut-être un peu faible d'affirmer la générosité d'un prince envers l'enfance. Les naïfs, et j'en suis, chez qui l'idée du fils d'une reine éveille obstinément, même devant la réalité, mainte idée d'éblouissement et de prodige, regretteront une supposition faite par eux peut-être avant que d'achever la lecture de cette anecdote. À savoir que le prince avait présenté à l'enfant, confit par quelque procédé rapporté de Lahore ou de Singapour, un des diamants dont il doit être couvert, sur les mains, sur la robe, sur les pieds : seul bonbon digne de l'offre d'un souverain même futur au descendant d'une des plus magnifiques familles d'une nation amie. Mais quoi ! voici que loin d'y vivre continuellement et de fouler eux-mêmes la pompe extraordinaire de son décor, ces princes, comme nous-mêmes, éprouvent, après les chasses, avant les galas, après Chantilly, avant Heilles-Mouchy, le besoin d'aller voir une Féerie au théâtre. Fidèle à ma promenade parisienne du Boulevard, c'est simplement, l'autre jour, à *Orphée aux Enfers,* que j'aperçus l'héritier du trône d'Angleterre. Dans une loge, lui qui venait de voir sept châteaux, leur splendeur et des lieues d'intervalle, apparaître et disparaître en l'espace de trois jours ! il applaudissait, enfin, de vrais changements à vue (ceux-là qui, pour prodiguer la toile, le gaz et le paillon, ne demandent que trois secondes). L'avant-veille ou quelques soirs plus tôt, j'avais rencontré le grand duc Constantin considérant les Folies-Bergères. Qui sait, dans son paletot-sac fermé sur ses plaques et ses ordres, s'il n'enviait pas à son tour la magnificence authentique de l'Homme-Tatoué, plus beau par un luxe distinctif inscrit sur sa peau même que tous les autres hommes, et seul marqué des caractères ineffaçables qui conviennent à un chef ?

Le carnet d'or

La table, l'ameublement fait par les dames, le jardin et les jeux

Dixième feuillet.

Menu de grand dîner

Potages, Purée de perdreaux Chasseur, Orge perlé à la Princesse. – Huîtres de Marennes, Ostende, Impériales. – Hors-d'œuvre : Crevettes, Canapé de caviar, Harengs à la Russe, Saumon fumé. – Relevé : Truite à la Régence, Filet de bœuf à la Godard. – Boudins de lapereaux à la Lucullus. – Entrées : Poulardes à l'Écossaise, Grenadins de veau à la Maréchale, Timbale de raviolles à la Monglas. – Sorbet au Champagne. – Rôti de gibier à la Véron (Perdrix, Cailles, Ortolans, Bécassines). – Cardons à la moelle, Pointes d'asperges à la crème. –

Glaces aux avelines garnies de gaufres. – Dessert choisi par la maîtresse de maison. – Café, Liqueurs : Cognac Martel, Veuve Amphoux et autres authentiques. – Cigarettes russes, petits canons roses au Dubèque aromatique. – Cigares Régalias de la Reine Figaro (Grand Hôtel). – VINS : Madère Pichon Longueville, Grand-Soussans et Thorins en carafe, Romanée Conti piper frappé, Latour blanche, Madère impérial, Saint-Julien, Larose, Richebourg, Veuve Cliquot rafraîchi.

LE CHEF DE BOUCHÉ CHEZ BRÉBANT.

Onzième feuillet.

APPLICATION DE CUIR SUR CUIR : OUVRAGE D'APRÈS-MIDI

L'*Appartement fait par les Dames* est un des quatre titres. Nous donnions, l'autre quinzaine, une indication précieuse pour l'*appartement* (Plafond) dont la mise en œuvre appartient au maître seul du logis ; voici, aujourd'hui, quelque chose qui sera *fait par les Dames,* mais à titre de simple distraction manuelle. Traiter deux fois de suite le même genre ou ne pas le traiter tout à fait comme l'annonce l'enseigne, voilà un peu le sort attaché au *Carnet d'Or :* qui ne peut avoir toujours, inédite et singulière, l'invention seyant à la date.

Tant pis !

Vous allez, Mesdames, chez le cordonnier, ou si vous le préférez, chez le corroyeur, faire emplette de vastes pièces de cuir, souple et point épais, ayant sa couleur naturelle : soit une carrée, une oblongue. Mille autres morceaux menus de cuir vous sont à présent nécessaires, rouges, bleus, verts, etc., argent et or : de couleur vive, pris au relieur ; de couleur éteinte, pris chez un marchand d'antiquités ; dos et plats de livres ou déchets de cuirs à tentures espagnoles et flamandes.

Voilà tout : et votre dé.

Maintenant, il faut de l'imagination ; ou, tout au moins, avoir vu les vagues pots de fleurs tracés en tapisserie par nos aïeules sur les fauteuils Louis XIII. Le bouquet, la gerbe ou la guirlande (plutôt qu'une ornementation purement arabesque) à appliquer, n'est-ce pas ? sur l'une ou l'autre pièce, seront faits de tous les morceaux menus de cuir, groupés dans un aspect primitif ou fait d'oppositions simples ou fantasques.

Comme mode d'application, la couture, avec une forte aiguille : non sans avoir aminci au couteau le contour de chaque fleur, oiseau ou papillon polychromes, bordé de belle soie et rattaché par un *point de feston* sur fond naturel.

Cuir sur cuir : l'effet est superbe, la pièce oblongue servant, par exemple, de dossier et celle carrée de fond à une chaise (j'ai dit Louis XIII). Il m'est interdit d'ajouter, évitant de parler Mobilier, qu'une garniture de sièges semblable achève parfaitement une salle à manger : qu'on peut recouvrir ainsi des coffres-à-bois pareils aux anciens, dont les clous d'or servent dans l'adaptation de ce travail à tout autre meuble ; enfin, que des panneaux de murs faits de la sorte s'encadrent bien de bois rares avec une marqueterie, car c'est à la marqueterie que ressemble, avant tout, ce riche, ce grossier, ce noble, cet artistique et élémentaire décor.

Je l'ai vu faire en province (sauf qu'il s'agissait de blasons, non de fleurs) et le livre ici

d'après UNE CHÂTELAINE BRETONNE.

PROGRAMME DE LA QUINZAINE

DISTRACTIONS OU SOLENNITÉS DU MONDE

Du 1er au 15 novembre 1874.

Ni *Livres,* à eux sera consacrée notre prochaine Chronique ; ni *Expositions,* voir le dernier Programme ; ni *Voyages,* nous préparons un travail ayant trait aux émigrations de l'hiver. La faute en est aux *Théâtres,* à cette quinzaine exceptionnelle ou riche de cent premières représentations.

LES THÉÂTRES

Théâtre-Français : premières, rue Richelieu, du *Demi-Monde* d'Alexandre Dumas fils, enlevé au Boulevard :

Delaunay, Got, Febvre, Thiron ; Croizette, Nathalie, Tholer et Broizat, cela dit le prestige de ces magnifiques soirées. Répertoire : *Zaïre* (ou Sarah Bernhardt).

Salle Ventadour : Opéra : représentation de Faure dans *Don Juan ;* Ottavio, le ténor Vergnet, Zerline, une débutante. À quand le ballet pour la Sangalli (on dit *Sylvia ou la Nymphe de Diane*) et *Le Comte Ory,* annoncés ? Ordinairement, répertoire : *Les Huguenots,* notamment.

Italiens : ouverture de la Saison avec Mme Pozzoni, cette débutante à Paris célèbre dans toutes les contrées que borde la Méditerranée, Mlle Sebel, suédoise comme Nilson, Mme de Belocca, MM. Verati et Padilla. Tous les soirs, des premières : *Lucrezzia Borgia, La Traviata, Il Trovatore, Il Ballo in machera, Il Barbiere, Martha, Violetta, Crispino e la Comare, La Somnambula,* etc. : le Paris fashionable et dilettante est suspendu à l'archet levé tant de fois de M. Vianesi.

Vaudeville : les Chutes ne sont pas moins intéressantes pour les amateurs du théâtre, que les succès : car on a le temps d'attendre avec ceux-ci et il faut se hâter avec celles-là. Voir *Berthe d'Estrée* comme on a vu *Marcelle* et Mlle Barthet luttant comme Jeanne Essler contre le mauvais sort, surtout après *Entre deux trains,* cette nouveauté, et avant d'autres actes détachés faisant un joli spectacle.

Gymnase : à *Gilberte* emportée à Pétersbourg dans les toilettes de Mlle Delaporte qui y exile, avant tout, son talent, succède *Gilberte,* demeurée avec Mlle Délia, qui a l'étoffe de bien belles robes et d'un charmant talent. Bientôt : *La Veuve,* de Meilhac et Halévy, et de Fargueil et ses trois robes, et tout son talent varié comme elles. *La Princesse Georges :* reprise, hélas ! sans Desclée ; avec Mlle Talandiera, très curieuse.

Variétés : laissons donc le Programme d'aujourd'hui, *Les Prés-Saint-Gervais,* de Sardou, Gille et Lecocq, annoncé par nous la dernière fois et l'avant-dernière fois ; cela pour y rester plus longtemps que deux quinzaines, même que deux mois. Le nom de Mlle Z. Bouffar, changé pour celui de Peschard : voilà toute la modification apportée par nous dans notre annonce d'un succès presque populaire.

Palais-Royal : il y a deux rires, celui des centièmes représentations du Palais-Royal, où s'échappe, accumulée, toute l'hilarité ancienne, et celui de ses premières représentations : donc, au *Roi Candaule* succède *La Boule,* pour épuiser l'un et l'autre mode de la joie parisienne.

Porte-Saint-Martin : *Le Tour du monde en 80 jours* fera le Tour de l'An parisien : de Suez à Liverpool et d'Octobre à Juillet. Que dire ! il faut voir : la Grotte des Serpents, un Sutty dans l'Inde, l'Explosion et l'engloutissement d'un steamer, l'Attaque d'un train par les Indiens Dawnies : titres prestigieux mais vains à côté de la réalité, ici la féerie ! Dumaine, Lacressonnière, Alexandre et Vannoy ; Mlles Angèle Moreau et Patry : car il y a un drame dans ce spectacle d'Ennery et Jules Verne.

Théâtre-Lyrique : *La Jeunesse du Roi Henri,* qui doit inaugurer la salle, et où M. Castellano a introduit mille améliorations intéressant le public, tout en restant fidèle aux traditions scéniques du drame, qu'il y a longtemps, lui-même, maintenues très haut.

Ambigu : pourquoi, en plein succès, interrompre *L'Officier de fortune* ? si ce n'est pour donner *Cocagne,* de Ferdinand Dugné, dont parle notre dernière Chronique ; mais ce qu'elle ne disait pas, c'est le jeu superbe de Fargueil.

Bouffes-Parisiens : *Madame l'Archiduc,* Théo part, Judic arrive : faut-il soupirer, faut-il se réjouir ? Ovations, bouquets (qui, dans cette bonbonnière, pourraient être de fleurs candies), diamants au regard et aux épaules : une Première inouïe va durer tout l'hiver. Je ne nomme personne encore, aveuglé, fasciné : si ! pourtant, à côté du maestro, cet autre charmeur, Grévin, pour ses costumes des Trompettes du Grand-Duc.

Folies-Dramatiques : première de *La Fiancée du Roi de Garbe,* par Litolff ; rien de pareil à l'inspiration bouffonne d'un artiste grave ou sublime. Que je voudrais n'avoir pas toujours devant les yeux l'apparition de Mlle Van-Ghel, exquise, pour avoir dans l'oreille plus de réminiscences de la partition, merveilleuse ; mais qui sait, si les choses telles, je ne voudrais pas encore changer !

Cluny : *Madame Mascarille, Le Mage,* actes aimables par des Jeunes ; et cette merveille du grand rire, *Les Héritiers de Rabourdin,* quatre actes de Zola, qu'il faut entendre, qu'il faut lire : un des quelques chefs-d'œuvre du temps !

Théâtre des Arts (anciens Menus-Plaisirs) : le drame nouveau de MM. Crisafulli et Stapleaux a de grandes qualités, celle d'abord d'intéresser : que dire, qui n'ait été répété par les feuilletons du lendemain ou du lundi, de l'interprète tragique, ardente et noble, Mlle Rousseill !

Folies-Bergères : *Les Oiseaux, Le Tatoué, Lira et Nénia, Les Martinettes, Ka-Kin-ha* et *Les Fausses Almées, Le Caniche gymnaste :* que dis-je ? une opérette, et *Les 3 Barres fixes :* voilà ce qu'apprennent, à Paris, mille affiches, bleues, vertes, rouges et jaunes, mises aux murs. Trois premières représentations par semaine (mardi, jeudi et samedi) : c'est la cause de cet affichage fait par Arlequin, dispensateur du bonheur public.

Le Théâtre Miniature, lui-même, ne se contente pas de la féerie avec *Le Pied de mouton,* décors, costumes, tout, montrant une magnificence qui n'est restreinte que dans les dimensions. Il appelle de Hongrie M. Vielle, et lui fait évoquer des *Spectres et des esprits frappeurs* ! Mais, ce qu'il y a de sûr, c'est que jamais n'apparaîtra dans la délicieuse salle renouvelée, l'ombre de Polichinelle, qui jouit là d'une vie indestructible et charmante.

Toujours pour les enfants, à Frascati, d'exquises *Matinées,* le dimanche ; la saison est passée des amitiés faites dans les squares et les parcs, et voici un Jardin d'Hiver qui permet aux enfants isolés de se revoir entre eux, occasion précieuse.

Matinées littéraires partout, à la Porte-Saint-Martin, bientôt à la Gaîté (on parle même de l'Ambigu et de la

Renaissance) ; et là, comme ici, des troupes habiles réunies la veille et des conférenciers éloquents dans la minute. Inutile de parler de cette institution dominicale aux familles parisiennes ; mais ce qu'il faut répandre chez toutes les familles de province qui ont, à Paris, des enfants, ou craignent, à cause de la liberté du dimanche, de les y envoyer, c'est l'habitude heureuse de les abonner à ces représentations classiques et à leur conférence sérieuse ou spirituelle.

Le programme à la Porte-Saint-Martin est : dimanche 1er novembre, *Le Chevalier à la mode,* comédie en trois actes de Dancourt, avec conférence de Lapommeraye ; dimanche 8 novembre : *Le Véritable Saint-Genest,* tragédie en cinq actes, de Rotrou, avec conférence de M. Arboux.

À la Gaîté, ouverture de ces fêtes littéraires et musicales par un prologue en vers, un joyau, de Coppée.

La Salle des Capucines rouvre, elle aussi, annonçant tous les noms jetés par son auditoire ; ceux de voyageurs venus des confins du monde pour parler là de littérateurs oubliant leurs livres et de savants qui sont des hommes du monde.

Mais l'innovation tout à fait originale y sera, le lundi soir 9 novembre, le *Feuilleton parlé,* de M. de Lapommeraye, le critique et le causeur aimé. Vous avez été, cette semaine, au Théâtre ! non, venez ; vous n'y êtes point allé ? venez donc : pour apprécier, pour apprendre. Que de complications neuves et d'un haut goût littéraire promettent ces conférences du lundi : l'auteur y assistant à l'éloge ou au blâme, et, qui sait ? tempérant l'un ou approuvant l'autre.

Dimanche 1er novembre : *Schiller,* marche de Meyerbeer ; *Symphonie en ré majeur* de Beethoven ; *Air de ballet* (1re audition) de Th. Dubois ; *Concerto en sol mineur pour piano,* de Mendelssohn, joué par Mme Zael ; *Sonate pour violon* (1720) de Leclair ; ouverture du *Tannhäuser* de Richard Wagner.

Dimanche 8 novembre : dès le mardi ou le mercredi qui précèdent cette date, seront affichés les morceaux du Concert.

Les Concerts nationaux du Châtelet ouvrent le 8 novembre, à l'archet levé de M. Colonne (chaque série de huit, comprenant aussi une audition avec chœurs). Après-midi glorieuse, que celle dont nous laissons la surprise aux lectrices.

Le soir (plusieurs fois la semaine), Litolff, à Frascati, réunit également les dilettantes enthousiastes d'entendre de la musique de maîtres et la sienne conduites par ce maître.

CORRESPONDANCE AVEC LES ABONNÉES

Paris, le 1er *novembre 1874.*

Mme R..., à Montargis : Nous vous ferons, Madame, parvenir sous peu notre tarif de Patrons en papier découpés grandeur naturelle : l'Administration du Journal consent à vous fournir une manche, aussi bien qu'un corsage, qu'une polonaise et même qu'une robe montée et garnie. Préférez-vous des Patrons en mousseline, que beaucoup de couturières demandent, quoique coûtant un peu plus cher que les autres ; mais ils peuvent être essayés par la cliente, ce qui est un grand avantage. – Mme la Comtesse de B..., à Tours : La Parisienne experte qui fait les acquisitions de *La Dernière Mode,* Madame Charles, se met entièrement à votre disposition, Madame la Comtesse, pour vos achats et commissions, etc., à Paris : elle vous a déjà expédié, comme vous l'avez demandé, des échantillons de cachemires de la Malle des Indes. Aussitôt votre choix fait, relativement à ce dernier point, veuillez bien lui retourner, avec votre commande, un morceau de l'étoffe marqué de son prix. Votre cachemire vous sera envoyé avec les garnitures choisies également par notre acheteuse, dans les vingt-quatre heures qui suivront la réception par elle de votre lettre. – Mlle Lucie H..., à Toulon : Pour vous aussi, chère Lectrice, quand vous serez avec Madame votre Mère, fixée sur la nuance de votre robe, nous en ferons la commande. Il suffit, auparavant, de nous envoyer un corsage pour les dimensions, auquel il est inutile même de joindre la jupe :

c'est assez que nous ayons de celle-ci la longueur *devant*. On ne fera pas garnir de plume le Costume, à moins que vous ne l'exigiez : une jeune fille ne portant pas la plume. – Mme la Marquise de G..., à Nice : Le chapeau Figaro qui vient d'être créé par Mademoiselle Baillet vous ira, Madame le Marquise, à ravir ; c'est pourquoi nous l'avons choisi de nous-mêmes. J'espère que vous en serez aussi satisfaite que du dernier, c'était le chapeau Valois. – Mme de R..., à Montargis : Nous nous sommes informés du prix du Livre d'heures, qui vaut soixante-cinq francs, avec une enluminure sur vélin. Veuillez, chère Abonnée, si vous désirez cet objet d'art, adresser votre commande directement à Madame Charles : quant au paiement, il se fait par mandat-poste à l'ordre de Monsieur Marasquin, Directeur, envoyé en même temps que la demande. – Mme R..., à Saint-Étienne : Vous avez raison, chère Madame, les garnitures sont bien compliquées aujourd'hui ; mais tout en suivant la mode, on peut réussir des toilettes simples. Tout dépend, vous le savez comme moi, du cachet et du bon goût de la couturière. – Mme B..., à Berlin : Comme il n'y a pas de convention postale avec l'Allemagne, vous pouvez, Madame, envoyer les fonds par une lettre chargée à l'adresse de Monsieur le Directeur, Marasquin. – Mme L..., à Nancy : Une Tunique de cachemire, perlée, fait aujourd'hui partie de la Toilette d'une femme ; elle est indispensable en maintes circonstances. – Mme la Vicomtesse Paul..., à Alger : Madame, les Maisons d'Ouvrages Artistiques pour Dames augmentent simplement leur collection de tapisseries nobiliaires sur canevas, de broderies japonaises sur toile, drap ou satin, etc. « Et les pantoufles traditionnelles ? » demandez-vous. Mon Dieu ! elles ne sont point oubliées tout à fait, elles conviennent surtout, comme tâche de l'après-midi, aux très jeunes enfants qui manient difficilement le satin ou le drap et doivent, avant tout se tenir très sages. Ce qui est charmant et très facile à broder de feuilles en laine et de fleurs et de fruits détachés, mais un peu banal, maintenant que le commerce s'en est emparé, c'est la vannerie familière :

panier à ouvrage de bonnes mamans, etc., plutôt que la corbeille à papier remplacée dans les beaux intérieurs par un seau hollandais en cuir jaune repoussé. Ouvrages rapides et menus et le souvenir le plus précieux pour bien des maris ou des frères ! il y a la blague à tabac, marocaine ou orientale, en étoffe, ou l'application d'initiales de cuir, découpé sur un porte-cigare. À part ces quelques nouveautés (et qui au fond, n'en sont pas), on fait, naturellement, toujours la broderie vénitienne et la dentelle irlandaise et le filet de guipure : par goût, car sinon comment lutter avec le bas prix de ces travaux, tels que les grands magasins l'obtiennent des prisons ? Somme toute, et pour nous résumer, sauf l'occupation (très suivie par les dames élégantes dans les jardins publics, notamment le Parc Monceaux) (*sic*) qui consiste en un perlage, avec le jais, de festons de guipures, de tulle, etc., s'appliquant aux tuniques, aux tabliers, aux voilettes et à tout l'habillement, rien, à cette heure de renouvellement d'étoffes et de façons, qui soit très saillant : encore ce dernier passe-temps n'est-il recherché par les promeneuses qu'à cause de la distraction offerte par un travail manuel ou pour le plaisir de porter une toilette faite par soi !

Toutes nos notes prises dans les grands magasins de Nouveautés sur ce qui *se portera,* nous irons rendre visite à celui du Sphinx (ouvrages de Dames) et voir ce qui *se fera,* cet hiver. Aujourd'hui, contentez-vous, Madame, et vous toutes, Chères Abonnées, du merveilleux travail indiqué, à titre de curiosité, dans le Carnet d'Or, d'après une Châtelaine bretonne.

Conseils sur l'éducation

Nous apprenons avec une vraie satisfaction que l'auteur de l'intéressant Dictionnaire illustré anglais, allemand et français, édité par la Maison Furne et Jouvet et loué par nous dans un de nos entretiens, M. Armand Lebrun est à cause de cette publication, nommé par le Ministre de l'Instruction Publique : Officier d'Académie. Il y a lieu, devant cette consécration accordée par l'Université, de recommander encore une œuvre excellente, livre autant qu'album, à laquelle le public international avait déjà donné cette première des sanctions, le succès.

Toutes les Librairies Classiques, du reste, je cite d'abord la maison Hachette, puis Delagrave, Delalain et Belin, rivalisent de bon goût et d'intelligence dans la production de livres scolaires anglais et allemands, dénués de tout aspect démodé ou morose autant que d'une annotation oiseuse ou pédantesque qui accompagnèrent jadis l'introduction de pareils volumes dans les collèges, les pensionnats et les familles. Les programmes nouveaux, il faut le dire, ont comme tracé son catalogue à cette bibliothèque étrangère : les grands auteurs classiques, certes, mais par fragments, ce qui décharge d'autant la mémoire frêle des commençants ; et par fragments aussi, les auteurs modernes, comme Walter Scott, découpé par M. Battier, et Miss Edgeworth par M. Motheré, ou encore le Recueil de Morceaux Choisis Anglais de M. Sèvrette, juvénile et littéraire à la fois, alliance si rare ! Toutes ces lectures excitent d'abord l'intérêt grâce au ton familier du dialogue ou du récit. Telle est une des heureuses nouveautés du jour en tant qu'ouvrages pour la jeunesse du temps.

C'est de Livres aujourd'hui, plus que de Maîtres, que nous parlons et néanmoins tous les cours se renouvellent, toutes les leçons particulières commencent. Citons, malgré qu'il n'ait pas besoin de recommandation et simplement afin de l'annoncer, l'enseignement de français, langue et littérature, de grec ou de latin, que va inaugurer, pour les jeunes personnes et les jeunes gens, un ancien lauréat du Grand Concours, homme du monde et écrivain. Soit qu'elles veuillent grouper leurs jeunes familles autour du conférencier, soit qu'elles préfèrent recevoir à la maison les visites du maître, j'engage nos Abonnées à s'adresser, pour obtenir tous les renseignements, à un de nos amis,

M. Wiener, Professeur au Lycée Fontanes, 11, rue Saint-Lazare, qui patronne et se charge d'organiser ces cours ou ces leçons.

Voilà une vraie bonne nouvelle dans le ressort de l'éducation, que *La Dernière Mode* est la première à donner.

MADAME DE P.

SIXIÈME LIVRAISON : 15 NOVEMBRE 1874

SOMMAIRE ET LÉGENDES

TEXTE

La Mode .... Mme MARGUERITE DE PONTY.
Toilettes de bal : vaporeuses mais très ajustées, avec exemple. – Leurs tissus, pour une jeune fille, pour une jeune femme ; et quelques garnitures et des dispositions (une, parmi toutes, étrange). – Brouillard d'or ou de pierreries ; puis robes sombres et nuancées.

Gazette de la Fashion .... MISS SATIN

Chronique de Paris (Théâtres, Livres, Beaux-Arts, Échos des salons et de la plage) .... IX...

Le Carnet d'Or (la Table, l'Ameublement fait par les Dames, le Jardin et les Jeux). – Douzième feuillet : Menu d'un déjeuner ordinaire .... LE CHEF DE BOUCHE CHEZ BRÉBANT.

Treizième feuillet : Confiture de coco .... ZIZI, bonne mulâtre de Surate.

Quatorzième et Quinzième feuillets : Sirop pour guérir du rhume. – Onguent contre les engelures .... UNE AÏEULE.

Nouvelles et Vers. – Vers : *Marguerite d'Écosse* (sonnet) .... Th. de BANVILLE.
Nouvelle : *L'Hercule* .... Léon CLADEL.

Musique. – Chanson, paroles de Catulle Mendès .... AUGUSTA HOLMÈS

La Musique que présente aujourd'hui la page d'habitude employée au Programme de la Quinzaine est, chant, accompagnement et paroles, tout inédite. Force demeure, si l'on veut ne pas modifier tout à fait la disposition ordinaire du Journal, de donner à une œuvre de ce prix, composée spécialement pour nos Lectrices, un format trop restreint : le soin mis à la graver permet au moins à l'exécutante de n'en rien perdre.

LES CINQ TOILETTES

I.– LITHOGRAPHIE À L'AQUARELLE AVEC OU SANS PATRON DÉCOUPÉ DE GRANDEUR NATURELLE

Toilette de visite. – Première jupe en satin pensée, bouillonnée devant et garnie de volants de côté et sur la traîne ; Tunique de velours de même nuance qui forme l'écharpe et se relève d'un seul côté sur l'épaule ; elle se garnit d'une frange de fantaisie en soie avec glands et filet. Sur cette tunique, très belle passementerie imitant en relief des poires et leurs feuillages : tout cela en acier. – Manches de satin.

II.– GRAVURES NOIRES DU TEXTE

Première page.

1. Toilette de Promenade couleur prune (chapeau Lamballe). – Première jupe en cachemire, volants en pareil alternant avec des volants de faille. Tunique arrondie devant, à pans carrés derrière : elle est garnie d'un volant de faille avec plume de coq lui faisant tête. Corsage à basques rondes, boutonné devant. Confection ajustée, longue devant et courte derrière. Chapeau Lamballe.

2. Toilette de Visite en satin et velours grenat. – Le tablier en satin, se prolongeant très en arrière, est bouillonné du haut, tandis que du bas le garnissent des volants de velours et de dentelle : un triple pli, très profond, fait la traîne. Confection en velours grenat avec bord de fourrure (choisir la fourrure). Chapeau Fleur-de-Thé.

Pages du milieu.

Jeune fille de quatorze ans. – Costume en cheviotte : le fond est uni et tous les biais, ainsi que la ceinture, sont en cheviotte rayée. La tunique se fait de trois tabliers superposés. Chapeau en pareil avec garniture de plume (choisir la plume).

La mode

Toilettes de bal : vaporeuses mais très ajustées, avec un exemple. – Leurs tissus, pour les jeunes filles, pour les jeunes femmes et quelques garnitures et des dispositions (une, parmi toutes, étrange). – Brouillards d'or et de pierreries ; puis des robes sombres ou nuancées.

Paris, le 15 novembre 1874.

Comme deux fils, l'un de soie ou même de laine et l'autre d'or, qui s'interrompent et se rattachent entre eux, mêlés dans leur dessin annuel, alternent ici et l'évolution de la mode durant la Saison, et les fêtes. Aucune transformation très sensible dans le Costume, qui se soit manifestée depuis quinze jours ou que ne montrent d'elles-mêmes les Toilettes de Bal, sujet de notre étude. Les robes de ces solennités mondaines, c'est la fantaisie même, aventurée parfois, hardie et presque future, qui se fait jour à travers des habitudes anciennes. Qui regarde, y voit, mêlés au satin, des symptômes dont se révèle déjà le secret, sous la gaze, sous le tulle ou sous les dentelles.

La tradition, à laquelle plus ou moins obéissent toutes les Toilettes de Bal, je la définis : rendre légère, vaporeuse, aérienne pour cette façon supérieure de marcher qui s'appelle danser, la divinité apparue en leur nuage.

Quant aux caractères particuliers qui semblent s'imposer au début de l'hiver, dépourvu encore de grandes réunions de plaisir sauf dans l'arrière-saison châtelaine ou dans la prime fleur des régions officielles, voici (ce que, du moins, j'ai saisi, un peu sur nous, un peu chez les autres, beaucoup près des grandes couturières ou de leurs rivaux les couturiers) :

Article premier et unique :

Si les tissus classiques de bal se plaisent à nous envelopper comme d'une brume envolée et faite de toutes les blancheurs, la robe elle-même, au contraire, corsage et jupe, moule plus que jamais la personne : opposition délicieuse et savante entre le vague et ce qui doit s'accuser.

Exemple de cette règle, qui vient de trop absolues souveraines de la Mode pour n'être pas suivie tantôt par mille sujettes ravies, c'est : corsage ajusté de haut en bas, prenant les hanches et jupe plate devant, celui-ci venant brider celle-là à mi-corps, puis écharpe ; l'Europe n'a-t-elle pas appris ce goût nouveau de l'Orient ?

À l'article unique ou tout au moins premier qu'il faut écrire, afin de le méditer, sur le carnet de nacre et effacer, avec les derniers noms de danseurs restés de l'autre année, seulement dans l'après-midi d'avant le bal : je joins deux détails ou trois, parfois divers, jamais contradictoires.

1. *Les jupes de soie ne se font plus avec pouffs pour soirées, mais se froncent du haut ; et la fronce est répétée cinq ou six fois (de façon à couvrir un espace d'environ trente centimètres de hauteur). Quant à la garniture, c'est, dans le bas, des volants ou des bouillons et, au-dessus ou fort au-dessus, des écharpes de gaze placées très haut sur le tablier et se nouant sur la traîne.*

2. *Les tailles se font à petites basques toutes rondes ou bien à pointes très arrondies formant un peu basque.*

Telles quelques-unes des nouveautés introduites par le commencement de la saison : appréciables particulièrement dans les fêtes princières de la fin d'octobre.

Mille combinaisons exquises, déjà connues ou encore neuves, peuvent naître de l'imagination d'une Lectrice impatiente du premier bal de l'hiver, mais le choix même de l'étoffe remise à la faiseuse s'y mêle trop intimement pour que nous les isolions.

Étoffes et garnitures et même certaines dispositions principales qui dessinent la toilette plutôt qu'elles ne l'agrémentent simplement, écoutez tout à la fois. À ces avis tout pratiques s'impose la seule distinction à faire : entre les robes destinées aux jeunes filles et les robes destinées aux jeunes femmes.

Mesdemoiselles, je parle pour vous.

Vos robes seront en tulle illusion de toutes nuances, mais surtout blanc ; avec écharpes plissées ou bouillonnées, retenues sur la traîne ou de côté par une touffe ou un bouquet de fleurs, ou par une guirlande, ce qui est du dernier goût. Les pardessous en satin sont généralement préférables à ceux en faille ou en poult-de-soie, comme plus chatoyants sous le tulle ou la gaze : car de très jolie gaze de Chambéry se déchire peu dans l'élan de la danse, mais fait à mon avis plutôt toilette de dîner que de bal. L'adoptez-vous ? elle se garnira de beaucoup de chicorée en pareil, reposant sur un plissé effrangé de chaque côté ; cet effilochage joue la plume, bien joliment.

À votre tour, maintenant, Mesdames.

Robes de danse en satin ou en faille voilées de tulle illusion blanc relevé de côté gracieusement par des masses de fleurs, puis d'autres entièrement garnies de plumes véritables et de dentelles, soit point d'Alençon, soit application de Bruxelles. J'ajoute : toujours, beaucoup de blondes blanches perlées de jais blanc, ainsi que de broderies en soie plate sur tulle. Mille effets ravissants à tirer de ces garnitures reproduisant la flore du songe ou bien de nos parterres, parfois comme givrée et toute blanche !

Fermant les yeux à d'adorables motifs dont me tente la description, je poursuis, stricte et brève.

Que des nœuds papillons soient, avec un heureux manque de symétrie, posés, pour compléter des volants espacés et plissés très fin ; que des floraisons courent en girandoles et en espaliers : c'est là un luxe ordinaire et presque facile. Le génie qui métamorphosa des tissus en papillons et en fleurs le cède encore devant la splendeur pure et simple des tissus eux-mêmes, tulle blanc lamé d'argent à côté de bandes de satin blanc, ou poudré d'or ainsi que de la poussière de gemmes multicolores. Pas d'ornementation inutile dans ce cas, ni de surcharges vaines, autres que les mille complications tirées de la *façon* seule de la jupe, volants, bouillonnés, placés comme ceci, comme cela, hauts, bas : rien de plus que ce prestige éparpillé et lumineux.

Assez, et au risque de vous étonner, chères Lectrices, je ne vous donnerai pas d'idées (ce qu'on cherche, à bon droit, dans un Courrier de Modes, mais après seulement qu'il a suivi et indiqué la marche du goût). Or nous en sommes aux premiers mots : et nous ne citerons que comme une superbe d'excentricité, celle-ci, aperçue chez un tailleur pour dames célèbre : Robe de tulle blanc, garnie de plissés de blondes perlées, le tout relevé par un feuillage des plus singuliers : des artichauts, la tige et le légume lui-même ornemental en architecture et, paraît-il, en mode. Baroque ? non, cela ne l'était point ; c'était même beau ; mais emblématique de quoi (s'il est vrai, comme le disent les poètes qu'une robe veuille dire quelque chose) ? Vraiment, le jardin ou la serre étant là, recourir au potager ?

Très bien, pour celles d'entre vous, chères Lectrices, qui s'apprêtent à danser, mais j'en sais d'autres, mères à plus d'un titre, dont la satisfaction bienveillante sera d'assister au triomphe d'une fille, d'une bru, qui sait peut-être ? chose charmante, d'une petite-fille. Redire un lieu commun pareil à celui-ci : que la nuance, car nous entrons maintenant dans les couleurs, obéit à l'âge, à l'aspect de la personne, non ! ni même rappeler, chose beaucoup plus fréquemment oubliée, qu'il faut compter encore avec la couleur ou la nuance des tentures, c'est-à-dire des fonds où l'on s'adosse dans chaque salon. Je ne puis, après ma nomenclature des étoffes *en pièce* faite il y a quinze jours, que citer une étoffe privilégiée ou deux : soit, encore près des éblouissements de tout à l'heure, le tulle gris argent et (si nous passons sur toutes les teintes), le tulle noir entièrement brodé de jais. Toutes les teintes, ce sont :

mauve tendre, réséda, crépuscule, gris tzarine, bleu scabieuse, émeraude, marron doré..., mais je m'arrête.

MARGUERITE DE PONTY.

GAZETTE DE LA FASHION

Les Robes, très bien : il convient qu'un Courrier de la Mode les décrive jusqu'à la traîne. Tout le monde, de la couturière à la femme de chambre adroite, peut, nos descriptions lues, tailler presqu'un corsage, une tunique, une jupe, un tablier. Le Chapeau c'est bien autre chose ! voilà du velours ou de la soie, voilà du feutre ou une *forme* (qui n'est souvent que l'absence même de forme) et je puis vous parler une heure : faites de tout cela quelque chose, même avec des fleurs, des plumes et mes paroles. Inévitablement, sauf une imagination très spéciale, chacune de vous, Lectrices, prend le chemin de la Modiste en renom.

Il y a encore mille accessoires que les dames doivent acheter de confiance, le corset, les gants, les souliers : et ces quelques lignes doivent en traiter.

De tous les modèles entrevus les jours derniers, au bois, au théâtre, partout, aucun n'est plus ravissant que ceux de Marie Baillet ; on peut difficilement égaler cette faiseuse, mais on ne peut la surpasser. Sachant manier avec art les nuances qui, pour toute autre seraient hasardées et les fleurs coutumières ou rares, elle en orne des formes mieux qu'excentriques, parisiennes : et autant que parisiennes, grande dame de tous les pays. Les capitales étrangères nous ont pris son chapeau *Lamballe,* coquet et seyant à toutes les jeunes femmes, même à de pas jolies s'il en était ! car il compose à lui seul un visage. Quant au chapeau *Figaro,* il est d'une originalité délicieuse : trop connu pour qu'on le décrive ici, et déjà donné par une de nos gravures d'il y a quinze jours.

Je puis et je dois louer aussi le contenu des cartons de *Louise et Lucie :* ce sont de merveilleuses fleurs faites par elles, avec quoi elles créent encore de merveilleuses coiffures. On pourrait dire de ces dames qu'elles ont les doigts de roses du matin, mais d'un matin artificiel, faisant éclore des calices et des pistils d'étoffes. À propos de *roses,* je remarque surtout, dans cette collection nouvelle, une guirlande de cette fleur trop mésestimée aujourd'hui, qu'entoure un feuillage au reflet d'or : puis une garniture de géranium pourpre, avec un splendide feuillage aussi de velours faisant traîne.

Gants, souliers, etc., disons-nous ? Non, ce sera tout simplement pour cette fois le Corset. Choisissez le *Corset Élégant,* que fait *Madame Gibert* (rue du Bac, 187). D'une coupe spéciale (il est tout d'une pièce) et d'un travail si parfait qu'on ne le cache qu'à regret sous la robe ! cet objet est indispensable au port d'une toilette ajustée, comme celles de maintenant. Toute la *Fashion* reconnaît le talent, et je dirai l'amabilité de Madame Gibert, un point à noter : car elle-même se rend chez ses clientes, prépare, voit, essaye, etc. Un mot jeté à la poste quelques heures d'avance.

Une de nos Cartes de visite placée sur la Couverture et que nous ne faisons, cette fois comme dans le cas de Mademoiselle Baillet, que développer ici à loisir, donne déjà ces détails très succinctement.

MISS SATIN.

CHRONIQUE DE PARIS

THÉÂTRES, LIVRES, BEAUX-ARTS ; ÉCHOS DES SALONS ET DE LA PLAGE

Faire qu'en ces lignes, tracées avant que le balancier d'une petite pendule rocaille qui les scande n'en ait indiqué cent ou même le double ! tienne une semaine et une semaine encore de Paris : chimère. La sagesse sera d'oublier la ville et son hiver, et de causer d'autre chose ; mais existe-t-il autre chose ? Toutes les premières représentations de pièces sans musique (à la Musique, annoncée par l'admirable mélodie de Mlle Holmès dans la livraison d'aujourd'hui, sera dédiée la prochaine Chronique entière) en vain conspirent contre notre vœu d'ouvrir tout à l'heure des livres, de les lire et de les nommer simplement ; rien ne nous troublera. *La Veuve* ? mais nous avions, dès il y a un mois, annoncé son succès d'hier au Gymnase, ainsi que la magnificence du *Tour du Monde,* décors inouïs, drame, figuration ; puis tous les bonheurs ont été par nous souhaités à l'avance au Théâtre-Lyrique qui vient de relever une première fois son rideau sur *La Jeunesse du Roi Henri,* par feu Ponson du Terrail. À notre table attendent, depuis l'apparition du journal, des volumes, entassés et les pages encore jointes ; jouons du couteau de nacre et de l'œil, sans nous laisser par rien distraire.

Mlle Rousseil dans *L'Idole,* aux Arts, se montrant chaque soir la plus grande tragédienne de ces temps ne nous ravira pas deux mots : et pour bannir de notre pensée toute l'obsession de son jeu sublime, il n'y a d'autre moyen que de déplier le vélin gris d'un billet amical où l'on nous décrit tout au long sa toilette. Ô désespoirs donc ! Je copie : « Une longue traîne de faille brun pain brûlé, doublée de taffetas paille ; le devant de la jupe à mille volants paille très serrés autour du corps par des bandes posées en biais, représentant d'énormes fleurs orange foncé ; le gilet sans manches, brun comme la traîne, laisse voir des manches paille. » À Cluny, autre maison sympathique de M. Weinksheink, *Les Héritiers de Rabourdin,* eux-mêmes nous laissent muets ; et cependant, quelle tentation vraiment irrésistible d'apporter dans ce malentendu qui sembla s'établir entre le public et l'admirable romancier, auteur de la pièce, M. Zola, notre humble avis (au contraire d'une partie de la grande presse qui a tout aggravé, pouvant tout dissiper). Une œuvre de cette importance exige un commentaire où passeraient le Journal et sa couverture : car voici qu'avec elle la question du Candidat, par Flaubert, au Vaudeville, la saison dernière, recommence pour ne jamais peut-être finir.

Aux Livres.

La pieuse offrande qu'aux jours funèbres des souvenirs et des fleurs, le génie fait homme de ce siècle voua à la mémoire de chers êtres perdus, c'est un livre !

Victor Hugo a apporté, sur la double tombe parisienne de ses deux fils, quelques pages justes, sereines, amies, lumineuses, qui vont aussi servir de préface à leur œuvre bientôt rééditée. Notre émotion nouvelle, à nous comme à chacun, c'est d'abord d'avoir entendu une fois de plus parler Victor Hugo : mais aussi de l'avoir entendu parler de Charles et de François-Victor Hugo. Seul, il avait le droit de proférer très haut, à propos de ces deux jeunes hommes éclairés autrement que tous et autrement même que par la mort, ce que d'eux longtemps nous pensâmes tout bas. Mais involontairement encore on mêlait leur éclat à la splendeur paternelle ; or le père est venu séparer de sa gloire la leur, et dire avec autorité : « Non, ceci est le rayon de Charles, non, cela est la lueur de François-Victor. » Toutes les mères, avec une admiration triste, comprendront ce geste et le suivront des yeux.

Du passé solennel et inoubliable, fable, légende, histoire, mais qui est maintenant fermé à l'éclosion de ces types miraculeux, Théodore de Banville, avec le recueil des *Princesses,* a ressuscité l'âme et le corps de Sémiramis, d'Ariane, d'Hélène, de Cléopâtre, d'Hérodiade, de la reine de Saba, de Marie Stuart, de la princesse de Lamballe et de la princesse Borghèse. Tout ce qui de cruauté, d'orgueil, de luxe et de candeur inhérents à la Femme même, s'est à travers les longs âges perpétué en des exemples précieux jusqu'à sa venue à lui, seul capable d'accepter un tel trésor ! le poète le fait vivre dans une galerie de quelques Sonnets extraordinaires. Son vers, défiant les pinceaux, défiant la statuaire, a accompli ce prodige d'évocation ; et jamais il n'accusa, entre les mains de ceux qui l'ont perfectionné jusque maintenant comme de ceux qui l'ont créé, plus de maîtrise, plus de fougue enjouée et d'aisance divine. À vous de plonger les yeux, Mesdames, dans ces tableaux profonds à l'égal de miroirs, où vous croirez toujours un peu vous contempler : car il n'est pas une petite fille assise aux bancs du pensionnat qui ne porte en elle une goutte de ce sang éternel et royal qui fit les grandes princesses d'autrefois.

Harmonieux, fervent et sage, œuvre d'un âge enthousiaste qui se baigna au flot antique et d'un âge savant qui plane dans les cieux supérieurs, le livre de M. Emmanuel des Essarts, poète et l'un des professeurs éloquents du jour, s'ouvre par ce groupe de composition : Les Chercheurs d'Idéal et finit par un autre placé sous cette invocation : Excelsior. Mélancolies ou joies puisées dans la rêverie et l'imagination seules, telle est encore la partie moyenne et vivante des *Élévations :* Symboles et Tableaux. Les heures graves de l'existence, mais hardies, aux élans déjà tempérés par le souvenir, sont celles que va charmer cette lecture.

Le Harem : titre un peu vif peut-être pour quelques dames françaises, donné par M. d'Hervilly à son dernier livre de poésie. Qu'aucun éventail ne s'agite, effarouché : car ce gynécée tant que le tome qui l'emprisonne en ses stances demeure fermé sur votre étagère, va et vient, rit et babille aux climats divers, libre parmi les aiguilles de glace, les bananiers ou les obélisques roses. Par une loi supérieure à celle qui, chez les peuples barbares, enferme véritablement la femme entre des murs de cèdre ou de porcelaine, le Poète (dont l'autorité en matière de vision n'est pas moindre que celle d'un prince absolu) dispose avec la pensée seule de toutes les dames terrestres. Jaune ou blanche ou noire ou cuivrée, leur grâce est soudain requise par lui, quand il se met à l'œuvre ; elle vient former les flottantes figures animant les livres, et, notamment cet album cosmopolite de vers dû à un voyageur (qui a surtout été de la place du Nouvel Opéra au premier lac du Bois de Boulogne). Secret, ô mes aimables lectrices, maintenant divulgué, de ces heures vides tout à coup et sans cause, et de ces quasi-absences de vous-mêmes, auxquelles vous succombez quelquefois pendant l'après-midi ; un rimeur quelque part songe à vous ou à votre genre de beauté.

À ce volume qui date d'avant le retour à la Ville (mais était-ce bien son temps et faisait-il autre chose que de se tenir prêt pour le commencement de la Saison ?) il faudrait ajouter *Le Cahier rouge,* point encore paru quand j'écris ceci, et peut-être classé déjà dans toutes les bibliothèques au moment où on le lira. Nombre des morceaux qui composent ce recueil prochain de François Coppée ont été applaudis par des mains aristocratiques ou charitables dans les réunions de bienfaisance, véritables clubs des dames, avant de captiver, imprimés, le regard, à la clarté familière d'une lampe de boudoir. La sympathie reste la même ; car le vers du jeune poète populaire, s'il frappe tout de suite et à jamais par la justesse de son intonation, supporte la rêverie et exhale, pour qui s'y appesantit ou s'y laisse aller, toute une atmosphère de sentiments rares : double don presque contradictoire des œuvres décidément parfaites ! aussi l'ovation immédiate, aussi la prédilection durable. J'ai d'exquises réminiscences de plages et de fêtes mondaines, sites donnés à des poèmes nouveaux que cet ami me lisait un soir de Mai dernier : et c'était bien, en effet, un *cahier* relié en *rouge !* Tout intime et demandé au hasard, ce détail explique la cause d'un titre, qui étonnera d'abord plusieurs de vous, et que tous nommeront bientôt, sans plus y réfléchir, comme « Les Intimités », comme « Les Humbles », dans l'habitude tôt prise du charme de l'œuvre.

Comme ce fut l'adorable usage de certaines personnes très riches et très délicates d'attacher, autour de leurs bras, à la faveur d'une monture du XIXe siècle et d'y mêler aux pierres précieuses quelque rangée admirable de médailles antiques ou de camées, c'est de même qu'on a de tout temps laissé auprès des morceaux absolus et définitifs d'André Chénier des vers inachevés, frustes parfois, divins toujours, accusant le profil d'une idée naissante. Joyau elle-même, la réimpression en un volume de format elzévirien, qu'avec la famille du maître fait de son œuvre l'éditeur Lemerre (à qui nous devons les œuvres de poésie par nous étudiées à l'instant), met au jour maint de ces petits fragments inconnus : ce qui a l'importance d'un événement littéraire.

Quoi ! nous terminons sans que la pendule rocaille invoquée par nous au commencement de cette étude ait seulement sonné une de ces heures anormales jusqu'où se prolongent déjà les premiers bals de l'hiver. Arrêtés par le papier, le seul papier ! nous n'avons dit que les vers (*Mes fils,* ces pages de prose du maître des maîtres exceptées) ; soit ! nous recommencerons par les romans.

LE CARNET D'OR

LA TABLE, L'AMEUBLEMENT FAIT PAR LES DAMES, LE JARDIN ET LES JEUX

Douzième feuillet.

MENU D'UN DÉJEUNER ORDINAIRE

Huîtres : Marennes, Ostende ; Crevettes bouquet ; Saucisson de Lyon (Beurre de Prévalaye) ; Petits pieds de cochon farcis à la Duthé (chaud). – Côtes de mouton provençales au gratin, Poulet sauté Bourguignonne. – Grives rôties, Rémoulade de céleri. – Buisson d'écrevisses au vin du Rhin. – Dessert : fromage Camenbert, miel de l'Hymette, Fruits et Gâteaux. – Café, Liqueurs : Rhum de la Jamaïque et veuve Amphoux. – Cigarettes russes au Dubèque aromatique (bureau spécial) ou de Havane (Régie) ; Cigares : Partagas et Cabanas (Grand Hôtel). – VINS : Chablis Mouton ; Grands ordinaires : Île Verte (Médoc) 1870 et Moulin-à-Vent, Malaga G. Dôrr.

LE CHEF DE BOUCHE CHEZ BRÉBANT

Treizième feuillet.

CONFITURE DE COCO

Personne qui n'ait été une fois tenté de prendre aux étalages une noix de coco ; et, achetée, n'ait su qu'en faire. Le fruit classique au loin, parmi les grenades, les oranges ou les ananas, demeure pour le Parisien à l'état de curiosité inutile : voici l'une des plus fines gourmandises des îles et des côtes, dont il devient l'ingrédient principal :

« Mettre 500 grammes de sucre et un demi-verre d'eau dans une bassine de cuivre ; lorsqu'il est au petit cassé, jeter, en remuant avec une spatule en bois, 1 coco râpé dans le sucre. Mettre, quinze minutes après, 2 jaunes d'œufs et quelques gouttes d'eau froide dans une autre bassine ; y verser le coco cuit en remuant toujours dans le même sens. Parfumer à la vanille, à la canelle ou à la fleur d'oranger ; remettre au feu pendant cinq minutes, et, après avoir laissé refroidir pendant cinq autres minutes, verser dans un compotier et servir la confiture froide, accompagnée de gâteaux d'*arrow-root.* »

(La noix de coco fraîche, provenant d'arrivages presque quotidiens, se vend, ainsi que les aromates ou les épices et le gâteau d'*arrow-root,* au *Buffet de dégustation des produits et des mets créoles ou orientaux, Boulevard Haussmann, 56* : y écrire, par exemple, de province.)

Tout inconnue, cette deuxième recette exotique est due, comme la première, à l'infatigable *Propagateur* déjà *présenté* par nous. Ajoutons que notre collaborateur est prêt à offrir, tout fait, à l'heure du lunch, ce régal, sur un simple billet du matin envoyé par nos Lectrices : tel qu'il le donne ici et tel qu'il le tient de

ZIZI, BONNE MULÂTRE DE SURATE.

Quatorzième et Quinzième feuillets.

SIROP POUR GUÉRIR DU RHUME

Deux médecins, l'un allopathe, l'autre homéopathe appartiennent à la Rédaction ; et ce ne sera pas une des moindres surprises montrées par le Journal que la double consultation signée de noms très parisiens, qui s'offrira, en cas de mal régnant, aux adeptes de chacune de ces thérapeutiques, sur deux *feuillets* juxtaposés du *Carnet d'Or.*

Pas d'autre fléau, maintenant, que l'hiver, saison des plaisirs et de quelques indispositions et de quelques bobos : inutile donc que paraisse, autre part qu'en soirée, la cravate blanche de l'un ou l'autre de nos docteurs.

Parlons, sans eux, du Rhume d'abord :

Si vous voulez, Madame dont la toux est légère ou très forte, ne pas troubler par ces accès la fête qui se donne dans trois jours, ou n'inquiéter pas à la maison votre entourage familier, prenez : Mousse de Corse (lichen gélatineux), Lichen d'Islande, racines et fleurs de Guimauve, Lierre terrestre, Capillaire, Coquelicots (au total, chez l'herboriste, la valeur de dix sols) ; jetez dans une bouilloire et versez beaucoup d'eau, faites bouillir et réduire, ajoutez un bon quart de sucre, et faites encore réduire, le temps que cela passe d'un état gélatineux à un état sirupeux.

Vous retirez et versez, refroidi, ce sirop (couleur de mûre et au bon goût de plantes pectorales) dans le pot de votre cabaret de Saxe ou dans une fiole de Venise ou de Bohême : ici cesse mon ingérence.

Prendre une cuillerée à bouche de temps à autre, soit d'heure en heure.

Remède compliqué ? Non, simple : tandis que le rhume simple est souvent, lui, compliqué !

Onguent contre les engelures

Gardez du déjeuner les écailles de quelques huîtres.

Pourquoi ? pour les mettre au feu : pourquoi ? pour les faire chauffer à blanc : pourquoi ? pour en avoir la cendre.

Mêlez ce résidu mat et pulvérisé à de l'axonge ou du saindoux : c'est tout.

Étalez cet onguent sur l'enflure ou la plaie (ainsi qu'il sied, avec chiffon, etc.), comme tout à l'heure un jour, deux jours, trois jours ; la guérison s'ensuivra.

Voyageur, je notai (écrites, alors, qui sait ? et publiées, maintenant, à coup sûr pour la première fois) ces deux traditions populaires de pays, humide, la Hollande, froid, la Norvège.

Ordonnances, celle-ci et celle-là, de *bonne femme* ? Certes ; et que la digne personne qui me les dicta, expérimentées depuis des âges dans sa famille, aimerait à voir nommer ainsi : n'était un sentiment de respectueux souvenir qui m'impose de les signer à cause d'elle

Une Aïeule.

NOUVELLE ET VERS

NOTE POUR LA BIBLIOTHÈQUE : *Poésie* tirée d'un recueil publié à part : *Les Princesses* avec un frontispice à l'eau-forte. Les dames qui n'auront pas l'habileté ou le bonheur de mettre quelque part la main sur ce volume de Théodore de Banville (malheureusement, pour elle ! épuisé chez l'éditeur Lemerre, après une heure de vente) en retrouveront les vingt sonnets dans le prochain tome de l'œuvre du Maître (t. IV). – *Nouvelle,* à défaut d'un extrait donné par nous de l'un des deux grands romans *Ompdrailles-le-Tombeau-des-Lutteurs* et *L'Homme-à-la-Croix-aux-Bœufs* dont l'apparition sera un des événements littéraires de l'hiver, prise aux *Va-nu-pieds* de notre collaborateur Léon Cladel : un autre livre que le succès a fait introuvable. Lue ainsi qu'il sied, cette page initie nos Lectrices à un monde étrange et peu connu d'elles, dont les personnages comportent une assez grande beauté pour devenir comme ici d'humbles et admirables symboles.

AVIS

Une des nouveautés apportées par la Direction de *La Dernière Mode* dans le service de ce Journal consiste à en fixer les dates d'apparition, non pas au commencement ni au 15, mais au premier et au troisième dimanche de chaque mois. Attendre notre publication à ce jour des réunions de famille ou tout au moins du loisir, au lieu d'être surpris par elle à un moment inopportun de la semaine : voilà l'agrément que nous procurons à nos Lectrices, particulièrement à celles des départements. À cette disposition spéciale il y a un inconvénient : lequel ? une fois par Trimestre, de laisser trois semaines s'écouler entre l'un et l'autre de nos Numéros mensuels, dans le mois aux cinq dimanches.

La Livraison défraîchie, quant à l'intérêt du moins, reste alors longtemps sur la table du salon : or, qu'elle demeure au piano !

Un morceau de Musique, neuve, fait par un des compositeurs notables de l'époque, retiendra l'attention pendant ce laps de temps : quitté, repris, déchiffré, chanté par toute musicienne. À sa faveur la Livraison affronte même l'oubli.

Disparition du *Programme de la Quinzaine ?* Oui, (car il n'y a plus de quinzaine ce jour-là et la page des plaisirs, toujours en avance, se trouverait en retard) : voici enfin la *Correspondance avec les Abonnées* elle-même qui s'évanouira aussi tous les six Numéros, cédant la place à un résumé de notre Publication pendant le Trimestre.

Nos six premières livraisons

Texte

Six Courriers de la Mode (le premier consacré aux *Bijoux*) ont, sous la signature d'une femme du monde qui est aussi un littérateur distingué : *Madame de Ponty,* reproduit au jour le jour les consultations des premières faiseuses sur : *Le Costume et ses Accessoires au début de l'Automne et de l'Hiver* (deux articles), les *Étoffes pour l'année* (un article), les *Fêtes* à la campagne et à la ville, *Costumes de chasse* et *Toilettes de bal, l'étiquette des Mariages,* etc. (deux articles).

Pas de Journal qui ait, plus que *La Dernière Mode,* le souci d'une publicité loyale et de bon ton : on y a inauguré l'annonce faite à l'aide de Cartes de Visite appartenant déjà aux premières maisons de Paris. Le Courrier de la Mode restant une étude, entièrement désintéressée, des variations du goût, le nom d'aucun magasin ni d'aucune faiseuse n'y paraît (détail précieux) ; et pour débarrasser ce *Premier-Paris,* particulier à ma publication, de toute préoccupation étrangère et commerciale autant que pour développer les Cartes, très brèves, je publie maintenant un article spécial, la Gazette de la Fashion, présentant à nos Lectrices tous les renseignements quotidiens, luxueux et pratiques. À vous, Mesdames, d'avoir toute confiance en ce pseudonyme étranger d'une Parisienne connue : Miss Satin.

La Correspondance avec les Abonnées, où il est rendu compte de tous les achats faits, en leur nom, par l'intermédiaire de l'Administration, est encore une source inépuisable d'informations de ce genre.

Quinze feuillets du Carnet d'Or se distribuent comme il suit :

Deux grands dîners, un *déjeuner ordinaire* et un *dîner de famille,* un *pique-nique au bord de la mer,* puis *deux déjeuners de chasse :* ces menus émanent (et c'est tout dire), du Chef de bouche chez Brébant.

Deux recettes de mets et *d'entremets exotiques,* dues soit *à une dame créole,* soit *à une mulâtresse* amenée de l'*Inde française :* préparations certainement inédites en Europe.

Deux ordonnances hygiéniques (pour les premiers froids) plus encore que médicales, recueillies parmi les usages traditionnels des pays du Nord.

Attirons l'attention de quiconque ne lirait que ce numéro sur les *deux dispositions décoratives d'appartement* et sur celle de *jardin,* que nous ont communiquées des spécialistes tels que Marliani, le tapissier renommé et le *Jardinier en chef de la Ville de Paris.* Voici enfin une charmante *esquisse sportive,* résultat d'une conversation avec le merveilleux naturaliste Toussenel.

La Chronique, après sa *présentation* faite par lui-même et derrière son masque, intéresse la Lectrice aux *fantaisies* de notre causeur IX, qu'on reconnaîtra quelque jour : il y a suivi *la première phase théâtrale de la saison,* en trois entretiens, un autre est sur les *choses du jour,* et le dernier sur les *premiers livres de l'hiver,* qu'il sied à toute femme distinguée, même par l'esprit, d'avoir lus.

Complément nécessaire à la Chronique, le Programme de la Quinzaine, affiche ? non, causerie ? non, l'un et l'autre, juge par un mot bref et amusant la valeur des *distractions ou des solennités de l'heure.* Cinq Programmes ont paru.

La Collaboration littéraire, maintenant : brillante, grave, toujours parisienne, dont le concours honore pour la première fois une Gazette de Toilettes et de Fêtes. Sa liste, où ne se groupent que des noms illustres ou aimés, contient-elle une vaine promesse ? Aucunement.

Toutes les primeurs du jour ont donné ici leur fleur la plus exquise. C'est, par ordre, en Poésie, des vers de MM. Théodore de Banville, Sully Prudhomme, Léon Valade, Ernest d'Hervilly, Emmanuel des Essarts, intitulés : *La Dernière Pensée de Weber, Conseil, Inquiétude, At Home, Le Veilleur de nuit* et *Marguerite d'Écosse.* En fait de Contes ou de Nouvelles, ces récits : *L'Aveu,* par Coppée ; *Une voie de fait,* par Alphonse Daudet ; *La Petite Servante,* par Catulle Mendès, et en cours de publication : *L'Hercule,* par Léon Cladel (tantôt suspendant l'intérêt d'une Quinzaine à l'autre, tantôt y satisfaisant entièrement dans la Livraison).

D'autres œuvres de ce prix nous sont gardées par des Poètes et des Conteurs, à qui le temps n'a pas permis encore de figurer autre part que sur la première page.

IMAGES

LITHOGRAPHIES À L'AQUARELLE (HORS-TEXTE)

(Avec leur Légende à la deuxième page de la Couverture, et tous les mois des Patrons découpés (en papier) de grandeur naturelle déjà si appréciés que nous encartons dans le Journal : prime faite pour alterner avec une surprise nouvelle réservée par la Direction aux Abonnées.)

Ces images luxueuses, à qui un procédé rapide d'exécution permet de donner les modes d'hier et celles presque de demain, présentent un double cachet de richesse et d'actualité : cause de leur grand succès. Rappelons : les *Toilettes de la fin de septembre 1874, d'Automne,* de *Promenade,* de *Visite* et de *Bal,* et de *Ville* encore.

GRAVURES SUR BOIS (DANS LE TEXTE)

De délicieux *dessins noirs,* empreints d'une grâce et d'un talent tout féminins, achèvent de faire dire à *La Dernière Mode* le dernier mot en fait de publications de mode.

Toilettes de dames, *deux dames groupées* au-dessous du frontispice, page première, ont montré successivement des *Toilettes de promenade,* de *jour,* de *visite* et de *réception,* de *ville* et de *grande visite.*

Costumes de Jeunes filles ou d'Enfants, *deux figures séparées* sur les deux pages du milieu, nous ont fait voir :

Jeune filles, *Toilettes d'appartement, Waterproof, Toilettes d'appartement* ou *de sortie.*

Petites filles, *trois Costumes d'appartement* et *de sortie.*

Petits garçons, *trois Costumes d'appartement* et *de sortie.*

Aux six premières livraisons de la deuxième année (première sans texte) que compte notre publication d'un luxe matériel et intellectuel, rien n'a manqué, pas même le succès. Cet empressement du public, duquel nous n'avons pas un instant douté quand nous projetâmes la transformation du journal de Mode suranné en une Gazette des Toilettes et des Fêtes de Paris ainsi que de tous les nobles goûts, décoratif, littéraire, etc., ne peut que nous engager à persévérer dans notre dessein neuf. Journal des kiosques à la fois et ornement des tables de salon, *La Dernière Mode* s'offrira toujours à vous, Mesdames, comme votre feuille, parisienne autant que familière : de sa couverture dessinée par Morin (pour ne pas parler davantage de son texte et de ses accessoires) à ce résumé trimestriel que signe une première fois,

VOTRE SERVITEUR, MARASQUIN.

Septième livraison : 6 décembre 1874

Sommaire et légendes

Texte

La Mode .... Mme Marguerite de Ponty.
Traditions et modes de l'enfance à l'adolescence : la layette omise, vient la toilette de baptême ; puis de vraies robes princesse, pour les petites filles et des jupes à plis pour les petits garçons entre deux et cinq ans. Le blanc et le bleu.
– Esquisses : de petites filles de cinq à onze ans (plumes naturelles et paletots longs) ; les petits garçons gardent la culotte courte.

Gazette de la Fashion .... Miss Satin.

Chronique de Paris (Théâtres, Livres, Beaux-Arts, Échos des salons et de la plage) .... Ix...

Le Carnet d'Or (la Table, l'Ameublement fait par les Dames, le Jardin et les Jeux). – Seizième feuillet : Menu de grand dîner .... Le Chef de Bouche chez Brébant.

Dix-septième feuillet : Panneau d'une Salle à Manger nouvelle .... D'après Marliani, *Tapissier-décorateur.*

Nouvelles et Vers. – Vers : *Menuet* ... François Coppée.
Nouvelle : *L'Hercule* (suite et fin) .... Léon Cladel.

Programme de la Quinzaine.

Les cinq toilettes

I. – Lithographie à l'aquarelle

Toilette de Grande Visite en satin et matelassé (N° 29). – Première Jupe de satin bleu : les volants à triples plis, lisérés de satin maïs et les bouffes (qui séparent chaque volant) également en satin. Seconde Jupe, à traîne, montée à la ceinture par des plis à la religieuse : elle a des revers de satin maïs retenus de côté par des nœuds de satin maïs. Casaque ajustée que garnissent des plumes de paon. La mouche au bas s'orne d'un volant plissé avec liséré maïs et nœud de satin que retient le volant.

II. – Gravures noires du texte

Deuxième page.

1. Toilettes de bal. – Robe de dessous en taffetas ou satin blanc uni, voilé d'une seconde jupe très longue en tulle illusion. Volant posé en draperie au-dessus de quoi se mêlent et une guirlande de roses roses et un feuillage bronzé. Cuirasse en satin blanc lacée dans toute sa hauteur par-derrière : la draperie du Corsage, comme la seconde jupe, en tulle illusion, est retenue de loin en loin par une rose et feuillage.

2. Toilette de Théâtre ou de Concert. – Jupe de faille bleu pâle, Tunique en dentelle noire entièrement perlée de jais ; sur le devant se posent des nœuds de faille maïs réunissant les deux parties de la Tunique.

Pages du milieu.

1. Petit Garçon de cinq à six ans. – Robe de cachemire pâle, bleue, avec garniture de lacet de soie blanc. Jupe plissée derrière seulement et unie devant. Corsage plat retenu à la taille par une large ceinture nouée derrière. Col marin bleu avec deux biais en soie blanche.

2. Petite fille de sept à huit ans. – Robe princesse en matelassé bleu clair ; les volants découpés à l'emporte-pièce dans de la faille bleu clair ont un petit galon, placé tout autour et en dessus, disposé en écailles pointues et maintenu par un bouton.

III. – Patron découpé de grandeur naturelle.

Le Patron d'aujourd'hui (celui qui, dans la première Livraison du mois, est servi d'office et gratuitement aux Abonnées) ne reproduit pas le détail d'une des Cinq Toilettes précédentes : c'est donc un modèle de plus offert par le Journal.

Déplié, il représente tout de suite (sans qu'il soit besoin même de lire ceci) une charmante confection d'hiver à tailler dans le velours et à garnir de martre zibeline.

La mode

Traditions et modes de l'enfance à l'adolescence : la layette oubliée, vient la toilette de baptême. – Puis de vraies robes princesse pour les petites filles, et des jupes à plis pour les petits garçons entre deux et cinq ans. Le blanc et le bleu. – Esquisses : de petites filles de cinq à onze ans (plumes naturelles et paletots longs) ; les petits garçons gardent la culotte courte.

Paris, le 26 décembre 1874.

Lois, décrets, projets, arrêtés, comme disent les messieurs, tout est maintenant promulgué, pour ce qui est de la mode : et nul Message nouveau de cette souveraine (qui, elle, est tout le monde !) ne viendra nous surprendre d'une quinzaine ou de deux. À quoi songer, quand les chiffons laissent désœuvrées les femmes : aux enfants ? mais il est des mères qui s'occupent d'embellir leur famille en même temps que de se parer, ce sont les Lectrices de *La Dernière Mode*. Le Journal n'a-t-il pas dès la première Livraison, donné sa plus belle page aux Costumes enfantins ou juvéniles, faisant apparaître, au milieu de la Chronique des choses parisiennes, etc., l'image habituelle de charmants êtres ? Simple intermède que ce Courrier dédié au jeune âge et même au bas âge ? aucunement, mais sanction tardive d'une habitude montrée jusqu'à présent ; ou mieux son complément, que devait la plume au crayon. Car nous n'entreprendrons pas de traiter un sujet aussi vaste que l'est l'horizon des rêves maternels ; en suivre une fois pour toutes les traits généraux, un peu vagues par cela même et nécessairement accompagnés de quelque banalité, c'est ce qui ne messied pas aujourd'hui, sauf que sur ce thème facile, ancien et normal, déjà se détacheront certains enjolivements dus au goût du jour.

Avec quelle joie, égalée seulement par la coquetterie native de ce mignon, la jeune femme ne prépare-t-elle pas la layette du nouveau-né même point encore né, souvent confectionnant elle-même les brassières et les bonnets de dessous qui, de mémoire d'aïeule, sont invariablement taillés sur le même patron ! Tout autre, le bonnet de dessus, si fort garni de ruban aujourd'hui qu'on ne saurait le couvrir du chapeau : aussi en faut-il un, exprès pour cet usage, tout uni du chef et sur le devant simplement orné de deux rangs de petit tulle ruché avec de la dentelle entremêlée à du ruban blanc (N° 0). Le chapeau : il se fait habituellement en forme de capeline, coulissé, puis retroussé du bord ; on y pose un gros pompon de ruban ou une plume blanche. Soutaches ou broderies, ces choses l'achèvent, surtout si la pelisse reçoit le même travail ; mais celle-ci peut s'entourer encore de larges bandes de satin, ouatées et piquées, quoique l'engouement à cette heure soit tout pour la plume frisée. Coûteuse, parce qu'elle est blanche, et parce qu'elle est blanche, salissante, qu'importe aux mères le souci de cette garniture auprès de son charme : qui nous dit qu'un tel duvet n'a pas été pris aux ailes du petit ange naissant pour en border son vêtement, tant c'est ici presque le seul, le véritable et l'authentique usage de ce luxe candide ! La robe de baptême se façonne toujours en tablier, avec ceinture blanche ou bien nœud papillon ; plus simple et sacrifiée à plus de commodité, celle à mettre sous la pelisse ne se garnit que du bas, avec deux entre-deux brodés que sépare un entre-deux de valenciennes, le tout terminé par une haute dentelle. Nuage de suaves étoffes, vaste et allongé à l'extrême, pour que la petitesse exquise du doux être y apparaisse mieux ; cela aura : la robe un mètre trente-cinq centimètres de l'épaule à la dentelle qui déborde ; et la pelisse, plus courte, un mètre vingt-cinq centimètres (puisqu'il s'agit déjà d'employer des mesures humaines).

À huit ou neuf mois, dix mois au plus tard, l'enfant porte robe courte et douillette chaude ; ce qui se brode ou se soutache, ou se garnit soit de satin, soit de plume.

Le chapeau change : il devient de feutre et rond, mais descendant très bas dans la nuque, avec brides à rosettes de ruban et de ruchés pour garantir les oreilles (différences légères dans la forme chez les filles et chez les garçons). Le boa de cygne entourera le cou, tandis que de petites mains gantées se tiendront dans un manchon toujours de cygne, retenu au cou par un ruban : voilà ce que toutes les mamans et les grandes sœurs elles-mêmes savent comme moi. Traditionnelle jusqu'à deux ans, la toilette ne varie pas, à l'exception de la ceinture qui y mêlera sa couleur, le bleu, le rose et le rouge.

Les petites filles porteront, entre deux et cinq ans, beaucoup les robes *princesse*, dont la coupe se prête mieux que toute autre à les vêtir avec ampleur : car il faut qu'à cet âge, Jeanne, Marguerite ou Noémi s'ébattent et se roulent sur les tapis sans se relever chiffonnées ou tout en paquet. À leur cachemire bleu clair ou mi-foncé, garni de soie blanche, convient une petite confection en pareil : tout blanc, il reste à jamais le rêve des jeunes mères, mais combien d'entre elles préféreront pour chaque jour du bleu, moins fragile ! je cède. Avec la toilette habillée, par exemple, les bottines blanches sont de toute rigueur, car les bleues demeurent presque spéciales au vœu religieux fait afin d'honorer cette couleur : étoffe ou cuir glacé, mais jamais noir, pour ne pas détruire à plaisir une harmonie tendre et naïve. Robes d'usage : je conseille le demi-drap bleu foncé, soit avec tresse en laine blanche que plusieurs années de succès durable semblent consacrer comme quelque chose de classique, d'ordinaire et de toujours là ; rien, au fond, de plus gentil surtout avec le col marin (bas bleu foncé du costume et, cette fois, des bottines noires). Le chapeau sera de feutre blanc, avec plumes blanches pour les toilettes ; et pour habillement usuel de feutre bleu foncé avec plume bleu pâle ou blanche, voire une aile de fantaisie. Même couleur à cet âge pour petits garçons ; mais les jupes entièrement plissées, et leurs plis faits toujours du même côté : petite taille très longue avec petites basques à pans coupés. Le paletot tombe à peu près aussi bas que la robe, se fend derrière et de côté ; et presque ajusté à la taille, il a des poches très bas placées derrière : chapeau tout rond en feutre bleu ou blanc, selon le costume.

Pour petites filles de cinq à onze ans, toute la série des tuniques employées pour dames, avec les garnitures à volants plissées, froncées, les paletots cintrés, les tailles à basques, les jupes tout à plis plats, mais sans bouillons (cela nuirait à l'entier dégagement de la petite personne). Surcharge ou simplification, la chose reste à votre gré, Mesdames ; et comme je ne veux point lutter de tact et d'imagination avec vous toutes, je ne ferai, pour *illustrer* mon Étude, d'autre infraction à son plan primitif que de citer quelques modèles saisis au passage. Toilettes portées par deux petites filles descendant d'un landau aux armoiries célèbres, arrêté devant un hôtel des Champs-Élysées (je donne intacte la première, qui était de demi-deuil, parce qu'elle contient des indications utiles à une famille placée dans les mêmes circonstances et que toute autre les écartera aisément) : un paletot blouse en drap blanc avec col marin en pareil, la *confection* légèrement serrée à la taille par une large ceinture de faille noire nouée de côté ; aucune garniture et de simples boutons en nacre blanche pour fermer le vêtement que dépassait de la largeur de la main environ une jupe de cachemire noir à plis plats. Le chapeau tyrolien en feutre blanc, bordé de velours royal avec aile blanche de côté, laissait de par-dessous tomber sur les cheveux bouclés un flot de faille. Même costume porté par l'amie point en deuil, à l'exception de la robe et de la ceinture bleu pâle au lieu de noir. Autre esquisse, d'où ressort ce point que la plume naturelle sied non moins à cet âge qu'aux premières années ou à la grande jeunesse : relevées celles-ci à une messe de mariage à Saint-Philippe du Roule. Deux sœurs montraient des robes de cachemire gris russe à jupes plissées dépassant à peine le genou, avec les paletots mi-ajustés presque de même longueur en peluche bleue garnie de plume naturelle. Petite toque grise, velours épinglé avec tour de plume naturelle et aile de fantaisie bleue. J'extrais encore de cette toilette jumelle la chose importante, sur laquelle la mode semble ici par deux fois insister : c'est que beaucoup de paletots demi-ajustés en drap gris (avec plume naturelle) paraîtront tout l'hiver ; et ce vêtement, toujours très long, se met sur toutes les robes.

Pour petits garçons de cinq à onze ans : costume en drap gris-bleu ou en velvetine noire, veste et gilet, puis pantalon boutonné sous le genou. Paletot d'homme ; chapeau en feutre haut de forme, avec le bord retroussé comme à ceux que viennent de porter les Messieurs dans les derniers châteaux de la saison, mais enjolivé de côté par un bouquet de plumes de coq.

Tout est dit, ou rien, car il faut ne savoir ces préceptes qu'afin de les oublier ; et mieux que d'eux, je me prévaux, Mesdames, de tout le désobéissant caprice qu'à cette lecture mêle déjà votre Fantaisie.

MARGUERITE DE PONTY.

GAZETTE DE LA FASHION

Pas de jour qui se passe sans que l'une de nos Abonnées nous demande : où choisir telle étoffe ? où en trouver la garniture ? Réponse (faite ici maintenant pour qu'elle n'envahisse pas notre *Correspondance*) : il y a deux moyens de s'habiller, soit de s'en rapporter pleinement à une grande faiseuse ou à un couturier, soit de dicter sa toilette à une femme de chambre. L'étoffe, avec la garniture, est toute fournie, et le haut goût parisien, dans l'un des cas ; dans l'autre, il faut trouver les éléments de son désir d'inventer en l'un des quatre ou cinq grands magasins de Paris, car on peut dire maintenant que quelques établissements universels, à eux seuls, contiennent tout le rêve en pièces et en boîtes et confectionné même, d'une Parisienne. Lieux inévitables et de rendez-vous, il en est, grâce à ces maisons célèbres, à Paris presque comme dans une ville de province maintenant : où l'on sait que c'est ici, que c'est là (et voilà tout) qu'il y faut promener son choix et le satisfaire.

Adieu les recherches fatigantes de longtemps après un ruban introuvable !

Le hasard n'est pas le seul à nous faire, avant tout autre, écrire le nom du *Bon Marché ;* mais nous obéissons à une intime conviction que jamais la Lectrice qui aura, montant en voiture, jeté ces mots ! *rue du Bac* ou *rue de Sèvres,* ne reviendra chez elle, contrariée de notre conseil ou de son propre mouvement à elle. Rappeler même à chacun de ses agrandissements ce noble *bazar* chaque saison agrandi (tel qu'on finira par y trouver toutes les richesses du monde à la mode orientale), peut tout d'abord paraître superflu : non, et ce sera dorénavant pour nous le seul moyen de contenter à la fois tant d'aimables questionneuses, vous Madame, vous Mademoiselle, et vous toutes Mesdemoiselles et Mesdames.

Très important à rappeler à nos Lectrices, que dis-je ? à leur indiquer pour la première fois (car l'autre jour deux chiffres sur trois tout à fait erronés se sont glissés dans les quelques lignes consacrées ici aux *Corsets élégants*), est l'atelier nouveau de *Madame Gibert :* c'est bien rue *du Bac,* mais 106 (et non 187) qu'il faut écrire sur l'adresse des commandes envoyées la veille à l'habile et gracieuse corsetière.

Consulter, du reste, nos *Cartes de visite* de la Couverture, que souvent (deux fois sur deux, par exemple aujourd'hui) la Gazette de la Fashion, quand elle n'est pas le complément du Courrier de la Mode, rappelle, sanctionne et développe : tant est vraie l'unité qui préside au journal, et loyale et complète.

MISS SATIN.

CHRONIQUE DE PARIS

THÉÂTRES, LIVRES, BEAUX-ARTS ; ÉCHOS DES SALONS ET DE LA PLAGE

Avez-vous vu *La Haine,* Mesdames, en ouvrant ce journal ? Je cause cependant, comme si le retard en était éternel, de ce qui fait l'objet promis de notre causerie : quoi ?

Âgée à peine d'un siècle, la Musique aujourd'hui règne sur toute âme : culte pour plusieurs d'entre vous, éprises, et pour d'autres plaisir, elle a des catéchumènes et des dilettantes. Son prodigieux avantage est d'émouvoir par des artifices que l'on veut croire interdits à la parole, très profondément, les rêveries les plus subtiles ou les plus grandioses ; et encore d'autoriser qui l'écoute à fixer longtemps sur un point du plafond dénué même de peinture, le regard, en ouvrant une bouche heureuse de s'épanouir à son silence ordinaire. Toute l'existence mondaine est là : cacher les belles émotions supérieures pour lesquelles l'imagination est faite, et même souvent feindre de les avoir. Qui oserait se plaindre que, Muse incorporelle, toute de sons et de frissons, cette déité, la Musique, non, cette nue, douée de la pénétration d'un adorable fléau, envahisse maintenant un à un les théâtres de la ville : puisqu'elle évoque autour de ces foyers mondains de sa gloire, dans les loges, au balcon, vivants ! les types les plus merveilleux et les exemplaires les plus parés de la beauté féminine ? Éblouissantes, c'est partout à la fois et toujours que se donnent de pareilles fêtes : pour ne rien dire du Théâtre Italien, ressuscité avec son éclat traditionnel, autant derrière la rampe que sous le lustre, par le seul homme capable de ce miracle, M. Bagier : il appela du bord de la mer d'Afrique cette audacieuse intrépide, éclatante Mme Pozzoni, débutant chaque soir devant des fleurs et des bravos ; il ramena des plus pures sources de l'art classique (où l'on voit, sur les apothéoses peintes, s'abreuver le chœur des nymphes) ce maestro impeccable, Vianesi ; enfin, magie suprême ! il sait, après une interruption de trois ans, et cela le premier jour, rendre aux escaliers, magnifique autant qu'il fut jamais, ce flot d'étoffes, de pierreries, de cheveux et d'attitudes qu'est la sortie des Italiens avant l'appel des voitures. Assez : non, il attend, ce dispensateur habile d'une des grandes joies parisiennes, pour continuer l'œuvre, française et contemporaine, accomplie par l'ancien Théâtre-Lyrique et peut-être, hélas ! abandonnée par le récent Opéra-Populaire, que le héros du jour, M. Halanzier, de la Salle Ventadour où a pu, grâce à un prodige de tout instant, grâce à la Marquise de Caux, grâce à Faure, se perpétuer un an l'Académie Impériale de Musique ! déménage vers le Palais, vers le Temple, vers le nouveau Théâtre inauguré avec 1875. La chance (ô mes chers amis, les compositeurs) serait que le Châtelet de M. Fischer rencontrât, pour s'affirmer, une des partitions déjà magistralement enfouies sous de la poussière et parmi votre découragement : et qu'une autre partition, confinée au chef d'orchestre Colonne, comme celle-là au chef d'orchestre Maton, surgît pour consacrer le troisième Opéra parisien. Quant aux *étoiles,* elles apparaîtraient à vos premières notes, comme s'éclaire le firmament, dans le crépuscule, au bruit de flûte du jeune pâtre. Sujet de tous les entretiens de l'heure, comme, il y a quelques mois, le furent des allées et venues mystérieuses à travers l'Europe qui se traduisaient par ces mots imprimés ou chuchotés : « M. Halanzier revient de Naples, de Londres, de Vienne ou peut-être de Pétersbourg », voici qu'après la question des virtuoses, s'agite celle d'une partition ! Faure (et Nilson ?) je le vois, ou la devine, et il y aura la Sanghalli ; mais dans quoi : en un opéra étranger jadis accueilli par les suffrages parisiens ? Non : tout cosmopolite que soit l'esprit qui préside à l'érection du monument composite, cette solution, relative au fait de l'inaugurer, pèche par quelque point : ou alors on ne pouvait faire qu'une seule chose, prendre absolument le *Tannhäuser,* et, par un déploiement de gloire extraordinaire, le venger de l'outrage causé jadis au nom de la France par une centaine de malappris : solution plus impossible encore, depuis les armes, depuis l'Alsace, depuis le sang ! Rêvée à la pose de la première pierre ainsi qu'une des solennités les plus sublimes du siècle, cette simple prise de possession d'un local ne peut guère aujourd'hui prêter à une réjouissance universelle comme les Expositions en ont indiqué l'aspect à l'avenir : ce n'est pas dans un ciel voilé seulement par l'hiver que l'Apollon de bronze élève sa lyre d'or, mais parmi on ne sait quelle tristesse. Une vaste féerie, bonne à essayer la scène pendant que le public regarderait la salle, voilà l'idée dernière qu'il y a longtemps léguait, son œuvre achevée, à qui l'exploiterait, le génie perspicace de l'Architecte : la pièce de circonstance, construite par M. Armand Sylvestre et que reproduisirent les journaux, répondait à ce dessein, avec quelque magnificence en moins, mais avec ce luxe inouï, paradoxal et ignoré en plus, des vers très bien faits jaillissant sous la coupole d'un théâtre où l'on chante. Les mêmes feuilles (comme si elles n'étaient que notre pensée des soirs de coin de feu malicieusement, pendant l'heure du sommeil, saisie par d'indiscrets démons pour la divulguer au monde, le matin !) annoncent, au moment juste où nous écrivons, comme une décision obtenue de l'Administration, la propre thèse que nous voulions développer ici. À défaut d'un ouvrage français, exceptionnel et subjuguant l'Europe entière, pourquoi, comme il faut que le programme soit avant tout national, ne pas donner un extrait de quelques-uns de nos maîtres rares, à quoi j'ajouterais cependant un acte italien et un acte allemand : puisque ce fut notre génie de faire comprendre à l'Italie, à l'Allemagne et au monde les musiques allemande, italienne et française ? Gluck, Auber et Gounod, Meyerbeer et Rossini ; un concert, magnifié par les magies du site et non une représentation (sauf le ballet) : c'est véritablement cette soirée de gala. Qui sait même si, pour bien produire la fleur de notre goût, l'Opéra-Comique, tellement riche en belles reprises depuis peu, ne pourrait pas et ne devrait pas (certes bien plus voisin du Grand-Opéra qu'il ne l'est des théâtres de l'opéra-bouffe acclamé par la Mode) prêter au monument illustre un de ses actes : vieux, chanté par les générations, ou neuf, mis en scène avec plus d'ampleur encore ? Nous avons, imprudent, parlé de l'opéra-bouffe, qui s'appelle aussi l'opérette : forcément devaient à ce mot apparaître devant nos yeux, pour nous enlever à notre dissertation, et Judic, et Peschard et Alphonsine, sinon les Bouffes, les Variétés, la Renaissance ! (cela fait trois noms de comédiennes échappés, par le fait de leur toute-puissante séduction, à notre projet de n'écrire, au long de cette Causerie générale et faite pour embrasser l'un des aspects de la Saison, aucun titre spécial, même de pièce). Mais à quoi bon ? et pour quel chef d'une tribu reculée des mers polaires encore vêtue de peaux de poisson, serait-il nécessaire de désigner davantage trois pièces rivales où règne ce trio divin ; maintenant que les grands-ducs eux-mêmes de la Russie qui y ont applaudi en connaissent les airs par les *numéros ?* La scène qui donna une fille à Mme Angot, seule, malgré sa noble audace à faire affirmer cette vérité par Litolff que le génie est partout le génie, même dans la *cascade* et s'il chante la faridondaine ! à cette heure hésite entre des reprises, qui ne sont, à vrai dire, que les reprises de succès. Sans même hésiter, le Vaudeville va renoncer à sa vieille appellation que trouvera le *français né malin,* pour affronter, lui aussi, un genre qui, après tout, montrera peut-être au futur que le Français aurait également su mourir malin : et l'Athénée, à qui ça n'a point réussi de demander des vers aux poètes, attend pour rouvrir comme théâtre d'opérettes, les devises des bonbons servis à l'Inauguration de l'édifice voisin, laquelle coïncide avec la nouvelle année. Pleurer de cet état de choses et en rire tout à la fois : je le fais. Quel mal à ces jeux ? pour le Drame historique ou bourgeois et pour la Comédie (à leur propos, j'omets, pardon ! afin de les mieux signaler en notre *Programme,* les renouvellements d'affiches au Palais-Royal, à l'Ambigu, à Cluny), il restera bientôt trois ou quatre théâtres sérieux, stables, anciens. Y a-t-il plus de trois ou quatre pièces littéraires par année ? moi qui, de tout le théâtre contemporain, ne connais peut-être (avec *Diane au Bois* par Théodore de Banville) qu'une seule grande comédie, quasi héroïque, et tout à fait bouffonne, *Tragaldabas,* par Auguste Vacquerie ! Bafouée, exaltée, célèbre et même inconnue, cette merveille de gaîté idéale apparaît maintenant ce qu'elle fut pour tout jugement sain dès la première heure, un chef-d'œuvre ; et je regretterais que le maître ne la livrât pas de nouveau à l'éclat de la scène, s'il n'y avait de la satisfaction éprouvée à voir une belle chose entrer déjà sous la forme du livre, dans sa calme, naturelle et sereine immortalité. Quelle musique dans ces quatre actes, exquise, rêveuse ou brillante, pour peu que l'une de vous, Mesdames, veuille, le piano fermé, ouïr, au rythme seul des vers, la passion, animant leur dialogue, s'en dégager ! Les feuillets blancs et discrets du tome attirent un poète, habitué à l'émoi des représentations orageuses ; tel autre demande avant tout les murmures amis d'un salon : c'était un chant aussi, et par la sonorité des syllabes et les entrelacs formés avec la mélodie de sentiment, que ce fier duo, *La Rencontre,* adorablement répété, l'autre soir, chez Mme de Villars devant un public d'artistes par la maîtresse de la maison et M. Fraisier de la Porte-Saint-Martin. Pas un nom dans l'assistance qui ne fût notoire à quelque titre, et quant à celui de l'auteur, acclamé et fêté par nous, rappelez-vous-le pour l'applaudir un jour sur la dernière scène fidèle à la poésie : M. Léon Dierx.

Le carnet d'or

La table, l'ameublement fait par les dames, Le jardin et les Jeux

Seizième feuillet.

Menu de grand dîner

Potages : Consommé de volailles Sévigné, Soupe à la tortue. – Huîtres de Marennes, Ostende, Impériales. – Hors-d'œuvre : Oie fumée, Crevettes, Harengs à la Russe, Beurre de la Prévalaye. – Entrées : Filets de soles Montgolfier, Chevreuil, Poularde du Mans piémontaise, Caisse de Foie gras aux truffes. – Sorbet au vin de Porto. – Relevés : Bécasse sous la cendre,

Jambon glacé à la gelée, Salade Impératrice, Ramequins au Parmesan. – Glace Victoria à la Bressanne, Brioche mousseline. – Dessert choisi par la Maîtresse de maison. – Café, Liqueurs de la Charente et des Îles. – Cigarettes russes, petits canons roses au Dubèque aromatique (Bureau Spécial), Cigares : Regalia-Limena-Principe-de-Galles et Partagas (Grand Hôtel). – VINS : Madère glacé, Château-Yquem 1861, Château-Léoville 1864, Château-Montrose 1858 (Retour), Château-Margaux 1858, Johannisberg 1858, Veuve Clicquot.

LE CHEF DE BOUCHE CHEZ BRÉBANT.

Dix-septième feuillet.

PANNEAU D'UNE SALLE À MANGER NOUVELLE

Un arrangement de plafond, rapportage à faire aux plâtres d'*appartements en location,* c'est ce que l'autre jour nous donnâmes : on nous écrivit de quelques hôtels pour nous rappeler au sentiment de la dignité. Que de billets envoyés des *cinquièmes à balcon,* ou de *quatrième au-dessus de l'entresol,* ne recevrons-nous pas aujourd'hui, tous taxant la décoration qui va suivre de féerie, d'invraisemblance et de prodigalité : car elle n'a trait qu'à une résidence de maître et presque à une résidence en construction.

Où qu'il soit placé, dans l'encombrement capricieux ou régulier de bahuts cachant le mur, hors de la place occupée par les fenêtres et par les portes communiquant avec le salon ou l'office, reste toujours un *panneau* à la salle à manger, qui, avec sa soierie de l'Inde ou du papier de riz du Japon, donnera le ton (par exemple exotique) à toute la pièce. La soie est bien exposée aux vapeurs des mets, à la fumée du cigare, ainsi que le papier, du reste, inférieur, même fait d'une pâte lointaine : or à quelles tentures demanderons-nous ce monde aquatique, monstrueux, frêle, riche, obscur, et diaphane d'herbages et de poissons, si décoratifs ! Tout tableau, peint ou brodé, a comme un voile d'immobilité jeté sur la vie mystérieuse de ces paysages fluviaux ou marins : comment, ce fond de mer ou de fleuve le posséder véritable ?

Dans la profondeur du mur, mitoyen soit avec une chambre contiguë, soit avec le dehors, jardin ou cour, pratiquer une ouverture, grande à volonté, mais à un mètre au moins d'élévation du plancher. Comme pour un bassin cimenter la *section* des murs, traversés par le conduit ordinaire de la Dhuys ou de la Vanne, jet à droite, déversoir à gauche pour l'eau que contiendra cet espace vide, une fois deux vastes et fortes glaces sans tain dressées ! Un de ces rectangles de verre, celui situé extérieurement, ouvre un fragment à coulisse, au-dessus du niveau d'eau ordinaire, pour l'air ou *ce qu'il plaît d'introduire ;* l'autre, qui fait paroi à la salle, demeure tout d'un morceau. *Ce qu'il plaît d'introduire,* c'est les poissons et les crustacés les plus rares de nos côtes ou des archipels lointains : dorades, rascasses, polypes, étoiles, poissons-télescopes du Japon, etc. ; c'est les plantes.

Aquarium (éclairé simplement du dehors par la lumière diurne ou *a giorno,* le soir, par le gaz) voilà ce *panneau :* magique, vivant, mouvant, extraordinaire qui peut surmonter l'étagère d'une crédence et la compléter ou simplement poser sur un soubassement sévère ; attirer à soi seul tout le luxe de la salle ou se répéter deux ou trois dans des cadres de bois sombre.

Quel prince moderne du goût exécutera ce décor magnifique et simple ?

D'après Marliani,
Tapissier-décorateur.

Nouvelle et vers

Poésie : Ce morceau que nous devions, il y a longtemps, donner comme un extrait avant la lettre du *Cahier rouge,* si d'autres vers très beaux n'avaient eu leur tour, est maintenant récité déjà par toutes nos lectrices, que dis-je ? chanté même au piano sur la délicieuse musique de Saint-Saëns.

Gazette et programme de la quinzaine

Distractions ou solennités du monde

Du 6 au 20 décembre 1874.

I. – Les livres

Quand le mauvais temps prolonge l'heure déjà passée du Tour du Lac presque jusqu'à celles du Théâtre ou du Bal, ne pas maudire cette après-midi lente devant le feu ; mais sonner plutôt et faire demander : chez Michel Lévy, *Mes fils,* par Victor Hugo (1 vol.). Théâtre (en vers) : *Tragaldabas,* par Auguste Vacquerie (1 vol.). À la Bibliothèque A. Lemerre : Poésie, *Le Harem,* par E. d'Hervilly (1 vol.) ; *Les Élévations,* par Emmanuel des Essarts (1 vol.) ; *Les Princesses,* par Théodore de Banville (1 vol.) ; *Le Cahier rouge,* par François Coppée (1 vol.). Roman : *Une Idylle normande,* par André Lemoyne (1 vol.) ; *Une Idylle pendant le siège,* par François Coppée (1 vol.). Réimpressions d'auteurs classiques : *Molière,* tomes 7 et 8, les derniers ; *Racine,* tomes 3 et 4, les derniers ; *André Chénier,* deux tomes (format des elzévirs). À la Bibliothèque Charpentier : Roman, *Fromont jeune et Risler aîné,* par Alphonse Daudet (1 vol.) ; *Nouveaux contes à Ninon,* par Émile Zola (1 vol.). Critique : *Portraits contemporains,* par Théophile Gautier, dernier volume paru des Œuvres complètes de ce grand écrivain. Chez Dentu : Roman, *Les Diaboliques,* par Barbey d'Aurevilly (1 vol.).

Voilà les premières d'entre les œuvres célèbres qui, mêlées à des livraisons de *La Dernière Mode,* demeureront, ouvertes ou fermées, sur la marqueterie ancienne ou les soieries orientales des tables de salon.

II. – Les théâtres

Avec une sorte de respect ! nous ne changeons rien à l'annonce faite ici par nous, dès il y a un mois, de grandes Premières ayant inauguré la seconde phase théâtrale de la Saison, et qui semblent défier l'Hiver. Clichés ? oui, puisse chacune de ces notes-là demeurer un cliché : quant aux récentes, une certaine hésitation y règne, avant que ne se dessine tout à fait la troisième phase (qui commence avec *La Haine*) ; le Programme se ressent de l'heure. Aujourd'hui plus que jamais, se servir de nos prédictions, pour faire des projets ; et, le moment venu d'y céder, seulement consulter un Journal du jour.

Théâtre-Français : toujours et longtemps, *Le Demi-Monde* d'Alexandre Dumas fils, acclimaté chez Molière et chez Beaumarchais : Delaunay, Got, Febure, Thiron ; Croizette, Nathalie, Tholer et Broizat, cela dit le prestige de ces magnifiques soirées. Répertoire : notamment *Tabarin,* reprise, puis *Le Duc Job* et *Adrienne Lecouvreur.*

Italiens : rien que des premières : *Lucrezzia Borgia, La Traviata, Il Trovatore, Il Ballo in marchera, Il Barbiere, Martha, Violetta, Crispino e la Comare, La Somnambula,* ajoutons *Otbello* et *Poliuto,* sûr d'en passer, et des plus brillantes. Tant de noms, et de tels, réunis ne produisent-ils pas ici l'éblouissement que chaque soir, dans la salle, causent tant de diamants sur les poitrines ?

Odéon : les premières représentations de *La Maîtresse légitime,* œuvre élevée et sérieuse, révèlent M. Davyl, déjà deviné par tous, et montrent Mlle Léonide Leblanc parfaite une fois de plus. Quant au Répertoire : *Les Femmes savantes,* ayant pour Chrysale M. Dalis, et *Les Héritiers* de Duval, que rajeunit Mlle Baretta.

Opéra-Populaire : *Les Parias,* que remanie le maestro ; *Les Amours du diable,* qu'applaudit même la foule des dimanches, je veux bien, les ayant vus, les oublier un instant : mais *Le Capitaine Fracasse* (d'Émile Pessard et de Catulle Mendès), *La Halte du Roi, L'Amphitryon, Les Amants de Vérone* et tant de choses seulement promises ; l'Opéra-Populaire doit à tout Parisien de durer un, deux, trois et cent hivers !

Vaudeville : *Au chemin de Damas,* dans l'irruption aveuglante de lumière qui le frappa selon la légende, apparaît maintenant *Plutus,* dieu de l'or ; allégorie qui nous fait espérer que plus d'un succès en simple prose ou en vers simples succédera encore à l'une et l'autre de ces pièces données ensemble par le Vaudeville (littéraire et non musical).

Variétés : *Les Prés-Saint-Gervais,* paroles de Sardou (et de Gille), musique de Lecocq ; Mmes Peschard, Paola Marié, A. Duval et B. Legrand ; eux, Dupuys, Christian, Baron Cooper, puis tout Paris, est-ce assez : et n'est-il pas des cas où copier simplement une affiche de théâtre serait faire un feuilleton miraculeux !

Gaîté : *La Haine,* de Sardou, que nous aurons à peine vue à l'heure où paraît ce *Programme ;* mais dont, comme il y a un mois, le regard alors fixé sur l'avenir, nous écrivons dès à présent, les yeux fermés : « Voilà un triomphe pour la Gaîté, pour Lafontaine, pour Mmes Marie Laurent et Lia Félix ; pour Rubé, Chapron, Cambon, Levastre et Despléchin, de leurs rêves magnifiques évoquant des sites à cinq actes, tandis que six cents costumes dessinés par M. Thomas évoqueront, pour les animer, des personnes singulières et très belles et aussi des voix émues : car il y a un drame dans tout cela, palpitant. »

Renaissance : tantôt rose et tantôt bleue, *Girofla,* c'est Mlle Garnier, laquelle est Girofla : quant à Alphonsine, ou Aurore d'Alcarazas, cette diva reste avant tout Alphonsine, l'unique et l'incomparable. Avec tout le reste, un vrai opéra-bouffe ; et Paris entier fredonne : *C'est fini, le Mariage. En tête-à-tête, faire la dînette. Parmi les choses délicates, Matamoros, grand capitaine*... Assez ! car nous avons douze mois pour tout savoir !

Folies-Dramatiques : *Héloïse et Abélard* (Milher, Emmanuel ; Desclozas, Vaughel) renaissent des siècles qui sont trois années, rappelés par des mains prêtes d'avance à applaudir.

Folies-Bergères : *Les Tziganes !* qu'écoutent les messieurs et que regardent les dames : car il faut les voir et les entendre, leur musique, c'est eux-mêmes, ardente, affolée, exquise. Daras Miszka ni M. Sari (qui, lui aussi, est un merveilleux nomade dans ses goûts) ne feront pas cesser l'étonnement de Paris. Quel spectacle à côté varié, multiple, changeant, connu par mille affiches quotidiennes : la place seule me prive de le transcrire.

D'autres lieux de distraction et de plaisir, ou de jour ou de nuit, sont, d'abord le *Jardin d'Acclimatation* (animaux, les *Rênes du Nord* et les petits *Zébus de Ceylan ;* puis les fleurs prolongées et l'orchestre prolongé), une promenade qui acclimatera le soleil en hiver.

Robert-Houdin : le *Nid-Rose,* un des grands succès de l'heure, et que d'autres merveilles, au boulevard des Italiens ! tandis que celles du boulevard Saint-Denis sont à la même heure, accomplies par M. Litsonn au *Cercle fantastique* (les voici, avant tout : distribution de fleurs et de bonbons, et réduction des prix à la fois, ce qui est de la magie).

Rien aujourd'hui, à propos des *Matinées littéraires,* dont nous avons donné jusqu'à présent et dont toujours nous donnerons le *Programme ;* mais le lire en tous lieux, annonçant la continuation de la série commencée il y a un mois par la *Porte-Saint-Martin,* et l'inauguration de celle annoncée demain par la *Gaîté* (avec un prologue en vers, un joyau ! de Coppée). Rien de la *Salle des Capucines* et du *Feuilleton parlé* de M. de la Pommeraye, que tout le monde, d'un lundi à l'autre, répète à peu près, en causant théâtre. Rien des *Concerts-Populaires,* ordinairement détaillés ici, ni des *Concerts-Nationaux,* au *Châtelet,* ni de ceux de Litolff, à *Frascati* et du *Cirque d'Été,* suivis par nos Lectrices, parce qu'il s'agit, cette fois, de parler des voyages d'hiver, dès cette heure nous emportant vers un idéal autre. Paris brillant retient, mais la mer et le ciel chaud attirent l'esprit, qui chérit, également le gaz et le soleil.

III. – Les voyages

Lignes de l'Ouest

À moins que *Londres,* par ses brouillards de novembre, ne vous attire, ainsi que l'Atlantique battant, avec un fracas inconnu aux baigneurs, les côtes de *Bre-*

tagne et de *Normandie,* la ligne de l'Ouest n'exerce pas maintenant sur Paris ses tentations, réservées à l'été. Par ces froids blancs, gris ou noirs, pourtant, il convient de visiter les pays de l'hiver, si l'on veut les avoir vus sous leur aspect vrai ; il serait bon aussi de revoir, déchaîné lui-même, l'océan qui mira nos belles journées de juillet, d'août et encore de septembre !

Express allant de la place du Havre, c'est-à-dire du boulevard, en quelques heures, à la jetée de *Dieppe*, où partent de beaux steamers pour *Newhaven*, où vous reçoit le *South Western Railway,* bientôt à Victoria Station : il y a les *Trains de marée*. (J'oubliais de noter le prix, moins de deux louis.) Pourquoi n'y a-t-il pas aussi les *Trains de tempêtes* (le voyage cessant à la côte, rochers de Penmarch ou falaises d'Étretat) ? Au premier indice de gros temps montré par la mer à la longue-vue des sémaphores, un télégramme à Paris ; où les murs se couvrent d'affiches, avertissant du spectacle sublime et prochain les Parisiens qui ne connaissent pas sa magnificence.

Tous les excursionnistes ne choisissent pas pour envahir Londres, clair et banal, les temps du soleil, mais presque tout le monde de la haute et de la petite villégiature visite à ces heures tranquilles la mer, dépourvue de son plus grandiose et sauvage aspect.

Son énorme circulation sur tout le réseau provincial mise à part dans cette esquisse, il reste à la ligne de l'Ouest, pour contenter la mode, ses trains des environs, sites sans feuilles, animés par les dernières courses du *Vésinet* et de *Lamarche* ; et surtout son train des députés : ce qui fait qu'après avoir, au temps des vacances, promené nos rêves, elle convoie encore les personnages chargés de les réaliser pendant le reste de l'année.

Toujours spirituelle, cette gare Saint-Lazare : et, comme je le disais il y a trois mois, la plus parisienne de toutes.

CORRESPONDANCE AVEC LES ABONNÉES

Reprenons notre Courrier ordinaire, dont la teinte a par nous été changée un jour, dans le but de donner un aspect spécial à la Livraison de fin de Trimestre (contenant la Musique écrite pour nos Lectrices) ; et sur la page bleue et non grise, recommençons non la Constatation d'efforts déjà oubliés par la Direction prête à en tenter d'autres ! mais bien la *Correspondance* régulière *avec les Abonnées,* suivie ou des *Bonnes Œuvres* ou des *Conseils sur l'Éducation.*

Paris, 6 décembre 1874.

Mme Gibs..., à Londres : Certainement, Madame, vous pouvez avoir un de nos Patrons découpés avec chaque livraison ; mais l'abonnement vous coûtera 6 fr. de plus par année, ce qui fait 0 fr. 50 par Patron supplémentaire régulièrement adressé, au lieu de 1 fr. 25 pour un pris au hasard ; bien entendu, n'est-ce pas ? que le modèle en demeure à notre choix. – Mme la Marquise de la T..., à L. : Veuillez, Madame la Marquise, vous adresser à Mme Charles, qui fera avec plaisir tous vos achats pour le jour de l'an ; et, bien que vous ayez beaucoup de petits-enfants, trouvera, je vous l'assure, des joujoux pour les plus jeunes et des cadeaux de fantaisie pour les aînés. Indiquer cependant à notre Acheteuse les âges de tout ce cher monde me semble utile, comme il le sera qu'elle vous écrive d'avance sur quels objets s'arrête son choix, et le prix, etc. – Mme L..., à Lille : Votre robe est commandée, chère Lectrice ; elle vous sera expédiée une première fois (dans quelques jours) pour l'essayer, mais elle ira bien déjà, j'en suis certaine. – Mme R...ka, à Varsovie : Nous avons expédié le Patron d'un Paletot par vous demandé, Madame ; le modèle tenu bien ample, puisque le vêtement doit se doubler de fourrure. La forme nouvelle est : droit fil devant, sans pince et cintré derrière, mais surtout ! pas ajusté (car on obtiendrait cette chose, une taille exagérée et disgracieuse) enfin touchant terre presque, à vingt centimètres près ; et à trois ou quatre centimètres près aussi long devant que derrière. – Lydie... à Bruxelles : Oui, mon enfant, vous serez ravissante ainsi pour votre premier bal. Le blanc ne vous pâlira pas ; et le tulle illusion, que du reste, vous demandez à notre dernier Courrier de Modes relatif aux fêtes mondaines, enveloppera d'un nuage mobile votre aspect tout vaporeux. Ne tremblez donc point, le choix est excellent ; et de cet échange de lettres il n'y a que nous qui profitions, puisque nous gardons votre photographie. Ah ! un mot : au lieu de muguet, je vois plutôt des clématites. – Mlle Louis V..., à Valenciennes : Au *Sphinx,* annoncé par une *Carte de Visite* sur chacune de nos Couvertures, vous trouverez tous les Ouvrages de Dames possibles ; non, les très beaux seulement. Soient de charmants vide-poches dans le prix de 20 à 30 fr. ; je crois que cet objet ferait très bien sur la table de Madame votre grand-mère, ou, d'après des planches du même magasin, brodez-lui une chancelière, quoi encore ? un coussin à mettre sous les pieds en voiture. – À toutes nos Abonnées : J'ai gardé pour la fin de la *Correspondance* le billet que je viens d'écrire : il touche à un sujet grave, les Ouvrages manuels, sur lequel une fois déjà je me suis en peu de mots exprimée ici. Un de nos prochains *Courriers de la Mode* traitera de ce genre d'occupation féminine et des œuvres qui en résultent, cela sans réticence aucune, franchement et simplement. Quiconque nous a suivie pendant ces six premières Quinzaines a dû constater que le nôtre est un journal de high life avant tout, la gazette des Toilettes, du décor où elles se portent et de la foule brillante qui les revêt ; rien donc n'y peut trouver place de ce qui d'ordinaire enlaidit l'appartement (pardon !) et déshonore le costume (pardon encore !) ou soustrait la femme à de plus nobles travaux (pardon toujours !) : tapisserie banale et broderie commune, puffs, pantoufles, etc. ! Tout un monde de merveilles, connu de quelques reines de salons dont les doigts se lassent à la fin de ne manier que l'éventail, s'ouvre depuis plus ou moins longtemps à l'ingéniosité et au goût de chacune : silence ! attendons, pour en parler, une première Étude développée sur les Passe-temps d'une femme à la Mode, et la première Planche qui sera l'illustration de ces dires.

Conseils sur l'éducation

Guidée par un Professeur en l'un des lycées de Paris de qui sont ici reproduits les jugements sûrs et compétents, on sait quels soins nous mettons à dénoncer aux familles tous les bons livres d'éducation que nous signale ce maître. L'enseignement des langues étrangères (traité il y a peu de temps), n'est plus compris dans les arts d'agrément (que nous traiterons bientôt) : il a ses livres scolaires, pratiques et élégants ; et c'est un peu les mêmes qualités que nous aimons à trouver au triste bouquin de classe ordinaire, renouvelé par quelques maisons selon le goût du jour.

Quoi ! la Grammaire elle-même peut être intéressante ! S'il vous plaît de vous en convaincre, Mesdames, feuilletez, avant de les mettre dans les mains de votre petite famille, la *Nouvelle Grammaire française* ou même la *Petite Grammaire française* de M. Brachet, publiées par la maison Hachette, pour quoi je n'hésite pas à prononcer le mot de chef-d'œuvre : que de suite, que de clarté ! Le plus complet ou le plus élémentaire de ces ouvrages, monument pédagogique dès aujourd'hui (comme l'a été cinquante ans le bon vieux tome empirique de Lhomond), offre presque un livre de lecture. Exempte de toute abstraite aridité pour l'esprit délicat et logique de l'enfant, il vous montre, à vous, qu'une langue, loin de livrer au hasard sa formation, est composée à l'égal d'un merveilleux ouvrage de broderie ou de dentelle : pas un fil de l'idée qui se perde, celui-ci se cache mais pour reparaître un peu plus loin uni à celui-là ; tous s'assemblent en un dessin, complexe ou simple, idéal, et que retient à jamais la mémoire, non ! l'instinct d'harmonie que, grand ou jeune, on a en soi.

Pénétrés de la méthode de cet excellent traité, la *Grammaire historique,* qu'a du même auteur donnée la maison Hetzel avec un *Dictionnaire étymologique de la langue française,* livres voisins du grand *Dictionnaire de la langue française* par Littré dans toute bibliothèque sérieuse, il nous sera permis bientôt d'étudier deux manuels de la littérature française aux temps primitifs de la langue, complément de l'œuvre précédente. Titres : *Morceaux choisis des grands écrivains du* XVI*e siècle, accompagnés d'une grammaire et d'un dictionnaire du* XVI*e siècle,* et *Recueil de morceaux choisis des écrivains français du* IX*e siècle à la fin du* XV*e*, par A. Brachet, Paris, Hachette, 1874.

Les fleurs d'abord ; puis, fussent-elles de rhétorique, le bouquet : les mots du langage et sa littérature.

MME DE P.

HUITIÈME LIVRAISON : 20 DÉCEMBRE 1874

SOMMAIRE ET LÉGENDES

TEXTE

La Mode .... Mme MARGUERITE DE PONTY.

On nous interroge et nous répondons. – *Fanchon-frileuse* et long voile et *Chapeau à la Maréchale* et haut col. – Guerre faite par la plume et la fourrure au jais ou à l'acier : avec quoi sommes-nous ? – Informations de la grande vie : Toilette d'une princesse ou d'une Parisienne. Informations chez les grandes faiseuses : la femme, mieux que jamais se fait voir sous le voile même épais des étoffes.

.*Gazette de la Fashion* .... MISS SATIN

Chronique de Paris (Théâtres, Livres, Beaux-Arts, Échos des salons) .... IX…

Le Carnet d'Or (la Table, l'Ameublement fait par les Dames, le Jardin et les Jeux). – Dix-huitième feuillet : Menu d'un Réveillon .... LE CHEF DE BOUCHE CHEZ BRÉBANT.

Dix-neuvième feuillet : Moulongtani pour un Réveillon . ... OLYMPE, *Négresse.*

Vingtième feuillet ; l'Arbre de Noël ordinaire. .... UNE LECTRICE ALSACIENNE.

Nouvelles et Vers. – Vers : *La Vierge à la Crèche* .... ALPHONE DAUDET.

Nouvelle : *Eudore Cléaz* (Conte du Jour de l'An).......................... TH. DE BANVILLE.

Programme de la Quinzaine .... (IX.)

Les cinq toilettes

I. – Lithographie à l'aquarelle avec ou sans patron découpé de grandeur naturelle

Toilette d'intérieur. Velours grenat. – Tunique boutonnée de côté ; et, dans le bas, garnie d'une bande de plume : où elle se boutonne, sont des biais de satin, eux-mêmes terminés par un biais de tissu soie et or. Un nœud fait de même tissu la relève un peu de côté, faisant ressembler sa partie pointue *au pan d'un nœud :* voilà, ouverte derrière et sans retroussis, cette Tunique.

II. – Gravures noires du texte

Première page

1. Toilette de Réception. – En satin gris russe ; la cuirasse en velours de la même nuance se garnit de paillettes d'acier.

2. Toilette de Visite. – Jupe en faille prune avec volants pareils, garnis de biais en velours de la même nuance. Tunique en matelassé de la nuance toujours : avec grands biais de velours posés en longueur ; elle est, du bas, garnie par des bandes en plume de coq.

Pages du milieu.

1. Petit garçon de huit à neuf ans. – Veste, gilet et pantalon, court en drap bleu marine : le pardessus de même étoffe, garni d'astrakan.

2. Petite fille de huit à neuf ans. – Costume de velours bleu : jupe unie.

La mode

On nous harangue et nous répondons. – Fanchon-frileuse et long voile et chapeau à la Maréchale et haut col. – Guerre faite par la plume et la fourrure au jais ou à l'acier : avec quoi sommes-nous ? – Informations de la grande vie : toilette d'une princesse ou d'une Parisienne. Informations chez les grandes faiseuses : la

FEMME MIEUX QUE JAMAIS SE FAIT VOIR SOUS LE VOILE MÊME ÉPAIS DES ÉTOFFES.

Paris, le 20 décembre 1874.

« Quoi ! de son dais royal formé par les étoffes de tous les siècles (celle que porta la reine Sémiramis et celles que façonnent à leur génie Worth ou Pingat) la Mode, entrouvrant les rideaux ! se montre, subitement, à nous métamorphosée, neuve, future ; et c'est le temps que vous choisissez pour exposer l'ordonnance traditionnelle réglant la Toilette des enfants depuis trois mois jusqu'à onze ans. » Remontrance que fait, relativement à notre dernier article, la plus éloquente de nos Lectrices ; tandis que mille, hardies de notre silence, éclatent sur des tons adorables : « Et la *fanchon-frileuse,* dont parle *Le Sport* ! » – « Le grand col montant droit ! qu'annonce *La Vie Parisienne.* Faut-il que, non des Gazettes spéciales de la Mode, mais des journaux simplement mondains (reproduits par la grande presse quotidienne) émane, tout à coup, l'une de ces nouvelles faites pour changer en un matin la face de l'Europe, qui certes n'est autre chose que le visage des Européennes ? » Ainsi le Coryphée ; et le Chœur : « Par exemple les *chapeaux à la Maréchale,* toujours dans *Le Sport.* » – « Ou le long voile tombant, encore dans *La Vie Parisienne.* »

Moi donc :

« Merci, Mesdames : les délicieux détails que vous m'apportez, je les reçois de vous ; mais je m'empresse de vous dire que, tous ces accessoires dans la Toilette de cet Hiver, je les avais mis de côté, absorbée moi-même dans l'étude lente et voilée d'une évolution actuelle du Costume ; car vous dites bien, il se transforme. Pour ne vous montrer chaque chose qu'à sa place, ici, là, juste selon l'importance qu'elle y prend se rattachant à tout un ensemble prévu par nous, annoncé par nous au fur et à mesure qu'il s'accentua : (c'est-à-dire depuis notre première livraison), je me taisais, désireuse de tout dire. Tout ! cela signifie non seulement ces touches nécessaires à compléter une harmonie nouvelle, adoptée par nous toutes en fait d'habillement ; mais aussi d'où celle-ci vient et où elle nous mènera, son origine, ses résultats, et surtout les transitions qui l'ont accompagnée. À un recueil qui veut étudier la Mode comme un art, il ne suffit pas, non ! de s'écrier : telle chose se porte ; mais, il faut dire : En voilà la cause, et : Nous le prévoyions ! Rien de brusque et d'immédiat, dans le goût : en retard, non ; c'est en avance que j'étais ! vous le verrez tout à l'heure. Distancée, toutefois, quant à des particularités, je ne résiste pas au plaisir de citer, à leur sujet, comme un texte inaltérable, la double coupure faite par votre impatience chez l'un et l'autre de nos excellents confrères, que je proclame, avec vous, informés de première main. « La *fanchon-frileuse,* fantaisie inaugurée à l'Élysée par toutes les femmes élégantes de notre beau monde, est encore dans la grâce incomparable de sa primeur de bonne compagnie. Elle se fait en tulle blanc, léger, vaporeux, se drape autour du visage et se noue sous le menton ; puis le chapeau fermé se pose sur ce nuage de tulle, en laissant voir le gros nœud qui fait brides. » « Qu'y a-t-il aussi ? Pas de loup sur la figure ; un grand voile qui descend sur la poitrine, emprisonne les épaules, s'attache au milieu du dos. » Je poursuis donc : « Le chapeau à la Maréchale, destiné à faire prime cet hiver, se fait en feutre, ou en velours, ou en tulle. Il est de forme assez étudiée, serrant un peu la tête à la façon des formes Directoire. Sur cette forme est jetée et drapée une grande mantille de dentelle retenue sur le côté par un paquet de roses. Cet encapuchonnage est joli au possible, il l'est idéalement. Le grand voile de dentelle n'est pas toujours exclusivement retenu par des fleurs, on l'attache aussi avec un bel oiseau ou une longue plume. » C'est tout : non, j'oubliais : « Pas de ruches autour du cou ; un grand col montant droit et se rabattant sur lui-même, comme le collet dcs Incroyables. Il est fait en étoffe parcille aux robes ou en fourrures pour les manteaux. »

Rien que de parfait, d'exact et d'absolu.

À nous, maintenant, de parler, si nous l'osons.

Que disait une de nos Livraisons, parue au début de cet Automne ? Que la tournure s'en va, et que le pouf disparaît : ceci posé comme point de départ de toute modification probable dans la Mode pendant l'Hiver. Une, postérieure, et la troisième, une autre, toutes enfin, ont suivi tantôt, tantôt précédé et dégagé toujours cette lente élimination de tout aboutissant au *Costume collant,* lequel triomphe et fera de vous, Mesdames, plus ou moins des nymphes élancées de Jean Goujon. Non : pas de pouf, c'est-à-dire que s'évanouit tout ce qui fut seulement le retroussis, et la tunique enfin ; et qu'au tablier tout uni, tout tendu qu'il demeure et tout sobre sauf un seul nœud en bas, succéderont, en effet, des ceintures nouées très bas de même, deux à chaque hanche moulées, dont la fonction est de *porter* le devant de la robe. Mais la robe ? elle se garnit ; or tous les ornements ordinaires, c'est les ruchés, c'est les plissés, c'est les volants s'étageant dans une ascension délicieuse vers le haut de la jupe : et elle se dégarnit, ou devant ou derrière, finissant par faire descendre le corsage très au-dessous de la *taille* (pour ne point demander ses mots techniques à la statuaire). Couronnement enfin, ou couronne ! car les marabouts plus que jamais mêlent leur vapeur épaisse à l'éclat des cheveux, la plume, qui semble vouloir effacer sous son fol envahissement léger, le jais étincelant et dur : mais, s'adjoignit-elle la fourrure ! ainsi que cela a lieu (la plume, disposée en guirlandes, et la fourrure quittant les bords pour s'étaler dorénavant sur l'étoffe en larges bandes), ni l'une ni l'autre ne parviendra encore à bannir ce rival. Cuirasses, armures, etc., tout cet attirail, défensif et charmant, mêlé pour longtemps au costume féminin, ne laissera pas le jais partir avec ses scintillations d'acier, non plus que l'acier lui-même. Tout en faisant la part riche aux plumes : naturelles, de coq, de paon, de faisan et, teintes parfois en bleu et en rose, d'autruche, nous avons jusqu'à présent cru (ici nos prévisions diffèrent même de constatations faites par d'autres) qu'à l'égal de l'hiver durera la paillette, ou verroterie ou métal.

Une seule preuve, je n'en veux qu'une, mais absolue ; et je la demande à la toilette admirable que portait, pas plus tard qu'il y a quelques jours, la Parisienne par excellence : car elle le fut à l'étranger autant qu'elle l'est maintenant dans son hôtel du Bois de Boulogne, Madame Ratazzi, reine toujours acclamée de la Mode. « Je viens de vous donner le *décor* » : nous dit un charmant billet marqué à des initiales très connues (ô malheur ! de ne pouvoir copier ici toute cette description d'un magique appartement, mais passons à la magicienne !) « et le costume de la princesse, le voici. Une robe, traînante et collante, en dentelle noire, semée bizarrement d'acier bleu à reflets d'épée : puis dans les cheveux relevés en diadème, quatre rangs d'énormes diamants mêlés à leur ombre, perdus dans la noire splendeur ».

Quelle vision miraculeuse, tableau à y songer plus encore qu'à le peindre : car sa beauté suggère certaines impressions analogues à celles du poète, profondes ou fugitives.

Vous témoignerez, Mesdames (celle qui m'avez haranguée, et vous autres, toutes, qui jouiez l'écho), que nos informations ne viennent pas seulement des *grandes faiseuses,* comme il est dit en plusieurs lieux du Journal, mais aussi du haut monde. Au revoir, et merci de nous avoir offert, au début, cette occasion de copier deux publications élégantes et rares, à côté de qui notre ambition est de séjourner sur les tables de salon : place inconnue au Journal de Modes ancien. Le programme de ce Courrier, après comme avant les aimables interruptions auxquelles il s'est plu à répondre, n'était point toutefois de parler de soi ou de nous : il ne devait que présenter une toilette de grande dame choisie entre plus d'une, et aussi résumer vite le résultat définitif de la métamorphose dans le Costume, dont ici même, jour par jour, déjà se révélèrent les symptômes.

Somme toute, jamais ne régnèrent plus superbement les tissus opulents et même lourds, le velours et presque les brocarts d'argent ou d'or, non moins que, léger, moelleux, clair, le nouveau cachemire qui se porte le soir ; mais parmi cette enveloppe, somptueuse ou simple, plus qu'à aucune époque va transparaître la Femme, visible, dessinée, elle-même, avec la grâce entière de son contour ou les principales lignes de sa personne (alors que, par-derrière, la magnificence vaste de la traîne attire tous les plis et l'ampleur massive de l'étoffe).

MARGUERITE DE PONTY.

GAZETTE DE LA FASHION

Toujours quelques mots de causerie, pour développer certaines de nos Annonces de la Couverture ; elles, réservées, silencieuses, comme il sied lors d'une présentation.

La Carte, d'abord : puis la Visite.

Robes, chapeaux ? non : ni même, comme l'autre fois, étoffes.

Son costume ordonné par elle ou par elle accepté, il y a, si l'harmonie en est exquise, ce parfum de distinction que dégagera une femme ; mais, tout moral, celui-ci ne fait point oublier l'autre, que composent les fleurs, par exemple des *violettes de Parme* véritables. Toutefois que l'âme même de ces fleurs, faite pour leur survivre dans le nuage d'un mouchoir orné de dentelles, a subi de préparations savantes avant d'acquérir cette immortalité ! demandez-le à Pinaud et Meyer, ou plutôt prenez simplement leur *Extrait* à l'arôme indiqué plus haut, qui seul satisfera votre curiosité. La neige qui par sa température gerce la peau, mais y met une fraîcheur vive et enviable, la crème qui en distend le grain, mais le répare et l'alimente, ces deux blancheurs toutes contraires mêlent, pour moi, leur vertu sans leur danger, dans ce produit d'un nom délicieux : *Crème-Neige*. Pareil et différent, est-ce bien le *Lait d'Hébé* qu'on m'apporte, quand ce pourrait être le nectar versé à l'Olympe par cette déité ; car la fiole contenant le liquide merveilleux renferme, autant que de la souplesse, de la force : c'est-à-dire tout le bienfait qu'attendent les plus délicates carnations exposées à l'hiver. Réminiscence, mais point vague, voici encore l'*Eau de Toilette au Lait d'Hébé :* et que dis-je ! (car, une merveille trouvée, il lui faut donner les formes adoptées par les diverses préparations pour la Toilette) vient avant tout le *Savon* fait avec le même *Lait d'Hébé*. À celles d'entre vous, Mesdames, que ne séduirait pas une étiquette mythologique, je propose l'*Oppoponax* (eau, crème et savon), l'*Exora,* l'*Ylang-Ylang,* ou le *Nard celtique :* goût étranges mais délicieux, dont, respirée, la senteur fait rêver comme, simplement prononcé, le nom.

Tout à fait à la mode et luxueux, ces aromates n'ont, si l'on veut, rien à faire avec le cabinet de toilette : remplissant dans le boudoir les flacons bizarres de l'étagère, saxe, venise, bohême, etc. Verreries rares ou porcelaines d'où s'échappe une odeur précieuse, quel charmant cadeau d'étrennes : et une boîte de parfums ne renferme-t-elle pas une volupté bien autre que n'est le contentement apporté par le sac de bonbons ? Je m'arrête parce qu'il y aurait, à ce sujet, mille choses curieuses à dire !

L'adresse de la Maison, qui ne la sait ? mais est-il même utile de la connaître ? et je considère, comme autant d'*ex voto* appendus aux chapelles de la beauté par des dames reconnaissantes, les exemplaires de ce tableau qui, dans toutes les parfumeries de Paris, de la province et de l'étranger, mêle l'enseigne, les rues, et même les numéros (*À la Corbeille fleurie, 30, boulevard des Italiens,* et *37, boulevard de Strasbourg*), à ses guirlandes, à ses enfants, à ses nuages.

MISS SATIN.

CHRONIQUE DE PARIS

THÉÂTRES, LIVRES, BEAUX-ARTS ; ÉCHOS DES SALONS ET DE LA PLAGE

L'hiver, le long hiver de décembre et de janvier, n'a pas, comme aux mois retenant l'automne ou annonçant le printemps, quelque éclaircie d'un jour, bleue et lumineuse, obtenue des nuées : ses heures de fête, il les demandera aux cieux chrétiens et supérieurs, et à l'almanach. Emblème de ce désir qui nous fait trouver un goût délicieux à toute clarté, ce fruit, les oranges, par tas à la porte des boutiques ou le long des rues promené, d'abord tache de splendeur la brume monotone : son apparition classique remémore à l'esprit de tout Parisien une date. Noël ou une autre date, le Nouvel An. Les deux solennités aussitôt choisissent, pour y installer leur culte distinct, des vitrines différentes quoique ornées également pour la bouche et les yeux : celle ici de l'antique rôtisseur devenu le marchand international de comestibles, là du confiseur, prêt à confire, après ses violettes de Nice, des fils de la Vierge ou des pièces de vingt francs. Heureux le marchand de joujoux, s'il existe vraiment dans quelque coin caché aux regards : ou malheureux, ce personnage naïf, car nul ne le connaît, et où trouverait-il encore des jouets pour en surcharger son étalage couvert de papier découpé ! Tous les magasins auprès desquels les enfants d'aujourd'hui, habiles à des ruses ignorées de l'ancienne diplomatie européenne, entraînent par une main un papa ou une maman pour leur signifier tacitement que tel objet représente les étrennes par eux attendues, et non cet autre, m'inspirent de l'effroi. Sur les étagères, des Dames peut-être habillées par Madame Laferrière elle-même lorgnent, avec un dédain visible, le malappris qui emploierait, en s'enquérant de leur prix, l'appellation usuelle de poupées ; tandis que des Messieurs à cols cornés comme des cartes de visite considèrent le steamer voisin, prêt à essayer sa machine à vapeur authentique mue par l'esprit-de-vin, ou s'entretiennent des chances de réussite que montre un petit télégraphe électrique complet enfermé dans un carton vert, comme ceux des bureaucrates ; or rien qu'ébaucher à leur propos cette idée nous semble irrespectueux : « Sont-ce des pantins ? » La vieille fabrication immémoriale des amusements, cassés le soir même de leur acquisition ou de l'offre (pour voir ce qu'il y avait dedans), où se réfugie-t-elle ? dans ces baraques en bois enveloppées de bâches imperméables, qui simulent une foire le long des boulevards étonnés ! Ô mécompte ! ici règne, comme dans les boutiques célèbres auxquelles ce bazar multiplié improvise un vis-à-vis, l'article de Paris, mais taxé au prix accessible de treize et vingt-neuf sous. Telles, les rues ; et quand mon regard suit, du seuil d'un fournisseur célèbre à la portière de leur coupé, un promeneur ou une promeneuse que précède un paquet vaste et mystérieux, c'est guidé par la curiosité, oui ! de savoir si l'un ou l'autre a par hasard mis la main sur une invention naïve et admirable digne de remplacer Polichinelle, ou le défilé entier de l'Arche de Noé, de l'éléphant à la mouche ! Déception presque de chaque fois et qui m'oblige à songer : « Mais que ferai-je donc, Chroniqueur suranné, pour rendre aux minois de trois à douze ans cet épanouissement de bon aloi, qui demeure adorable ? » Les choses ont changé, voilà tout ! et rien ne se perd, pas même le rire de l'enfance… Tout intime dans la famille, avec l'arbre alsacien, qu'il faut accepter sans exclure la bûche bourguignonne, en cumulant les traditions ; et extérieur, bruyant, partagé dans mille lieux de réunion où, par une charmante innovation de ce temps, les enfants mettent la joie en commun : certes, le même au fond, quoique différent, régnera toujours Noël, comme toujours triomphera le Nouvel An. Avec moi, vous, les mères, à qui d'ordinaire cette page importante du Journal enseigne les Costumes que revêtiront Yves ou Jeanne pendant une Quinzaine, jetez les yeux sur *Le Carnet d'Or ;* et à côté des détails dont profitera la nuit du Réveillon, remarquez, satisfaites, cet autre menu où, pièce à pièce, énorme, s'égaie, s'illumine la sapinette solennelle.

Le rapide coup d'œil, sous lequel apparaissent, à la dernière page (celle du Programme habituel) les noms de théâtres, d'acteurs et les titres de pièces, y lira encore l'indication de mainte Soirée, de plus d'une Après-Midi simplement enfantines. Quelle surprise inventer plus belle et mieux accueillie qu'un coupon de loge (au nom de Mademoiselle ou de Monsieur Baby) mêlant à la verdure, aux lueurs, aux cadeaux, à tout l'arbre, un de ces noms féeriques déjà par eux-mêmes : *Théâtre*

Miniature, et celui des *Familles, Robert-Houdin,* les *Bals de Frascati,* le *Cirque d'Hiver* ou le *Châtelet* redevenu le *Châtelet des Pilules.* Dans un portefeuille parfumé et sérieux, étrennes intelligentes, se ploiera encore bien un abonnement pour la saison aux matinées merveilleuses de la *Gallé* et traditionnelles de la *Porte-Saint-Martin,* aux *Concerts Pasdeloup* ou *Colonne,* car, tant de dimanches voués à la certitude de nobles joies, n'est-ce pas là aussi le cadeau enviable ?

Ne dédier que le commencement de cette Chronique à nos mignons êtres roses et blonds ou noirs, rois de l'heure actuelle ! leur bonheur forme un sujet trop vaste pour cela ; et je m'aperçois que pas un écho mondain ne m'en distrait, prêt à finir. Arrivé jusqu'ici, il me reste donc à continuer sur le même mode : tant pis ou tant mieux ! Qu'importe, par exemple, que, le devoir absolu de raconteur parisien m'obligeant à dire pour l'étranger, la province ou pour Paris lui-même qu'un air délicieux sur des paroles (données par la présente Livraison comme Vers du jour) se répète maintenant à tous les pianos lassés par les refrains d'opérettes ou les ritournelles de la danse, j'annonce cet événement musical sous la rubrique les Salons ou sous cette autre, les Fêtes d'à présent : puisqu'il s'agit du Noël d'Alphonse Daudet et d'Émile Pessard. Un Noël assez naïf et frais pour continuer la suave impression de ces cantiques de jadis et assez, que dis-je ? empreint de dilettantisme, presque parisien et spirituel pour voltiger sans embarras dans l'air agité par les éventails de 1875, vraie réussite et bonne aubaine : et quand ce bonheur se présente, ne le point négliger ! Combien d'années a derrière soi la jolie chose d'Adam et combien devant soi en a cette Vierge à la Crèche : un nombre égal ; ce qui ne veut pas dire à des Lectrices déjà retardataires d'attendre encore, pour avoir l'œuvre, qu'elle soit depuis longtemps reliée dans les albums, car je ne sais pas d'émotion plus exquise pour une femme, prête à ouvrir la bouche et à lancer la note initiale, que cette pensée subite : « Je suis l'une des premières au monde à chanter cette mélodie ! »

Toujours la rattachant aux solennités de l'hiver, nous conterons d'avance (puisque la date annoncée pour cette fête est le 19, soir même où ceci s'imprime) une représentation mondaine donnée dans les salons du délicieux hôtel d'Aquila, en l'honneur de la crèche Saint-Joseph : les crèches, toutes, rappelant celle où s'arrêta l'étoile et descendirent les anges. Exprès et le cas avoué, n'y a-t-il pas un charme à rendre compte la veille d'une réjouissance qui ne peut être le lendemain qu'exquise, et implique toutes les certitudes de succès ? Habillée de satin et parée de diamants, que notre Fantaisie monte donc les marches de l'escalier somptueux (lui remémorant celui de l'hôtel construit par Arsène Houssaye) ; que, les yeux détachés du magnifique portrait de la maîtresse du lieu, exposé à Vienne par Carolus-Duran, elle traverse le salon de musique avec le grand piano de Herz, pour reconnaître le salon de réception ouvrant sur un jardin d'hiver tropical, un jet d'eau et des volières brillantes de pierreries qui sont la richesse ou le chant de mille oiseaux, puis s'arrête autour d'un buste en marbre blanc par Clésinger, représentant la dame peinte à l'entrée. Non ! toute autre et métamorphosée, brillera sans doute l'habitation, aux flammes de mille bougies ; et la Personne, invisible, que se disputent, pour la reproduire, la peinture et la sculpture, elle-même y tente, ce soir, de nouveaux arts, apparue ici non pas comme Madame Ratazzi, mais comme la figure idéale d'une saynète ou d'une comédie. Esthétique de la Mode ou Chronique de la Quinzaine, rien, étude et récit du jour, ne peut, pour être exact, échapper à la délicieuse tyrannie de cette Inspiratrice.

Mais où vais-je ? Tout (le premier mot de ma causerie écrite, et non le dernier !) déchirez-le, car mon devoir était principalement aujourd'hui de vous entretenir, comme je le fis récemment pour la Poésie, des chefs-d'œuvre nouveaux du Roman. La seconde édition de *La Conquête de Plassans* par Zola avec ses *Contes à Ninon* (et j'y joins les *Héritiers Rabourdin,* théâtre) ; la seconde édition aussi de *Fromont jeune et Risler aîné,* par

Alphonse Daudet, tels les livres qu'hélas ! je vous donne non coupés, comme on offre les cadeaux de l'an : pas de charmeurs plus sûrs des soirées intimes de ces jours de chez soi, une fois les enfants endormis, et quand aux éclats de leur fête succède, pour une heure ou deux, la lampe tranquille. Grâce à eux, ces tomes, mon offre dès aujourd'hui (pour que nous en causions plus tard) placés sur la laque de votre bibliothèque, je puis, Mesdames, ainsi qu'un ami qui s'absente, vous parler dix jours à l'avance du premier Janvier, sans crainte de mêler mes souhaits trop tôt venus à ceux que font déjà le porteur d'eau, le facteur ou le donneur de pain bénit de la paroisse.

Le carnet d'or

La table, l'ameublement fait par les dames, le jardin et les jeux

Dix-huitième feuillet.

Menu d'un réveillon

Huîtres d'Ostende et de Marennes. – Consommé aux œufs de Vanneaux, Boudin à la Richelieu, Filet de Soles au beurre de Montpellier, Râble d'agneau de Nîmes aux pointes d'asperges. – Bartorelles truffées, Terrine de Grives au genièvre. – Petits pois nouveaux à la Française, Buisson d'Écrevisses au vin de Ribeauvillé. – Louvres en caisse au chocolat. – Ceylans glacé. – Vins : Château-Contet à la glace, Zuccho bien rafraîchi, Punch Romain, Bordeaux, Léoville, Chambertin, Champagne Saint-Marceau frappé, Porto paille.

Le Chef de bouche chez Brébant.

Dix-neuvième feuillet.

Moulongtani pour un réveillon

Toujours notre double préoccupation : répandre en Europe et au loin le goût unique qui préside à la table parisienne et française ; acclimater chez nous les produits et les préparations de tout lieu du monde. Aujourd'hui il s'agissait aussi d'ajouter à l'antique solennité familière du Réveillon quelque chose comme d'étranger et de moderne.

Voici :

« Faire revenir un oignon dans le beurre avec du cari et du safran jaune de l'île Bourbon, et y mettre un poulet découpé, après l'avoir fait revenir simplement. Verser sur le tout le lait fourni par l'amande d'une noix de coco rapée, pilée au mortier et mouillée d'eau chaude.

« Laissez mijoter et servez avec *Riz à la créole.* »

Cari, safran de l'île de Bourbon, tout cela et d'autres épices se rencontrent *boulevard Haussmann, 5,* chez une vieille connaissance déjà pour nos lectrices, le Propagateur, à l'obligeance de qui nous devons toutes nos Recettes exotiques. Mieux encore, ce collaborateur s'offre, dans la soirée qui précède le repas sacramentel, à tenir à leur disposition le mets rare, qu'on placera bien entre le « Râble d'Agneau de Nîmes » et les « Bartorelles » dans le Menu admirable de Brébant, comme plat d'entrée ou de relevé.

La recette a été fournie à cette Maison et elle y sera exécutée par

OLYMPE, négresse.

Vingtième feuillet.

L'ARBRE DE NOËL ORDINAIRE

Acclimaté du Nord en France (beaucoup depuis la guerre) par des œuvres patriotiques, l'arbre de Noël, distraction naguères d'enfants riches et cosmopolites, se fait chez nous populaire. Tout prêt, flambant et chargé, derrière la vitrine des confiseurs en renom, qu'il semble beau ! mais plus touchant sera le sapin préparé à la maison pendant trois soirs, aussitôt l'enfant au lit.

Traditionnel, le voici, dans toute sa naïve simplicité.

Par douzaines, c'est d'abord des noix, que légèrement on mouille, avant de les rouler sur une feuille d'or battu : noix dorées ; la même opération est subie, du côté opposé à sa petite joue rouge, par mainte pomme d'api. À cette réminiscence humble et rustique, joindre l'apport citadin, exprimé par un nombre, moindre, de mandarines et égal, de petits gâteaux secs, que suspendra le classique fil de laine rouge, ou peut-être une faveur rose et bleue. Viennent, pour achever ce fonds *immanquable et nécessaire,* les cent petites bougies de cire, teintées selon les uns, blanches d'après moi : l'appareil le plus commode pour les fixer aux rameaux est, surmontant une pointe ou une pince, la bobèche mignonne en fer-blanc que cache une collerette de papier blanc découpé, rose ou bleue si l'on use des faveurs. Comme réflecteur, de petites boules de verre soufflé, imitant l'acier, plusieurs mordorées, d'autres bleues, réflecteurs pareils à de grosses perles.

Quoi maintenant ? L'arbre lui-même, sapin d'un mètre ou de deux, se plante, sans racines, dans une caisse verte à papier d'or ou bien un pot de faïence ordinaire, la terre recouverte de mousse ou de belles papillotes (le choix du *sujet* n'est pas indifférent, mais se fixera sur un fût aux branches rayonnant droit et loin, touffu, régulier).

La fantaisie commence à compter d'ici : triomphez, imaginations maternelles !

Le monde infini des surprises à placer se divise au fond : en confiserie, fruits glacés de toute provenance, bonbons traditionnels, notamment de sucre rouge, et tous ceux qui se plaisent à reproduire quelque forme d'objet usité ou fantasque ; et en jouets, les vieux également, l'intérieur distribué d'une arche de Noé, etc. Seule, une règle absolue, c'est qu'à la pointe de l'arbre supportant la dernière bougie, se dresse un poupon de sucre ou de cire, frisé en Enfant-Jésus.

Tout brille, clair, splendide, éblouissant ; et la petite boîte à musique cachée entre les *étrennes* riches qu'offrent des plateaux de laque, nombreux, sur la table, éparpille, elle, sa pluie musicale dans l'atmosphère de joie et de lumière.

Je disparais, entrez, enfants.

Des ciseaux, vite, faisant sonner le grelot attaché, si l'on veut, à chaque branche, bientôt nue : et que la distribution plénière se renouvelle chaque soir, jusqu'au Jour de l'An, jusqu'aux Rois.

UNE LECTRICE ALSACIENNE.

NOUVELLE ET VERS

Note pour la Bibliothèque : Poésie extraite du livre ancien et toujours jeune, *Les Amoureuses,* par Alphonse Daudet ; à l'à-propos ordinaire tiré de la saison, elle joint l'attrait, mise en musique hier par Émile Pessard, de prêter ses paroles à un air chanté par tout le monde cette année (voir à ce sujet la Chronique, et savoir que l'éditeur de ce morceau est Alphonse Leduc). – Avec le troisième fragment d'*Eudore Cléaz,* paraîtra la note bibliographique ayant trait à cette délicieuse Nouvelle qui ajoute un intérêt d'actualité à notre livraison voisine du 1er janvier.

GAZETTE ET PROGRAMME DE LA QUINZAINE

DISTRACTIONS OU SOLENNITÉS DU MONDE

Du 20 décembre 1874 au 3 janvier 1875.

I. – LES LIVRES

(ÉTRENNES)

Quiconque, liseuse ou seulement curieuse, a regardé attentivement cette liste de quelques livres donnés ici par nous chaque Quinzaine, a pu s'apercevoir qu'il n'y apparaissait que les titres d'ouvrages remarquables avant tout par leur haute valeur littéraire : romans, poésies, des maîtres de ce temps toujours, c'est-à-dire souvent de nos collaborateurs. À la veille du Jour de l'An lui-même, et le manque de place et l'idée qui d'habitude préside à notre choix nous interdisent d'agir autrement que par le passé. À part *L'Inde sous les Rajahs,* livre magnifiquement illustré et le roi de la saison (que publie la maison Hachette), nous ne signalerons à nos

Lectrices, comme cadeaux à faire à des fils, à des frères, à des maris, que les éditions de bibliophile précieuses, et contenant et contenu, que fait Lemerre : ces nobles tomes sur Chine, léger et d'aspect ancien, qui sont aux volumes de librairie courante ce qu'à de lourds et froids cristaux de ménage sont les verres de Bohême. Notons : Poésie : *Poésie* et *Théâtre* (2 vol.) par François Coppée ; *Poésies* (2 vol.) par Sully Prudhomme ; *Poésie* (2 vol.) par Soulary ; *Anthologie des poètes,* des *prosateurs* (2 vol.) : tous ces volumes appartenant à la célèbre collection elzévirienne ont été reliés en toile, avec tranches rouges, à l'occasion du Nouvel An. *Œuvres de Molière* (8 vol.) ; de *Racine* (4 vol.) ; de *Shakespeare,* traduction François-Victor Hugo (le premier vol.) : dans le petit format elzévirien encore, sous parchemin.

Albums : *Les Douze Travaux d'Hercule* (in-4°) ; *Les 35 Eaux-Fortes,* d'après Boucher, pour illustrer les *Œuvres de Molière.*

Quant aux beaux livres d'enfants, ce nous est un grand regret de ne pas vanter ici leurs images, leurs textes et même leurs couvertures, qui n'ont plus rien de commun avec les enveloppes des sucres de pomme. Les albums, et les volumes riches et sérieux, Hachette et Hetzel, en ont comme la spécialité, les ayant inventés : et la *Bibliothèque des merveilles* de l'un ou la *Bibliothèque rose,* puis la *Bibliothèque d'éducation et de récréation* de l'autre augmentent, chaque année à cette époque, leurs collections de quelque volume nouveau, appelé à douze mois de succès.

Choisir, dans ces deux séries, les yeux fermés et même très grands ouverts.

II. – THÉÂTRES

(LES SUCCÈS)

Salle Ventadour : Opéra : Faure et Rosine Bloch, partout enchantent un public qu'intéressent ces débuts, dans Eudoxie *(la Juive),* de Mademoiselle Daram, et dans la Marguerite *(Faust),* de Madame Fursch-Madier.

Très bonnes soirées pour une fin de bal, notamment celles du Dimanche, reprises presque depuis le début de la saison.

Italiens : à Madame Pozzoni, cette étoile, succédera Nicolini, cet astre ; débutantes, Mademoiselle Morio et Madame Sbolgi. Tout le Répertoire tant de fois inscrit ici variera de prestigieuses Soirées : vers où roulent, avec des flots de dentelles et de satin visibles à la vitre, tous les carrosses de la ville, alignés à l'heure où de l'escalier descendent, déployées, ces toilettes.

Opéra-Comique : une reprise ? non, presque une première : *Le Domino noir* (Mademoiselle Chapuy ; Lherié, Melchissedec), délaissé : un vrai luxe, costumes et voix, fait de l'œuvre classique le spectacle nouveau.

Vaudeville : une galanterie que vous fait, Mesdames, sinon à sa nièce Sarah, l'*Oncle Sam,* M. Harmant, celle de servir *Les Tziganes* après le thé du second acte : oui ! ceux des Folies-Bergères que, peut-être, n'avez-vous point vus encore, avec Daras-Miska suspendant à son archet inspiré la frénésie ou l'extase de toutes et de tous.

Gymnase : exhibition exquise des Modes de 1818 que *Les Deux Comtesses* de M. Nus : non pas seulement, car la pièce, excellente, est, avant tout, le succès de la soirée avec Mesdames Othon et Fromentin et Mademoiselle Legault Puzol ; puis Lesueur, ahuri, paraît dans *les Mauriaques*.

Gaîté : *La Haine,* de Sardou. Le drame peut se lire, mais doit s'entendre, à cause de Lafontaine, de Mesdames Marie Laurent, et Lia Félix, prodigieux, elles et lui ; voyez-le enfin ! car Rubé et Chapron, Cambon, Chéret, Levastre jeune et Despléchin n'ont rien encore imaginé de plus extraordinaire et de plus beau que leurs décors du carrefour de la rue Camollia, de la Cathédrale de Sienne vue de face, d'un camp dans un cloître près de l'église Saint-Christophe, d'après la Bataille, et de la chambre de Cordélia et des ruines du Campo, enfin l'intérieur de la Cathédrale et sa lune. Tant de faste n'a peut-être jamais transfiguré une scène de bois et de toile !

Châtelet (plus Opéra-Populaire) : réouverture par *Les Pilules du diable,* éternelles et jeunes, avec une surprise pour les grands-parents et les bébés égale à celle de l'an dernier ; on se souvient que ce fut un ballet de polichinelles nous émerveillant : que sera-ce à présent ? Allez et venez me le dire, Jean, Mathilde, Geneviève ou Gaston.

Ambigu : *Cocagne,* de Ferdinand Dugué, où le jeu superbe de Fargueil, et tous ces Van Dyck et ces Callot, eaux-fortes et ce tableau : *Anne d'Autriche confiant Louis XIV endormi à la garde des Parisiens,* ne calment pas tout à fait l'impatience qu'éveille un décor déjà célèbre : les sables mouvants du Mont Saint-Michel et la marée mouvante.

Théâtre des Arts (anciens Menus-Plaisirs) : Frédérick Lemaître, c'est tout vous dire (dans *Le Crime de Faverne* !).

D'autres lieux de distraction et de plaisir, ou de jour ou de nuit, sont, d'abord le *Jardin d'Acclimatation* (aquarium : *ses poissons de Shang-haï,* lutteurs fantastiques et bassins des *loutres,* joueuses et pêcheuses ; puis les fleurs prolongées et l'orchestre prolongé), une promenade qui acclimatera le soleil en hiver.

Le *Cirque d'Hiver* nous dispense de posséder Chantilly ou de louer Fontainebleau, avec les merveilles de sa grande chasse à courre de cerfs, biches et meutes de chiens, dressés, qui satisfont tout le rêve cynégétique de l'enfance, et certes le mien ! Tayaut, Hallali : c'est-à-dire bravo !

La *Salle des familles,* où les spectateurs du théâtre précédent reviennent, grandis et sérieux, applaudir à des premières authentiques et à de véritables débuts.

Voici pour les *Matinées* et les *Concerts* du *Dimanche,* et notre Chronique et les Affiches spéciales : ne pas omettre une visite au *Louvre,* où sont transférés du

Luxembourg plusieurs chefs-d'œuvre, au *Cercle des Mirlitons,* exhibant une portion de l'œuvre contemporaine de Carolus-Duran, artistiques promenades et passe-temps de ces jours de fêtes.

III. – Les voyages

(La ligne de Lyon, Paris à la Méditerranée)

Les premiers express chauffés sont depuis longtemps partis, emportant dans la buée chaude qui s'attache aux vitres de leurs compartiments et les voile, tout un peuple frileux, tranquille, enveloppé, inattentif aux paysages invisibles du parcours. Quitter Paris, arriver là où le ciel est pur, c'est leur songe ; et ils n'ont pas le temps de le refaire une fois, après le coup de sifflet jeté du départ, que déjà ces noms éclatent, comme des paroles d'enchantement : *Marseille, Toulon* (et entre leurs deux hivernages d'adorables séjours peu dispendieux, dont *La Ciotat* et son Bec de l'Aigle, *Saint-Cyr* et sa *baie des Lecques, Bandol, Ollioules !*) *Hyères* et les *Îles Saint-Raphaël, Antibes, Cannes, Nice, Monaco, Menton* ou *San-Remo*…

Tous les voyageurs sont-ils des malades ? Non, pas plus que les promeneurs de l'été ne suivent un traitement au bord de la mer.

Une coutume, naissante et propre à nous faire renaître, que je ne saurais assez développer dans le monde de Lectrices riches et libres qui nous suit, consiste à quitter Paris, une fois ou deux ou trois même dans l'hiver, pour goûter quelques heures de soleil et d'azur. Une semaine au temps invariablement maussade, la fatigue chez elles, de plaisirs, ou, chez leurs maris, d'affaires : assez pour déterminer Monsieur et Madame à user d'une des faciles magies que la vie moderne met à la disposition de quiconque l'entend comme il sied. Changement de décors pour les yeux et pour l'âme, où se ranime la santé : quoi de plus extraordinaire, cela en quelques heures ou pour quelques louis ! Les listes de *Déplacement et Villégiatures* publiées par la presse mondaine nous initient à ce goût nouveau, appelé à déterminer une *saison d'hiver* pour les voyages, différente de celle d'*été* et faite de fugues brèves au jour choisi par les fugitifs.

Quant aux Nomades véritables, ils choisissent, pour leur absence d'une saison entière, des sites qui seraient véritablement lointains, si la rapidité du railway n'était continuée par celle des steamers : *Alger, Le Caire,* et tant de lieux bienfaisants de la *Sicile* aux *Baléares.*

Madère, l'île caressée par de tièdes courants, est, en 1874, le point d'émigration très aristocratique.

La ligne de Paris-Lyon-Méditerranée seule délivre des billets pour tous ces paradis.

Correspondance avec les abonnées

Avis

Mainte surprise prochaine a été annoncée par M. Marasquin dans son Résumé des Trois Mois précédents de *La Dernière Mode :* la première, c'est l'emploi, pour une Gazette de Toilettes et mondaine, de caractère elzévirien, réservé jusqu'ici à l'impression de livres luxueux et rares. Type des belles éditions d'autrefois subitement, comme la guipure et les bijoux anciens, revenu à la Mode, il faut pour l'accompagner, un papier d'autrefois : ce n'est pas à ce goût archaïque et répandu aujourd'hui que nous avons cédé seulement, en dotant le papier, fabriqué pour le texte, de sa teinte jaunie et spéciale, mais au désir que nos belles gravures noires jouissent d'un ton chaud et riche. Satins, velours et toutes les étoffes du soir prennent là un chatoiement ou une profondeur, qu'une autre nuance, employée comme fond, serait inhabile à y apporter.

Paris, le 20 décembre 1874.

Mme de V..., à Rome : Très vraie, chère Abonnée, votre observation, qui prouve que, si vous lisez *Le Courrier de Modes* jusqu'à la dernière ligne, vous n'en commencez pas moins par la première. Mme de Ponty confesse que c'est en songeant à tout autre chose qu'elle a daté du lendemain de Noël un article écrit dans les premiers jours de décembre : il fallait bien, au lieu de 26, lire le 6. (Programme et Correspondance, sans parler du Frontispice, et tous les autres quantièmes épars dans la Livraison concouraient, du reste, à indiquer cette rectification.) Merci. – Mlle Marie de M. de Montf..., à... : Toutes nos félicitations, avant même que de répondre à votre charmante question, recevez-les, cordiales et souriantes, telles que je vous les adresse. Vous voulez, dites-vous, devoir votre Costume de Mariée à *La Dernière Mode ;* notre publication ne vous doit-elle pas bon nombre de ses succès dans le groupe élégant de vos connaissances ? Jamais tâche ne m'a été plus douce que celle-ci : vous composer la toilette désirée. Je l'envoie, en trop peu de mots : Toilette de mariée en satin blanc, avec volants de crêpe lisse plissé à l'ongle, cachepoint en jais blanc, tunique-écharpe en satin blanc garni d'un volant comme ceux de la jupe. Nouée sur la traîne et l'un des pans retenu ensuite à la taille, cette tunique sera ravissante. Traîne de fleurs d'oranger, elles, partant de la ceinture et se terminant dans le nœud sur cette traîne. Corsage à basque ronde, très longue devant et très courte derrière. Fraise de gaze lisse entourée d'une guirlande de fleurs d'oranger. Ne pas croire, à la lecture de certains détails un peu différents de ce qu'annonce, comme la Mode prochaine, notre Courrier d'aujourd'hui, que rien soit ici démodé : les Costumes de Mariage, comme l'a dit un précédent Courrier, ne variant que les derniers et n'adoptant la Mode que consacrée. Quelque inconvenance, surtout loin comme vous l'êtes ! apparaîtrait même dans le désir manifesté par une Mariée d'arborer très visiblement une mode à venir encorc. – M. L. Van-...eck, à Bruxelles : La Toilette de Mlle Massin dans *Le Chemin de Damas,* au Vaudeville, n'a jamais été décrite au *Figaro,* par le *Monsieur de l'Orchestre,* qui s'acquitte d'ordinaire à merveille de ce devoir. Vous avez raison, chère Madame, si notre mémoire est bonne : et, comme elle l'est, rappelons-nous ce que nous avons regardé à la Première représentation. C'était : robe de taffetas bleu céleste ; des deux côtés de la jupe, ces ornements qu'on appelait autrefois des *quilles* (c'est-à-dire une longue bande descendant du haut en bas en s'élargissant par le bas) puis trois volants formant tablier en dentelle blanche brodée d'argent, surmontés d'une tête de velours noir découpé. Corsage cuirasse très décolleté. Toilette qu'on peut, à quelques changements près, reproduire, si l'on veut, toujours aussi charmante. – Mme ..., à ... : Quoi ! déjà des bals costumés à ... (vous voyez, chère Abonnée, que votre nom et celui du lieu que vous devez enchanter sont par moi laissés en blanc, sur votre désir !) L'Opéra-Comique remplaçant en cela *feu* le grand Opéra (sans jeu de mots) a, seul, donné ici le signal du Carnaval : et ce n'est pas dans sa brillante cohue que j'ai à chercher rien pour vous. Pourquoi, les grands couturiers ne s'étant pas encore pour nos réunions mondaines transformés en costumiers, hésiter, dès aujourd'hui, à prendre un des ravissants Costumes usités dans les opérettes en vogue, *Madame l'Archiduc, Les Prés-Saint-Gervais ?* Judic et Paola Marié sont à voir autant qu'à entendre : voyez l'une, en sa robe princesse gris perle de grosse faille, avec brandebourgs d'or : aux cheveux elle a un foulard rouge tordu à peu près dans la forme de la résille de figaro. Cela, signé : Grévin. À l'autre sied un *costume de Grisette* très court et très bouffant en soie toute ruchée vert herbe tendre, et rose cœur de rose-thé : les bas sont roses, brodés de coins d'or, et les souliers, verts haussés de talons roses. – Yvonne de K...aun, à P... : Dieu ! que c'est gentil à vous, ma mignonne, de me venger des très durs reproches, auxquels je crois, cependant, avoir répondu victorieusement dans mon Courrier de tout à l'heure. Trop de règles concernant l'habillement des enfants, me disait un trio de visiteuses ; et vous m'écrivez, bonne grande sœur que vous êtes : Pas assez sur ce chapitre. Oui, je continue, pour vous ; et voici ce par quoi le manque de place m'a empêché de terminer l'étude de l'autre jour. « Très sobre de garnitures, l'habillement des fillettes de onze ans, choisi dans les étoffes de bure, les cheviottes et le velours : avec jupes portées jusqu'à la cheville, toujours unies, tuniques fort simples, terminées par rien d'autre qu'une triple piqûre, et extraordinairement par une tresse de laine ou de soie. Je veux la petite jaquette assortie au costume ; elle se noue sur la poitrine à la faveur d'un joli nœud en faille à longs bouts, mais j'interdis tout à fait le dolman, oui ! jusqu'à dix-sept ou dix-huit ans. Le chapeau rond : pas de Lamballe, cette forme délicieuse appartient à l'amie ou à la sœur aînée. Quant aux jeunes gens, ils prennent enfin le costume de la première Communion immémorial, sauf le col : très journalier et qui aujourd'hui sera plus que grand, rabattu, fuyant en arrière ; avec, posé au-dessous, un nœud coquet à coques longues et tombantes. Boutonnée au cou, la veste ne laisse pas voir la chemise, si l'on ne veut commettre une faute contre le goût d'hier et d'avant-hier. » J'ajoute même, à l'intention de votre chère maman, qui vous a, m'apprenez-vous avec une soumission de bon aloi, autorisée à écrire vous-même : « À dater de ce moment, quoique l'intervention en ait pu s'accuser par de la fourrure au bord des vêtements, des bas rayés et toute la fantaisie mise au service de fées ou de lutins qui ne sont pas encore des demoiselles ou des messieurs, nous livrons ce joli monde à la *Mode*. Une seule remarque, non un conseil, non une prière : mères, tout en menant votre fille chez la faiseuse, votre fils chez le tailleur, essayez que l'un et l'autre gardent la grâce transitoire de leur âge, et que l'adolescence soit longtemps l'enfance. »

La dernière mode
Conseils sur l'éducation

Outre les livres faits pour être avant tout des livres, il y a des volumes composés de lignes souvent parfaites que l'inspiration dissémina au long d'une existence : l'existence brisée, les lignes survivent recueillies par une pieuse sympathie. Tels les *Journal, Pensées et Correspondance de Joséphine Sazerac de Limagne*, morte en 1873. Cette âme, qui m'apparaît très supérieure encore aux brefs fragments laissés par écrit de sa pensée, *revient* toutefois *presque entière* aux yeux de quiconque les lit attentivement, non moins dans les blancs divisant le texte que dans le texte lui-même. Haute, noble et très religieuse dans le sens le plus strict de ce mot, la figure de jeune fille avec laquelle on fait ici connaissance ne s'efface pas aisément de la mémoire, mais se rattache bientôt à plus d'un type de femmes de l'ancienne noblesse française. Excellente lecture que celle de ce recueil pendant les années qui suivent la première Communion ; et dont plus d'une jeune fille remerciera l'auteur anonyme de la notice biographique, intéressante et même, par deux ou trois fois, éclatante.

MME DE P.

PEINTURE

POUR MANET

Le jury de peinture pour 1874 et M. Manet

L'amitié qui unit Mallarmé à Manet remonte à 1873 [1]. Un an plus tard, le poète fait la rencontre d'Émile Zola dans l'atelier du peintre. La biographie de Mallarmé rédigée par Henri Mondor signale fortuitement (et sans livrer davantage ses sources) que la discussion revenait régulièrement sur le sens de l'Œuvre moderne et les conseils prodigués à Manet par Baudelaire.

En 1874, Manet présente au jury du Salon trois peintures : *Le Chemin de fer* [2], *Les Hirondelles* [3] et *Bal masqué à l'Opéra* [4] ainsi qu'une aquarelle *Polichinelle* pour laquelle Mallarmé a composé un sonnet après que Manet eut lancé un concours en vue de son tirage lithographique [5]. *Les Hirondelles* et *Bal masqué à l'Opéra* essuieront le refus du jury qui ne retient que deux œuvres de Manet. Mallarmé relaie Zola qui avait

1. Voir l'introduction, p. 39.

2. *Le Chemin de fer*, 1872-1873, huile sur toile, 93 x 114, Washington, National Gallery of Art.

3. *Les Hirondelles*, huile sur toile, collection particulière.

4. *Bal masqué à l'Opéra*, 1873-1874, huile sur toile, 60 x 73, Washington, National Gallery of Art.

5. Manet ne prendra pas le sonnet de Mallarmé, mais celui de Banville. Voir *Manet-Monet. La gare Saint-Lazare*, Paris, Musée d'Orsay, 1998, p. 160.

défendu Manet dans ses *Salons* de 1866, 1867 et 1868 avant de se désolidariser progressivement de son œuvre et d'en critiquer l'évolution finale dans le Salon de 1879 [1]. Il publie dans *La Renaissance artistique et littéraire* du 12 avril « Le jury de peinture pour 1874 et M. Manet ».

The Athenaeum

Durant l'hiver 1875-1876, Mallarmé envoie une série de courts articles à la revue anglaise *The Athenaeum* [2] qui, grâce à l'intervention d'Arthur O'Shaughnessy, lui ouvre ses portes. « Rapides et sèches annonces », ces articles participent de cette poétique de la mondanité exaltée, peu avant, dans *La Dernière Mode*. Outre des billets concernant l'actualité de la vie des Lettres parisiennes, Mallarmé tentera d'utiliser les colonnes de la revue britannique pour défendre son ami Manet en le faisant mieux connaître du public anglais. Nous n'avons retenu que ces denières notes, publiées ou non, en reprenant l'édition de Mondor et Austin.

Un premier article, daté du 21 novembre 1875, met en évidence le pleinairisme de Manet à travers la lecture de la toile intitulée *Le Linge*, qui sera refusée par le jury du Salon en 1876. Le deuxième, adressé le 20 mars 1876, paraîtra dans l'*Athenaeum* du 1er avril. Il reprend en partie l'argumentation du premier article non retenu. Le troisième, et dernier connu à ce jour, relie l'essai de 1874 essentiellement tourné contre le jury dont Mallarmé stigmatise l'incohérence et celui qui paraîtra en 1876, davantage concerné par un propos esthétique.

Il convient, en outre, de mentionner d'autres « bavardages » comme celui, non publié, que Mallarmé envoie

1. À propos des relations qui unirent Manet à Zola, voir I.N. Ebin, « Manet and Zola », in : *Gazette des beaux-arts*, n° 27, juin 1945, p. 370.

2. À propos de cette prestigieuse revue hebdomadaire fondée en 1828, voir H. Mondor et J. Lloyd Austin, *Les « Gossips » de Mallarmé. « Athenaeum » 1875-1876*, Paris, Gallimard, 1962, p. 9-16.

à la revue en date du 21 novembre 1875 pour rendre compte de l'exposition des œuvres de Barye qui vient de décéder (*op. cit.*, p. 28).

Les impressionnistes et Édouard Manet

Exposé au Salon de 1875, Manet renoue l'année suivante avec les problèmes. Le jury, à treize voix contre deux [1], refuse en effet ses deux toiles : *Le Linge* [2] et *L'Artiste*, un portrait de Marcellin Desboutin [3]. Le 15 avril, le peintre ouvre son atelier au public, de dix heures à dix-sept heures, pour y présenter les deux tableaux refusés parmi d'autres œuvres. La Pierpont Library de New York a conservé le livre d'or et l'album de coupures de presse liés à l'événement.

Mallarmé ne sera pas en reste. Il entreprend ses correspondants britanniques afin de justifier la parution d'un article favorable à Manet. À Arthur O'Shaughnessy, il écrit en date du 10 avril 1876 : « Quant à la guerre définitivement et publiquement ouverte contre Manet, est-ce assez inepte [4] ? » Le 24 août, le même O'Shaughnessy signale depuis Ostende qu'il s'est occupé de la publication d'un article relatif à l'œuvre de Manet. Cet article paraîtra le 30 septembre 1876 dans la revue londonienne *The Art Monthly Review* dans une traduction de George T. Robinson. La qualité de celle-ci – malgré les propos bienveillants de Mallarmé [5] – prête à caution si on en juge par le piteux français dans lequel Robinson s'adresse à deux reprises à Mallarmé (les 19 juillet et 19 août 1876) [6]. La présence de cet article dans une petite revue anglaise – au terme de bien

1. *Manet*, Paris, Galeries nationales du Grand-Palais, 1983, p. 370.

2. 1875, huile sur toile, Mérion Station (Pennsylvanie), Barnes Fondation.

3. 1875, huile sur toile, Sao Paulo, Museu de Arte.

4. Lettre à Arthur O'Shaughnessy, 10 avril 1876, in : *Cor.* II, p. 113.

5. Dans une lettre adressée à Arthur O'Shaughnessy, en date du 19 octobre 1876, Mallarmé fait trop aimablement l'éloge de cette traduction (*Cor.* II, p. 142).

6. *Cor.* II, p. 129.

des sollicitations – pourra surprendre. Pourquoi Mallarmé ne l'a-t-il pas adressé à une revue parisienne ? L'a-t-il proposé à *La Renaissance artistique et littéraire* qui avait publié l'essai de 1874 ? A-t-il été débouté des revues auxquelles il participait, comme *La République des Lettres* ?

Nous en présentons ici la traduction en français faite par Philippe Verdier et parue dans *La Gazette des beaux-arts*, LXXXVI, n° 1282, novembre 1975.

Médaillons et portraits

En 1897, Mallarmé publie *Divagations* chez Fasquelle, dans la Bibliothèque Charpentier. Il s'agit de l'ultime volume préparé et corrigé de la main même de Mallarmé. Outre « Anecdotes ou Poèmes », « Volumes sur le Divan », « Richard Wagner, rêverie d'un poète français », « Crayonné au théâtre », « Crise de vers », « Quant au Livre », « Offices » et « Grands faits divers », Mallarmé y présente « Quelques médaillons et portraits en pied » parmi lesquels, outre les amis écrivains, le poète a réuni des peintres comme Whistler, Manet ou Berthe Morisot.

Nous reproduisons ici celui consacré à Manet. Il avait paru une première fois en 1894 dans les *Portraits du siècle prochain*.

Le jury de peinture pour 1874 et M. Manet

Tous ceux que l'approche du Salon émeut de quelque curiosité et les amateurs qui tournent les yeux vers des ateliers nouveaux ont, ces jours derniers, appris, très brusquement, que le jury de peinture écarte deux tableaux sur trois, envoyés par M. Manet.

La déception est grande pour plusieurs, même placés dans la foule, de ne pas étudier, cette année, la manifestation totale d'un talent exceptionnel ; et les ennemis irréconciliables de visées neuves n'ont, eux, qu'à s'écrier : Pourquoi n'a-t-on pas refusé tout l'envoi ?

Je partage, quant à moi, le sentiment des premiers ; et je m'associe absolument à l'exclamation des autres.

Si l'on veut soustraire aux visiteurs du Salon le spectacle d'une peinture qui les inquiéta parfois (comme toute révélation dont le mot est encore obscur), autant qu'écarter d'eux le danger de se laisser peu à peu convaincre par des qualités éclatantes, il faut, certes, avoir le courage d'abuser, pleinement et absolument, d'un pouvoir conféré dans un autre but. Ces habitudes anciennes et quelque temps oubliées, de régenter le goût de la foule, pourquoi ne les évoquer qu'à demi, et soit même aux deux tiers ? (Il y a peut-être, par leur fait, à sauver l'Art, comme tout autre chose.)

Toutefois on pourrait, pour n'étonner personne que les membres du jury, arguer que le cas est plus ordinaire : et que deux des toiles présentées par le peintre offraient de tels défauts, comparées à la troisième, que l'acceptation en était impossible. Telle, malgré l'apparence d'absurdité impliquée par ces paroles, est, en effet, la suggestion proposée à la masse par le verdict prononcé tout à l'heure. Pas d'exclusion systématique, vous le voyez ! il y a même jugement.

Quant à moi, par le seul fait que ces lignes paraissent quelque part où l'on s'occupe d'art, je craindrais d'humilier ces Messieurs, groupe de peintres habiles avant d'être des hommes maladroits, en jouant simplement la duperie : et j'aime, par quelque déférence, incriminer, plutôt que leur clairvoyance technique, la mauvaise foi apportée par eux dans l'usage d'un mandat échu en ces mains.

Quelque chose de fâcheux, cela fût-il faux, ressort de l'une de ces accusations : la seconde, je le sais, s'esquive, par un sourire.

Pourquoi ne pas faire naître ce sourire ?

M. Manet, pour une Académie (et j'ai nommé ce que, chez nous, malheureusement devient tout conciliabule officiel), est, au point de vue de l'exécution non moins que de la conception de ses tableaux, un danger. La simplification, apportée par son regard de voyant, tant il est positif ! à certains procédés de la peinture dont le tort principal est de voiler l'origine de cet art fait d'onguents et de couleurs, peut tenter les sots séduits par une apparence de facilité. Quant au public, arrêté, lui, devant la reproduction immédiate de sa personnalité multiple, va-t-il ne plus jamais détourner les yeux de ce miroir pervers ni les reporter sur les magnificences allégoriques des plafonds ou des panneaux approfondis par un paysage, sur l'Art idéal et sublime. Si le Moderne allait nuire à l'Éternel !

Telle est évidemment la pensée du plus grand nombre des peintres composant le jury, enfantine dans un cas, puérile dans l'autre, et qui n'est absolument déplacée (eu égard à mille choses), que s'ils veulent l'immiscer en quoi que ce soit à leurs jugements.

Comment et sous quels prétextes, passer maintenant de cette théorie à des actes ?

Trois tableaux présentés par l'intrus redoutable : *Le Bal de l'Opéra, Les Hirondelles,* et *Le Chemin de fer.* Sur les trois, un, *Le Bal,* capital dans l'œuvre du peintre et y marquant comme un point culminant d'où l'on résume mainte tentative ancienne, était, certes, l'ouvrage qu'il y avait le moins lieu d'exposer à un succès unanime ; quant au deuxième, *Les Hirondelles,* très singulier pour un œil d'amateur et doué d'une séduction calme, on pouvait le faire passer pour moins significatif. Celui-ci rejeté de pair avec celui-là, telle a donc été l'idée : afin de paraître ne pas réserver toutes les rigueurs à l'œuvre accentuée, mais frapper, avec la même sévérité, le produit plus tranquille !... Comme la sagesse la plus profonde ne prévoit pas tout et que ses desseins manquent toujours par quelque point, restait le troisième tableau, important lui-même sous un aspect trompeur et riche en suggestions pour qui aime à regarder.

Je crois que cette toile, échappée aux ruses et aux combinaisons des organisateurs du Salon [1], leur réserve encore une autre surprise, quand ce qu'il y aura à dire à son sujet aura été dit par ceux qu'intéressent certaines questions, notamment de métier pur.

Affaire du compte rendu qui sera fait ici même, du Salon : quant aux deux œuvres refusées, revenues demain aux galeries particulières où les attend leur place, il y a à les discuter, non pas avec le jury, qui me dicterait au besoin mes appréciations, mais devant le public, manquant de toute base pour asseoir sa conviction.

Rendre un coin du bal de l'Opéra : quels étaient les périls à éviter dans l'accomplissement de cette audace ? Le tapage discordant de costumes qui ne sont pas des toilettes et la gesticulation ahurie qui n'est celle d'aucun temps et d'aucun lieu, et n'offre pas à l'art plastique un répertoire d'attitudes authentiquement humaines. Les masques ne font donc, dans le tableau, que rompre, par quelques tons frais de bouquets, la monotonie possible du fond d'habits noirs ; et ils disparaissent suffisamment pour qu'on ne voie en ce stationnement sérieux de promeneurs au foyer qu'un rendez-vous propre à montrer l'allure d'une foule moderne, laquelle ne saurait être peinte sans les quelques notes claires contribuant à l'égayer. Irréprochable est l'esthétique et, quant à la facture de ce morceau que les exigences de l'uniforme contemporain rendaient si parfaitement difficile, je ne crois pas qu'il y ait lieu de faire autre chose que de s'étonner de la gamme délicieuse trouvée dans les noirs : fracs et dominos, chapeaux et loups, velours, drap, satin et soie. À peine l'œil se figure-t-il la nécessité des notes vives ajoutées par les travestissements : il ne les distingue qu'attiré et retenu d'abord par le seul charme de la couleur grave et harmonieuse que fait un groupe *formé presque exclusivement d'hommes*. Rien donc de désordonné et de scandaleux quant à la peinture, et qui veuille comme sortir de la toile : mais, au contraire, la noble tentative d'y faire tenir, par de purs moyens demandés à cet art, toute une vision du monde contemporain.

Quant aux *Hirondelles*, j'accorde à la plus superficielle des critiques une seule objection, afin de la réduire tout à l'heure.

Deux dames assises sur l'herbe d'une de ces dunes du nord de la France, s'étendant à l'horizon fermé par le village derrière lequel on sent la mer, tant est vaste l'atmosphère qui entoure les deux personnages. Viennent de ce lointain des hirondelles donner son titre au tableau. L'impression de plein air se fait jour d'abord ; et ces dames, absorbées dans leur songerie ou leur contemplation, ne sont d'ailleurs que des accessoires dans la composition, comme il sied que les perçoive dans un si grand espace l'œil du peintre, arrêté à la seule harmonie de leurs étoffes grises et d'une après-midi de septembre.

Je signalais une réserve, faite à un point de vue d'école par qui ne tiendrait aucun compte des quelques remarques précédentes : elle consiste, si l'on veut, en ceci que, pour parler argot, « le tableau n'est pas assez poussé », ou fini. Il y a longtemps que l'existence de cette plaisanterie me semble révoquée en doute par ceux qui la proférèrent d'abord. Qu'est-ce qu'une œuvre « pas assez poussée » alors qu'il y a entre tous ses éléments un accord par quoi elle se tient, et possède un charme facile à rompre par une touche ajoutée ? Je pourrais, désireux de me montrer explicite, faire observer que, du reste, cette mesure, appliquée à la valeur d'un tableau, sans étude préalable de la dose d'impression qu'il comporte, devrait, logiquement, atteindre l'excès dans le fini comme dans le lâché : tandis que, par une inconséquence singulière, on ne voit jamais l'humeur des juges sévir contre une toile, insignifiante et à la fois minutieuse jusqu'à l'effroi.

Le public, frustré dans son droit d'admiration ou de raillerie, sait maintenant tout : il ne reste en son nom qu'à formuler une question d'intérêt général, suggérée par l'aventure.

La question qu'il s'agissait de résoudre une fois de plus, et avec la même inutilité que toujours, tient toute entière dans ces mots : Quel est, dans le double jugement rendu et par le jury et par le public sur la peinture de l'année, la tâche qui incombe au jury et celle qui relève de la foule ?

Il résulte du seul fait de la mise en commun des talents notoires d'une époque, dont chacun possède nécessairement une originalité très différente, que l'accord susceptible de s'établir entre eux porte non sur l'originalité, mais sur le talent même abstrait et exact, contenu dans l'œuvre à juger. Tous les artistes ont, indécis quelquefois dans la solitude du travail, mais arrêté au contact les uns des autres, un sentiment très neutre de la valeur artistique discernable partout où elle se trouve : produit précieux et dont, seul, l'apport leur est demandé dans le cas présent. L'esprit dans lequel a été conçu un morceau d'art, rétrospectif ou moderne, et sa nature, succulente ou raréfiée, en un mot, tout ce qui touche aux instincts de la foule ou de la personne : c'est au public, qui paie en gloire et en billets, à décider si cela vaut son papier et ses paroles. Il est le maître, à ce point, et peut exiger de voir *tout ce qu'il y a.* Chargé par le vote indistinct des peintres de choisir, entre les peintures présentées dans un cadre, ce qu'il existe, véritablement, de tableaux, pour nous le mettre sous les yeux, le jury n'a autre chose à dire que : ceci est un tableau, ou encore : voilà qui n'est point un tableau. Défense d'en cacher un : dès que certaines tendances, latentes jusqu'alors dans le public, ont trouvé, chez un peintre, leur expression artistique, ou leur beauté, il faut que celui-là connaisse celui-ci : et ne pas présenter l'un à l'autre est faire d'une maladresse un mensonge et une injustice.

La maladresse demeure heureusement dans le cas présent ; et telle ! qu'elle suffit à effacer les mots graves que vient de proférer la logique. Oui, il s'offrait aux retardataires de toutes les écoles, qui se sont partagé le succès pendant ces dernières années, une occasion parfaite de montrer au seul homme qui ait tenté de s'ouvrir à lui et à la peinture une voie nouvelle, que, certes, un attachement à des points de vue anciens mais n'ayant peut-être pas encore livré tout leur secret les tenait au cœur fortement, et non pas une cécité totale quant au présent. On a cru avoir à fermer les yeux davantage : gratuitement. Le jour où le public, lassé, se lassera tout à fait, que faire, sans l'appât destiné, dans de sages prévisions, à contenter le juste goût du neuf ? La foule, à qui l'on ne cèle rien, vu que tout émane d'elle, se reconnaîtra, une autre fois, dans l'œuvre accumulée et survivante : et son détachement des choses passées n'en sera, cette fois, que plus absolu. Gagner quelques années sur M. Manet : triste politique !

Ce maître nouveau, qu'on a vu, dans une pensée supérieure et avec une sagacité mal comprise, présenter annuellement le développement de son talent, toujours de plus en plus accusé et de plus en plus antipathique, par conséquent, aux représentants dc la peinture consacrée, avait le droit d'attendre que le sous-entendu, impliqué par sa démarche, fût compris, à la longue, de juges délicats et soucieux de rien autre chose que du talent.

Le jury a préféré se donner ce ridicule de faire croire, pendant quelques jours encore, qu'il avait charge d'âmes.

The Athenaeum

Artistic gossip [1]

Quelques visites de loin en loin dans les grands ateliers de Paris offrent de l'intérêt. M. Manet, dont on peut voir, en ce moment, un *Coin de Venise* dans le merveilleux atelier qu'a à Londres son compatriote Tissot [2], prépare un portrait en pied et de grandeur naturelle de *Faure* dans *Hamlet* [3], qui vraisemblablement est destiné à une exposition anglaise. Mais une des notes très britanniques (*sic* !) qu'ait peut-être trouvées le peintre éclate dans un de ses deux tableaux du Salon de 1876 déjà achevés : *Le Linge* (où, se détachant *en plein air* sur l'ombre transparente que cause un fond de verdure, une dame, en costume de matin, lave elle-même, dans un jardin de ville, et fait sécher au soleil un linge imbu de jour) ; l'autre toile est un portrait en pied, réel comme une gravure de mode agrandie et séduisante comme la vie elle-même, d'une jeune passante en costume de rue, robe de soie noire sans châle ni manteau et chapeau de feutre à plume noire [4]. Peu de chose dans la peinture contemporaine et même dans l'œuvre du maître portent un cachet aussi franchement moderne.

Fine-art gossip [5]

M. Manet a tenté depuis deux ans de donner, en maître et en précurseur, la note exacte du mouvement moderne de la peinture française (à la tête duquel il est) dans de grandes études du *plein air*. Tout le monde a vu au dernier Salon de Paris et l'on va voir à l'exposition de la *Society of French Artists* de Londres, le tableau intitulé *Les Canotiers* [6] ; l'envoi du peintre au Salon de 1876 vient de quitter son atelier, et offre le complément de l'effort tenté il y a un an. Titre : *Le Linge*. Sur un fond de verdure et d'atmosphère bleuissante qui borne un jardin parisien, une dame en bleu lave, par jeu, ce qui de son linge ne sèche pas encore dans l'air transparent et tiède : un enfant émerge des fleurs et regarde la lessive maternelle. Le corps de la jeune femme est entièrement baigné et comme absorbé par la lumière qui ne laisse d'elle qu'un *aspect* à la fois solide et vaporeux, ainsi que le veut le *plein air* à quoi tout le monde vise aujourd'hui en France : ce phénomène se produit principalement à l'égard des chairs, taches roses mobiles et fondues dans l'espace ambiant. Cette œuvre, étonnante en elle-même et douée du plus haut charme, offre à l'avenir l'une des dates les plus décisives de l'Art contemporain. Espérons qu'elle suivra plus tard le chemin de sa devancière, et initiera l'Angleterre à toute une nouvelle façon de percevoir et de peindre qui va être celle du continent, avant peu d'années.

FINE-ART GOSSIP [7]

L'un des tableaux envoyés par M. Manet au Salon de peinture, *Le Linge,* marquait, comme nous l'avons dit, une date dans la carrière du peintre en même temps qu'une des évolutions de l'Art moderne. Le jury, cédant à la considération erronée que son rôle était, avant tout, de maintenir une tradition, a cru de son devoir de rejeter, cette année, le double envoi du Maître : acte de bonne guerre peut-être, mais qui pèche en ceci que le public peut exiger qu'on ne soustraie pas à son jugement définitif les pièces d'une cause esthétique pour et contre laquelle il se passionne déjà depuis de longues années. M. Manet l'a compris ainsi et a pris à cœur de rendre la foule témoin de ses efforts, en organisant, dans son atelier, une *Exposition* [8] de ses deux toiles, qui, du 15 avril au 1er mai, deviendra l'un des rendez-vous les plus fréquentés du Paris qui pense, examine et critique.

Les impressionnistes et Édouard Manet

Sans le moindre préambule, sans même un mot d'explication au lecteur qui peut ignorer le sens du titre en tête de cet article, j'entrerai d'emblée dans le vif du sujet, me réservant de tirer mes conclusions, neuves du point de vue artistique, à mesure de l'exposé des faits, ou de les laisser s'insinuer au passage.

Jetons donc un bref coup d'œil rétrospectif sur l'histoire de l'art. Il est rare que nos expositions annuelles abondent en nouveautés, et auparavant, les années d'abondance étaient plus rares encore. Mais, vers 1860, une soudaine lumière, et durable, se mit à briller lorsque Courbet commença à exposer. Ses œuvres coïncidaient alors jusqu'à un certain point avec un mouvement qui s'était fait jour en littérature, auquel s'attacha le terme de réalisme. Ce qui veut dire qu'il cherchait à se graver dans l'esprit par une vivante description de la réalité selon l'apparence, à la vigoureuse exclusion de toute ingérence de la part de l'imagination ; c'était un grand mouvement, égal en puissance à celui de l'école romantique en train d'expirer aux mains des peintres de paysage, ou à celui, plus tardif, d'où sortirent les effets décoratifs hardis d'Henri Regnault. Beaucoup s'engagèrent alors sur la voie nouvelle du contemporain, et, sur ces entrefaites, voici que se montrèrent, sur les murs du Salon par aventure, à coup sûr plus fréquemment aux cimaises des galeries des Refusés, de curieux et singuliers tableaux, objets de risée, il est vrai, pour la foule, de par leurs fautes, mais néanmoins mettant dans l'embarras le vrai critique réfléchi, qui ne pouvait s'abstenir de se demander : quelle sorte d'homme est-ce là, quelle est l'étrange doctrine qu'il prêche ? Car il était évident que le prédicateur avait quelque chose à dire. Il se répétait, tout seul, avec obstination, et ses œuvres étaient signées du nom alors nouveau et inconnu, Édouard MANET. Il y avait aussi à ce moment – hélas qu'il faille écrire au passé – un amateur éclairé, un homme qui aimait tous les arts, et qui vivait pour l'un d'eux. Ces peintures étranges conquirent immédiatement sa sympathie ; un instinct poétique lui fit deviner de les aimer, et cela avant que leur rapide succession et l'inculcation suffisante de leurs principes eussent révélé leur sens aux esprits réfléchis parmi la cohue. Mais cet amateur éclairé mourut trop tôt pour les voir et avant que son peintre favori eût conquis la notoriété. Cet amateur fut notre dernier poète, Charles Baudelaire [1].

Le second à en faire cas fut Émile Zola [2], le romancier qui commençait à s'imposer. Avec cette vue seconde du futur qui distingue ses propres ouvrages, il reconnut la lumière qui venait de se lever, bien qu'il fût trop jeune encore pour définir ce que nous appelons naturalisme, et poursuivre non la seule quête de cette réalité qui s'impose abstraitement à nous, mais ce sentiment essentiel et absolu que la nature elle-même imprime sur ceux qui ont fait vœu de tourner le dos à la convention.

En 1867 une exposition spéciale des œuvres de Manet et de ses sectateurs [3] conféra à l'anonyme école de peinture moderne en croissance le semblant d'un parti, et les passions partisanes de monter. La lutte contre le tenace intrus fut, telle une croisade, prêchée du haut des chaires de chaque école. Des années durant un front solide et implacable se forma pour lui barrer la route, jusqu'à ce qu'à la fin, vaincu par sa bonne foi et sa persistance, le Jury reconnût le nom de Manet, le reçût et se remît assez de ses ridicules appréhensions pour en arriver à la conclusion qu'on devait ou bien le proclamer souverain pontife de par sa propre élection, investi par sa foi de la mission de guérir les âmes, ou le condamner en tant qu'hérétique et danger public.

Comme la deuxième solution a été définitivement adoptée aujourd'hui, l'exposition des œuvres de Manet a récemment eu lieu dans son propre atelier. Malgré tout, et la concurrence des Salons, le public s'est précipité avec ardeur et vive curiosité au boulevard des Italiens et à la Galerie Durand-Ruel, en 1874 et 1876, pour voir les œuvres de ceux que l'on baptisait alors les intransigeants, maintenant les impressionnistes [4]. Qu'y trouva-t-il ? Une collection de tableaux d'aspect bizarre, donnant à première vue l'impression ordinaire du motif qui les fit naître, mais, bien au-delà, d'une qualité tout à fait à part du simple réalisme. Nous voici devant l'une de ces crises inattendues comme il s'en produit en art. Étudions-la en son état actuel et dans ses perspectives d'avenir, en faisant un effort pour en dégager l'idée.

Quand, libéré des soucis de la création, Manet bavarde dans l'atelier avec un ami, à la clarté des lampes, ce brillant causeur expose ce qu'il entend par peinture, les nouvelles destinées qui lui sont réservées, pourquoi et comment il peint par irrépressible instinct et comme il peint. Chaque fois qu'il attaque un tableau, nous dit-il, il y plonge la tête la première, partageant le sentiment que la plus sûre méthode, bien que dangereuse en apparence, pour devenir bon nageur, est de se jeter à l'eau. Un de ses aphorismes coutumiers est donc qu'on ne doit jamais peindre un paysage et un portrait de la même façon, avec la même méthode et le même métier, et encore moins deux paysages et deux portraits. La main, il est vrai, gardera certains secrets acquis de manipulation, mais l'œil doit oublier tout ce qu'il a vu ailleurs et réapprendre à partir de ce qui le confronte. Il doit rompre avec la mémoire, ne voyant que ce qui s'offre au regard comme pour la première fois, et la main doit se faire un organe d'abstraction impersonnel, dirigée seulement par la volonté, oublieuse de toute dextérité antérieure. Quant à l'artiste, ses sentiments personnels, ses goûts particuliers sont pour le moment résorbés, ignorés ou mis à l'écart pour jouir de son autonomie personnelle. Un tel résultat ne peut s'obtenir du premier coup. Pour y atteindre, le maître doit franchir plusieurs étapes avant d'avoir acquis cette isolation en soi-même et assimilé cette mutation artistique. Moi-même, qui ai apporté bien des soins à son étude, ne puis compter que deux qui y soient parvenus.

Las des recettes de l'Académie où il avait étudié sous la direction de Couture, ayant reconnu l'inanité de tout ce qu'on lui avait appris, Manet prit la décision de ne plus peindre du tout, ou de peindre en puisant entièrement en lui-même. Cependant, dans l'isolement qu'il recherchait, deux maîtres – des maîtres du passé – s'offrirent à lui pour l'assister dans sa révolte. Il était sous le particulier envoûtement de Vélasquez et des peintres de l'école flamande. La merveilleuse atmosphère qui enveloppe les compositions du grand vieux maître espagnol et l'éclatante tonalité qui émane des toiles de ses pairs, les peintres du Nord, conquirent l'admiration de l'élève en l'introduisant à deux aspects d'art dont il s'est rendu maître et qu'il dose à sa guise. Ce sont précisément ces deux aspects-là qui révèlent la vérité et qui confèrent aux tableaux basés sur eux une réalité vivante, au lieu de la construction sans fondements d'obscures rêveries détachées de l'objet. Telles ont été les tentatives de Manet, et il est curieux que ce soit vers le passé et vers l'étranger qu'il se soit tourné pour corriger les maux de son pays et de son temps. Et pourtant, la vérité m'oblige à dire que Manet n'y était pas forcé. Copiste incomparable, il aurait pu trouver son gibier sous la main, si ç'avait été son choix. Mais il poursuivait quelque chose en plus, et l'originalité ne se découvre pas d'emblée ; elle consiste en fait fréquemment, et c'est particulièrement le cas dans la présente crise, à coordonner des éléments très dispersés.

Les tableaux qui font retour aux traditions des vieux maîtres du Nord et du Midi constituent la première manière de Manet. Or, chez les vieux historiens d'art, le terme « manière » exprime la floraison luxuriante du génie en l'une de ses saisons intellectuelles, plutôt que la création, la découverte ou la recherche du peintre lui-même. Car c'est dans le choix du sujet que le peintre proclame sa manière de voir. La littérature sort fréquemment de sa route ordinaire pour se mettre en quête des idéaux d'une période du passé, en vue de les moderniser pour ses propres fins. Manet a suivi en peinture une voie pareillement divergente, à la poursuite du vrai, s'en éprenant lorsqu'il l'avait découvert, si étrange dans sa vérité, surtout quand on le comparait aux idées vieillies et surannées que l'on s'en faisait. Salué, nous l'avons dit, au départ par Baudelaire, Manet tomba sous l'influence de la vie moderne. Pour illustrer cette période, prenons l'une de ses premières œuvres, l'*Olympia*[5], cette blême courtisane flétrie qui montra pour la première fois au public une nudité, non le nu conventionnel de la tradition. Le bouquet encore enveloppé de son papier, le chat ténébreux, apparemment suggéré par un poème en prose de l'auteur des *Fleurs du mal*, tous les accessoires étaient conformes à la vérité, non pas immoraux, du moins au sens ordinaire et benêt du mot, mais d'une tendance incontestable à la perversité mentale. Rarement œuvre d'art moderne a reçu plus d'applaudissements de la part d'un petit nombre, et a été exécrée plus à fond par l'opinion publique que celle de ce révolutionnaire.

Si notre humble opinion est capable d'exercer la moindre influence sur cette histoire impartiale du chef de la nouvelle école de peinture, je dirais qu'il ne faut aucunement regretter la période de transition. La littérature en apporte un parallèle, quand nos sympathies sont soudain éveillées par l'offre de nouvelles images. C'est ce que j'aime chez Manet. Nous en fumes tous surpris, comme d'une chose tenue longtemps cachée et brusquement révélée. Captivant et choquant à la fois, excentriques et inédits, les types qu'il nous propose répondaient à un besoin du milieu où nous vivons. Il n'y avait rien en eux, dans leur étrangeté, de vague, de généralisé, conventionnel ou banal. Souvent ils commandaient l'attention par un trait singulier dans la physionomie du sujet, estompant ou sacrifiant à ces lois nouvelles de l'espace et de la lumière qu'il avait entrepris d'inculquer, des détails secondaires dont d'autres se seraient emparés.

Petit à petit, s'il lui est donné de peindre assez longtemps pour éduquer l'œil du public, encore sous la taie de la convention, si celui-ci consent à discerner la beauté vraie des gens, dans leur solide santé, les grâces, présentes dans la bourgeoisie, seront alors reconnues et prises ainsi que de dignes modèles en art, et la paix se fera. Le présent appartient à la lutte, une lutte pour traduire ces vérités dans la nature qui, pour elle, sont éternelles, mais qui, pour la multitude, sont encore des innovations.

Le reproche adressé à Manet par des personnes superficielles, qu'alors qu'il peignait la laideur naguère, maintenant il peint la vulgarité, tombe sans l'atteindre, une fois reconnu le fait qu'il peint la vérité, et si l'on rappelle les difficultés rencontrées en chemin et la façon dont elles furent surmontées. Un *Déjeuner sur l'herbe, L'Exécution de Maximilien, Un coin de table, Des gens du monde à la fenêtre, Le Bon Bock, Un coin de bal de l'Opéra, Le Chemin de fer* et les deux *Canotiers* [6], voilà les peintures qui jalonnent pas à pas les barreaux de l'échelle escaladée par ce hardi révolutionnaire et qui l'ont conduit au point culminant, cette œuvre vraiment merveilleuse, refusée au Salon de cette année, mais exposée indépendamment au public, dont le titre est *Le Linge* – une œuvre qui fait date dans une carrière, peut-être, et à coup sûr dans l'histoire de l'art. La série de tableaux que nous venons d'énumérer démontre, à une exception près ici et là, le dessein du peintre très exactement : non pas de faire en passant frasque ou scandale, mais, par l'effort soutenu de communiquer à son œuvre l'universalité des lois de la nature, dégager le typique plutôt que l'individuel, le baigner de lumière et d'air – et quel air, un air qui s'impose despotiquement à tout le reste. Avant d'analyser cette peinture illustre je voudrais faire commentaire sur ce truisme de demain, paradoxe aujourd'hui, qu'en argot d'atelier on appelle la « théorie du plein air », ou du moins sur son sort actuel, au témoignage péremptoire des dernières recherches de Manet. Mais il faut premièrement surmonter l'objection : pourquoi ce besoin de représenter des jardins au plein air, des rivages ou des rues, quand, avouons-le, la majeure partie de l'existence moderne se passe dans un intérieur ? Parmi la diversité des réponses, je voudrais d'abord retenir que dans l'atmosphère d'un intérieur, meublé ou non, les reflets de la lumière, brassés et rompus, décolorent trop souvent la chair. Par exemple, je voudrais rappeler un tableau du Salon de 1873 que notre peintre a justement dénommé *Rêverie* [7]. D'une jeune femme, étendue sur un divan, émane une lassitude toute estivale, les jalousies de la pièce sont presque fermées, le visage de la rêveuse se perd dans l'ombre, mais un vague jour amorti baigne sa personne et sa robe de mousseline. L'œuvre est tout à fait à part et touchante.

Notre civilisation a consacré la femme à la nuit, sauf échappées, fortuites pour elle, dans ces après-midi ensoleillés sur la plage ou sous la tonnelle, qu'aime l'art moderne. Je pense cependant qu'un artiste ferait erreur à la représenter dans l'éclat artificiel des chandelles ou du gaz, car, en cette occurrence, le sujet de l'œuvre se réduirait à la femme elle-même, crûment mise en valeur par le contact d'un éclairage de théâtre, ayant sa beauté, peut-être, mais étrangère à l'art. Ceux que la routine du métier ou leur bon goût ont rompus à fixer sur une toile mentale le beau souvenir d'une femme, serait-elle aperçue dans l'éclairage nocturne d'une soirée ou au théâtre, doivent avoir remarqué qu'un processus mystérieux dépouille la noble apparition du prestige artificiel jeté par les lustres ou la rampe, avant qu'elle ne reprenne, fraîche et simple, sa place parmi les rêves qui hantent le plein jour. (Mais je dois confesser que peu de personnes consultées sur ce point obscur et délicat partagent mon opinion.) Le teint, la beauté spéciale qui jaillit de la source même de la vie, change à la lumière artificielle. C'est probablement par désir de préserver cette grâce dans toute son intégrité que la peinture, ayant affaire davantage à ce pollen de chair qu'à tout autre attrait humain, réclame l'opération mentale à laquelle je viens de faire allusion, et demande la lumière du jour, c'est-à-dire l'espace avec la transparence de l'air seule. La lumière naturelle du jour, qui pénètre et modifie tout, tout en restant invisible, règne dans ce tableau exemplaire appelé *Le Linge*[8], que nous allons de suite étudier, et qui est un répertoire complet et définitif de toutes les idées actuelles et de leurs moyens d'exécution.

Quelque frais feuillage de coloration égale, celui d'un jardin à la ville, tient dans ses mailles un flot d'air matinal d'été. Voici une jeune femme, vêtue de bleu, qui lave du linge, dont quelques échantillons sèchent déjà ; jailli d'un fouillis de fleurs, un enfant regarde sa mère ; voilà pour le sujet. Le tableau est de grandeur naturelle bien que l'échelle diminue un peu à mi-distance, le peintre ayant eu la sagesse de se rendre aux exigences d'artificialité imposées par le point de vue arbitraire, censé être celui du spectateur. Il est inondé d'air. Partout l'atmosphère, lumineuse et transparente, est aux prises avec les figures, les vêtements, le feuillage, semblant s'approprier un peu de leur substance et de leur solidité, cependant que leurs contours, mangés par le soleil caché et consumés par l'espace, tremblent, se fondent et s'évaporent dans l'air ambiant, qui dérobe en apparence leur réalité aux figures pour préserver leur véridique aspect. L'air règne en réalité absolue, comme possédant une existence enchantée, à lui conférée par la sorcellerie de l'art, une vie qui n'est ni de l'individu ni des sens mais de l'ordre des phénomènes conjurés par la science, et montrés à nos yeux étonnés avec ses métamorphoses perpétuelles et son invisible action, rendue visible. Et comment ? Par le mélange ou le conflit entretenu entre surface et profondeur, couleur et lumière. Plein air : c'est le début et la fin du problème que nous étudions. Esthétiquement, il est résolu du simple fait que dans le plein air seul les carnations, étant également éclairées de tous les côtés, peuvent garder leurs qualités vraies. Par contre, si l'on peint dans cette demi-lumière, vraie ou artificielle, en usage dans les écoles, c'est tel ou tel trait que la lumière frappe et met exagérément en saillie, procurant au peintre un moyen commode d'arranger un visage à son caprice, par un retour aux moyens d'expression d'autrefois.

L'exigence de vérité, propre aux artistes modernes, qui les rend capables de voir la nature et de la reproduire telle qu'elle se montre à des yeux justes et purs, devait les conduire à adopter l'air comme leur médium à peu près exclusif, ou, en tout cas, à s'habituer à le traiter librement et sans contrainte. La résurrection d'un tel médium devait, c'était bien le moins, inciter à une manière nouvelle de peindre. Je veux pousser jusqu'au bout le raisonnement. Comme aucun artiste ne possède sur sa palette une couleur transparente et neutre correspondant au plein air, l'effet désiré ne peut s'obtenir que par la touche, légère, ou appuyée, ou par la régulation du ton. Or Manet et son école utilisent une couleur simple, fraîche, légèrement posée. Les résultats semblent avoir été obtenus du premier coup. La lumière, toujours présente, s'incorpore à tout, elle rend tout vivant. Quant aux détails du tableau, rien ne doit être absolument arrêté, de sorte que nous puissions sentir que la lumière brillante qui éclaire le tableau, ou l'ombre diaphane qui le voile, ne sont qu'en passant, juste au moment où le spectateur regarde le sujet représenté, qui, composé d'une harmonie de lumières reflétées et sans cesse changeantes, ne peut être supposé sembler constamment le même, mais palpite de mouvement, de lumière et de vie.

Mais est-ce que cette atmosphère, que l'artifice du peintre répand sur toute la superficie de l'objet dépeint, ne va pas disparaître lorsque l'œuvre, entièrement finie, sera comme un tableau repeint ? S'il n'y avait pas d'autre moyen d'indiquer la présence de l'air que l'application partielle, ou reprise, de la couleur comme on l'emploie d'ordinaire, ne doutons pas que la représentation serait aussi fugitive que l'effet représenté, mais, dès la conception initiale de l'œuvre, l'espace destiné à contenir l'atmosphère a été indiqué de sorte qu'une fois rempli de l'air représenté, il est aussi impossible à changer qu'aucune autre partie du tableau. Mais alors la composition (pour recourir encore à l'argot d'atelier) doit jouer un rôle considérable dans l'esthétique du maître des impressionnistes ? Non – certainement pas. En principe, le groupement de personnages tirés de l'actualité ne le suggère pas, et, pour cette raison, notre peintre a le plaisir de s'en dispenser et d'éviter en même temps un style affecté. Néanmoins, il lui faut camper son tableau sur quelque chose, ne serait-ce que pour une minute, le temps, dont il a besoin, requis pour qu'un spectateur voie et admire ce qui est représenté, avec la promptitude juste suffisante pour impartir la vérité. Si l'on s'adresse à la perspective naturelle (non pas à cette discipline entièrement et artificiellement classique, qui fait de nos yeux les dupes d'une éducation civilisée, mais plutôt la perspective artistique que nous apprenons de l'Extrême-Orient, du Japon, exemplairement), si nous regardons ces marines de Manet, où l'eau, à l'horizon, monte jusqu'au sommet du cadre, seul à l'interrompre, nous éprouvons un nouvel enchantement à rentrer en possession d'une vérité longtemps oblitérée.

Le secret s'en trouve dans un savoir absolument neuf, la façon de couper le tableau, ce qui donne au cadre tout le charme d'une limite simplement imaginaire, comme d'une scène d'un coup d'œil embrassée dans l'encadrement des mains, ou seulement du moins tout ce qui est jugé digne d'être retenu. Tel est le tableau, et la fonction du cadre est de l'isoler, bien que je me rende compte que cela va à l'encontre du préjugé. Par exemple, quel besoin y a-t-il à représenter ce bras, ce chapeau, ou cette rive, s'ils appartiennent à quelqu'un, à quelque chose extérieur au tableau ? Il ne faut viser qu'à ce que le spectateur habitué, parmi la foule ou dans la nature, à isoler le morceau qui lui plaît, tout en restant incapable d'oublier tout à fait les détails conspirant à le rattacher à l'ensemble, ne doive pas regretter l'absence, dans l'œuvre d'art, de l'un de ses plaisirs habituels, et, tout en se rendant compte qu'il est devant un tableau, croie à moitié voir le mirage d'une scène naturelle. On objectera probablement que tous ces moyens ont plus ou moins été mis en œuvre dans le passé – que l'habileté (mais jamais poussée si loin) à couper la toile de manière à produire une illusion – une perspective presque conforme à son exotique emploi chez les barbares – la touche légère, les tons frais, uniformes et égaux, ou différemment tremblant de lumières mouvantes – toutes ces ruses et expédients en art ont été plus qu'une seule fois découverts, dans l'école anglaise et ailleurs. Mais l'assemblage, pour la première fois, de tous ces procédés relatifs, pour une fin visible et convenable à l'expression artistique d'exigences de notre époque, voilà qui n'est pas un mince succès pour la cause de l'art, depuis surtout qu'une volonté puissante a poussé ces moyens jusqu'à leur extrême limite.

Mais le charme principal, le véritable caractère de l'un des hommes les plus singuliers de notre temps, est que Manet (visiteur assidu des grands musées en France et à l'étranger, et très versé en peinture) semble se désintéresser de tout ce qui a été fait par d'autres dans les arts, et tire de son fonds personnel tous ses effets de simplification, entièrement révélés par des jeux de lumière incontestablement inédits. Voici l'originalité suprême d'un peintre qui, deux fois, abdique sa personnalité en cherchant à la perdre dans la nature elle-même, ou dans la contemplation d'une multitude jusque-là ignorante de ses attraits.

Sans faire un catalogue de la production très considérable déjà de Manet, il a été nécessaire de marquer l'ordre de succession de ses tableaux, chacun représentant une tendance différente, mais tous relevant d'une théorie unique, valables aussi pour illustrer la carrière du chef de l'école impressionniste, ou plutôt de l'initiateur du seul mouvement efficace en ce sens, et montrant comment il a patiemment maîtrisé l'idée dont il a pris à présent pleine commande. L'absence de toute intrusion du moi dans l'interprétation, particulière au peintre, de la nature, permet au critique de s'arrêter à ces tableaux tout le temps qu'il lui plaît, sans avoir l'air de s'occuper trop exclusivement d'une personnalité. Nous devons toutefois prendre soin de nous souvenir que toute œuvre géniale, singulière par cela même que le génie renonce à la singularité, est une production d'art, unique en son genre, reconnaissable à première vue au milieu de toutes les écoles et de toutes les époques.

Maintenant, un tel peintre peut-il avoir des disciples ? Oui, et de valeur, notablement Mlle Eva Gonzalès [9], qui, à une juste compréhension de la position de son maître, joint des qualités de jeunesse et de grâce qui ne sont qu'à elle.

Mais son influence va plus loin dans les rapports d'ami à ami que de maître à disciple, et elle est prépondérante chez tous les peintres contemporains. Jusqu'à la manière d'artistes les plus opposés en théorie à ses idées qui ne soit, à un certain degré, déterminée par l'application qu'il en fait. Il n'est certes pas de peintre d'importance qui n'ait durant ces dernières années acquiescé ou réfléchi à quelques-unes des théories mises en avant par les impressionnistes, notamment celle du *plein air*, qui influence toute la pensée artistique d'aujourd'hui. Quelques-uns s'en rapprochent et restent dans le voisinage. D'autres, comme M. Fantin-Latour et le regretté M. Chintreuil, deux peintres qui n'ont aucun point commun de ressemblance, ont, tout en développant leurs propres idées, petit à petit abouti à des résultats analogues à ceux des impressionnistes, créant, ainsi, entre cette école et la peinture académique, un tronc d'art commun, vigoureux, incontestable et franc, qui reçoit à présent l'appui même de la généralité des amateurs d'art. Mais les impressionnistes eux-mêmes, auxquels de paisibles propos d'atelier et d'amicaux échanges d'idées ont permis de marcher en ligne vers de nouveaux horizons insoupçonnés et des vérités d'une formulation originale, ainsi MM. Claude

Monet, Sisley et Pissaro (sic !), peignent étonnamment comme lui. Un observateur, assez superficiel, pourrait vraiment, dans une exposition où l'on ne montre que de l'impressionnisme pur et simple, prendre toutes les œuvres pour celles d'un seul homme – et l'homme : Manet. Rarement trois créateurs ont-ils créé d'une manière si semblable, et la raison de leur ressemblance est toute simple, c'est que chacun s'efforce à supprimer l'individualité au profit de la nature. Néanmoins, notre visiteur modifierait sa première impression, synthétiquement juste, et s'apercevrait que chaque artiste a ses morceaux d'exécution favoris, analogues au sujet, accepté plutôt que choisi, l'acceptation dérivant du lieu de naissance ou de séjour, car ces artistes trouvent en règle générale leurs sujets près de chez eux, l'affaire d'une petite promenade, ou dans leur jardin.

Claude Monet [10] aime l'eau, c'est son don spécial d'en représenter la mobilité et la transparence, eau de mer ou de rivière, grise et monotone, ou de la couleur du ciel. Je n'ai jamais vu de bateau plus légèrement suspendu sur l'eau que dans ses tableaux, ou gaze plus mobile et plus légère que son atmosphère en mouvement. Sisley [11] fixe les moments fugitifs de la journée, observe un nuage qui passe et semble le peindre en son vol. Sur sa toile, l'air vif se déplace et les feuilles encore frissonnent et tremblent. Il aime les peindre surtout au printemps, quand les jeunes feuilles sur les branches légères poussent à l'envi, quand, rouges, d'or, vert roussi, les dernières tombent en automne, car espace et lumière ne font alors qu'un, et la brise agite le feuillage, l'empèche de devenir une masse opaque, trop lourde pour donner l'impression d'agitation et de vie. Par ailleurs, Pissaro [12] (sic !), le plus âgé des trois, aime l'ombre profonde des bois, l'été, les terrains verts, et il ne craint pas la pleine pâte qui, parfois, sert à rendre l'air visible ainsi que brume lumineuse, saturée de rayons solaires. Il n'est pas rare que l'un des trois prenne de vitesse Manet, qui, percevant tout à coup le résultat ou l'intention, ramasse toutes leurs idées dans une œuvre magistrale et définitive. À eux plutôt les changements subtils et délicats dans le paysage, toutes les modulations par lesquelles passe un bouquet d'arbres au bord de l'eau, tout au long d'une matinée ou d'un après-midi.

Les œuvres les mieux réussies de ces trois peintres se signalent par l'infaillible, quoique merveilleusement rapide, exécution. Malheureusement, le client, même assez intelligent pour discerner dans ces transcriptions de la nature beaucoup plus que la délectable exécution, car dans ces tableaux, instantanés et spontanés, tout est harmonie et une touche en plus ou en moins gâterait tout, est dupe de cette agilité de métier, réelle ou apparente, et, bien que payant ces tableaux un prix mille fois au-dessous de leur valeur réelle, l'arrière-pensée le trouble que de si aisées productions pourraient être multipliées *ad infinitum*. Simple malentendu, d'ordre commercial, dont sans aucun doute ces artistes auront encore à pâtir. Manet, plus fortuné, vend convenablement ses œuvres. En impressionnistes convaincus, ces peintres (à l'exception de M. Claude Monet qui s'en tire superbement) ne s'attaquent pas à des sujets grandeur nature, non plus qu'ils ne les prennent dans des scènes d'intimité, mais, peintres de paysage avant tout, ils réduisent leur tableau au format le plus facile à tomber sous la vue et à être remémoré les yeux fermés.

À côté d'eux exposent, fréquemment ou à l'ordinaire, quelques artistes que leur originalité met à part des autres peintres contemporains, et qui partagent la plupart des théories d'art passées en revue ici. Ce sont Degas, Mlle Berthe Morisot (devenue Mme Eugène Manet) et Renoir, auxquels j'aimerais joindre Whistler, si goûté en France tant par les critiques que dans le monde des amateurs d'art, s'il n'avait élu en Angleterre le théâtre de ses succès.

La mousseline qui forme une lumineuse et toujours changeante atmosphère autour de la semi-nudité des jeunes ballerines, les attitudes, hardies dans leur complication profonde de ces personnes qui accomplissent une des fonctions ataviques et à la fois modernes de la femme, ont enchanté M. Degas [13], que séduisent tout aussi bien les charmes de ces petites blanchisseuses qui, dans leur blonde fraîcheur de pauvresses simplement vêtues d'une camisole et d'une jupe, courbent sur la tâche leur corps fluet. Il n'y a pas plus de sensualité dans un cas que de sentimentalité dans l'autre. En son intuitive sagesse l'artiste se garde d'exploiter le côté déjà redit et rabâché du sujet. Dessinateur magistral, il a recherché les lignes subtiles, les mouvements exquis ou grotesques et à l'étrange beauté neuve, si j'ose appliquer à ses œuvres une terminologie abstraite à laquelle il n'aura jamais recours dans ses propos.

Plus portée à rendre avec économie l'aspect des choses, y infusant le charme nouveau d'une vision féminine, Mlle Berthe Morisot [14] capte à merveille l'intime présence d'une femme du monde, ou d'un enfant, dans la pure atmosphère de la plage ou d'un gazon. Voici un couple charmant, qui goûte la limpidité d'heures où l'élégance s'est dépouillée de l'artifice. Là, quelle pureté d'atmosphère jette un voile sur cette femme, debout au grand air ; ou cette autre étendue à l'ombre, l'ombrelle jetée parmi les brins d'herbe et les fleurs menues qu'une petite fille en robe claire s'occupe à cueillir. Le premier plan aéré et jusqu'aux plus lointains contours de la mer et du ciel, ont la perfection de choses réellement vues ; et ce couple là-bas, dont l'attitude est si bien brossée dans les moindres détails qu'elle suffirait à l'identifier, même si les visages, aperçus dans l'ombre de chapeaux de paille, n'attestaient des portraits à l'état d'esquisses, prête son caractère propre à l'endroit que sa visite égaie. L'air soucieux, blasé, les chagrins intimes, qui marquent en général les scènes de la vie contemporaine croquées par l'artiste moderne, n'ont jamais été plus notablement absents qu'ici. On sent que la gracieuse femme et l'enfant ignorent parfaitement que la pose, inconsciemment adoptée pour satisfaire à un besoin inné de beauté, est perpétuée dans cette charmante aquarelle.

Le chatoiement changeant des lueurs et des ombres que la réflexion mouvante de lumières, elles-mêmes influencées par tous les objets environnants, jette sur toute figure qui s'approche ou s'éloigne, les combinaisons passagères selon lesquelles ces reflets divers forment une harmonie simple ou multiple, sont les effets favoris de Renoir [15]. Aussi n'est-ce merveille si cette infinie complexité d'exécution l'amène à rechercher un succès plus hasardeux dans des thèmes fort éloignés de la nature. Une loge au théâtre, les costumes aux couleurs vives de ses occupantes, les carnations féminines montées et dénaturées par le rouge et la poudre, un enchevêtrement d'effets de lumière, accentué quand la scène est fantastiquement éclairée par le tigrage de la lumière du jour, voilà ses sujets favoris.

Toutes ces tentatives et efforts variés (poussés plus loin encore parfois par l'intrépide M. de Cézanne [16]) forment le faisceau de l'impressionnisme. Il faut indiscutablement rendre hommage à ceux qui ont mis au service de l'art un don extraordinaire de voir avec des yeux neufs et comme naïfs, imperturbables au milieu de la confusion et des tâtonnements de leur temps. Si parfois ils ont été trop loin à la recherche de sujets inédits et audacieux, ou ont appliqué de travers un principe flambant neuf, ce n'est qu'une toile à retourner contre le mur, accident compensé par ce résultat, tout à leur louange, qu'ils nous ont fait comprendre, à regarder les objets les plus habituels, l'enchantement qui serait le nôtre à les voir pour la première fois.

Si nous tâchons de récapituler les principaux points de notre thèse et d'en tirer des conclusions plausibles, nous devons tout d'abord affirmer que l'impressionnisme est le principal et l'authentique mouvement dans la peinture contemporaine. L'unique ? Non, puisque d'autres grands talents se sont consacrés à illustrer quelque phase ou période de l'art du passé, parmi lesquels nous devons classer des artistes comme Moreau, Puvis de Chavannes, etc.

À une époque où la tradition romantique de la première moitié du siècle ne s'attarde que chez quelques survivants, la transition de l'artiste imaginatif et rêveur du passé au créateur, tourné vers l'action, du présent, passe par l'impressionnisme.

La participation de couches sociales jusque-là ignorées à la vie politique de la France est un fait social qui fera honneur à la fin du XIXe siècle. Un parallèle se rencontre dans les arts, les voies ayant été préparées par une évolution à laquelle le public attacha, avec une rare prescience, dès sa première manifestation, l'épithète d'intransigeant, qui, dans le vocabulaire politique, signifie radical et démocratique [17].

Les nobles visionnaires des époques révolues, dont les œuvres dépeignent les choses de ce monde vues de l'au-delà du monde (et non les représentations réelles d'objets existant) font figure de rois et de dieux dans l'âge rêveur de l'humanité. À ces solitaires avait été donné le génie d'exercer leur pouvoir sur une foule ignorante. Mais aujourd'hui la multitude réclame de voir avec ses propres yeux. Et si l'art de nos derniers temps est moins glorieux, moins intense et moins riche, ce n'est pas sans la compensation de la sincérité, de la simplicité et d'un charme comme d'enfance.

À cette heure, critique pour l'espèce humaine, où la nature désire fonctionner pour elle-même, elle exige de certains de ses amants – des hommes nouveaux et impersonnels, en communion directe avec l'esprit de leur temps – de dénouer les entraves de l'éducation et de laisser la main et l'œil agir à leur guise, afin de se révéler par leur entremise. Pour le simple plaisir ? Non pas, mais pour s'exprimer elle-même, calme, nue, familière, aux nouveaux venus de demain, dont chacun consentira à n'être qu'une unité inconnue dans la puissante multitude d'un suffrage universel, et pour mettre en leur pouvoir des moyens nouveaux, plus concis, d'observation. C'est bien ainsi qu'à ceux capables d'y voir l'art représentatif d'une période qui ne peut s'isoler d'une vie politique et industrielle également caractéristiques, doit apparaître la signification du genre de peinture que nous venons de discuter, et qui, bien que marquant une étape de l'art universel, s'est manifesté particulièrement en France.

Maintenant, en conclusion, je dois rapidement revenir sur le terrain de l'esthétique et pense que nous aurons complètement examiné notre sujet, quand j'aurai montré la relation de la crise actuelle – l'apparition des impressionnistes – avec les principes fondamentaux de la peinture – point de grande importance.

Aux époques civilisées à l'extrême, les développements de l'art et de la pensée ayant atteint presque leurs extrêmes limites, il s'ensuit inéluctablement qu'ils sont dans l'obligation de revenir en arrière et de retourner à leur source idéale, laquelle ne coïncide jamais avec les débuts réels. Le préraphaélisme anglais est, sauf erreur de ma part, revenu à la simplicité primitive du Moyen Âge. La portée de l'entreprise (non proclamée dogmatiquement, mais pas moins clairement pour cela) de Manet et de ses disciples revient à ceci que la peinture doit se plonger à nouveau dans son principe et dans son rapport avec la nature. Mais, si l'on élimine la décoration des plafonds de palais et de salons avec une foule de figures idéalisées et en raccourcis magnifiques, à quoi peut prétendre un peintre en tête à tête avec la nature ? À l'imiter ? Mais alors tous ses efforts ne pourront jamais égaler le modèle, avec ses avantages inappréciables de vie et d'espace. Ah, non ! Ce beau visage, ce vert paysage, vieillira, se flétrira, mais je les aurai pour toujours aussi vrais que dans la réalité, aussi beaux que dans le souvenir, et impérissablement miens, ou, pour mieux satisfaire mon instinct de création artistique, ce que je sauve par le pouvoir de l'impressionnisme, ce n'est pas une tranche de matière, laquelle existe déjà, supérieure à n'importe quelle simple représentation, mais le plaisir d'avoir recréé la nature touche par touche. J'abandonne la solidité massive et tangible à un interprète mieux qualifié : la sculpture. Je me contente de refléter sur le miroir durable et clair de la peinture ce qui vit perpétuellement, et pourtant meurt à chaque instant, qui n'existe que par le vouloir de l'idée, et cependant constitue dans mon domaine le seul, authentique et certain, mérite de la nature : l'Aspect. C'est par lui que, rudement jeté, à la fin d'une époque de rêves, en face de la réalité, j'en ai extrait ce qui appartient en propre à mon art, une perception exacte et native qui, pour sa propre fin, isole les choses qu'elle perçoit avec la fixité d'un regard réinvesti de la perfection de voir la plus dépouillée.

ÉDOUARD MANET

Qu'un destin tragique, omise la mort filoutant, complice de tous, à l'homme la gloire, dur, hostile, marquât quelqu'un enjouement et grâce, me trouble – pas la huée contre qui a, dorénavant, rajeuni la grande tradition picturale selon son instinct, ni la gratitude posthume : mais, parmi le déboire, une ingénuité virile de chèvre-pied au pardessus mastic, barbe et blond cheveu rare, grisonnant avec esprit. Bref, railleur à Tortoni, élégant ; en l'atelier, la furie qui le ruait sur la toile vide, confusément, comme si jamais il n'avait peint – un don précoce à jadis inquiéter ici résumé avec la trouvaille et l'acquit subit : enseignement au témoin quotidien inoublieux, moi, qu'on se joue tout entier, de nouveau, chaque fois, n'étant autre que tout sans rester différent, à volonté. Souvenir, il disait, alors, si bien : « L'œil, une main… » que je resonge.

Cet œil – Manet – d'une enfance de lignée vieille citadine, neuf, sur un objet, les personnes posé, vierge et abstrait, gardait naguères l'immédiate fraîcheur de la rencontre, aux griffes d'un rire du regard, à narguer dans la pose, ensuite, les fatigues de vingtième séance. Sa main – la pression sentie claire et prête énonçait dans quel mystère la limpidité de la vue y descendait, pour ordonner, vivace, lavé, profond, aigu ou hanté de certain noir, le chef-d'œuvre nouveau et français.

POUR WHISTLER

Sous ce titre générique, nous avons regroupé trois textes de nature fort différente, mais qui éclairent, chacun d'une lumière propre, les relations qui unirent Mallarmé à Whistler [1] : la traduction du *Ten O'Clock* de 1888, le *Billet à Whistler* de 1890 et le portrait de Whistler tracé par Mallarmé pour ses *Portraits du siècle prochain* en 1894. Pour être complet, ce florilège devrait être accompagné de la volumineuse correspondance qu'échangèrent les deux artistes.

Mallarmé et Whistler sont sans doute entrés en contact l'un avec l'autre grâce à l'entremise de Manet. Peut-être la rencontre s'est-elle déroulée dans l'atelier du peintre. Les sources varient et les dates évoluent de la fin des 1870 [2] à 1888 [3] en passant par 1876 [4] ou 1886-1887 [5].

1. En ce qui concerne l'œuvre de Whistler, nous renvoyons le lecteur à *Whistler 1834-1903*, Paris, Musée d'Orsay, 1995.
2. *OC*, p. 1604
3. *Whistler 1834-1903*, Paris, Musée d'Orsay, 1995, p. 313. La rencontre se serait déroulée le 13 juin à l'instigation de Monet. Cette date semble fantaisiste puisqu'elle ne tient pas compte de la correspondance. Le 25 avril 1888, Mallarmé adresse une lettre commençant par « Mon cher Monsieur Whistler » (C. Barbier [éd.], *Mallarmé-Whistler. Correspondance*, Paris, Nizet, 1964, p. 14).
4. R. Anderson et A. Koval, *James McNeill Whistler. Beyond the Myth*, Londres, John Murray, 1994, p. 289.
5. C. Barbier (éd.), *op. cit.*, p. 5.

Le 20 février 1885, à dix heures du soir, Whistler avait prononcé une conférence, à Londres, à Princes Hall, qui devait résumer ses conceptions esthétiques. Cette conférence, souvent répétée tout au long de l'année, ne devait être imprimée qu'en 1888. C'est à cette date que les liens avec Mallarmé se font plus étroits. Ce dernier se charge de la parution simultanée du texte en France. En mai 1888, Mallarmé publie le *Ten O'Clock* de Whistler dans la *Revue Indépendante.* Il en a traduit le texte avec l'aide de Francis Vielé-Griffin et la complicité de George Moore. Dans une lettre datable du début mai 1888, Whistler dira sa satisfaction [1].

Mallarmé publie en novembre 1890 son *Billet à Whistler* dans la revue belge *La Wallonie* animée par Albert Mockel qui, en 1899, deviendra un des premiers analystes de l'œuvre de Mallarmé [2]. Le même sonnet paraît simultanément à Londres dans *The Wirlwind*, journal satirique auquel Whistler avait prêté son concours. D'après Théodore Duret, la revue, fondée à Londres cette même année, entendait diffuser l'œuvre de Mallarmé et célébrer celle de Whistler [3].

Installé à Paris de 1892 à 1896, Whistler rencontre fréquemment Mallarmé. Comme l'a signalé Lloyd Austin, l'intimité entre les deux artistes est si grande que les préoccupations esthétiques y prennent peu de place [4].

En 1892, Whistler tentera de faire publier les *Récréations postales* de Mallarmé par William Heinemann, son propre imprimeur. À cette fin, il réalisera un dessin de couverture en forme d'enveloppe. Le projet avortera. À

1. C. Barbier (éd.), *op. cit.*, p. 10.
2. A. Mockel, *Esthétique du Symbolisme. Propos sur la littérature (1894), Stéphane Mallarmé, un héros (1899), Textes divers*, précédé d'une étude de M. Otten, Bruxelles, Académie royale de langue et littérature françaises, 1962.
3. *Histoire de James McNeil Whistler*, Paris, Floury, 1904, p. 126.
4. J. Lloyd Austin, « Mallarmé critique d'art », in : F. Haskell, A. Lévi et P. Schakleton (éds.), *The Artist & Writer in France. Essay in Honour of Jean Seznec*, Oxford, Clarendon Press, 1974, p. 156.

la même époque, Mallarmé se démène afin que l'État achète le portrait de la mère de Whistler. En octobre 1893, Whistler dessine sur un papier de report un portrait du poète qui sera suivi de plusieurs autres. De la lithographie qui, finalement, ornera *Vers et prose* Théodore Duret a souligné le rendu pour ainsi dire démoniaque de l'atmosphère [1]. Ce portrait, Georges Rodenbach le replacera dans la perspective de celui que Manet avait réalisé le 19 octobre 1876 en insistant sur la dimension baudelairienne de ce dernier :

> L'un, plus ancien, par Manet, qui nous montre le poète assez voisin de nous encore, les traits vivement arrêtés, une moustache drue coupant le visage méditatif, et l'embrouillamini d'une vaste chevelure. Quelque chose d'inquiétant, le visage soufré d'un orage intérieur, l'air foudroyé d'un Lucifer en habit moderne, comme le Baudelaire peint par Deroy. Puis voici l'autre portrait, récent, par M. Whistler, où le visage s'est estompé, ouaté. Le bleu très tiède des yeux s'embrume. La moustache aérée s'est fondue avec une barbe courte, en pointe, qui grisonne, et met un floconnement d'hiver au bas de ce visage qu'on regarde comme un reflet, qui semble être vu dans un miroir, vu dans l'eau. C'est le poète, comme il subsiste dans la mémoire, déjà en recul, hors du temps, tel qu'il apparaîtra à l'avenir. À peine un geste de la main plus achevé et qui le rattache encore un peu à la vie, ce geste contourné, d'une inflexion qui lui est particulière pour tenir la cigarette ou le cigare, fumeur continuel qui ne veut pas cesser une minute de mettre de la fumée entre la foule et lui. Ainsi il s'isole, s'éloigne de la vie, appartient tout au Rêve [2].

En 1894, Mallarmé burine son propre portrait de Whistler pour ses *Portraits du siècle prochain*. Whistler réalisera en 1897 un portrait à l'huile de Geneviève Mallarmé (*Rose et gris*, 1897, huile sur bois, 20,6 x 12,2,

1. T. Duret, *op. cit.*, p. 124.
2. G. Rodenbach, « Stéphane Mallarmé », in : *L'Élite*, 1899, cité in : F. Ruchon (éd.), *L'Amitié de Stéphane Mallarmé et de Georges Rodenbach*, avec une préface d'H. Mondor, Genève, Pierre Cailler (Beaux textes, Textes rares, Textes inédits), 1949, p. 129-130.

collection particulière) qui devait être suivi par un autre du poète même. La mort de Mallarmé l'empêchera de donner suite à ce projet pour lequel il avait laissé une boîte de couleurs à Valvins (aujourd'hui conservée dans le fonds Mallarmé de la bibliothèque Doucet à Paris).

LE « TEN O'CLOCK » DE M. WHISTLER

MESDAMES ET MESSIEURS,

C'est avec une grande hésitation, et pas mal de crainte, que je parais devant vous, dans le rôle de prédicateur.

Si la timidité a quelque rapport avec la vertu de modestie, et me peut valoir votre faveur, je vous prie, au nom de cette vertu, de m'accorder toute indulgence.

Je plaiderais mon manque d'habitude, s'il n'était d'abord invraisemblable, à en juger par les précédents, qu'on pût s'attendre à rien d'autre qu'à l'effronterie la plus manifeste, en raison de mon sujet – car je ne veux pas vous cacher que je me propose de vous parler sur l'Art. Oui, l'Art – qui depuis peu est devenu, au moins autant que la discussion ou les écrits aient pu en faire cela, une sorte de lieu commun pour l'heure du thé.

L'Art court la rue ! – un galant de passage lui prend le menton – le maître de maison l'attire à franchir son seuil – on le presse de se joindre à la compagnie, en gage de culture et de raffinement.

Si la familiarité peut engendrer le mépris, l'Art certainement – ou ce qu'on prend couramment pour lui – en est arrivé à son degré le plus bas d'intimité avec tous.

Les gens, on les a harassés de l'Art sous toutes les formes, on les a contraints par tous les moyens de le supporter. On leur a dit, comment ils le doivent aimer, vivre avec. Ils ont vu leurs logis envahis, leurs murs hantés de papier, jusqu'à leurs vêtements pris à partie – au point que, hors de soi enfin, effarés et remplis de ces doutes et des malaises que cause une suggestion sans motif, ils se vengent d'une pareille intrusion et renvoient les faux prophètes qui ont couvert de discrédit le nom même du Beau ; eux, de ridicule.

Hélas ! Mesdames et Messieurs, on a diffamé l'Art, qui n'a rien de commun avec de telles pratiques. C'est une divinité d'essence délicate, toute en retrait, elle hait se mettre en avant et ne se propose en aucune manière pour améliorer autrui.

Divinité, au-dedans de soi, égoïstement occupée de sa personne seule, n'ayant aucun désir d'enseigner, cherchant et trouvant le beau dans toutes conditions, et tous les temps, comme le fit son grand prêtre Rembrandt, quand il vit une grandeur pittoresque et une noble dignité dans le quartier des Juifs d'Amsterdam, et ne déplora pas que ses habitants ne fussent pas des Grecs.

Comme firent Tintoret et Paul Véronèse, entre les Vénitiens, qui ne s'arrêtèrent pas à changer les brocarts de soie pour les draperies classiques d'Athènes.

Comme fit à la cour de Philippe, Vélasquez, dont les infantes bouffant de jupes inesthétiques, sont, en tant qu'œuvres d'art, de même qualité que les marbres d'Elgine.

Ces grands hommes n'étaient pas des réformateurs – ni soucieux de porter un perfectionnement à l'état d'autrui ! Pas d'autre préoccupation chez eux que leurs produits, et, pleins de la poésie de leur savoir, ils ne souhaitaient pas de modifier leur milieu – car, forts de la révélation des lois de leur Art, ils virent dans le développement de leur œuvre cette beauté réelle qui, pour eux, était matière de certitude et de triomphe autant que, pour l'astronome, l'est la vérification d'un résultat prévu selon la lumière qui n'est qu'à lui. Ce faisant, leur monde était complètement séparé d'aucun de ceux de leurs semblables confondant le sentiment et la poésie, et pour qui il n'est pas d'œuvre parfaite que n'explique un avantage à soi conféré.

L'Humanité prend la place de l'Art, et les créations de Dieu s'excusent par l'utile. La Beauté se confond avec la vertu, et, devant une œuvre d'art, on demande : « Quel bien cela fera-t-il ? »

Il suit de là, que la noblesse de l'action, dans cette vie, se lie désespérément au mérite de l'œuvre qui la dépeint ; et qu'ainsi les gens ont acquis une habitude de regarder, comme qui dirait, non une peinture, mais, au travers, quelque fait humain qui doit ou ne doit pas, à un point de vue de société, améliorer leur état mental et moral. Aussi nous en sommes venus à entendre parler d'une peinture qui élève, et du devoir du peintre – de telle peinture qui est pleine de pensée ; et de tel panneau, purement décoratif.

Une croyance favorite, à ceux qui enseignent chère, est que certaines périodes ont été spécialement artistiques et que des peuples, qu'on est prêt à nommer, furent notamment amants de l'Art.

Ainsi l'on nous dit que les Grecs furent, en tant que nation, les adorateurs du beau, et qu'au XVe siècle l'Art s'imprégna dans la multitude.

Que les grands maîtres vivaient sur un pied d'intelligence commune avec leurs patrons – que les Italiens des premiers temps étaient artistes – tous, et que c'est la demande de la chose belle qui la fit se produire.

Que nous, ceux d'aujourd'hui, par un contraste grossier avec cette pureté arcadienne, appelons le laid et trouvons le gauche.

Que, puissions-nous changer d'habitude et de climat, désirions-nous errer en des bosquets – pût la lumière nous rôtir jusqu'à dépouiller notre drap – fussions-nous sur le point de ne pas nous presser, et de voyager sans vitesse, nous aurions besoin tout à coup de la cuiller à la Reine Anne et piquerions nos pois de la fourchette à deux dents. Et voilà, pour les ouailles, des hameaux d'art surgir près Hammersmith, et qu'on méprise le cheval à vapeur.

Inutile ! et sans l'ombre d'espoir, et faux est cet effort ! – bâti avec de la fable et tout cela parce que « un homme sage a proféré une chose vaine et rempli son ventre du vent d'Est ».

Écoutez ! il n'y a jamais eu de période artistique.

Il n'y a jamais eu un peuple amant de l'Art.

Au commencement, l'homme sortait chaque jour – celui-ci pour la bataille, celui-là à la chasse ; l'autre encore pour piocher et bêcher aux champs ; – à seule fin de gagner, et de vivre, ou de perdre et mourir, jusqu'à ce qu'un se trouvât parmi eux, différent d'avec le reste dont les travaux ne l'attiraient pas, et il resta près des tentes, entre les femmes, et traçait d'étranges dessins avec un bois brûlé sur une gourde.

Cet homme, qui ne prenait pas de joie aux occupations de ses frères – qui n'avait souci de la conquête, et se rongeait dans le champ – ce dessinateur de bizarres modèles – cet inventeur du beau – qui percevait, dans la nature à l'entour, de curieuses courbes – comme on voit dans le feu des figures – ce rêveur à part, fut le premier artiste.

Et quand, du champ et d'au loin, s'en revinrent les travailleurs, ils prirent la gourde – et ils y burent.

Et voici que vers cet homme en vint un autre – et, avec le temps, d'autres – de pareille nature, choisis par les dieux – et ils travaillèrent ensemble, – et ils façonnèrent bientôt, avec la terre humectée, des formes ressemblantes à la gourde ; et selon un pouvoir de création, patrimoine de l'artiste, voici qu'ils dépassèrent la suggestion paresseuse de la nature, et que naquit le premier vase, beau dans sa proportion.

Et les gens de labeur peinaient, et eurent soif ; et les héros revinrent de fraîches victoires pour se réjouir et festoyer ; et tous burent également aux gobelets des artistes, façonnés adroitement, ne prenant pas garde cependant à l'orgueil de l'artisan, et ne comprenant pas la gloire mise en son ouvrage ; buvant à la coupe, pas par choix, pas par la conscience qu'elle était belle : parce que, ma foi, il n'y en avait pas d'autre !

Et le temps, en un état supérieur, apporta plus de capacité pour le luxe, et il devint bien que les hommes habitassent dans de grandes maisons, de reposer sur des couches et de manger à des tables ; sur quoi l'artiste, avec ses aides, bâtit des palais et les remplit de meubles, beaux dans leurs proportions et charmants à regarder.

Et le peuple vécut dans les merveilles de l'Art – et mangea et but dans des chefs-d'œuvre – car il n'y avait rien d'autre dans quoi boire et manger, et pas de construction laide pour demeurer ; pas d'article d'usage quotidien, de luxe ou de nécessité qui ne fût point sorti du dessin du maître, et fait par ses ouvriers.

Et le peuple ne s'enquérait pas, et n'avait rien à dire en cette affaire.

Ainsi la Grèce fut dans sa splendeur et suprême régna l'Art – par la force du fait, non par choix – et il n'y avait intrusion de ceux du dehors. Le puissant guerrier ne se serait pas plus aventuré à offrir un projet pour le temple de Pallas Athéné que le poète sacré n'aurait présenté un plan pour la construction de catapultes.

Et l'Amateur était inconnu – et le Dilettante irrêvé !

Et l'histoire alla s'écrivant, et la conquête accompagna la civilisation, et l'Art s'épandit ou plutôt ses produits que portaient aux vaincus les vainqueurs, d'une contrée à l'autre. Et la culture spirituelle avec ses usages couvrit la face de la terre, de façon que tous les peuples continuèrent à se servir de ce que l'artiste tout seul produisait.

Et les siècles se passèrent en ces coutumes, et le monde fut inondé de tout ce qui était beau, jusqu'à ce que se levât une classe nouvelle qui découvrit le bon marché et prévit la fortune dans la fabrication du faux.

Alors jaillirent à l'existence le clinquant, le commun, la camelote.

Le goût du commerçant supplanta la science et l'artiste, et ce qui était né de mille et mille leur retourna, et les charma, car c'était d'après leur propre cœur ; et les grands et les petits, l'homme d'état et l'esclave, prirent pour eux l'abomination offerte et la préférèrent – et ont vécu avec, toujours, depuis lors !

Et l'occupation de l'artiste s'en allait, et le manufacturier et le détaillant prirent sa place.

Et hors des cruches les héros versèrent et burent aux coupes – avec connaissance de cause – notant l'éclat du neuf objet de parade et mettant un orgueil en sa valeur.

Et le peuple – maintenant – eut beaucoup à dire en cette affaire et chacun fut satisfait. Et Birmingham et Manchester se levèrent en leur puissance – et l'Art fut relégué dans la boutique de bric-à-brac.

La nature contient les éléments, en couleur et forme, de toute peinture, comme le clavier contient les notes de toute musique.

Mais l'artiste est né pour en sortir, et choisir, et grouper avec science, les éléments, afin que le résultat en soit beau – comme le musicien assemble ses notes et forme des accords – jusqu'à ce qu'il éveille du chaos la glorieuse harmonie.

Dire au peintre qu'il faut prendre la peinture comme elle est vaut de dire au virtuose qu'il peut s'asseoir sur le piano.

« La nature a toujours raison » est une assertion artistiquement aussi controuvée, que la vérité en est universellement prise pour argent comptant. La nature a très rarement raison, à tel point même, qu'on pourrait presque dire que la nature a habituellement tort : que l'état de chose nécessaire pour grouper une perfection d'harmonie digne d'une peinture est rare ; ou, pas commun du tout.

Cela va sembler, même aux plus intelligents, une doctrine presque blasphématoire. Si incorporé avec notre éducation est devenu l'aphorisme en question, que la croyance à sa véracité passe pour faire partie de notre être moral et les mots eux-mêmes ont à notre oreille un son de religion. Pourtant la nature réussit rarement à produire un tableau.

Le soleil resplendit, le vent souffle d'est, le ciel est vide de nuages, et, au-dehors, tout est de fer. Les vitres du Palais de Cristal s'aperçoivent de tous les points de Londres. Le promeneur du dimanche se réjouit d'une journée glorieuse et le peintre se détourne pour fermer les yeux.

Combien peu l'on perçoit cela, et avec quelle obéissance le quelconque dans la nature s'accepte pour du sublime, on le peut conclure de l'admiration illimitée produite quotidiennement par le plus niais coucher de soleil.

La dignité des montagnes coiffées de neige se perd en trop de netteté, mais la joie du touriste est de reconnaître les voyageurs à leur sommet. Le désir de voir, pour le fait de voir est, quant à la masse, le seul à satisfaire : de là sa jouissance du détail.

Et quand la brume du soir vêt de poésie un bord de rivière, ainsi que d'un voile et que les pauvres constructions se perdent dans le firmament sombre, et que les cheminées hautes se font campaniles, et que les magasins sont, dans la nuit, des palais et que la cité entière est comme suspendue aux cieux – et qu'une contrée féerique gît devant nous – le passant se hâte vers le logis, travailleur et celui qui pense ; le sage et l'homme de plaisir cessent de comprendre comme ils ont cessé de voir, et la nature qui, pour une fois, a chanté juste, chante un chant exquis pour le seul artiste, son fils et son maître – son fils en ce qu'il aime, son maître en cela qu'il la connaît.

À lui son secret se déploie, à lui ses leçons graduellement se sont faites claires. Il regarde sa fleur, non pas dans les verres grossissants afin de recueillir des faits pour la botanique, mais avec la lumière de qui voit, en la vérité choisie de tons brillants et de délicates nuances, des suggestions pour des harmonies futures.

Il ne se borne pas à copier oiseusement, et sans pensée, chaque brin d'herbe, comme l'en avisent des inconséquents ; mais, dans la courbe longue d'une feuille étroite, corrigée par le jet élancé de sa tige, il apprend comment la grâce se marie à la dignité, comment la douceur se rehausse de force, pour que résulte l'élégance.

Avec l'aile couleur citron du papillon pâle, ses fines taches couleur orange, il voit devant lui les pompeux palais d'or clair, non sans leurs fluets piliers safranés ; et il lui est enseigné comment de délicats dessins haut sur les murs se traceront en tons tendres d'orpin et se répéteront à la base par des notes de teinte plus grave.

Il trouve dans ce qui est subtil et gracieux des insinuations pour ses propres combinaisons, et c'est ainsi que la nature demeure sa ressource et est toujours à son service ; à lui, rien de refusé.

À travers son cerveau comme à travers l'alambic, se distille l'essence très pure de cette pensée qui commença aux dieux, et qu'ils lui laissent à effectuer.

Mis par eux à part pour compléter leur ouvrage, il produit cette chose merveilleuse appelée le chef-d'œuvre qui dépasse en perfection tout ce qu'ils ont essayé en ce qu'on appelle nature ; et les dieux regardent faire et s'étonnent et perçoivent combien de tout un monde est plus belle la Vénus de Milo que ne l'était leur Ève à eux.

Voici quelque temps, l'écrivain sans attaches au beau s'est fait intermédiaire en cette chose de l'Art, et son influence élargissant l'abîme entre le public et le peintre a amené le malentendu le plus complet, relativement à l'objet de la peinture.

Pour lui une peinture est plus ou moins l'hiéroglyphe ou le symbole d'une histoire. Dans le peu de termes techniques qu'il trouve l'occasion d'étaler, l'œuvre est par lui considérée absolument d'un point de vue littéraire ; en vérité, de quel autre le peut-il considérer ? Et dans ses critiques, il se comporte avec, comme vis-à-vis d'un roman – d'une histoire – ou d'une anecdote. Il manque entièrement et tout naturellement d'en voir l'excellence – ou le démérite – artistiques, et dégrade ainsi l'Art en y voyant une méthode pour aboutir à un effet littéraire.

L'Art entre ses mains, devient donc un moyen de perpétrer quelque chose au-delà et sa mission se fait secondaire, juste comme un moyen est inférieur au but.

Les pensées qu'il accentua, nobles ou autres, se rattachent inévitablement à l'incident, et deviennent plus ou moins nobles, en raison de l'éloquence ou de la qualité mentale de l'écrivain qui regarde, pendant ce temps, avec dédain, ce qu'il juge de « pure exécution » – quelque chose qui tient – il le croit – à l'entraînement des écoles et reste la récompense d'une assiduité. Si bien que, tandis qu'il poursuit sa traduction de la toile sur le papier, l'œuvre devient la sienne. Il trouve de la poésie là où il en sentirait si lui-même transcrivait l'événement, de l'invention dans les complexités de la mise en scène, une noble philosophie dans quelque détail philanthropique ; le courage, la modestie ou la vertu, à lui suggérés par la circonstance.

Tout ceci pourrait très bien lui être fourni et l'appel fait à son imagination par une très pauvre peinture – vraiment je pourrais dire avec sécurité, que c'est généralement ce qui est.

La poésie du peintre lui-même, cependant, est tout à fait perdue pour cet homme – la surprenante invention qui aura fondu couleur et forme dans une si parfaite harmonie, ce que le résultat a d'exquis, il demeure sans les comprendre – la noblesse de pensée, qu'aura donnée au tout la dignité de l'artiste, ne lui dit absolument rien.

Si bien qu'on publie ses louanges, au nom de vertus que nous rougirions de posséder. – Tandis que les grandes qualités qui distinguent l'œuvre unique du millier, qui font du chef-d'œuvre la chose belle que c'est – on n'en a rien vu du tout.

Qu'il en soit ainsi, nous pouvons nous en assurer, en revoyant de vieilles revues sur les expositions passées et en lisant les flatteries prodiguées à des hommes qui depuis ont été tout à fait oubliés – mais sur les œuvres de qui s'épuisa le langage, en rhapsodies – et qui n'ont rien laissé pour la « National Gallery ».

Un point curieux, quant à son influence sur le jugement de ces messieurs, c'est le vocabulaire accepté de symbolisme poétique, qui leur vient en aide, à force d'usage, quand ils s'occupent de la nature : une montagne pour eux, est synonyme de hauteur – un lac de profondeur – l'océan de vastitude – le soleil de gloire.

Si bien qu'un tableau avec une montagne, un lac ou l'océan – quelle qu'en soit la peinture – est inévitablement « sublime », « vaste », « infini » et « glorieux » – sur le papier.

Il y a aussi ceux, au maintien sombre, et sages de la sagesse des livres, qui fréquentent les musées et se terrent dans les cryptes : colligeant – comparant – compilant – classifiant – contredisant.

Des experts que ceux-ci – pour qui une date est un mérite – l'estampille le succès !

Soigneux dans l'examen, ils le sont, et de jugement consciencieux – établissant, tout bien pesé, des réputations sans importance – découvrant la peinture à la marque qui est derrière, – affirmant le torse d'après la jambe qui manque – remplissant les in-folios de doutes sur la position de ce membre – chicaniers et dictatoriaux en ce qui concerne le lieu de naissance de personnages inférieurs – spéculant, en de nombreux écrits, sur la grande valeur d'ouvrages mauvais.

Commis avérés de la collection, ils mélangent les mémorandums et l'ambition, et, réduisant l'Art à la statistique, ils « mettent en liasse » le quinzième siècle et rangent par casiers l'Antiquité.

Alors le Prédicateur – « breveté » !

Il se tient sur les grandes places – harangue et pérore.

Le sage des universités – le savant en maintes matières, et de large expérience en tout, excepté son sujet.

Exhortant – dénonçant – dirigeant.

Plein de rage et de sérieux.

Employant tous les pouvoirs de persuasion et les finesses de style, à prouver – rien !

Ravagé par trop d'enseignement – sans avoir rien dont faire part. –

De grand effet – et importance, – creux.

Arrogant – inquiet – désespérant.

Proclamant, se coupant – pendant que les dieux n'entendent pas.

Doux prêtre du Philistin, le voici qui va l'amble agréablement hors des buts, et, à travers maint volume, esquivant l'assertion scientifique – « babille des prés verts ».

Ainsi s'est follement confondu l'Art avec l'éducation – pour que tout le monde fût sur le même pied.

Or, si le poli, l'affinement, la culture et les manières, ne sont en rien des arguments en faveur d'un résultat artistique, on ne peut d'autre part reprocher à l'érudit le plus accompli ou au plus parfait homme du monde le fait d'être absolument sans yeux pour la peinture, sans oreille pour la musique – de préférer dans son cœur l'estampe populaire imprimée, à l'égratignure de la pointe d'un Rembrandt, ou les chants de salle publique à la symphonie « en ut mineur » de Beethoven.

Qu'il ait seulement l'esprit de le dire, et de n'en pas juger l'aveu comme une preuve d'infériorité.

L'Art a lieu par hasard – aucun bouge n'en est l'abri, aucun prince ne peut compter dessus, la plus vaste intelligence ne le peut produire, et le chétif effort à le rendre universel tourne en farce ou préciosité.

Il en est de cela comme il doit être et toutes les tentatives pour faire autrement sont dues à l'éloquence des ignorants, et au zèle des infatués.

La démarcation est claire – loin de moi le projet d'y lancer un pont – pour qu'on pousse de l'autre côté les gens que cela assomme. Non, je leur voudrais épargner une nouvelle fatigue, je voudrais venir à leur secours et soulever de leurs épaules cet incube de l'Art.

Pourquoi, après des siècles de liberté et d'indifférence, leur serait-il maintenant sur le dos jeté par les aveugles – jusqu'à ce que, lassés et démontés, ils ne sachent plus comment ils doivent manger ou boire – rester assis ou debout – ni avec quoi ils doivent s'habituer – sans affliger l'Art.

Mais, attention ! on discourt fort au-dehors !

Triomphalement on crie : Prenez garde ! la chose nous concerne en vérité. Nous avons aussi notre participation à tout vrai Art ! – en effet, rappelez-vous la « touche unique de nature » qui « rend parent le monde entier ».

Oui, certes : mais ne suppose pas le braque à tort et à travers que Shakespeare ici lui tend un passeport pour le paradis et lui accorde d'élever la voix entre des élus. Apprenez plutôt que, du fait même de cette parole, il est condamné à rester dehors – et à continuer avec le commun.

Cette unique corde qui avec tous vibre – cette « touche unique de nature » qui réclame un écho de chacun – qui explique la popularité du « taureau » de Paul Potter – qui excuse le prix de la « Conception » de Murillo – cette unique sympathie tacite qui pénètre l'humanité, est – la Vulgarité !

La Vulgarité – sous l'influence fascinante de qui la « masse » a coudoyé « l'élite » et la sphère exquise de l'Art fourmille de la cohue ivre des médiocrités, dont les meneurs jasent et conseillent, haussent le ton, là où les dieux autrefois chuchotaient pour parler.

Et voici que s'avance de leur milieu le Dilettante à fières enjambées. L'amateur est lâché. La voix de l'esthète s'entend par la terre, et la catastrophe plane.

L'intrusion appelle la vengeance des dieux, et le ridicule menace les belles filles de ce pays.

Et voici de curieuses converties à un fatidique culte, en lequel tout l'instinct d'attrait – l'étincelle et la fraîcheur – tout le souriant de la femme – va le céder à une étrange vocation pour le déplaisant, – et cela même au nom des Grâces.

Est-ce que ce mélange chagrin, mal à l'aise, gêné, et tout confus de mauvaise honte et d'affirmation affolée, peut s'appeler artistique et prétendre à un cousinage avec l'Art – qui se délecte dans la claire, friande, vive gaîté de la beauté ?

Non ! – mille fois non ! cela est sans rapport avec nous.

Nous ne voulons avoir rien à faire avec.

Forcés au sérieux, afin de cacher leur vide, ils n'osent sourire. –

Tandis que l'artiste, dans sa plénitude de tête et de cœur, est heureux, et rit haut, et se complaît dans sa force, et se réjouit de la pompeuse prétention – de la solennelle sottise qui l'entoure.

Car l'Art et la joie vont de pair, le hardi visage ouvert, tête haute, la main prête – ne craignant rien et ne redoutant pas sa nudité.

Sachez donc, vous, toutes les belles femmes, que nous sommes avec vous. N'accordez d'attention, nous vous en prions, à ces hauts cris poussés par le messéant – à cette suprême défense du commun.

– Cela ne vous concerne pas.

Votre instinct même est proche de la vérité – votre esprit à vous, un guide bien plus sûr, sur les insinuantes hardiesses d'Apollons à talons lourds.

Quoi ! vous lèverez-vous à suivre le premier joueur de flûte qui vous mène le long de la Ruelle aux Hardes, un jour dominical, ramasser, pour le porter la semaine, entre la morne défroque des siècles, de quoi vous parer ? et que, sous la gaucherie du travestissement, nous ayons peine à trouver vos vraies délicates personnes ! Oh ! fi ! Est-ce que le monde est donc épuisé ! et faut-il nous en retourner parce que le pitre donne un coup de pouce dans le sens opposé.

Se costumer n'est pas s'habiller.

Et quiconque met la garde-robe peut ne pas être docteur en goût.

Car, de quelle autorité seront-ils ces jolis maîtres ! regardez bien, et qu'ils n'ont rien inventé – rien agencé en vue du charme.

À tout hasard, de leurs épaules tombent les vêtements du marchand à la toilette – combinant dans leur personne la diaprure de genres nombreux avec le bariolé placard du cabotin.

Placés comme un avertissement et un poteau indicateur du danger, ils montrent l'effet désastreux de l'Art sur les classes moyennes.

Pourquoi ces sourcils levés en dépréciation du présent – ce pathos par rapport au passé ? Si l'art est rare aujourd'hui, il n'eut jusque maintenant lieu que par intervalles. C'est faux d'enseigner qu'il y a décadence.

Le maître demeure hors de toute relation avec le moment où il se hasarde – un monument de solitude qui induit à la tristesse, n'ayant pas de part aux progrès des hommes ses semblables.

Il n'est, aussi, pas plus le produit de la civilisation, que ne dépend la vérité scientifique affirmée de la sagesse d'une époque. Cette affirmation requiert l'homme pour la faire. La vérité fut dès le commencement.

Ainsi l'art se limite à l'infini, et y commençant ne peut progresser.

Une tacite marque de son indépendance chagrine rejetant toute avance étrangère est dans sa condition d'absolue immutabilité et son mode d'accomplissement depuis le commencement du monde.

Le peintre n'a que le même crayon, le sculpteur le ciseau des siècles.

Les couleurs ne sont pas en progrès depuis que fut tiré pour la première fois le lourd rideau de la nuit, et que se révéla l'adorabilité de la lumière.

Ni chimiste ni ingénieur ne peuvent fournir de nouveaux éléments du chef-d'œuvre.

Fausse encore, cette fable d'un lien entre la grandeur de l'Art et les vertus de l'État, car l'Art ne vit pas des nations, et les peuples peuvent s'effacer de la face de la terre, mais l'Art est.

Il est grand temps en vérité que devant l'Art nous rejetions le poids de la responsabilité et de l'association et sachions que d'aucune manière nos vertus ne s'emploient à sa fortune, nos vices d'aucune manière ne mettent empêchement à son triomphe.

Qu'elle est fastidieuse, sans espoir et surhumaine, la tâche à soi imposée par la nation ; et sublimement vaine la croyance que celle-ci doit noblement vivre, ou l'Art périr !

Rassurons-nous, notre vertu reste l'objet de notre choix. Nous n'influençons pas l'Art.

Mobile divinité, capricieuse, un sens chez elle puissant de la joie ne tolère rien de morne ; et ne vivions-nous jamais si immaculés, elle peut nous tourner le dos.

Comme de temps immémoriaux elle a agi avec les Suisses, dans leurs montagnes.

Quel peuple plus digne ! lui dont chaque cavité alpestre bâille la tradition, regorge de noble histoire et, pourtant tout erreur et mépris, il n'a cure et les fils des patriotes en restent à l'horloge qui fait tourner le moulin, ou au subit coucou, refermant sa boîte.

C'est pour ceci que Tell fut un héros, pour ceci que mourut Gessler.

L'Art, coquine cruelle, n'y regarde et s'endurcit le cœur, et fuit à l'Orient, trouver, chez les mangeurs d'opium de Nankin, un favori près de qui avec charme elle s'attarde, caressant sa porcelaine bleue, peignant ses sages demoiselles, et marquant ses assiettes des six marques de choix – indifférente, dans sa camaraderie avec lui, à tout excepté sa vertu d'affinement.

Tel celui qui l'invite, celui qui la retient.

La revoici dans l'Ouest, pour que son autre amant enfante la galerie à Madrid, et apprenne au monde comme quoi le Maître domine par-dessus tout ; et dans leur intimité, ils jubilent, elle et lui, de ce savoir ; lui connaît le bonheur goûté par nul mortel.

Elle est fière de son compagnon, et promet que dans les ans futurs d'autres iront par ce chemin et comprendront.

Ainsi de tout temps cette superbe personne se tournera-t-elle vers l'homme digne de son amour, et l'Art recherche l'artiste seul.

Où il est, elle apparaît, et demeure avec lui, fertile et aimante, ne l'abandonnant pas aux moments d'espoir différé – ou d'insulte – ou de vil malentendu ; et quand il meurt, tristement elle prend son vol, tout en s'arrêtant encore à la contrée, par un reste de chère association, mais refusant qu'on la console *.

Avec l'homme donc, et pas avec la multitude, sont ses privautés ; et au livre de sa vie, rares, les noms inscrits – certes, sobre la liste de ceux-là qui aidèrent à écrire son histoire de beauté et d'amour.

* Et c'est ainsi que l'on a l'influence éphémère de la mémoire du Maître – l'éclat dernier, qui réchauffe pour un temps l'ouvrier et le disciple [note de Mallarmé].

De la matinée de soleil où, avec son Grec glorieux, attendrie, elle concéda le secret de la répétition des lignes, quand, la main dans la sienne, ils marquaient ensemble dans le marbre le rythme lu d'un membre charmant et de draperies coulant à l'unisson ; jusqu'au jour où elle trempa le pinceau de l'Espagnol dans l'air et la lumière et vit le peuple entier dans ses cadres vivre, et tenir sur ses jambes, pour que toutes noble grâce, tendresse, et magnificence leur appartinssent de droit : des siècles avaient passé et peu avaient fixé son choix.

Innombrable, en effet, la horde des prétendants. Mais elle ne les connut pas. Masse grossie, bouillonnante, active dont la vertu a été le labeur ; ce labeur, le vice.

Leurs noms vont remplir le catalogue de collections chez eux, de galeries à l'étranger, pour la délectation du commis voyageur et du critique.

Aussi avons-nous motif d'être joyeux ! et de rejeter tout souci – résolus à savoir que tout est bien – comme ce le fut toujours – et qu'il ne convient pas qu'on nous crie, et qu'on nous presse d'agir en sorte.

Avons-nous assez enduré de tristesse ! Nous sommes certainement las de pleurer et les larmes nous ont été soutirées faussement, car elles ont évoqué le deuil ! quand il n'y avait pas de chagrin ; hélas ! et quand tout est beau.

Nous n'avons donc qu'à attendre – jusqu'à ce que, sur lui le signe des dieux, revienne parmi nous l'élu – qui continuera ce qui a eu lieu avant. Satisfaits que, jamais ne dût-il même apparaître, l'histoire du Beau soit complète déjà – taillée dans les marbres du Parthénon – et brodée, avec des oiseaux, sur l'éventail d'Hokusai – au pied du Fuji-yama.

BILLET À WHISTLER

Pas les rafales à propos
De rien comme occuper la rue
Sujette au noir vol de chapeaux ;
Mais une danseuse apparue
Tourbillon de mousseline ou
Fureur éparses en écumes
Que soulève par son genou
Celle même dont nous vécûmes
Pour tout, hormis lui, rebattu
Spirituelle, ivre, immobile
Foudroyer avec le tutu,
Sans se faire autrement de bile
Sinon rieur que puisse l'air
De sa jupe éventer Whistler [1].

WHISTLER

Si, extérieurement, il est, interroge-t-on mal, l'homme de sa peinture – au contraire, d'abord, en ce sens qu'une œuvre comme la sienne innée, éternelle, rend, de la beauté, le secret ; joue au miracle et nie le signataire. Un Monsieur rare, prince en quelque chose, artiste décidément, désigne que c'est lui, Whistler, d'ensemble comme il peint toute la personne – stature, petite à qui la veut voir ainsi, hautaine, égalant la tête tourmentée, savante, jolie ; et rentre dans l'obsession de ses toiles. Le temps de provoquer ! l'enchanteur d'une œuvre de mystère close comme la perfection, où notre cohue passerait même sans hostilité, a compris le devoir de sa présence – interrompre cela par quelque furie de bravoure jusqu'à défier le silence entier admiratif. Cette discrétion affinée en douceur, aux loisirs, composant le maintien, pour peu, sans rien perdre de grâce, éclate en le vital sarcasme qu'aggrave l'habit noir ici au miroitement de linge comme siffle le rire et présente, à des contemporains devant l'exception d'art souveraine, ce que juste, de l'auteur, eux doivent connaître, le ténébreux d'autant qu'apparu gardien d'un génie, auprès comme Dragon, guerroyant, exultant, précieux, mondain.

BERTHE MORISOT

Ce texte, repris en 1897 dans « Quelques médaillons et portraits en pied » de *Divagations*, a été rédigé par Mallarmé en 1896 pour être inséré dans le catalogue de l'hommage posthume rendu à Berthe Morisot par la galerie Durand-Ruel. Du 5 au 23 mars 1896, quelque quatre cents œuvres sont présentées. Parmi celles-ci, le visiteur peut découvrir *Voiliers sur la rivière* qui appartient à Mallarmé. Le tableau avait été peint en 1893 à Valvins [1]. Mallarmé a participé aux côtés de Renoir, Degas et Monet à l'organisation de l'exposition. Son texte dense constituera la dernière contribution du poète à la compréhension de l'impressionnisme. Encore que d'aucuns comme Reynaldo Hahn – mais il dut en être de même pour Degas ou Monet – ont affirmé, non sans humour, n'y avoir rien compris. Dans sa biographie de Mallarmé, Henri Mondor cite le compositeur : « Il y aurait mille choses à dire à propos de l'exposition de 1896 ; Mallarmé sans doute les a dites dans la préface qu'il a faite au catalogue ; je n'y ai malheureusement rien compris [2]. »

Mallarmé partagea avec Berthe Morisot la même intimité que celle qui l'avait lié à Manet. Le poète dut

1. Mallarmé possédait une autre toile de Berthe Morisot intitulée *Jeune fille cueillant des oranges*, datée de 1889.

2. H. Mondor, *Vie de Mallarmé*, Paris, Gallimard, 1941, p. 654.

faire la connaissance de la jeune peintre dès 1873. L'un et l'autre se font des confidences, s'interrogent, se renseignent. L'abondante correspondance [1] n'en a sans doute conservé qu'une infime partie. Le 27 février 1890, Berthe Morisot – devenue Berthe Manet depuis son mariage avec Eugène, le frère du peintre, en 1874 – ouvrira les portes de son appartement de la rue de Villejust pour accueillir quelques invités venus écouter la conférence en hommage à Villiers de l'Isle-Adam que Mallarmé avait prononcée en Belgique peu de temps auparavant. Y figurent, outre Madame Mallarmé et Geneviève, Henri de Régnier, Vielé-Griffin, Édouard Dujardin, Théodore de Wyzewa, Monet, Julie Manet, Paule et Jeanine Gobillard et Degas qui quittera l'assemblée, maussade de n'avoir rien compris au discours mallarméen [2]. Le poète dédicacera d'un quatrain la plaquette qui sera tirée de cette conférence :

> Vous me prêtâtes une ouïe
> Fameuse et le temple ; si du
> Soir la pompe est évanouie
> En voici l'humble résidu [3].

À l'occasion des déjeuners organisés par Berthe Morisot, Mallarmé rencontra plusieurs peintres avec lesquels il tenta des collaborations aux bonheurs variables : Monet, Renoir, Degas. Ceux-là mêmes avec lesquels il organisera la rétrospective posthume de

1. *Correspondance de Stéphane Mallarmé et Berthe Morisot 1876-1895*, éditée par O. Daulte et M. Dupertuis, Lausanne, Bibliothèque des arts, 1995.

2. Le poète n'en voudra pas à Degas auquel il enverra le texte édité accompagné d'un quatrain : « Muse qui distinguas/Si tu savais calmer l'ire/de mon confrère Degas/tends-lui ce discours à lire », *Vers de circonstance, avec des inédits*, préface d'Y. Bonnefoy, édition établie et annotée par B. Marchal, Paris, Gallimard (Poésie), 1996, p. 141. L'allusion au « confrère » renvoie aux tentatives poétiques qui avaient occupé Degas durant l'hiver 1889. Torturé, ce dernier avait demandé à Mallarmé comment il s'y prenait pour gérer les idées qui surgissent. Le poète avait alors simplement répondu : « Mais Degas, ce n'est point avec des idées que l'on fait des vers... c'est avec des mots » (H. Loyrette, *Degas*, Paris, Fayard, 1991, p. 551-552).

3. *Vers de circonstance, op. cit.*, p. 142.

Berthe Morisot après avoir veillé son amie dans ses derniers instants et avoir organisé les funérailles.

Le texte de 1896 a conservé une large partie de cette tendresse née des années d'amitié passées. Véritable poème en prose, Mallarmé a débordé le simple registre du portrait pour livrer une analyse profonde de l'œuvre de Berthe Morisot, et plus fondamentalement, de l'impressionnisme. Le texte offre l'équivalent plastique du *Toast funèbre* composé en 1873 en hommage à Théophile Gautier. L'impressionnisme supporte désormais la recherche de transfiguration de la réalité sans les artifices de la métaphysique. « C'est de nos vrais bosquets déjà tout le séjour/Où le poète pur a pour geste humble et large/De l'interdire au rêve, ennemi de sa charge [1] » semble répéter le texte de 1896.

1. *Toast funèbre*, in : *OC*, p. 55.

BERTHE MORISOT

Tant de clairs tableaux irisés, ici, exacts, primesautiers, eux peuvent attendre avec le sourire futur, consentiront que comme titre au livret qui les classe, un Nom, avant de se résoudre en leur qualité, pour lui-même, prononcé ou le charme extraordinaire avec lequel il fut porté, évoque une figure de race, dans la vie et de personnelle élégance extrêmes. Paris la connut peu, si sienne, par lignée et invention dans la grâce, sauf à des rencontres comme celle-ci, fastes, les expositions ordinairement de Monet et Renoir, quelque part où serait un Degas, devant Puvis de Chavannes ou Whistler, plusieurs les hôtes du haut salon, le soir ; en la matinée, atelier très discret, dont les lambris Empire encastrèrent des toiles d'Édouard Manet [1]. Quand, à son tour, la dame y peignait-elle, avec furie et nonchalance, des ans, gardant la monotonie et, dégageant à profusion une fraîcheur d'idée, il faut dire – toujours – hormis ces réceptions en l'intimité où, le matériel de travail relégué, l'art même était loin quoiquc immédiat dans une causerie égale au décor, ennobli du groupe : car un Salon, surtout, impose, avec quelques habitués, par l'absence d'autres, la pièce, alors, explique son élévation et confère, de plafonds altiers, la supériorité à la gardienne, là, de l'espace si, comme c'était, énigmatique de paraître cordiale et railleuse ou accueillant selon le regard scrutateur levé de l'attente, distinguée, sur quelque meuble bas, la ferveur. Prudence aux quelques-uns d'apporter une bonhomie, sans éclat, un peu en comparses sachant parmi ce séjour, raréfié dans l'amitié et le beau, quelque chose, d'étrange, planer, qu'ils sont venus pour indiquer de leur petit nombre, la luxueuse, sans même y penser, exclusion de tout le dehors.

Cette particularité d'une grande artiste qui, non plus, comme maîtresse de maison, ne posséda rien de banal, causait, aux présentations, presque la gêne. Pourquoi je cède, pour attarder une réminiscence parfaite, bonne, défunte, comme sitôt nous la résumions précieusement au sortir, dans les avenues du Bois ou des Champs-Élysées, tout à coup à me mémorer ma satisfaction, tel minuit, de lire en un compagnon de pas, la même timidité que, chez moi, longtemps, envers l'amicale méduse, avant le parti gai de tout brusquer par un dévouement. « Auprès de Madame Manet » concluait le paradoxal confident, un affiné causeur entre les grands jeunes poètes et d'aisé maintien, « je me fais l'effet d'un rustre et une brute ». Pareil mot, que n'ouït pas l'intéressée, ne se redira plus. Comme toute remarque très subtile appartient aux feuillets de la fréquentation, les entr'ouvrir à moitié, livre ce qui se doit, d'un visage, au temps : relativement à l'exception, magnifique, dans la sincérité du retirement qui élut une femme du monde à part soi ; puis se précise un fait de la société, il semble, maintenant.

Les quelques dissidentes du sexe qui présentent l'esthétique autrement que par leur individu, au reste, encourent un défaut, je ne désigne pas de traiter avec sommaire envahissement le culte que, peut-être, confisquons-nous au nom d'études et de la rêverie, passons une concurrence des prêtresses avisées ; mais, quand l'art s'en mêle, au contraire, de dédaigner notre pudeur qui allie visée et dons chez chacun et, tout droit, de bondir au sublime, éloigné, certes, gravement, au rude, au fort : elles nous donnent une leçon de virilité et, aussi, déchargeraient les institutions officielles ou d'État, en soignant la notion de vastes maquettes éternelles, dont le goût, de se garer, à moins d'illumination spéciale. – Une juvénilité constante absout l'emphase. – Que la pratique plairait, efficace, si visant, pour les transporter vers plus de rareté, encore et d'essence, les délicatesses, que nous nous contraignons d'avoir presque féminines. À ce jeu s'adonna, selon le tact d'une arrière-petite-nièce, en descendance, de Fragonard, Mme Berthe Morisot, naguères apparentée à l'homme, de ce temps, qui rafraîchit la tradition française – par mariage avec un frère, M. Eugène Manet, esprit très perspicace et correct. Toujours, délicieusement, aux manifestations pourchassées de l'Impressionnisme * – la source, en peinture, vive – un panneau, revoyons-le, en 1874, 1876, 1877, 1883, limpide, frissonnant empaumait à des carnations, à des vergers, à des ciels, à toute la légèreté du métier avec une pointe du XVIIIe siècle exaltée de présent, la critique, attendrie pour quelque chose de moins péremptoire que l'entourage et d'élyséennement savoureux : erreur, une acuité interdisant ce bouquet, déconcertait la bienveillance [2]. Attendu, il importe, que la fascination dont on aimerait profiter, superficiellement et à travers de la présomption, ne s'opère qu'à des conditions intègres et même pour le passant hostiles ; comme regret. Toute maîtrise jette le froid : ou la poudre fragile du coloris se défend par une vitre, divination pour certains.

Telle, de bravoure, une existence allait continuer, insoucieuse, après victoire et dans l'hommage ** ; quand la prévision faillit, durant l'hiver, de 1895, aux frimas tardifs, voici les douze mois revenus : la ville apprit que cette absente, en des magies, se retirait plus avant soit suprêmement, au gré d'un malaise de la saison. Pas, dans une sobriété de prendre congé sans

* Mary Cassatt, outre les plus hauts cités, ainsi que Cézanne, Pissarro, Rouart, Sisley, Caillebotte, Guillaumin, avant la consécration [note de Mallarmé].

** Ensemble exposé chez Boussod et Valadon, juin 1895 ; acquisition d'une œuvre pour le Musée du Luxembourg [note de Mallarmé].

insistance ou la cinquantaine avivant une expression, bientôt, souvenir : on savait la personne de prompt caprice, pour conjurer l'ennui, singulière, apte dans les résolutions ; mais elle n'eût pas accueilli celle-là de mourir, plutôt que conserver le cercle fidèle, à cause, passionnément, d'une ardente flamme maternelle, où se mit, en entier, la créatrice – elle subit, certes, l'apitoiement ou la torture, malgré la force d'âme, envisageant l'heure inquiète d'abandonner, hors un motif pour l'une et l'autre de séparation, près le chevalet, une très jeune fille, de deux sangs illustre, à ses propres espoirs joignant la belle fatalité de sa mère et des Manet. Consignons l'étonnement des journaux à relater d'eux-mêmes, comme un détail notoire pour les lecteurs, le vide, dans l'art, inscrit par une disparue auparavant réservée : en raison, soudain, de l'affirmation, dont quiconque donne avis, à l'instant salua cette renommée tacite.

Si j'ai inopportunément, prélude aux triomphe et délice, hélas ! anniversaires, obscurci par le deuil, des traits invités à reformer la plus noble physionomie, je témoigne d'un tort, accuse la défaillance convenable aux tristesses : l'impartiale visiteuse, aujourd'hui, de ses travaux, ne le veut ni, elle-même, entre tous ces portraits, intercepter du haut d'une chevelure blanchie par l'abstraite épuration en le beau plus qu'âgée, avec quelque longueur de voile, un jugement, foyer serein de vision ou n'ayant pas besoin, dans la circonstance, du recul de la mort : sans ajouter que ce serait, pour l'artiste, en effet, verser dans tel milieu en joie, en fête et en fleur, la seule ombre qui, par elle, y fût jamais peinte et que son pinceau récusait.

Ici, que s'évanouissent, dispersant une caresse radieuse, idyllique, fine, poudroyante, diaprée, comme en ma mémoire, les tableaux, reste leur armature, maint superbe dessin, pas de moindre instruction, pour attester une science dans la volontaire griffe, couleurs à part, sur un sujet – ensemble trois cents ouvrages environ, et études qu'au public d'apprécier avec le sens, vierge, puisé à ce lustre nacré et argenté : faut-il, la hantise de suggestions, aspirant à se traduire en l'occasion, la taire, dans la minute, suspens de perpétuité chatoyante ? Silence, excepté que paraît un spectacle d'enchantement moderne. Loin ou dès la croisée qui prépare à l'extérieur et maintient, dans une attente verte d'Hespérides aux simples oranges et parmi la brique rose d'Eldorados, tout à coup l'irruption à quelque carafe, éblouissement du jour, tandis que multicolore il se propage en perses et en tapis réjouis, le génie, distillateur de la Crise, où cesse l'étincelle des chimères au mobilier, est, d'abord, d'un peintre. Poétiser, par art plastique, moyen de prestiges directs, semble, sans intervention, le fait de l'ambiance éveillant aux surfaces leur lumineux secret : ou la riche analyse, chastement pour la restaurer, de la vie, selon une alchimie, – mobilité et illusion. Nul éclairage, intrus, de rêves ; mais supprimés, par contre, les aspects commun ou professionnel. Soit, que l'humanité exulte, en tant que les chairs de préférence chez l'enfant, fruit, jusqu'au bouton de la nubilité, là tendrement finit cette célébration de nu notre contemporaine aborde sa semblable comme il ne faut l'omettre, la créature de gala, agencée en vue d'usages étrangers, galbeuse ou fignolée relevant du calligraphe à moins que le genre n'induise, littérairement, le romancier ; à miracle, elle la restitue, par quelle clairvoyance, le satin se vivifiant à un contact de peau, l'orient des perles, à l'atmosphère : ou, dévêt, en négligé idéal, la mondanité fermée au style, pour que jaillisse l'intention de la toilette dans un rapport avec les jardins et la plage, une serre, la galerie. Le tour classique renoué et ces fluidité, nitidité [3] (*sic*).

Féerie, oui, quotidienne – sans distance, par l'inspiration, plus que le plein air enflant un glissement, le matin ou après-midi, de cygnes à nous ; ni au-delà que ne s'acclimate, des ailes détournée et de tous paradis, l'enthousiaste innéité de la jeunesse dans une profondeur de journée.

Rappeler, indépendamment des sortilèges, la magicienne, tout à l'heure obéit à un souhait, de concordance, qu'elle-même choya, d'être aperçue par autrui comme elle se pressentit : on peut dire que jamais elle ne manqua d'admiration ni de solitude. Plus, pourquoi – il faut regarder les murs – au sujet de celle dont l'éloge courant veut que son talent dénote la femme – encore, aussi, qu'un maître : son œuvre, achevé, selon l'estimation des quelques grands originaux qui la comptèrent comme camarade dans la lutte, vaut, à côté d'aucun, produit par un d'eux et se lie, exquisement, à l'histoire de la peinture, pendant une époque du siècle.

MUSIQUE

Pour Wagner

Dans une lettre datée du 5 juillet 1885 [1], Mallarmé reconnaît n'avoir jamais rien vu de Wagner et vouloir pourtant donner quelque chose d'original à son ami Dujardin. *Richard Wagner, rêverie d'un poète français* paraîtra dans la *Revue wagnérienne* le 8 août 1885. Il sera repris intégralement dans *Pages* (1891) et dans *Divagations* (1897) et, partiellement, dans *Vers et Prose* (1893). L'hommage que Mallarmé rend à Wagner puise l'essentiel de son origine et de son information dans les textes de Baudelaire réédités en 1868 [2]. Mallarmé a instrumenté Wagner qui, sous sa plume, devient l'allégorie du fait musical dans cette fluidité méthodologique qui place l'opéra à la croisée des arts, même si la démarche wagnérienne, par bien des aspects, va à l'encontre des préceptes mallarméens.

Cette valeur de principe accordée à l'œuvre de Wagner, l'*Hommage* publié dans la *Revue wagnérienne* du 8 janvier 1886 l'atteste. Henri Mondor [3] a insisté sur le caractère de redite du sonnet par rapport à l'article, véritable poème en prose, déjà publié par la même revue. On peut aussi voir dans le poème une variante

1. Lettre à Jules Dujardin, in : *Cor.* II, p. 290.

2. À propos de la relation à l'œuvre de Wagner, voir S. Bernard, *Mallarmé et la musique*, Paris, Nizet, 1959 ; A. Stagé, « Wagner rêvé par Mallarmé : “ le Chanteur et la Danseuse ” », in : *Romantisme*, n° 57 (*Le Musicien*), 1987, p. 65-73 et M. Breatnach, *Boulez and Mallarmé. A Study in Poetic Influence*, Hants, Scolar Press, 1996, p. 20-69.

3. *OC*, p. 1496.

qui intègre également des éléments de la poétique mallarméenne. Le développement est en effet parallèle à celui que l'on retrouvera dans *Igitur*. Mallarmé dispose ainsi de la musique comme d'un allié dans sa recherche de transfiguration de l'espace statique. Il lie alors indéfectiblement la métamorphose musicale du théâtre à la réalisation du Livre.

La Musique et les Lettres

Ce texte a été publié en 1895 chez Perrin. Le volume reprend deux textes déjà publiés. Le premier est lié à une conférence donnée en mars 1894 à Oxford et Cambridge. *Déplacement avantageux* a paru, en partie, sous le titre « Fonds littéraire » dans le *Figaro* du 17 août 1894, puis, en partie toujours, sous son titre définitif dans la *Revue blanche* d'octobre 1894. Le second texte, intitulé *La Musique et les Lettres*, avait été publié par la *Revue blanche* en avril 1894.

Richard Wagner
Rêverie d'un poète français

Un poète français contemporain, exclu de toute participation aux déploiements de beauté officiels, en raison de divers motifs, aime, ce qu'il garde de sa tâche pratiqué ou l'affinement mystérieux du vers pour de solitaires Fêtes, à réfléchir aux pompes souveraines de la Poésie, comme elles ne sauraient exister concurremment au flux de banalité charrié par les arts dans le faux semblant de civilisation. – Cérémonies d'un jour qui gît au sein, inconscient, de la foule : presque un Culte !

La certitude de n'être impliqué, lui ni personne de ce temps, dans aucune entreprise pareille, l'affranchit de toute restriction apportée à son rêve par le sentiment d'une impéritie et par l'écart des faits.

Sa vue d'une droiture introublée se jette au loin.

À son aise et c'est le moins, qu'il accepte pour exploit de considérer, seul, dans l'orgueilleux repli des conséquences, le Monstre-Qui-ne-peut-Être ! Attachant au flanc la blessure d'un regard affirmatif et pur.

Omission faite de coups d'œil sur le faste extraordinaire mais inachevé aujourd'hui de la figuration plastique, d'où s'isole, du moins, en sa perfection de rendu, la Danse seule capable, par son écriture sommaire, de traduire le fugace et le soudain jusqu'à l'Idée – pareille vision comprend tout, absolument tout le Spectacle futur – cet amateur, s'il envisage l'apport de la Musique au Théâtre faite pour en mobiliser la merveille, ne songe pas longtemps à part soi... déjà, de quels bonds que parte sa pensée, elle ressent la colossale approche d'une Initiation. Ton souhait, plutôt, vois s'il n'est pas rendu.

Singulier défi qu'aux poètes dont il usurpe le devoir avec la plus candide et splendide bravoure inflige Richard Wagner !

Le sentiment se complique envers cet étranger, transports, vénération, aussi d'un malaise que tout soit fait, autrement qu'en irradiant, par un jeu direct, du principe littéraire même.

Doutes et nécessités, pour un jugement, de discerner les circonstances que rencontra, au début, l'effort du Maître. Il surgit au temps d'un théâtre, le seul qu'on peut appeler caduc, tant la Fiction en est fabriquée d'un élément grossier : puisqu'elle s'impose à même et tout d'un coup, commandant de croire à l'existence du personnage et de l'aventure – de croire, simplement, rien de plus. Comme si cette foi exigée du spectateur ne devait pas être précisément la résultante par lui tirée du concours de tous les arts suscitant le miracle, autrement inerte et nul, de la scène ! Vous avez à subir un sortilège, pour l'accomplissement de quoi ce n'est trop d'aucun moyen d'enchantement impliqué par la magie musicale, afin de violenter votre raison aux prises avec un simulacre, et d'emblée on proclame : « Supposez que cela a eu lieu véritablement et que vous y êtes ! »

Le Moderne dédaigne d'imaginer ; mais expert à se servir des arts, il attend que chaque l'entraîne jusqu'où éclate une puissance spéciale d'illusion, puis consent.

Il le fallait bien, que le Théâtre d'avant la Musique partît d'un concept autoritaire et naïf, quand ne disposaient pas de cette ressource nouvelle d'évocation ses chefs-d'œuvre, hélas ! gisant aux feuillets pieux du livre, sans l'espoir, pour aucun, d'en jaillir à nos solennités. Son jeu reste inhérent au passé ou tel que le répudierait, à cause de cet intellectuel despotisme, une représentation populaire : la foule y voulant, selon la suggestion des arts, être maîtresse de sa créance. Une simple adjonction orchestrale change du tout au tout, annulant son principe même, l'ancien théâtre, et c'est comme strictement allégorique, que l'acte scénique maintenant, vide et abstrait en soi, impersonnel, a besoin, pour s'ébranler avec vraisemblance, de l'emploi du vivifiant effluve qu'épand la Musique.

Sa présence, rien de plus ! à la Musique, est un triomphe, pour peu qu'elle ne s'applique point, même comme leur élargissement sublime, à d'antiques conditions, mais éclate la génératrice de toute vitalité : un auditoire éprouvera cette impression que, si l'orchestre cessait de déverser son influence, le mime resterait, aussitôt, statue.

Pouvait-il, le Musicien et proche confident du secret de son Art, en simplifier l'attribution jusqu'à cette visée initiale ? Métamorphose pareille requiert le désintéressement du critique n'ayant pas derrière soi, prêt à se ruer d'impatience et de joie, l'abîme d'exécution musicale ici le plus tumultueux qu'homme ait contenu de son limpide vouloir.

Lui, fit ceci.

Allant au plus pressé, il concilia toute une tradition, intacte, dans la désuétude prochaine, avec ce que de vierge et d'occulte il devinait sourde, en ses partitions. Hors une perspicacité ou suicide stérile, si vivace abonda l'étrange don d'assimilation en ce créateur quand même, que des deux éléments de beauté qui s'excluent et, tout au moins, l'un l'autre, s'ignorent, le drame personnel et la musique idéale, il effectua l'hymen. Oui, à l'aide d'un harmonieux compromis, suscitant une phase exacte de théâtre, laquelle répond, comme par surprise, à la disposition de sa race !

Quoique philosophiquement elle ne fasse là encore que se juxtaposer, la Musique (je somme qu'on insinue d'où elle poind, son sens premier et sa fatalité) pénètre et enveloppe le Drame de par l'éblouissante volonté et s'y allie : pas d'ingénuité ou de profondeur qu'avec un éveil enthousiaste elle ne prodigue dans ce dessein, sauf que son principe même, à la Musique, échappe.

Le tact est prodige qui, sans totalement en transformer aucune, opère, sur la scène et dans la symphonie, la fusion de ces formes de plaisir disparates.

Maintenant, en effet, une musique qui n'a de cet art que l'observance des lois très complexes, seulement d'abord le flottant et l'infus, confond les couleurs et les lignes du personnage avec les timbres et les thèmes en une ambiance plus riche de Rêverie que tout air d'ici-bas, déité costumée aux invisibles plis d'un tissu d'accords ; ou va l'enlever de sa vague de Passion, au déchaînement trop vaste vers un seul, le précipiter, le tordre : et le soustraire à sa notion, perdue devant cet afflux surhumain pour la lui faire ressaisir quand il domptera tout par le chant, jailli dans un déchirement de la pensée inspiratrice. Toujours le héros, qui foule une brume autant que notre sol, se montrera dans un lointain que comble la vapeur des plaintes, des gloires, et de la joie émises par l'instrumentation, reculé ainsi à des commencements. Il n'agit qu'entouré, à la Grecque, de la stupeur mêlée d'intimité qu'éprouve une assistance devant des mythes qui n'ont presque jamais été, tant leur instinctif passé se fond ! sans cesser cependant d'y bénéficier des familiers dehors de l'individu humain. Même certains satisfont à l'esprit par ce fait de ne sembler pas dépourvus de toute accointance avec de hasardeux symboles.

Voici à la rampe intronisée la Légende.

Avec une piété antérieure, un public pour la seconde fois depuis les temps, hellénique d'abord, maintenant germain, considère le secret, représenté, d'origines. Quelque singulier bonheur, neuf et barbare, l'asseoit : devant le voile mouvant la subtilité de l'orchestration, à une magnificence qui décore sa genèse.

Tout se retrempe au ruisseau primitif : pas jusqu'à la source.Si l'esprit français, strictement imaginatif et abstrait, donc poétique, jette un éclat, ce ne sera pas ainsi : il répugne, en cela d'accord avec l'Art dans son intégrité, qui est inventeur, à la Légende. Voyez-les, des jours abolis ne garder aucune anecdote énorme et fruste, comme une prescience de ce qu'elle apporterait d'anachronisme dans une représentation théâtrale, Sacre d'un des actes de la Civilisation *. À moins que la Fable, vierge de tout, lieu, temps et personne sus, ne se dévoile empruntée au sens latent en le concours de tous, celle inscrite sur la page des Cieux et dont l'Histoire même n'est que l'interprétation, vaine, c'est-à-dire, un Poème, l'Ode. Quoi ! le siècle ou notre pays, qui l'exalte, ont dissous par la pensée les Mythes, pour en refaire ! Le Théâtre les appelle, non : pas de fixes, ni de séculaires et de notoires, mais un, dégagé de personnalité, car il compose notre aspect multiple : que, de prestiges correspondant au fonctionnement national, évoque l'Art, pour le mirer en nous. Type sans dénomination préalable, pour qu'émane la surprise : son geste résume vers soi nos rêves de sites ou de paradis, qu'engouffre l'antique scène avec une prétention vide à les contenir ou à les peindre. Lui, quelqu'un ! ni cette scène, quelque part (l'erreur connexe, décor stable et acteur réel, du Théâtre manquant de la Musique) : est-ce qu'un fait spirituel, l'épanouissement de symboles ou leur préparation, nécessite endroit, pour s'y développer, autre que le fictif foyer de vision dardé par le regard d'une foule ! Saint des Saints, mais mental... alors y aboutissent, dans quelque éclair suprême, d'où s'éveille la Figure que Nul n'est, chaque attitude mimique prise par elle à un rythme inclus dans la symphonie, et le délivrant ! Alors viennent expirer comme aux pieds de l'incarnation, pas sans qu'un lien certain les apparente ainsi à son humanité, ces raréfactions et ces sommités naturelles que la Musique rend, arrière prolongement vibratoire de tout comme la Vie.

L'Homme, puis son authentique séjour terrestre, échangent une réciprocité de preuves.

Ainsi le Mystère.

La Cité, qui donna, pour l'expérience sacrée un théâtre, imprime à la terre le sceau universel.

* Exposition, Transmission de Pouvoirs, etc., t'y vois-je, Brünnhild ou qu'y ferais-tu, Siegfried ! [Note de Mallarmé.]

Quant à son peuple, c'est bien le moins qu'il ait témoigné du fait auguste, j'atteste la Justice qui ne peut que régner là ! puisque cette orchestration, de qui, tout à l'heure, sortit l'évidence du dieu, ne synthétise jamais autre chose que les délicatesses et les magnificences, immortelles, innées, qui sont à l'insu de tous dans le concours d'une muette assistance.

Voilà pourquoi, Génie ! moi, l'humble qu'une logique éternelle asservit, ô Wagner, je souffre et me reproche, aux minutes marquées par la lassitude, de ne pas faire nombre avec ceux qui, ennuyés de tout afin de trouver le salut définitif, vont droit à l'édifice de ton Art, pour eux le terme du chemin. Il ouvre, cet incontestable portique, en des temps de jubilé qui ne le sont pour aucun peuple, une hospitalité contre l'insuffisance de soi et la médiocrité des patries ; il exalte des fervents jusqu'à la certitude : pour eux ce n'est pas l'étape la plus grande jamais ordonnée par un signe humain, qu'ils parcourent avec toi comme conducteur, mais le voyage fini de l'humanité vers un Idéal. Au moins, voulant ma part du délice, me permettras-tu de goûter, dans ton Temple, à mi-côte de la montagne sainte, dont le lever de vérités, le plus compréhensif encore, trompette la coupole et invite, à perte de vue du parvis, les gazons que le pas de tes élus foule, un repos : c'est comme l'isolement, pour l'esprit, de notre incohérence qui le pourchasse, autant qu'un abri contre la trop lucide hantise de cette cime menaçante d'absolu, devinée dans le départ des nuées là-haut, fulgurante, nue, seule : au-delà et que personne ne semble devoir atteindre. Personne ! ce mot n'obsède pas d'un remords le passant en train de boire à ta conviviale fontaine.

Hommage

Le silence déjà funèbre d'une moire
Dispose plus qu'un pli seul sur le mobilier
Que doit un tassement du principal pilier
Précipiter avec le manque de mémoire.
Notre si vieil ébat triomphal du grimoire,
Hiéroglyphes dont s'exalte le millier
À propager de l'aile un frisson familier !
Enfouissez-le-moi plutôt dans une armoire.
Du souriant fracas originel haï
Entre elles de clartés maîtresses a jailli
Jusque vers un parvis né pour leur simulacre,
Trompettes tout haut d'or pâmé sur les vélins,
Le dieu Richard Wagner irradiant un sacre
Mal tu par l'encre même en sanglots sibyllins.

Oxford cambridge
La musique et les lettres

Déplacement avantageux

Comme, ce devient difficile au Français, perplexe en son cas, de juger les choses à l'étranger ! Un tel vague, sans même la brume, je le rapporterais d'Angleterre. Invité à « lecturer » devant Oxford et Cambridge et, la politesse rendue en visites aux merveilles présentées par ces très particuliers séjours – l'un imposant peut-être, intime l'autre, entre qui pas de choix – reste à extraire une conclusion ayant cours.

La promenade connue cesse au pénétrant, enveloppant Londres, définitif. Son brouillard monumental – il ne faudra le séparer de la ville, en esprit ; pas plus que la lumière et le vent ne le roulent et le lèvent des assises de matériaux bruts jusque par-dessus les édifices, sauf pour le laisser retomber closement, superbement, immensément : la vapeur semble, liquéfiée, couler peu loin avec la Tamise.

Une heure et quart, de trains, vers les cités savantes ; j'avais une raison.

Rapprochez, par ouï-dire, des collèges de tout style en une telle communion, l'étude qu'à leur milieu rien de discordant, Moyen Âge, Tudorien, aéré de prairies à vaches et à cerfs, avec eaux vives, propres à l'entraînement : la Grande-Bretagne s'adonne à l'élevage athlétique de ses générations. L'Université lie ces couvents ou clubs, legs princiers, libéralités.

Tout – que la jeunesse abrite sa croissance dans l'architecture de pensifs locaux, serait simple, avec même la côtoyant, en aînés, une présence d'hommes, uniques par l'Europe et au monde, qui, à mon sens, domine la pierre historiée comme je fus surtout étonné d'eux. Aujourd'hui, choisissant, à parfaire, une impression de beauté, véritablement la fleur et le résultat ce sont les *Fellows*.

Chaque logis collégial séculairement isole un groupe de ces amateurs qui se succèdent, s'élisant. Une vacance : « un tel (conviennent-ils) à Londres, quelque part, pourrait être des nôtres », vote, on l'appelle. Cette condition, l'élu, universitairement gradué. Il n'aura, sa vie durant, qu'à toucher sa prébende. Invariablement. Préfère-t-il, lui – à la méditation contre une quotidienne vitre, quelque paysage britannique ; ainsi qu'à compulser, dans le fauteuil convenu, un des tomes épaississant sa muraille puis hanter au réfectoire ample comme une cathédrale, bâtie sur une inestimable cave : il le peut ou même trouvera sa pension, voyageur, en quelle banque d'Italie ou du globe. La plupart séjournent, respectant la clause de ne vivre mariés à l'intérieur de monastères de science. Mieux qu'ailleurs se mène l'expérience ou la découverte ; j'y sais le prosateur ouvragé par excellence de ce temps. Sans marché passé voire tacitement, en toute liberté. Ce trait le capital. Un renoncement, facultatif, à l'époque, compagne la sinécure : nommé en tant que quelqu'un, la seule loi, qu'on persiste, les moyens offerts excepté l'adversité. Luxe, d'exalter chez autrui la conscience de précieux semblables, pas tout à fait inutile.

Nous crierons au scandale.

Pour que cette exception, dont me suit le charme, fonctionne, ordinaire, élégante, hautaine, se doit un sol traditionnel introublé : le même, où halètent des provinces de fer et de poussier populeuses, supporte la jumelle floraison, en marbres, de cités, construites pour penser.

Notre échafaudage semble agencé provisoirement en vue que rien, analogue à ces recueillements privilégiés, ne verse l'ombre doctorale, comme une robe, autour de la marche de quelques messieurs délicieux.

Un motif convient, pour se priver ainsi : défiance, où poind un instinct de claire justice. La conception anglaise atteste une générosité sociale différente.

L'Académie, ici, ne se compare ; ses desseins, statuts.

Si près de la dispersion et de l'été, j'aime, ces refuges que je dois oublier, les fixer (d'accord, ils ne sont pas à notre gré) : et que ne se fasse, sans une équivalence pour quelques-uns et moi, le mental adieu.

Du passé, cela enrichi, vis-je au départ, d'un recommencement, avec la saison, de prochains couchers – perpétuel : comme le concept de Cloîtres ; Répugnance chez la Démocratie : dans le cas, nous abolissons, nions, jetons bas. J'insiste sur le mot *du passé,* il aide à se dégager, avec soupir, d'une leçon, majestueuse comme un chœur ; qui ne se taira – ni l'intonation d'un Fellow disert toujours, avec aptitude, sur des sujets français, fins, littéraires, pour peu qu'il en reste – indéniablement, à cette date du printemps en cent ans, et plus ! Alors je me demande si de pareilles institutions, neutres à la brutalité qui en battrait le mur, ne *demeurent* d'autre part comme qui dirait *en avance :* certes si, élan d'un gothique perpendiculaire, la basilique là-bas du « Jesus » ou cette vigilante tour de « Magdalen », hors de jadis ne surgissent – quant à un spectateur impartial – très droit délibérément en du futur.

Moi-même y contredis, en ce qui est de chez nous, imbu de je ne sais quelle hostilité contre les états de raretés sanctionnés par les dehors, ou qui purement ne sont l'acte d'écrire : je rentre mes aspirations à la solitude nécessaire quand ce ne serait que pour paraître songer. Il faut cette fuite – en soi ; on put encore : mais, soi, déjà ne devient-il pas loin, pour se retirer ?

Voici d'avant cette excursion et de toujours, que me poursuit un avis à notre usage, éveillé au contact étranger ; certes, banal, peut-être, pour cette cause, fréquemment l'ai-je dit de vive voix, sans m'y arrêter :

aussi sa teneur trop applicable. Je confesse donner aux idées, pratiques ou de face, la même inattention emportée, dans la rue, par des passantes. Le plaisir que m'a procuré celle-ci toutefois et mille fois, émise en conversation, résulte du haut-le-corps, chez des amis hommes de grande administration ou d'État, en conséquence, aguerris, qui s'impose comme immédiat acquiescement à une vérité évidente, dont le hasard fit que personne ne s'occupât encore. Il m'intéresserait, ou l'épreuve servirait, de voir si énoncé en public, ce propos va produire pareil effet.

Très peu de paroles importe : c'est ou pas, à l'instant.

Toute nation, où brilla l'écrit (à défaut de fondations au pieux ciment que j'admirai), possède une somme, pas dénommable autrement que son « *Fonds* » *littéraire* : nous, Français. Modernement et en espèces, dégrevant l'État, pour peu qu'il se prête, d'ingérence ou sollicitude quant aux Lettres.

Le roulement, en les âges, de la gloire poétique d'un peuple ne se borne pas à la pure splendeur, il fournit, à côté, une caisse, avec les générations accrue – puisque les grands auteurs parviennent par des livres, qui se vendent.

Trésor, comparativement à l'effusion d'intelligence, lui, modique selon mes calculs et je n'en cache une satisfaction ; mais absolu : il suffit, prélevé pour le principe, à un délicat et légitime emploi.

Je signale, que le risque manque à réimprimer nos classiques, au fur et à mesure de la demande. Le bénéfice attendu de cette entreprise doit porter sur les conditions matérielles, de luxe ou de bon marché, que dicte l'intérêt : élever un monument, divulguer. Invention de caractères, de format, illustrations, le papier d'une époque présenté au chef-d'œuvre constitue un apport propre ou monnayable. Mais il est, ici j'interviens avec assurance, quelque chose, peu, *un rien*, disons exprès, *lequel existe*, par exemple *égal au texte :* où le profit n'appartient pas au zélateur de Rabelais, de Molière, Montesquieu et bientôt Chateaubriand – cela demeure réservé, comme un emprunt et, en probité, une minime part lui échappe. J'en veux la perception par le fisc, tuteur, en tant que redevance : réduite à des centimes ou, si le coin existait autre part que dans les consciences, à un « scrupule ».

Le jour ainsi fait sur quelque étrangeté d'un commerce, dont l'heure de rêverie loisible au cours de leur carrière n'a pas été sans impressionner le galant homme inclus en MM. les éditeurs ; cet être de raison, je crois, se réjouira de comprendre ici précisé clairement l'embarras qui put le gêner. Tous, je m'en fais garant, ont, d'eux-mêmes, douté d'une spéciale largesse de la nation en faveur de leur personne – soit, qu'aient éclairé de sublimes écrivains morts, à vente certaine : mais, l'habitude acquise et une distraction prolongée au maniement de vastes affaires !

Le domaine public, où un laps révolu de cinquante ans précipite la propriété des ouvrages de l'esprit, en désaccord avec l'hérédité vulgaire, ne peut pas avoir été créé, au profit particulier d'un corps, le plus honorable, de spéculateurs... Auxquels le présent confère un droit, supprimé pour la famille, de fils exclusifs du génie. Comme si l'écrivain avait antérieurement à sa vertu, ou d'une généralité, dérivé un bien, notre coutume, singulière et belle, pourvu que complétée, en coupe à court délai la transmission : avec cette vue, que l'héritage, passé le temps, se reporte de la filiation naturelle à la lignée par l'esprit. Ou, que ceux, jeunes, à leur tour et à leur péril, recherchant la trace de surnaturels ancêtres, si argent il y a, aient qualité à la savoir là : en raison de la signification de ce patrimoine, le seul, pour eux, convenable.

Quels, l'encouragement, prix, où affecter le revenu aussi bien, en l'absence de besoins, à diverses célébrations littéraires ; le mécanisme (personnellement, je le connais), puis chiffrer l'infimité de la taxe applicable même aux publications scolaires : besogne, le point admis, partagée entre la Presse et le Parlement.

Une objection, elle est fausse, le lecteur achetant plus cher, les maîtres y perdront, en popularité (non : sur le gain marchand qui ne fut strict jusqu'ici, doit, autant, peser le léger impôt).

Ai-je exposé un projet ? Véritablement : j'en reste là, tant le jeu sort de mon attribution ; sans regretter, parce que la trouvaille est curieuse de cet or miroitant, près la main, ainsi que la richesse comprimée à leurs tranches par le sommeil des livres ; il y a, comme on dit, à faire – une campagne : partant de ceci indiscutable.

Tout voyage se passe après, en esprit, il vaut, par recherche ou comparaison, quand on est de retour. Les deux villes anglaises, au ras d'un souvenir s'effacent, avec leurs reliquaires de savoir, flèches enfin ; par une perspective, me laissant, dira-t-on, terre à terre : n'importe, si le sol est le nôtre et que j'y découvre ce noble pécule.

1894.

(Plusieurs paragraphes de ce bref essai furent par moi, je dirais, développés juridiquement, au *Figaro* du 17 août [1894] en l'article ci-après.)

***

Passer de cette rêverie tout à coup au fait, exige quelques mots, décisifs, comme les présente un journal : car cela importe, en vue du succès, que la notion vienne de la Presse pour saisir le Parlement. Il s'agit d'une retouche, faite afin d'en éclairer le sens, à la loi qui régit momentanément notre Domaine public.

Tout le monde sait et je rappelle sans détails, qu'un dispositif, unique en la législation, limite à cinquante ans, après la mort des écrivains, le revenu attribué à leurs ouvrages.

Je ne repousse pas cette coutume, elle crée, contre – j'aimerais que ce fût pour – la Littérature, une exception qui convient. Le génie, du reste, se servit de la langue, et des idées en cours, avant d'y mettre le sceau.

La loi s'arrête, plutôt, à moitié de son dessein, qui lui reste caché.

Si elle suspend l'hérédité, dans la circonstance, ou la retire aux descendants ordinaires, est-ce pour la supprimer ? J'établis que cela ne se produit pas. L'éditeur qui donne, aujourd'hui, les œuvres de Racine, se trouve un peu l'héritier du poète quand il bénéficie de la faveur acquise à de nobles vers. La preuve – qu'avec une ingéniosité pareille déployée dans la fabrication du livre, l'affaire tombe à un rapport moindre, si la réimpression est celle de Pradon. J'ai espoir que quelqu'un ne va pas se récrier : « Avoir choisi entre les chantres des deux *Phèdre* précisément, voilà motif à gain, le flair ! »

Il résulte que le commerçant hérite, ou touche, en plus de son mérite personnel, sur la valeur intrinsèque et publique de l'écrit : car c'est, autant que la sublimité, l'admiration accumulée par les lecteurs qui gonfle un grand nom.

Ainsi la loi ne supprime pas l'hérédité, par la raison qu'elle ne peut, l'héritage déviant aux mains d'un tiers, ou de plusieurs exempts de titres ; mais elle se propose de l'interrompre.

– Pour opérer un transfert.

Au profit de qui, certainement, cela aura lieu, sans intrusion. Vous entrevoyez ici les légataires idéals, substitués à la filiation directe ou par le sang. Il y a, au surplus, dans le cas littéraire, la particularité que l'auteur illustre n'a pas joui toujours, en son vivant, ni les siens, de rémunération. L'avantage, s'il lui fut soustrait, va, cette fois, à ceux qui continuent, fils lointains, sa pensée.

Pas d'autre explication à cette saute dans la transmission d'une propriété valable au même égard que toutes.

Je m'incline devant l'intention que je reconnais juste.

Qui scruta le mirage de l'Immortalité sait bien qu'elle consiste, outre le salut indifférent de la foule future, dans le culte, renouvelé par quelques jeunes gens, au début de la vie. Cette élite qui rompt, par zèle, avec les carrières convenues, encourt souvent la peine et l'hésitation : de qui, mieux ou plus fièrement, accepter l'aide, que d'aïeux par l'intelligence, dont elle tient sa vocation ?

⁂

L'État ne doit se désintéresser, entièrement, d'une source, très pure, d'honneur national, et il n'est pas à même d'y employer les derniers publics. Voilà, indiqué un joint.

Les moyens de perception et de distribution à la fois de ce patrimoine, caduc, bientôt appelé le « Fonds littéraire », quels seront-ils ? Rien ne presse de les détailler. Avant tout, convenait de poser le principe ; mais je sais que, dans maint cas, l'évidence se fait aussi de la certitude d'un fonctionnement possible. Du vague, concernant l'application, gênerait. Le mécanisme existe, je montrerai comment, pour satisfaire jusqu'à la curiosité.

La taxe, légère, prélevée sur les rééditions même scolaires, suppose la comptabilité d'un bureau annexé, s'il faut, au Dépôt des Livres que possède le ministère de l'Intérieur. N'en préférez-vous pas, décorativement ou pour une signification plus belle, la place dans le palais même du Livre, à la Bibliothèque nationale ?

Le rendement doit atteindre les débutants, par le soin de littérateurs, leurs aînés, représentation impartiale du passé. Soit en forme de prix décernés pour des travaux notoires, ou de facilités à la publication d'ouvrages manuscrits. L'usage n'est pas si étranger à l'Académie, dans le premier cas, du moins, que cette assemblée ne semble désignée pour l'étendre au second. Le haut rouage est là, ou peut se remplacer par un comité, au recrutement simple.

Le seul mauvais vouloir opposable, par qui – quelques lésés ? fera défaut, parce que vraiment ils ne sont pas. Je doute ici présumer de la délicatesse reconnue à la majorité des éditeurs, en affirmant que nul d'entre eux ne s'élèvera contre un impôt, au reste, minime : dirai-je qu'ils remercieront ? Peut-être, attendu que le privilège toléré par une législation incomplète tourne à l'abus. L'occasion est offerte d'acheter, à prix modique, une situation tout à fait digne d'éloges. Je demande au journal qui prête appui à ce projet en l'énonçant, d'aller plus loin même et, par ses *interviews*, de solliciter l'avis intéressant d'une corporation à laquelle lui et moi voulons du bien.

Comme argument péremptoire, quelque chose prévaudrait – si ce n'était, dans un article presque d'affaires, l'introduction déplacée d'une image. Voyez-y plutôt une assimilation d'ordre administratif. Le Domaine public, dont il a été parlé, représente, en l'espèce, parfaitement, la place publique ou quelque édifice. Le lieu relève de la masse des citoyens, il n'est de fait, à aucun. On ne trafique là, pour son propre compte, sans s'exécuter. Le spéculateur, qui convoque le peuple à témoigner de son industrie, sur le terrain commun, cesse d'être un de tous et acquitte un droit.

La musique et les lettres

À Oxford le 1er mars, le 2 à Cambridge, j'eus occasion de prononcer cette page, différemment.

La *Taylorian Association* inaugurait une suite étrangère d'auditions, qui désigne nos littérateurs. Je n'oublie… Quel honneur avivé de bonne grâce me fit mon ami, de trois jours et de toujours, l'historien York Powel, de *Christ Church.* La veille il voulut lire, en mon lieu, à cause de ma terreur devant la clause locale, sa traduction admirable d'un jet conduite en plusieurs heures de nuit. Le charme, et la certitude, de l'entreprise, étaient répandus, dès cet instant : aussi, attribué-je, à un égard rétrospectif pour ce maître, l'intérêt saluant la démarche que, le lendemain, je devais en personne. J'ai pu me figurer l'heure d'une fin de jour d'hiver, aux vastes fenêtres, pas l'ennui, qui frappa latéralement une compagnie avec goût composée.

Quant au *Pembroke College* – Poe eût lecturé, devant Whistler. Soir. L'immense, celle du *bow-window,* draperie, au dos de l'orateur debout contre un siège et à une table qui porte l'argent d'une paire puissante de candélabres, seuls, sous leurs feux. Le mystère : inquiétude que, peut-être, on le déversa ; et l'élite rendant, en l'ombre, un bruit d'attention respira comme, autour de visages, leur voile. Décor, du coup dorénavant trouvé,

Charles Whibley, par votre frère le cher *Dun*, à ce jeu qui reste transmission de rêveries entre un et quelques-uns.

Mesdames, Messieurs,

Jusqu'ici et depuis longtemps, deux nations, l'Angleterre, la France, les seules, parallèlement ont montré la superstition d'une Littérature. L'une à l'autre tendant avec magnanimité le flambeau, ou le retirant et tour à tour éclaire l'influence ; mais c'est l'objet de ma constatation, moins cette alternative (expliquant un peu une présence, parmi vous, jusqu'à y parler ma langue) que, d'abord, la visée si spéciale d'une continuité dans les chefs-d'œuvre. À nul égard, le génie ne peut cesser d'être exceptionnel, altitude de fronton inopinée dont dépasse l'angle ; cependant, il ne projette, comme partout ailleurs, d'espaces vagues ou à l'abandon, entretenant au contraire une ordonnance et presque un remplissage admirable d'édicules moindres, colonnades, fontaines, statues – spirituels – pour produire, dans un ensemble, quelque palais ininterrompu et ouvert à la royauté de chacun, d'où naît le goût des patries : lequel en le double cas, hésitera, avec délice, devant une rivalité d'architectures comparables et sublimes.

Un intérêt de votre part, me conviant à des renseignements sur quelques circonstances de notre état littéraire, ne le fait pas à une date oiseuse.

J'apporte en effet des nouvelles. Les plus surprenantes. Même cas ne se vit encore.

On a touché au vers.

Les gouvernements changent : toujours la prosodie reste intacte : soit que, dans les révolutions, elle passe inaperçue ou que l'attentat ne s'impose pas avec l'opinion que ce dogme dernier puisse varier.

Il convient d'en parler déjà, ainsi qu'un invité voyageur tout de suite se décharge par traits haletants du témoignage d'un accident su et le poursuivant : en raison que le vers est tout, dès qu'on écrit. Style, versification, s'il y a cadence et c'est pourquoi toute prose d'écrivain fastueux, soustraite à ce laisser-aller en usage, ornementale, vaut en tant qu'un vers rompu, jouant avec ses timbres et encore les rimes dissimulées : selon un thyrse plus complexe. Bien l'épanouissement de ce qui naguères obtint le titre de *poème en prose.*

Très strict, numérique, direct, à jeux conjoints, le mètre, antérieur, subsiste ; auprès.

Sûr, nous en sommes là, présentement ; la séparation.

Au lieu qu'au début de ce siècle, l'ouïe puissante romantique combina l'élément jumeau en ses ondoyants alexandrins, ceux à coupe ponctuée et enjambements ; la fusion se défait vers l'intégrité. Une heureuse trouvaille avec quoi paraît à peu près close la recherche d'hier, aura été le *vers libre,* modulation (dis-je, souvent) individuelle, parce que toute âme est un nœud rythmique.

Après, les dissensions. Quelques initiateurs, il le fallait, sont partis loin, pensant en avoir fini avec un canon (que je nomme, pour sa garantie) officiel : il restera, aux grandes cérémonies. Audace, cette désaffectation, l'unique ; dont rabattre…

Ceux qui virent tout de mauvais œil estiment que du temps probablement vient d'être perdu.

Pas.

À cause que de vraies œuvres ont jailli, indépendamment d'un débat de forme et, ne les reconnût-on, la qualité du silence, qui les remplacerait, à l'entour d'un instrument surmené, est précieuse. Le vers, aux occasions, fulmine, rareté (quoiqu'ait été à l'instant vu que tout, mesuré, l'est) : comme la Littérature, malgré le besoin, propre à vous et à nous, de la perpétuer dans chaque âge, représente un produit singulier. Surtout la métrique française, délicate, serait d'emploi intermittent : maintenant, grâce à des repos balbutiants, voici que de nouveau peut s'élever, d'après une intonation parfaite, le vers de toujours, fluide, restauré, avec des compléments peut-être suprêmes.

Orage, lustral ; et, dans des bouleversements, tout à l'acquit de la génération, récente, l'acte d'écrire se scruta jusqu'en l'origine. Très avant, au moins, quant au point, je le formule : – À savoir s'il y a lieu d'écrire.

Les monuments, la mer, la face humaine, dans leur plénitude, natifs, conservant une vertu autrement attrayante que ne les voilera une description, évocation dites, allusion je sais, suggestion : cette terminologie quelque peu de hasard atteste la tendance, une très décisive, peut-être qu'ait subie l'art littéraire, elle le borne et l'exempte. Son sortilège, à lui, si ce n'est libérer, hors d'une poignée de poussière ou réalité sans l'enclore, au livre, même comme texte, la dispersion volatile soit l'esprit, qui n'a que faire de rien outre la musicalité de tout.

Ainsi, quant au malaise ayant tantôt sévi, ses accès prompts et de nobles hésitations ; déjà vous en savez autant qu'aucun.

Faut-il s'arrêter là et d'où ai-je le sentiment que je suis venu relativement à un sujet plus vaste peut-être à moi-même inconnu, que telle rénovation de rites et de rimes ; pour y atteindre, sinon le traiter. Tant de bienveillance comme une invite à parler sur ce que j'aime ; aussi la considérable appréhension d'une attente étrangère, me ramènent on ne sait quel ancien souhait maintes fois dénié par la solitude, quelque soir prodigieusement de me rendre compte à fond et haut de la crise idéale qui, autant qu'une autre, sociale, éprouve certains : ou, tout de suite, malgré ce qu'une telle question devant un auditoire voué aux élégances scripturales a de soudain, poursuivre : – Quelque chose comme les Lettres existe-t-il ; autre (une convention fut, aux époques classiques, cela) que l'affinement, vers leur expression burinée, des notions, en tout domaine. L'observance qu'un architecte, un légiste, un médecin pour parfaire la construction ou la découverte, les élève au discours : bref, que tout ce qui émane de l'esprit, se réintègre. Généralement, n'importe les matières.

Très peu se sont dressé cette énigme, qui assombrit, ainsi que je le fais, sur le tard, pris par un brusque doute concernant ce dont je voudrais parler avec élan. Ce genre d'investigation peut-être a été éludé, en paix, comme dangereux, par ceux-là qui, sommés d'une faculté, se ruèrent à son injonction ; craignant de la diminuer au clair de la réponse. Tout dessein dure ; à quoi on impose d'être par une foi ou des facilités, qui font que c'est, selon soi. Admirez le berger, dont la voix, heurtée à des rochers malins jamais ne lui revient selon le trouble d'un ricanement. Tant mieux : il y a d'autre part aise, et maturité, à demander un soleil, même couchant, sur les causes d'une vocation.

Or, voici qu'à cette mise en demeure extraordinaire, tout à l'heure, révoquant les titres d'une fonction notoire, quand s'agissait, plutôt, d'enguirlander l'autel ; à ce subit envahissement, comme d'une sorte indéfinissable de défiance (pas même devant mes forces), je réponds par une exagération, certes, et vous en prévenant. – Oui, que la Littérature existe et, si l'on veut, seule, à l'exception de tout. Accomplissement, du moins, à qui ne va nom mieux donné.

Un homme peut advenir, en tout oubli – jamais ne sied d'ignorer qu'exprès – de l'encombrement intellectuel chez les contemporains ; afin de savoir, selon quelque recours très simple et primitif, par exemple la symphonique équation propre aux saisons, habitude de rayon et de nuée ; deux remarques ou trois d'ordre analogue à ces ardeurs, à ces intempéries par où notre passion relève des divers ciels : s'il a, recréé par lui-même, pris soin de conserver de son débarras strictement une piété aux vingt-quatre lettres comme elles se sont, par le miracle de l'infinité, fixées en quelque langue la sienne, puis un sens pour leurs symétries, action, reflet, jusqu'à une transfiguration en le terme surnaturel, qu'est le vers ; il possède, ce civilisé édennique, au-dessus d'autre bien, l'élément de félicités, une doctrine en même temps qu'une contrée. Quand son initiative, ou la force virtuelle des caractères divins lui enseigne de les mettre en œuvre.

Avec l'ingéniosité de notre fonds, ce legs, l'orthographe, des antiques grimoires, isole, en tant que Littérature, spontanément elle, une façon de noter. Moyen, que plus ! principe. Le tour de telle phrase ou le lac d'un distique, copiés sur notre confirmation, aident l'éclosion, en nous, d'aperçus et de correspondances.

Strictement j'envisage, écartés vos folios d'études, rubriques, parchemin, la lecture comme une pratique désespérée. Ainsi toute industrie a-t-elle failli à la fabrication du bonheur, que l'agencement ne s'en trouve à portée : je connais des instants où quoi que ce soit, au nom d'une disposition secrète, ne doit satisfaire.

Autre chose... ce semble que l'épars frémissement d'une page ne veuille sinon surseoir ou palpite d'impatience, à la possibilité d'autre chose.

Nous savons, captifs d'une formule absolue que, certes, n'est que ce qui est. Incontinent écarter cependant, sous un prétexte, le leurre, accuserait notre inconséquence, niant le plaisir que nous voulons prendre : car cet *au-delà* en est l'agent, et le moteur dirais-je si je ne répugnais à opérer, en public, le démontage impie de la fiction et conséquemment du mécanisme littéraire, pour étaler la pièce principale ou rien. Mais, je vénère comment, par une supercherie, on projette, à quelque élévation défendue et de foudre ! le conscient manque chez nous de ce qui là-haut éclate.

À quoi sert cela –

À un jeu.

En vue qu'une attirance supérieure comme d'un vide, nous avons droit, le tirant de nous par de l'ennui à l'égard des choses si elles s'établissaient solides et prépondérantes – éperdument les détache jusqu'à s'en remplir et aussi les douer de resplendissement, à travers l'espace vacant, en des fêtes à volonté et solitaires.

Quant à moi, je ne demande pas moins à l'écriture et vais prouver ce postulat.

La Nature a lieu, on n'y ajoutera pas ; que des cités, les voies ferrées et plusieurs inventions formant notre matériel.

Tout l'acte disponible, à jamais et seulement, reste de saisir les rapports, entre-temps, rares ou multipliés ; d'après quelque état intérieur et que l'on veuille à son gré étendre, simplifier le monde.

À l'égal de créer : la notion d'un objet, échappant, qui fait défaut.

Semblable occupation suffit, comparer les aspects et leur nombre tel qu'il frôle notre négligence : y éveillant, pour décor, l'ambiguïté de quelques figures belles, aux intersections. La totale arabesque, qui les relie, a de vertigineuses sautes en un effroi que reconnue ; et d'anxieux accords. Avertissant par tel écart, au lieu de déconcerter, ou que sa similitude avec elle-même, la soustraie en la confondant. Chiffration mélodique tue, de ces motifs qui composent une logique, avec nos fibres. Quelle agonie, aussi, qu'agite la Chimère versant par ses blessures d'or l'évidence de tout l'être pareil, nulle torsion vaincue ne fausse ni ne transgresse l'omniprésente. Ligne espacée de tout point à tout autre pour instituer l'idée ; sinon sous le visage humain, mystérieuse, en tant qu'une Harmonie est pure.

Surprendre habituellement cela, le marquer, me frappe comme une obligation de qui déchaîna l'Infini ; dont le rythme, parmi les touches du clavier verbal, se rend, comme sous l'interrogation d'un doigté, à l'emploi des mots, aptes, quotidiens.

Avec véracité, qu'est-ce, les Lettres, que cette mentale poursuite, menée, en tant que le discours, afin de définir ou de faire, à l'égard de soi-même, preuve que le spectacle répond à une imaginative compréhension, il est vrai, dans l'espoir de s'y mirer.

Je sais que la Musique ou ce qu'on est convenu de nommer ainsi, dans l'acception ordinaire, la limitant aux exécutions concertantes avec le secours des cordes, des cuivres et des bois et cette licence, en outre, qu'elle s'adjoigne la parole, cache une ambition, la même : sauf à n'en rien dire, parce qu'elle ne se confie pas volontiers. Par contre, à ce tracé, il y a une minute, des sinueuses et mobiles variations de l'Idée, que l'écrit revendique de fixer, y eut-il, peut-être chez quelques-uns de vous, lieu de confronter à telles phrases une réminiscence de l'orchestre ; où succède à des rentrées en l'ombre, après un remous soucieux, tout à coup l'éruptif multiple sursautement de la clarté, comme les proches irradiations d'un lever de jour : vain, si le langage, par la retrempe et l'essor purifiants du chant, n'y confère un sens.

Considérez, notre investigation aboutit : un échange peut, ou plutôt il doit survenir, en retour du triomphal appoint, le verbe, que coûte que coûte ou plaintivement à un moment bref accepte l'instrumentation, afin de ne demeurer les forces de la vie aveugles à leur splendeur, latentes ou sans issue. Je réclame la restitution, au silence impartial, pour que l'esprit essaie à se rapatrier, de tout – chocs, glissements, les trajectoires illimitées et sûres, tel état opulent aussitôt évasif, une inaptitude délicieuse à finir, ce raccourci, ce trait – l'appareil ; moins le tumulte des sonorités, transfusibles, encore, en du songe.

Les grands, de magiques écrivains, apportent une persuasion de cette conformité.

Alors, on possède, avec justesse, les moyens réciproques du Mystère – oublions la vieille distinction, entre la Musique et les Lettres, n'étant que le partage, voulu, pour sa rencontre ultérieure, du cas premier : l'une évocatoire de prestiges situés à ce point de l'ouïe et presque de la vision abstrait, devenu l'entendement ; qui, spacieux, accorde au feuillet d'imprimerie une portée égale.

Je pose, à mes risques esthétiquement, cette conclusion (si, par quelque grâce, absente, toujours, d'un exposé, je vous amenai à la ratifier, ce serait l'honneur pour moi cherché ce soir) : que la Musique et les Lettres sont la face alternative ici élargie vers l'obscur ; scintillante là, avec certitude, d'un phénomène, le seul, je l'appelai, l'Idée.

L'un des modes incline à l'autre et y disparaissant, ressort avec emprunts : deux fois, se parachève, oscillant, un genre entier. Théâtralement pour la foule qui assiste, sans conscience, à l'audition de sa grandeur : ou, l'individu requiert la lucidité, du livre explicatif et familier.

Maintenant que je respire dégagé de l'inquiétude, moindre que mon remords pour vous y avoir initiés, celle, en commençant un entretien, de ne pas se trouver certain si le sujet, dont on veut discourir, implique une authenticité, nécessaire à l'acceptation ; et que, ce fondement, du moins, vous l'accordâtes, par la solennité de votre sympathie pendant que se hâtaient, avec un cours fatal et quasi impersonnel des divulgations, neuves pour moi ou durables si on y acquiesce ; il me paraît qu'inespérément je vous aperçois en plus d'intimité, selon le vague dissipé. Alors causer comme entre gens, pour qui le charme fut de se réunir, notre dessein, me séduirait ; pardon d'un retard à m'y complaire ; j'accuse l'ombre sérieuse qui fond, des nuits de votre ville où règne la désuétude de tout excepté de penser, vers cette salle particulièrement sonore au rêve. Ai-je, quand s'offrait une causerie, disserté, ajoutant cette suite à vos cours des matinées ; enfin, fait une leçon ? La spécieuse appellation de chef d'école vite décernée par la rumeur à qui s'exerce seul et de ce fait groupe les juvéniles et chers désintéressements, a pu, précédant votre *lecturer*, ne sonner faux. Rien pourtant ; certes, du tout. Si reclus que médite dans le laboratoire de sa dilection, en mystagogue, j'accepte, un, qui joue sa part sur quelques rêveries à déterminer ; la démarche capable de l'en tirer, loyauté, presque devoir, s'impose d'épancher à l'adolescence une ferveur tenue d'aînés ; j'affectionne cette habitude : il ne faut, dans mon pays ni au vôtre, convînmes-nous, qu'une lacune se déclare dans la succession du fait littéraire, même un désaccord. Renouer la tradition à des souhaits précurseurs, comme une hantise m'aura valu de me retrouver peu dépaysé, ici ; devant cette assemblée de maîtres illustres et d'une jeune élite.

À bon escient, que prendre, pour notre distraction si ce n'est la comédie, amusante jusqu'au quiproquo, des malentendus ?

Le pire, sans sortir d'ici-même, celui-là fâcheux, je l'indique pour le rejeter, serait que flottât, dans cette atmosphère, quelque déception née de vous, Mesdames et mes vaillantes auditrices. Si vous avez attendu un commentaire murmuré et brillant à votre piano ; ou encore me vîtes-vous, peut-être, incompétent sur le cas de volumes, romans, feuilletés par vos loisirs. À quoi bon : toutes, employant le don d'écrire, à sa source ? Je pensais, en chemin de fer, dans ce déplacement, à des chefs-d'œuvre inédits, la correspondance de chaque nuit, emportée par des sacs de poste, comme un chargement de prix, par excellence, derrière la locomotive. Vous en êtes les auteurs privilégiés ; et je me disais que, pour devenir songeuses, éloquentes ou bonnes aussi selon la plume et y susciter avec tous ses feux une beauté tournée au-dedans, ce vous est superflu de recourir à des considérations abstruses : vous détachez une blancheur de papier, comme luit votre sourire, écrivez, voilà.

La situation, celle du poète, rêvé-je d'énoncer, ne laisse pas de découvrir quelque difficulté, ou du comique.

Un lamentable seigneur exilant son spectre de ruines lentes à l'ensevelir, en la légende et le mélodrame, c'est lui, dans l'ordre journalier : lui, ce l'est, tout de même, à qui on fait remonter la présentation, en tant qu'explosif, d'un concept trop vierge, à la Société.

Des coupures d'articles un peu chuchotent ma part, oh ! pas assez modeste, au scandale que propage un tome, paraît-il, le premier d'un libelle obstiné à l'abattage des fronts principaux d'aujourd'hui presque partout : et la fréquence des termes d'idiot et de fou rarement tempérés en imbécile ou dément, comme autant de pierres lancées à l'importunité hautaine d'une féodalité d'esprits qui menace apparemment l'Europe, ne serait pas de tout point pour déplaire ; eu égard à trop de bonne volonté, je n'ose la railler, chez les gens, à s'enthousiasmer en faveur de vacants symptômes, tant n'importe quoi veut se construire. Le malheur, dans l'espèce, que la science s'en mêle ; ou qu'on l'y mêle. *Dégénérescence,* le titre. *Entartung*, cela vient d'Allemagne, est l'ouvrage, soyons explicite, de M. Nordau : je m'étais interdit, pour garder à des dires une généralité, de nommer personne et ne crois pas avoir, présentement, enfreint mon souci. Ce vulgarisateur a observé un fait. La nature n'engendre le génie immédiat et complet, il répondrait au type de l'homme et ne serait aucun ; mais pratiquement, occultement touche d'un pouce indemne, et presque l'abolit, telle faculté, chez celui, à qui elle propose une munificence contraire : ce sont là des arts pieux ou de maternelles perpétrations conjurant une clairvoyance de critique et de juge exempte non de tendresse. Suivez, que se passe-t-il ? Tirant une force de sa privation, croît, vers des intentions plénières, l'infirme élu, qui laisse, certes, après lui, comme un innombrable déchet, ses frères, cas étiquetés par la médecine ou les bulletins d'un suffrage le vote fini. L'erreur du pamphlétaire en question est d'avoir traité tout comme un déchet. Ainsi il ne faut pas que des arcanes subtils de la physiologie, et de la destinée, s'égarent à des mains, grosses pour les manier, de contremaître excellent ou de probe ajusteur. Lequel s'arrête à mi-but et voyez ! pour de la divination en sus, il aurait compris, sur un point, de pauvres et sacrés procédés naturels et n'eut pas fait son livre.

L'injure, opposée, bégaie en des journaux, faute de hardiesse : un soupçon prêt à poindre, pourquoi la réticence ? Les engins, dont le bris illumine les parlements d'une lueur sommaire, mais estropient, aussi à faire grand'pitié, des badauds, je m'y intéresserais, en raison de la lueur – sans la brièveté de son enseignement qui permet au législateur d'alléguer une définitive incompréhension ; mais j'y récuse l'adjonction de balles à tir et de clous. Tel un avis ; et, incriminer de tout dommage ceci uniquement qu'il y ait des écrivains à l'écart tenant, ou pas, pour le vers libre, me captive, surtout par de l'ingéniosité. Près, eux, se réservent, au loin, comme pour une occasion, ils offensent le fait divers : que dérobent-ils, toujours jettent-ils ainsi du discrédit, moins qu'une bombe, sur ce qui de mieux, indisputablement et à grands frais, fournit une capitale comme rédaction courante de ses apothéoses : à condition qu'elle ne le décrète pas dernier mot, ni le premier, relativement à certains éblouissements, aussi, que peut d'elle-même tirer la parole. Je souhaiterais qu'on poussât un avis jusqu'à délaisser l'insinuation : proclamant, salutaire, la retraite chaste de plusieurs. Il importe que dans tout concours de la multitude quelque part vers l'intérêt, l'amusement, ou la commodité, de rares amateurs, respectueux du motif commun en tant que façon d'y montrer de l'indifférence, instituent par cet air à côté, une minorité : attendu, quelle divergence que creuse le conflit furieux des citoyens, tous, sous l'œil souverain, font une unanimité – d'accord, au moins, que ce à propos de quoi on s'entredévore, compte : or, posé le besoin d'exception, comme de sel ! la vraie qui, indéfectiblement, fonctionne, gît dans ce séjour de quelques esprits, je ne sais, à leur éloge, comment les désigner, gratuits, étrangers, peut-être vains – ou littéraires.

Nulle – la tentative d'égayer un ton, plutôt sévère, que prit l'entretien et sa pointe de dogmatisme, par quelque badinage envers l'incohérence dont la rue assaille quiconque, à part le profit, thésaurise les richesses extrêmes, ne les gâche : est-ce miasme ou que, certains sujets touchés, en persiste la vibration grave ? mais il semble que ma pièce d'artifice, allumée par une concession ici inutile, a fait long feu.

Préférablement.

Sans feinte, il me devient loisible de terminer, avec impénitence ; gardant un étonnement que leur cas, à tels poètes, ait été considéré, seulement, sous une équivoque pour y opposer inintelligence double.

Tandis que le regard intuitif se plaît à discerner la justice, dans une contradiction enjoignant parmi l'ébat, à maîtriser, des gloires en leur recul – que l'interprète, par gageure, ni même en virtuose, mais charitablement, aille comme matériaux pour rendre l'illusion, choisir les mots, les aptes mots, de l'école, du logis et du marché. Le vers va s'émouvoir de quelque balancement, terrible et suave, comme l'orchestre, aile tendue ; mais avec des serres enracinées à vous. Là-bas, où que ce soit, nier l'indicible, qui ment.

Un humble, mon semblable, dont le verbe occupe les lèvres, peut, selon ce moyen médiocre, pas ! si consent à se joindre, en accompagnement, un écho inentendu, communiquer, dans le vocabulaire, à toute pompe et à toute lumière ; car, pour chaque, sied que la vérité se révèle, comme elle est, magnifique. Contribuable soumis, ensuite, il paie de son assentiment l'impôt conforme au trésor d'une patrie envers ses enfants.

Parce que, péremptoirement – je l'infère de cette célébration de la poésie, dont nous avons parlé, sans l'invoquer presque une heure en les attributs de Musique et de Lettres : appelez-la Mystère ou n'est-ce pas le contexte évolutif de l'Idée – je disais *parce que*...

Un grand dommage a été causé à l'association terrestre, séculairement, de lui indiquer le mirage brutal, la cité, ses gouvernements, le code autrement que comme emblèmes ou, quant à notre état, ce que des nécropoles sont au paradis qu'elles évaporent : un terre-plein, presque pas vil. Péage, élections, ce n'est ici-bas, où semble s'en résumer l'application, que se passent, augustement, les formalités édictant un culte populaire, comme représentatives – de la Loi, sise en toute transparence, nudité et merveille.

Minez ces substructions, quand l'obscurité en offense la perspective, non – alignez-y des lampions, pour voir : il s'agit que vos pensées exigent du sol un simulacre.

Si, dans l'avenir, en France, resurgit une religion, ce sera l'amplification à mille joies de l'instinct de ciel en chacun ; plutôt qu'une autre menace, réduire ce jet au niveau élémentaire de la politique. Voter, même pour soi, ne contente pas, en tant qu'expansion d'hymne avec trompettes intimant l'allégresse de n'émettre aucun nom ; ni l'émeute, suffisamment, n'enveloppe de la tourmente nécessaire à ruisseler, se confondre, et renaître, héros.

Je m'interromps, d'abord en vue de n'élargir, outre mesure pour une fois, ce sujet où tout se rattache, l'art littéraire : et moi-même inhabile à la plaisanterie, voulant éviter, du moins, le ridicule à votre sens comme au mien (permettez-moi de dire cela tout un) qu'il y aurait, Messieurs, à vaticiner.

La transparence de pensée s'unifie, entre public et causeur, comme une glace, qui se fend, la voix tue : on me pardonnera si je collectionne, pour la lucidité, ici tels débris au coupant vif, omissions, conséquences, ou les regards inexprimés. Ce sera ces Notes.

Page 643 § 3

... Comme partout ailleurs, d'espaces vagues.

Discontinuité en Italie, l'Espagne, du moins pour l'œil de dehors, ébloui d'un Dante, un Cervantès : l'Allemagne même accepte des intervalles entre ses éclats.

Je maintiens le dire.

Page 644 § 3

... La séparation.

Le vers par flèches jeté moins avec succession que presque simultanément pour l'idée, réduit la durée à une division spirituelle propre au sujet : diffère de la phrase ou développement temporaire, dont la prose joue, le dissimulant, selon mille tours.

À l'un, sa pieuse majuscule ou clé allitérative et la rime, pour le régler : l'autre genre, d'un élan précipité et sensitif tournoie et se case, au gré d'une ponctuation qui disposée sur papier blanc, déjà s'y signifie.

Avec le vers libre (envers lui je ne me répéterai) en prose à coupe méditée, je ne sais pas d'autre emploi du langage que ceux-ci redevenus parallèles : excepté l'affiche, lapidaire, envahissant le journal – souvent elle me fit songer comme devant un parler nouveau et l'originalité de la Presse.

Les articles, dits premier-Paris, admirables et la seule forme contemporaine parce que de toute éternité, sont des poèmes, voilà, plus ou moins bien simplement ; riches, nuls, en cloisonné ou sur fond à la colle.

On a le tort critique, selon moi, dans les salles de rédaction, d'y voir un genre à part.

Page 644 § 8

... À l'entour d'un instrument surmené, est précieuse.

Tout à coup se clôt par la liberté, en dedans, de l'alexandrin, césure à volonté y compris l'hémistiche, la visée, où resta le Parnasse, si décrié : il instaura le vers énoncé seul sans participation d'un souffle préalable chez le lecteur ou mû par la vertu de la place et de la dimension des mots. Son retard, avec un mécanisme à peu près définitif, de n'en avoir précisé l'opération ou la poétique. Que, l'agencement évoluât à vide depuis, selon des bruits perçus de volant et de courroie, trop immédiats, n'est pas le pis ; mais, à mon sens, la prétention d'enfermer, en l'expression, la matière des objets. Le temps a parfait l'œuvre : et qui parle, entre nous, de scission ? Au vers impersonnel ou pur s'adaptera l'instinct qui dégage, du monde, un chant, pour en illuminer le rythme fondamental et rejette, vain, le résidu.

Page 644 § 8

… Serait d'emploi intermittent.

Je ne blâme, ne dédaigne les périodes d'éclipse où l'art, instructif, a ceci que l'usure divulgue les pieuses manies de sa trame.

Page 647 § 6

… En vue qu'une attirance supérieure…

Pyrotechnique non moins que métaphysique, ce point de vue ; mais un feu d'artifice, à la hauteur et à l'exemple de la pensée, épanouit la réjouissance idéale.

Page 649 § 4

… Requiert la lucidité, du livre explicatif et familier.

La vérité si on s'ingénie aux tracés, ordonne industrie aboutissant à Finance, comme Musique à Lettres, pour circonscrire un domaine de Fiction, parfait terme compréhensif.

La Musique sans les Lettres se présente comme très subtil nuage : seule, elles, une monnaie si courante.

Il convenait de ne pas disjoindre davantage. Le titre, proposé à l'issue d'une causerie, jadis, devant le messager oxonien, indiqua *Music and Letters,* moitié de sujet, intacte : sa contre-partie sociale omise. Nœud de la harangue, me voici fournir ce morceau, tout d'une pièce, aux auditeurs, sur fond de mise en scène ou de dramatisation spéculatives : entre les préliminaires cursifs et la détente de commérages ramenée au souci du jour précisément en vue de combler le manque d'intérêt extra-esthétique. – Tout se résume dans l'Esthétique et l'Économie politique.

Le motif traité d'ensemble (au lieu de scinder et offrir sciemment une fraction), j'eusse évité, encore, de gréciser avec le nom très haut de Platon ; sans intention, moi, que d'un moderne venu directement exprimer comme l'arcane léger, dont le vêt, en public, son habit noir.

Page 653 § 4

… Un humble, mon semblable.

Mythe, l'éternel : la communion, par le livre. À chacun part totale.

Page 654 § 1

… Exigent du sol un simulacre.

Un gouvernement mirera, pour valoir, celui de l'univers ; lequel, est-il monarchique, anarchique… Aux conjectures.

La Cité, si je ne m'abuse en mon sens de citoyen, reconstruit un lieu abstrait, supérieur, nulle part situé, ici séjour pour l'homme. – Simple épure d'une grandiose aquarelle, ceci ne se lave, marginalement, en renvoi ou bas de page.

Quel goût pour démontrer (personne, irrésistiblement, n'a tant à dire à autrui !) j'y succombai une dernière fois ou couronne, avec les Universités anglaises, un passé que le destin fit professoral. Aussi ce langage un peu d'aplomb… je m'énonçais, en notre langue, pas ici.

La Conférence, cette fois lecture, *mieux Discours, me paraît un genre à déployer hors frontières. Toi que voici chez nous, parle, est-il indiqué par hommage, on accède.*

La Littérature, d'accord avec la faim, consiste à supprimer le Monsieur qui reste en l'écrivant, celui-ci que vient-il faire au vu des siens, quotidiennement ?

Une somnolence reposant la cuiller en la soucoupe à thé, lu un article jusqu'à la fin dans quelque revue, vaut mieux, avec le coup d'œil clos que mitre la présence aux chenêts de pantoufles pour la journée ou le minuit. Mon avis, comme public ; et, explorateur revenu d'aucuns sables, pas curieux à regarder, si je cédais à parader dans mon milieu, le soin s'imposerait de prendre, en route, chez un fourreur, un tapis de jaguar ou de lion, pour l'étrangler, au début et ne me présenter qu'avec ce recul, dans un motif d'action, aux yeux de connaissance ou du monde.

NOTES

LETTRES DE LONDRES

1. Cette conception de la sculpture pourrait, à première vue, sembler opposée à celle défendue par Baudelaire en 1846. Si ce dernier récuse les « sculptiers » qui tels Jules Klagmann « transformeraient volontiers les tombeaux de Saint-Denis en boîtes à cigares ou à cachemires, et tous les bronzes florentins en pièces à deux sous » (Ch. Baudelaire, « Le Salon de 1846 », in : *Œuvres complètes*, Paris, Gallimard, 1976, II, p. 489), c'est parce qu'il regrette la confusion qui ravale la grande sculpture au rang d'ornement industriel. Tout en reconnaissant n'aimer que ce qui est grand, Baudelaire ne renie pas le bibelot. Il rejette la confusion entre art et décoration. Cette distinction, Mallarmé la fait sienne en séparant de manière radicale « Grand Art » et « Décoration ». Il s'agit désormais de deux perspectives distinctes que le poète situe à des degrés de réalité différents. Si en 1871 et en 1872, il n'a pas encore abordé le premier registre, il consacre au second l'essentiel d'un intérêt qui culminera avec *La Dernière Mode*.

2. En ce qui concerne cette féminisation de l'art à travers les arts appliqués, voir D. L. Silverman, *L'Art nouveau en France. Politique, psychologie et style fin de siècle*, Paris, Flammarion, 1994.

3. La perspective japoniste développée ici – et déjà esquissée en 1871 – par Mallarmé reste du registre de l'éclectisme. Il s'agit d'*imitation* qui nourrit ce « double courant archaïque et exotique ». Il faudra attendre la décennie suivante pour voir l'art d'Extrême-Orient interprété comme une grammaire visuelle qui permettrait de renouveler l'approche de la nature des artistes occidentaux. On trouvera un exemple de cette nouvelle lecture chez Philippe Burty que Mallarmé fréquenta (« La poterie et la porcelaine au Japon », in : *Revue des arts décoratifs*, V, 1884-1885, p. 385-418). De façon plus générale, on se reportera au catalogue : *Japonisme*, Paris, Galeries nationales du Grand Palais, 1989.

POUR MANET

Le jury de peinture pour 1874 et M. Manet

1. Mallarmé avait-il déjà rédigé ce compte rendu ? Aucun manuscrit n'a, à ce jour, été retrouvé. Il ne sera en tout cas jamais publié, puisque la revue cesse de paraître après son numéro du 3 mai 1874. Cette dernière livraison contient un article d'Henry Polday qui, tout en partageant la vision « anti-institutionnelle » de Mallarmé, dénie à la sensibilité atmosphérique de Monet, de Pissarro ou de Degas une qualité de réalisme qui reste centrale à ses yeux.

The Athenaeum

1. Cette note, adressée au journal en date du 21 novembre 1875, n'a pas été publiée.

2. Manet avait fait en octobre 1875 un voyage à Venise en compagnie de James Tissot (1836-1902), peintre français installé à Londres depuis la Commune. Condisciple de Degas, Tissot était resté lié avec les artistes des Batignolles. Ami de Manet, il déploya une grande énergie à trouver pour celui-ci des débouchés en Angleterre. Le tableau que Mallarmé signale est en fait *Le Grand Canal à Venise (Venise bleue)*, une huile sur toile de 58 x 71 (aujourd'hui conservée aux États-Unis dans le Shelburne Museum). Une lettre de Tissot adressée à Manet confirme la présence de cette toile dans l'atelier londonien. Tissot déclare : « je viens de faire de bien jolies affaires avec un jeune marchand de tableaux qui d'après votre tableau de Venise que j'ai ici, désire vous être présenté » (L. Havemeyer, *Sixteen to Sixty. Memoirs of a Collector*, New York, 1961, p. 226). Exposée en 1884, la toile frappe des critiques comme Louis Gonse par son intensité assimilée au pleinairisme (*Manet*, Paris, Galeries du Grand Palais, 1983, n° 148) Elle appartiendra à Durand-Ruel qui la vendra à Havemeyer.

3. Dans la cinquième livraison du 1er novembre 1874 de *La Dernière Mode*, Mallarmé avait rendu hommage à Jean-Baptiste Faure (1830-1914). Le tableau mentionné représente Faure dans le rôle titre du *Hamlet* d'Amboise Thomas. Cette toile, exposée en 1877, subira les foudres de la critique et inspirera nombre de caricatures comme celle de Cham (*Hamlet, devenu fou, se fait peindre par Manet*). Déçu par cette œuvre, Faure demandera un nouveau portrait, de tonalité plus mondaine, à Boldoni.

4. À propos de cette œuvre refusée en 1876, voir l'introduction ainsi que *Les impressionnistes et Édouard Manet*. Le présent article jette les bases de l'idée de pleinairisme et de peinture d'atmosphère que Mallarmé développera dans son texte de 1876.

5. Adressé le 20 mars 1876, cet article paraîtra dans l'*Athenaeum* du 1er avril, à la page 472. Mallarmé y reprend la démonstration donnée pour *Le Linge*.

6. *Argenteuil*, 1874, huile sur toile, 149 x 115, Tournai, Musée des Beaux-Arts. Manet ne voulait pas se défaire de cette œuvre pour laquelle il demanda à Moreau-Nélaton le prix prohibitif de

6 000 francs. Voir *Manet*, Paris, Galeries nationales du Grand-Palais, 1983, p. 355.

7. Cette note, adressée au journal en date du 10 avril 1876, n'a pas été publiée. Ce texte constitue un trait d'union entre celui de 1874 et celui que Mallarmé publiera le 30 septembre 1876 dans la revue londonienne *The Art Monthly Review* dans une traduction de George T. Robinson. L'approche reste ici confinée à la fonction même du jury.

8. En ce qui concerne cette exposition et ses répercussions, voir *Manet Monet. La gare Saint-Lazare*, Paris, Musée d'Orsay, 1998.

Les impressionnistes et Édouard Manet

1. La pensée de Baudelaire à l'égard de Manet relève de la correspondance. On en trouvera un aperçu in : *Au-delà du romantisme*, Paris, GF-Flammarion, 1998.

2. En 1866, Zola défend Manet dans son compte rendu du Salon pour *L'Événement*. Un an plus tard, il publie un important article biographique et critique en faveur de Manet dans *La Revue du XIXe siècle*.

3. Mallarmé fait allusion à l'exposition particulière de 50 tableaux dans un pavillon spécialement construit près du pont de l'Alma en marge de l'Exposition universelle. Manet, comme Courbet, avait ainsi organisé sa propre exposition. Il inclura une publicité pour son exposition dans le catalogue de la manifestation officielle. C'est dans ce contexte que se situe la parution en brochure de l'article de Zola publié dans *La Revue du XIXe siècle*, rehaussé d'un portrait de Manet par Bracquemond et d'une eau-forte de l'*Olympia*.

4. En évoquant ceux qu'on baptisera d'abord intransigeants avant de parler d'impressionnistes (voir S. F. Eisenman, « The intransigent artist or how the Impressionists got their name » in : *The New Painting. Impressionism 1874-1886*, San Francisco, The Fine Arts Museum, 1986, p. 51-59), Mallarmé fait allusion à la première exposition organisée par la Société anonyme des artistes peintres, sculpteurs et graveurs qui s'était tenue du 15 avril au 15 mai 1874 au 35, boulevard des Capucines, chez Nadar, ainsi qu'à la deuxième qui s'était tenue au 11 de la rue Le Peletier en avril 1876. Le texte cite ici Durand-Ruel sans que les deux dates données n'y trouvent réellement sens. Si *L'Histoire de l'impressionnisme* de John Rewald ne mentionne aucune exposition chez Durand-Ruel en 1876, elle signale, en 1874, une exposition de peintres impressionnistes présentée à Londres. Ceci explique sans doute la référence faite à Durand-Ruel dans une revue londonienne.

5. *Olympia*, 1863, huile sur toile, 130, 5 x 190, Paris, Musée d'Orsay.

6. *Le Déjeuner sur l'herbe*, 1863, huile sur toile, 208 x 264 (214 x 270 avant diminution de chaque côté), Paris, Musée d'Orsay ; *L'Exécution de l'empereur Maximilien*, 1868, huile sur toile, 196 x 258,9, Mannheim, Kunsthalle ; *Un coin de table* fait peut-être allusion au *Déjeuner* (dit *Dans l'atelier*), 1868, huile sur toile, 118 x 153, Munich,

Bayerische Staatsgemäldesammlungen ; *Des gens du monde à la fenêtre* fait sans doute référence au *Balcon*, 1868-1869, huile sur toile, 169 x 125, Paris, Musée d'Orsay ; *Le Bon Bock*, *Un coin de bal à l'Opéra* est en fait *Bal masqué à l'Opéra*, 1873-1874, huile sur toile, 60 x 73, Washington, National Gallery of Art) ; *Le Chemin de fer*, 1872-1873, huile sur toile, 93 x 114, Washington, National Gallery of Art ; Les deux *Canotiers* renvoient à *Argenteuil*, 1874, huile sur toile, 149 x 115, Tournai, Musée des Beaux-Arts (Voir le « gossip » publié par *The Athenaeum* le 1er avril 1876) et à *En bateau*, 1874, huile sur toile, 97, 2 x 130, 2, New York, The Metropolitan Museum of Art.

7. Il s'agit en fait d'un portrait de Berthe Morisot intitulé *Le Repos*, 1870, huile sur toile, 148 x 113, Providence, Museum of Art.

8. L'analyse du tableau de Manet développe l'argument adressé en novembre 1875 à la revue *The Athenaeum*. Voir *supra*.

9. À propos d'Eva Gonzalès, voir J. Rewald, *Histoire de l'impressionnisme*, Paris, Albin Michel, 1986.

10. À propos des relations qui unirent Mallarmé à Monet, on se reportera à l'ouvrage de S. Z. Levine, *Monet, Narcissus and Self-Reflection. The Modernist Myth of the Self*, Chicago, Chicago University Press, 1994, p. 123-136. La correspondance offre le principal support à l'analyse de ces relations. Une lettre de Mallarmé témoigne de la liaison que celui-ci trace entre Manet et Monet. Le 18 juin 1888, Mallarmé visite l'exposition « Dix marines d'Antibes » présentée par Monet chez Van Gogh, Maison Boussod et Valadon (au 19, boulevard Montmartre). À peine sorti, il rédige à la hâte un billet :

« À Claude Monet

Dans la rue, lundi 5 h. [18 juin 1888]

Je sors ébloui de votre travail de cet hiver ; il y a longtemps que je mets ce que vous faites au-dessus de tout, mais je vous crois dans votre plus belle heure. Ah ! oui, comme aimait à le répéter le pauvre Édouard [Manet], Monet a du génie ».

Et en guise d'adresse, Mallarmé compose un quatrain (*OC*, p. 88) :

Monsieur Monet, que l'hiver ni
L'été sa vision ne leurre,
Habite, en peignant, Giverny
Sis près de Vernon, dans l'Eure

Monet y répondra dès le lendemain (sans faire allusion au sonnet) par quelques banalités qui se concluaient par « Avez-vous des nouvelles de Whistler et revient-il bientôt ? »(*Cor.* III, p. 212, note 4).

Malgré les espoirs de Mallarmé, Monet n'a jamais illustré le poème *La Gloire* qui devait paraître dans *Le Tiroir de laque* (1889). En date du 12 octobre 1889 (*Cor.* III, p. 363, note 1), Monet met un terme au projet caressé par Mallarmé.

« Mon cher Mallarmé,

Je suis honteux vraiment de ma conduite et je mérite tous vos reproches, il n'y a cependant pas mauvaise volonté de ma part comme vous pourriez le penser, la vérité vraie, c'est que je me sens incapable de vous faire rien qui vaille, il y a peut-être excès d'amour-propre mais vraiment dès que je veux faire la moindre chose avec des crayons cela est absurde et de nul intérêt, par conséquent indigne d'accompagner vos poèmes exquis (*La Gloire* m'a ravi et j'ai peur de n'avoir pas le talent nécessaire pour vous faire quelque chose de bien) ne croyez pas à une vulgaire défaite. C'est hélas la pure vérité, excusez-moi donc et surtout d'avoir mis ce temps à vous l'avouer. Vous savez la sympathie et l'admiration que j'ai pour vous, eh bien permettez-moi de vous le prouver en vous offrant comme souvenir d'amitié une petite toile (une pochade) que j'irai vous porter quand je viendrai à Paris un de ces jours et que vous me ferez le plaisir d'accepter tout simplement comme je vous l'offre. »

À quoi Mallarmé, déçu de la nouvelle et surpris d'une générosité peu usuelle chez un Monet sans doute gêné de n'avoir pu répondre à la requête du poète, répond en date du 18 octobre : « Alors je n'aurai point un trait de vous, jaune ou rouge ou bleu, dans mon livre, c'est un chagrin et un peu de ma faute : parce que si j'avais pu aller à Giverny, je vous aurais forcé à trouver excellentes vos tentatives, qui doivent l'être ; mais je respecte, de loin, votre solitaire timidité et tout ce qui émane sincèrement de vous. Quant à quelque chose de vous sur mon mur, Monet, je n'ai pas le cœur de cacher ma joie.

Merci, votre main. »

11. À propos des relations qui unirent Mallarmé à Sisley, on se reportera à la *Correspondance*. On retiendra aussi l'anecdote rapportée par Bonniot (*Les Marges*, p. 16). À l'occasion d'une excursion à Moret, Mallarmé rencontre Sisley occupé à peindre devant l'église que Mallarmé considère comme un réel chef-d'œuvre. Et Bonniot de retranscrire l'appréciation du poète devant le travail du peintre : « [...] ce peintre saisit bien les accrocs de lumière sur la pierre, mais ne rend pas le sentiment de sa solidité, comme le fera probablement Monet dans sa série des cathédrales de Rouen ».

12. À propos des relations qui unirent Mallarmé à Pissarro, on se reportera à la *Correspondance* (V, p. 45 et 64 ; VI, p. 217, VIII, p. 13 et 240 ; X, p. 309).

13. À propos des relations Mallarmé-Degas, voir P. Valéry, *Degas, Danse, Dessin*, Paris, Gallimard, 1938, p. 49-56, et H. Loyrette, *Degas*, Paris, Fayard, 1991.

14. À propos des relations Mallarmé-Morisot, voir *Correspondance de Stéphane Mallarmé et Berthe Morisot 1876-1895*, éditée par O. Daulte et M. Dupertuis, Lausanne, Bibliothèque des arts, 1995.

15. Pour les relations qui unirent Mallarmé à Renoir, voir, outre la *Correspondance*, Th. Natanson, « Mallarmé et Renoir », in : *Les Nouvelles littéraires*, 10 juin 1948.

16. Voir aussi la *Correspondance* (X, p. 185 et 193).

17. Sur cette notion, voir *supra*, note 4. La dimension politique et sociale de l'impressionnisme semble déterminante aux yeux de Mallarmé. Depuis le texte de 1874, on sait ce dernier attentif à l'évolution institutionnelle de la vie artistique. Le 21 novembre 1875, Mallarmé avait adressé à la revue anglaise *The Athenaeum* une note qui ne sera

pas publiée. Celle-ci revenait sur une récente tentative de réforme du Salon :

« Un grand danger vient d'être conjuré et un léger avantage acquis, en ce qui concerne, en France, les *Expositions de Peinture et de Sculpture.* Un vote du *Comité des Beaux-Arts* avait, dans le dessein de rendre moins hâtive la production artistique, remplacé le *Salon* annuel par une exposition triennale : déshabituant ainsi le public d'une fête artistique traditionnelle. Le *Conseil supérieur* a maintenu les choses dans l'état antérieur ; tout en gardant de cette idée, qui rendait solennelle et rare la sanction accordée par l'État aux arts, le projet d'un Salon quinquennal, plus important que celui de chaque été ; où l'artiste pourra, au lieu de deux, exposer autant d'œuvres qu'il voudra et résumer une phase de sa carrière » (H. Mondor et L. J. Austin, *Les « gossips » de Mallarmé. « Athenaeum » 1875-1876*, Paris, Gallimard, 1962, p. 39).

POUR WHISTLER

Billet à Whistler

1. De ce vers, Whistler écrit à Mallarmé en date du mercredi 19 novembre 1890 : « Est-ce assez superbe et dandy en même temps. » C. Barbier (éd.), *Mallarmé-Whistler. Correspondance*, Paris, Nizet, 1964, p. 77.

BERTHE MORISOT

1. Dans son article relatif à Mallarmé (« Sur Mallarmé », in : *La Revue de France*, 1923, repris in : *Proses datées*, Paris, Mercure de France, 1925), Henri de Régnier a conservé la mémoire du lieu et des êtres qui y évoluèrent :

« Mallarmé avait reporté beaucoup de son amitié et de son admiration pour Manet sur sa belle-sœur, Mme Eugène Manet, en art Berthe Morisot. Le grand salon-atelier de la rue de Villejust, avec ses beaux meubles Empire et les toiles de maître, parmi lesquelles *Le Linge* de Manet, était un des lieux où Mallarmé se plaisait le plus. Volontiers silencieuse, hautaine et énigmatique avec ses cheveux blancs, en sa froideur infiniment distinguée, Berthe Morisot était la femme la plus " intimidante " que j'aie connue, mais cette extrême réserve se nuançait d'une grâce secrète et finissait par retenir. »

2. Mallarmé mêle habilement retour au XVIIIe siècle et impressionnisme pour donner sa légalité à une vision féminisée de la création. Sur cet aspect particulier, voir D. Silvermann, *L'Art nouveau en France. Politique, psychologie et style fin de siècle*, Paris, Flammarion, 1994.

3. Mallarmé livre une synthèse de l'œuvre de Berthe Morisot en explorant deux voies qui se rejoignent dans l'éclat lumineux : d'une part, l'intimisme de la représentation à travers le nu enfantin et, d'autre part, la somptuosité des matières découverte dans le sillage de *La Dernière Mode*. L'une et l'autre se conjuguent dans un même refus de la distance.

ORIENTATIONS BIBLIOGRAPHIQUES

ÉDITIONS DE MALLARMÉ

Œuvres complètes, édition établie et annotée par H. Mondor et G. Jean-Aubry, Paris, Gallimard (Bibliothèque de la Pléiade), 1945.

Correspondance 1862-1897 recueillie, classée et annotée par H. Mondor, J.-P. Richard et J. Lloyd Austin, Paris, Gallimard, 1959-1985, 11 vol.

La Dernière Mode, avec une introduction de S. A. Rhodes, New York, Institute of French Studies, 1933.

Propos sur la Poésie, Monaco, Éditions du Rocher, 1953.

Le « Livre » de Mallarmé. Premières recherches sur des documents inédits, édité et présenté par J. Scherer, Paris, Gallimard, 1957.

Les « gossips » de Mallarmé, « Athenaeum » 1875-1876, textes présentés et annotés par H. Mondor et J. Lloyd Austin, Paris, Gallimard, 1962.

La Dernière Mode, édition en fac-similé avec un avertissement de J.-P. Amunatégui, Paris, Ramsay, 1978.

Épouser la notion, avec une introduction de J.-P. Richard, Fondfroide, Bibliothèque artistique et littéraire, 1992.

Correspondance. Lettres sur la poésie, édition de B. Marchal, préface d'Y. Bonnefoy, Paris, Gallimard (Folio), 1995.

Correspondance de Stéphane Mallarmé et Berthe Morisot 1876-1895, éditée par O. Daulte et M. Dupertuis, Lausanne, Bibliothèque des arts, 1995.

Vers de circonstance, avec des inédits, préface d'Y. Bonnefoy, édition établie et annotée par B. Marchal, Paris, Gallimard (Poésie), 1996.

OUVRAGES GÉNÉRAUX RELATIFS À MALLARMÉ

BÉNICHOU, M. : *Selon Mallarmé*, Paris, Gallimard (Bibliothèque des idées), 1995.

BOURGAIN-WATTIAU, A. : *Mallarmé ou la création au bord du gouffre*, Paris-Montréal, L'Harmattan (Psychanalyse et civilisations), 1996.

BOWIE, M. : *Mallarmé and the Art of Being Difficult*, Londres, Cambridge University Press, 1978.

DAVIES, G. : *Mallarmé et la « couche suffisante d'intelligibilité »*, Paris, José Corti, 1988.

DERRIDA, J. : « La double séance », in : *La Dissémination*, Paris, Le Seuil, Points (Essais), 1972.

GOULD, E. : *Virtual Theater from Diderot to Mallarmé*, Baltimore-Londres, The Johns Hopkins University Press, 1989.

LEMAIRE, M. : *Le Dandysme de Baudelaire à Mallarmé*, Montréal, Presses Universitaires de Montréal, 1978.

MONDOR, H. : *Vie de Mallarmé*, Paris, Gallimard, 1941.

RICHARD, J.-P. : *L'Univers imaginaire de Stéphane Mallarmé*, Paris, Le Seuil (Pierres vives), 1965.

SOLLERS, Ph. : « Littérature et totalité », in : *L'Écriture et l'expérience des limites*, Paris, Seuil, 1968, p. 72-85.

OUVRAGES, CONTRIBUTIONS ET ARTICLES CONSACRÉS À L'ESTHÉTIQUE DE MALLARMÉ ET À SA RELATION AVEC LES AUTRES ARTS

ARCHER BROMBERT, B. : *Edouard Manet. Rebel in a Frock Coat*, Chicago, Chicago University Press, 1996.

BARBIER, C. (éd) : *Mallarmé-Whistler. Correspondance*, Paris, Nizet, 1964.

BERNARD, S. : *Mallarmé et la musique*, Paris, Nizet, 1959.

BETH GORDON, R. : « Aboli Bibelot ? The Influence of the Decorative Arts on Stéphane Mallarmé and Gustave Moreau », in : *The Art Journal*, été 1985, p. 105-112.

BLANCHE, J. E. : *Pêche aux souvenirs*, Paris, 1949.

BREATNACH, M. : *Boulez and Mallarmé. A Study in Poetic Influence*, Hants, Scolar Press, 1996.

CHASSÉ, Ch. : « Gauguin et Mallarmé », in : *L'Amour de l'Art*, Paris, III, 1923.

DRAGONETTI, R. : *Un fantôme dans le kiosque. Mallarmé et l'esthétique du quotidien*, Paris, Le Seuil (La couleur des idées), 1992.

DURET, T. : *Histoire de James McNeil Whistler*, Paris, Floury, 1904.

FOWLIE, W. : « Mallarmé and the Painters of His Age », in : *The Southern Review*, p. 542-558.

FLORENCE, P. : *Mallarmé, Manet and Redon. Visual and aural Signs and the Generation of Meaning*, Cambridge, Cambridge University Press, 1986.

FRAPPIER-MAZUR, L. : « Narcisse travesti : poétique et idéologie dans *La Dernière Mode* de Mallarmé », in : *French Forum*, XI, janvier 1986, p. 41-57.

GOEBEL, G. : « Mode und Moderne. Der Modejournalist Mallarmé », in : *Germanisch-romanisch Monatsschrift*, XXVIII, n° 1, 1978, p. 37-49.

GOURMONT (de), R. : « *La Dernière Mode* de Stéphane Mallarmé », in : *Revue indépendante*, février 1890, p. 304-314 (repris et amplifié in : *Promenades littéraires*, Mercure de France, 1906, p. 33-48).

GRAAF (de), D. : « Le tournant de la vie de Mallarmé », in : *Synthèses*, octobre 1957, p. 91.

KAHNWEILER, D. H. : « Mallarmé et la peinture », in : *Les Lettres*, numéro spécial 1948, p. 63-68.

KLEINERT, A.-M. : « *La Dernière Mode* : une tentative de Mallarmé dans la presse féminine », in : *Lendemains*, n° 17-18, juin 1980, p. 167-178.

LECERCLE, J.-P. : *Mallarmé et la mode*, Paris, Séguier (Bibliothèque décadente-Collection noire), 1989.

LEVINE, S. Z. : *Monet, Narcissus and Self-Reflection. The Modernist Myth of the Self*, Chicago, Chicago University Press, 1994.

LLOYD AUSTIN, J. : « Mallarmé and Music and Letters », in : *Bulletin of The John Rylands Library*, XLII, n° 1, septembre 1959, p. 26-34.

LLOYD AUSTIN, J. : « Mallarmé and Visual Arts », in : U. Finke (éd.), *French XIXth Century Painting and Literature*, Manchester, Manchester University Press, 1972, p. 232-257.

LLOYD AUSTIN, J. : « Mallarmé critique d'art », in : F. Haskell, A. Lévi et P. Schakleton (éds.), *The Artist & Writer in France. Essay in honour of Jean Seznec*, Oxford, Clarendon Press, 1974, p. 153-162.

LOYRETTE, H. : *Degas*, Paris, Fayard, 1991.

MAXWELL, H.G. : « Façon... Malfaçon ! », in : *Bulletin du bibliophile*, 1978, p. 202-204.

NARDIS (de), L. : « "L'intérieur" mallarméen : un problème de philosophie de l'ameublement », in : *Synthèses*, décembre 1967-janvier 1968, n° 258-259 (deux études inédites rassemblées par É. Noulet), p. 86-88.

NATANSON, Th. : « Mallarmé et Renoir », in : *Les Nouvelles littéraires*, 10 juin 1948.

NORBERT, Th. : « Mallarmé et Manet », in : *Le Monde français*, VII, n° 23, août 1947, p. 331-334.

PATRI, A. : « Mallarmé et la Musique du Silence », in : *La Revue musicale*, janvier 1952, p. 648.

RÉGNIER (de), H. : *Nos rencontres*, Paris, 1931.

RUCHON, F. (éd.), *L'Amitié de Stéphane Mallarmé et de Georges Rodenbach*, avec une préface d'H. Mondor, Genève, Pierre Cailler (Beaux textes, Textes rares, Textes inédits), 1949.

ROUGON, J. : « Whistler et Mallarmé », in : *Mercure de France*, décembre 1955.

SCOTT, D. : *Pictorialist Poetics. Poetry and the Visual Arts in XIXth Century France*, Cambridge, Cambridge University Press, 1988.

STAGÉ, A. : « Wagner rêvé par Mallarmé : "le Chanteur et la Danseuse" », in : *Romantisme*, n° 57 (*Le Musicien*), 1987, p. 65-73.

VALÉRY, P. : *Pièces sur l'art*, Paris, Gallimard, 1934.

VALÉRY, P. : *Degas, Danse, Dessin*, Paris, Gallimard, 1938.

WAIS, K. : *Mallarmé. Dichtung. Weisheit. Haltung*, Munich, C. H. Beck'sh Verlagsbuchhandlung, 1952, p. 297-310 et p. 683-686.

Manet, Paris, Galeries du Grand Palais, 1983.

Degas, Paris, Galeries du Grand Palais, 1986.

The New Painting. Impressionism 1874-1886, San Francisco, The Fine Arts Museum, 1986.

Whistler 1834-1903, Paris, Musée d'Orsay, 1995.

Manet-Monet. La gare Saint-Lazare, Paris, Musée d'Orsay, 1998.

CHRONOLOGIE

La chronologie proposée ici a retenu essentiellement les faits liés à la vie artistique et à l'activité de critique de Stéphane Mallarmé. Pour une chronologie plus détaillée, voir OC, *p. XVII-XXVII. Pour une biographie de Mallarmé, voir : H. Mondor,* Vie de Mallarmé, *Paris, Gallimard, 1941.*

1842 : Naissance le 18 mars de Stéphane Mallarmé à Paris.

1847 : 2 août, mort d'Élisabeth-Félicie Mallarmé, mère de Stéphane.

1848 : Son père se remarie.

1852 : Entrée dans un pensionnat religieux à Passy.

1854 : Entrée dans un pensionnat aristocratique où Mallarmé sera peu heureux. Compose *L'Ange gardien* et *Coupe d'or*, premières poésies connues.

1856 : Entrée comme pensionnaire au lycée de Sens.

1857 : Mort de sa sœur Maria.

1860 : Se lie à Émile Deschamps, survivant de la génération romantique.
Reçu au baccalauréat, Mallarmé entre comme surnuméraire chez un receveur.
Premières tentatives de traduire Poe.

1861 : Découverte des *Fleurs du mal* de Baudelaire qui viennent de connaître leur deuxième édition. La famille Mallarmé s'installe non loin de Sens.

1862 : Mallarmé publie son premier poème, *Placet*, dans *Le Papillon.*
Échange ses premières lettres avec Lefébure et avec Cazalis.

Rencontre à Fontainebleau le peintre Henri Regnault.
Publie *Hérésies artistiques. L'Art pour tous* dans *L'Artiste.*
Installation à Londres avec Maria Gerhard.

1863 : Mort de son père.
Mariage avec Maria Gerhard.
Obtient le certificat d'aptitude pour l'enseignement de l'anglais. Désigné au lycée de Tournon dans l'Ardèche.

1864 : Importante correspondance avec Lefébure et Cazalis.
Naissance de Françoise-Geneviève-Stéphanie Mallarmé.
Mallarmé rencontre Frédéric Mistral, Théodore Aubanel et Joseph Roumanille à Avignon.
Commence *Hérodiade.*

1865 : En juin, Mallarmé entame la rédaction du *Faune* conçu comme une pièce de théâtre. Coquelin et Banville refusent la pièce.

1866 : Mallarmé travaille à *L'Ouverture ancienne d'Hérodiade* qui marque le début d'une période de crise.
Publie dix poèmes dans le fascicule du *Parnasse contemporain.* Nommé professeur d'anglais au lycée de Besançon.

1867 : Mort de Baudelaire.
Mallarmé sort de sa crise spirituelle.
Nomination au lycée d'Avignon.

1869 : Première mention d'*Igitur.*

1870 : Demande de mise en congé.

1871 : En janvier, mort d'Henri Regnault tué au combat de Buzenval.
Installation des Mallarmé à Sens.
Naissance d'Anatole le 16 juillet.
9 août, installation de Mallarmé au numéro 1 de l'Alexander Square, Fulham Road à Londres. Il y retrouve son ami irlandais Bonaparte Wyse. Le 13 de ce mois, il entame la rédaction du premier article consacré à l'Exposition internationale. Il quitte Londres le 21 août pour regagner la France.
Parution des « Lettres sur l'Exposition internationale de Londres » dans le *National* des 29 octobre, 14 et 29 novembre.
Ayant échoué à s'imposer comme critique professionnel, Mallarmé intègre le lycée Fontanes (Condorcet) à Paris. Installation en novembre à Paris au 29 de la rue de Moscou. Mallarmé se brouille avec Lefébure.

1872 : Mort de Théophile Gautier.
Mallarmé publie « L'anniversaire de la mort d'Henri Regnault » dans le numéro du 23 janvier du *National.*

Henri Cazalis publie *Henri Regnault, sa Vie, son Œuvre.*
Mallarmé rencontre Rimbaud et annonce l'organisation d'« Après-midi littéraires ».
Publie la traduction de huit poèmes de Poe.
Séjourne à Londres du 14 au 18 juillet afin d'y rédiger un article relatif à l'Exposition internationale de Londres qui paraîtra dans *L'Illustration* du 20 juillet.

1873 : Rencontre Édouard Manet en avril.
En octobre, parution du *Tombeau de Théophile Gautier.*

1874 : Rencontre de Zola chez Manet.
Premier séjour à Valvins.
Mallarmé publie dans *La Renaissance artistique et littéraire* du 12 avril *Le Jury de peinture pour 1874 et M. Manet*, plaidoyer en faveur de Manet dont deux toiles ont été refusées par le jury du Salon.
Mallarmé se lie avec Léon Cladel.
Envoie au *Parnasse contemporain* son *Après-midi d'un faune* qui est refusé. En mai, entre en contact avec Charles Wendelen qui lui propose la prise en charge rédactionnelle d'une revue des modes. Mallarmé sollicite quelques poètes et écrivains amis. En août, première livraison de *La Dernière Mode. Gazette du monde et de la famille.*

1875 : En janvier, échec de *La Dernière Mode.* Mallarmé avertit les amis qui y ont collaboré.
Installation au 87, rue de Rome.
Séjour à Londres et rencontre au Bristish Museum d'Arthur O'Shaughnessy et d'Edmund Gosse. Début de la collaboration avec la revue anglaise *Athenaeum.*
Parution du *Corbeau* de Poe avec des illustrations de Manet.

1876 : Du 15 avril au 1er mai, Manet expose dans son atelier les œuvres refusées au Salon. Le 30 septembre, Mallarmé publie un article intitulé *The Impressionist and Edouard Manet* dans la revue londonienne *The Art Monthly review* dans une traduction de George T. Robinson.
Manet réalise le portrait de Mallarmé.
Parution de *L'Après-Midi d'un faune* avec des illustrations de Manet.
Mallarmé évoque d'importants projets pour la scène.

1877 : Parution dans *La République des Lettres* des dernières traductions de poèmes de Poe.
Mallarmé publie *Les Mots anglais.*
Première allusion aux Mardis de Mallarmé.

1878 : Début de la maladie d'Anatole. Liens étroits avec Montesquiou.

1879 : Mort d'Anatole le 6 octobre.

1880 : Parution des *Dieux antiques.*
Mallarmé prend des notes pour le *Tombeau d'Anatole.*

1882 : Mallarmé appuie et documente Huysmans qui a entrepris la rédaction d'*À rebours.*

1883 : Mort de Wagner et de Manet.
Parution dans *Lutèce* d'un article de Verlaine intitulé *Les Poètes maudits : Stéphane Mallarmé.*

1884 : Ouverture le 5 janvier à l'École des beaux-arts de la rétrospective en hommage à Manet. Mallarmé devient professeur d'anglais à Janson-de-Sailly.
Méry Laurent présente dans la correspondance.

1885 : Création de la *Revue wagnérienne.* Mallarmé y publie en août son *Richard Wagner, rêverie d'un poète français.* Devient professeur au collège Rollin. En vue d'un article de Verlaine dans *Les Hommes d'aujourd'hui,* Mallarmé adresse à ce dernier une longue lettre reprenant les éléments centraux de sa biographie.
Parution de *Prose pour Des Esseintes* dans la *Revue indépendante.*

1886 : Parution du premier numéro de *La Vogue* avec des textes de Mallarmé, Villiers, Verlaine, Rimbaud. Parution de l'Avant-dire au *Traité du verbe* de René Ghil. *Hommage à Wagner* dans la *Revue wagnérienne.*

1887 : Parution des *Poésies de Stéphane Mallarmé* sous l'égide de la *Revue indépendante.* À cette occasion, Félicien Rops grave à l'héliogravure sa *Grande Lyre,* que Mallarmé reprendra pour le frontispice de ses œuvres en 1898.
Publie une série de *Notes sur le théâtre* dans la *Revue indépendante.*

1888 : Parution du *Ten O'Clock* de Whistler en mai dans la *Revue indépendante* et, à la fin de l'année, sous forme de plaquette.
Parution des *Poèmes d'Edgar Poe* avec portrait et fleuron de Manet chez Deman à Bruxelles.
Rupture avec René Ghil.

1889 : Mallarmé soutient Villiers dans ses derniers instants. Verlaine consacre à Mallarmé un poème. *Poèmes d'Edgar Poe* avec portrait et illustrations de Manet chez Vannier à Paris.

1890 : Série de conférences en hommage à Villiers prononcée à Bruxelles (au Cercle artistique et littéraire et au cercle des

XX) à Anvers, Gand, Liège et Bruges. Cette même conférence est lue, le 27 février, chez Berthe Morisot en présence de Monet et Degas.

Première lettre envoyée de Montpellier par Paul Valéry qu'il rencontrera en 1891.

Parution du *Billet à Whistler* à Londres et à Bruxelles.

1891 : Mallarmé recommande Gauguin à Mirbeau afin que celui-ci lui consacre un article (qui paraîtra le 15 février dans l'*Écho de Paris*). Une représentation est organisée le 21 mai au Vaudeville au bénéfice de Verlaine et Gauguin. Banquet en l'honneur de Moréas. Mallarmé fait pression pour que l'État achète le *Portrait de la mère de l'artiste* peint par Whistler. Première lettre adressée par André Gide.

Parution de *Pages* avec un frontispice de Renoir chez Deman à Bruxelles.

Réponse à l'enquête de Jules Huret sur *L'Évolution littéraire.*

Fernand Khnopff réalise *En écoutant les fleurs* ou *La Poésie de Stéphane Mallarmé* que Deman compte reproduire en frontispice des œuvres de Mallarmé qu'il prépare. Mallarmé préférera finalement *La Grande Lyre*, dessin de Félicien Rops qui sera reproduit en héliogravure.

1892 : Mallarmé préside le comité pour le monument Baudelaire. Debussy entame son *Prélude à l'Après-Midi d'un faune* qui sera achevé et créé en 1894, à la Société nationale de musique.

1893 : Parution de *Vers et Prose* avec un portrait gravé par Whistler en frontispice.

1894 : Mallarmé est admis à la retraite.

Donne des conférences à Oxford et à Cambridge relatives à *La Musique et les Lettres.*

Mallarmé figure comme témoin de Félix Fénéon à l'occasion du procès des Trente.

1895 : Banquet en l'honneur de Puvis de Chavannes. Mort de Berthe Morisot. Mallarmé noue une correspondance avec Paul Claudel.

1896 : Mort de Verlaine. Mallarmé est élu « Prince des poètes ».

Rédige un texte pour le catalogue de la rétrospective posthume des œuvres de Berthe Morisot qui se tient chez Durand-Ruel du 5 au 23 mars.

1897 : Banquet en l'honneur de Mallarmé.

Parution de *Divagations* à Paris chez Fasquelle. Il s'agit de l'ultime volume préparé et corrigé de la main même de

Mallarmé. Outre *Anecdotes ou Poèmes*, *Volumes sur le Divan*, *Richard Wagner, rêverie d'un poète français*, *Crayonné au théâtre*, *Crise de vers*, *Quant au Livre*, *Offices et Grand faits divers*, Mallarmé y adjoint *Quelques médaillons et portraits en pied* parmi lesquels, outre les amis écrivains, le poète a réuni des peintres comme Whistler, Manet ou Berthe Morisot.
En mai, parution d'*Un coup de dés jamais n'abolira le hasard* dans *Cosmopolis*.

1898 : Adresse à Zola des lettres de soutien après sa condamnation.
Exposition en mai d'Odilon Redon à la galerie Vollard.
Le 9 septembre, mort de Stéphane Mallarmé qui sera inhumé deux jours plus tard au cimetière de Samoreau.

TABLE

DERNIÈRES PARUTIONS

ARISTOTE
Parties des animaux, livre I (784)

AVERROÈS
Discours décisif (bilingue) (871)
L'Intelligence et la pensée (974)

BALZAC
La Peau de chagrin (899)
Le Père Goriot (826)

ARBEY D'AUREVILLY
Une vieille maîtresse (955)

AUDELAIRE
Au-delà du romantisme. Écrits sur l'art (1010)

ERKELEY
Trois Dialogues entre Hylas et Philonous (990)

ICHAT
Recherches physiologiques sur la vie et la mort (808)

ÈCE
Traités théologiques (876)

BOUDDHA
Dhammapada (849)

CHNER
La Mort de Danton. Léonce et Léna. Woyzeck. Lenz (888)

LDERÓN
a vie est un songe (bilingue) (973)

RÉTIEN DE TROYES
erceval ou le Conte du graal bilingue) (814)

MTE
Discours sur l'ensemble du positivisme (991)

NFUCIUS
ntretiens avec ses disciples (799)

CARTES
es Passions de l'âme (865)
ettre-préface des *Principes de philosophie* (975)

STOÏEVSKI
Joueur (866)

MAS
Comte de Monte-Cristo (1004-1009)

CTÈTE
nuel (797)

PE
bles (bilingue) (721)

IAUX DU MOYEN ÂGE
lingue) (972)

L
Bossu (997)

TANE
cile (1012)

EN
ités philosophiques et logiques (876)

THE
ts sur l'art (893)

HEGEL
Préface de la *Phénoménologie de l'esprit* (bilingue) (953)

HÉLOÏSE ET ABÉLARD (827)

HISTOIRE DE LA LITTÉRATURE FRANÇAISE :
Le Moyen Âge (957)
De Villon à Ronsard (958)
De Montaigne à Corneille (959)
Le Classicisme (960)
De Fénelon à Voltaire (961)
De *L'Encyclopédie* aux *Méditations* (962)

HISTOIRES D'AMOUR ET DE MORT DE LA CHINE ANCIENNE (985)

HISTOIRES EXTRAORDINAIRES ET RÉCITS FANTASTIQUES DE LA CHINE ANCIENNE (1014)

HUME
L'Entendement. Traité de la nature humaine, livre I (701)

JOYCE
Les Gens de Dublin (709)

KÂMA SÛTRA (1000)

KANT
Métaphysique des mœurs I (715)
Métaphysique des mœurs II (716)

LACLOS
Les Liaisons dangereuses (758)

LA FONTAINE
Fables (781)

LAFORGUE
Les Complaintes (897)

LEIBNIZ
Principes de la nature et de la grâce. Monadologie et autres textes (863)

LESSING
Nathan le Sage (bilingue) (994)

LE TASSE
La Jérusalem délivrée (986)

LUCRÈCE
De la nature (bilingue) (993)

MALEBRANCHE
Traité de morale (837)

MALLARMÉ
Écrits sur l'art (1029)

MARLOWE
Le Docteur Faust (bilingue) (875)

MARX & ENGELS
Manifeste du parti communiste (1002)

MONTESQUIEU
Lettres persanes (844)

NIETZSCHE
Ainsi parlait Zarathoustra (881)
Le Gai Savoir (718)

PASTEUR
Écrits scientifiques et médicaux (825)

6/00

GF Flammarion

98/08/66025-VIII-1998 – Impr. MAURY Eurolivres, 45300 Manchecourt.
N° d'édition FG 102901 – Août 1998. – Printed in France.